审美文化背景下的
清代西域诗研究

唐彦临　著

上海古籍出版社

教育部社科基金一般项目（15YJA751025）

新疆大学自治区重点学科（高峰）
中国语言文学学科资助出版

目　　录

前　言

一、选题意义

　　文学艺术是一定时间与空间的产物，既受到历史、时代的影响，又无法摆脱特定地域自然环境与人文环境的制约。近年来从地域文化的角度来研究文学成为一个热门的话题，对西域文学展开研究的热潮也随之而生。但可惜的是，大多数研究集中于唐代西域诗的领域，且与边塞诗的研究纠缠在一起，论题不够专一。而清代作为西域诗创作数量最大、内容最完备、诗人数量最多，同时也是诗人对西域的了解最深入的时代，多年来却缺乏应有的关注。而且，清代西域诗的研究者多限于新疆本土学者，这不能不说是一个遗憾。不同时代、不同民族、不同地域的文学创作，共生于中国古代文学多元并存的发展格局中，彰显着风格各异的艺术魅力。清代西域诗作为西域诗发展的最高峰，无论在作家作品的数量，涉及地域范围之广度，还是在题材内容之丰富等方面，都远超之前的任何一个时代。它与唐代西域诗呈现着彼此照映又相互区别的艺术风貌，一方面承续了弥漫于唐代西域诗中奇异的边陲想象内容；另一方面更将目光转向现实生活，其视域从前代西域诗主要观照的戈壁大漠、风沙热海的自然奇景扩展到西域社会的人生百态，摹写实事、实景、实物，体现出生活的贴近性和现实的针对性。在行旅体验、风景游赏、交游唱和、日常生活中显示高扬的爱国热情、身陷边隅的心理困境、热切的乡思情结，徜徉于边疆文化的心灵感悟，以及生命意义的不断追问，使清代西域诗成为栖居西域大地的灵魂表达，呈现出复杂的思想、心理和情感特征。其变化原因不仅要归于时代风气的演变，还要归因于空间范围中地域文化的发展。历经宋元明三代，西域本土生活的许多民族宗教民俗已经完成了由佛教向伊斯兰教性质的转变。文学创作作为人类文化活动的有机组成部分，必然在时间与空间两个方位坐标上显示自己的存在。清代西域诗人身上承载着延续千年的中华传统文化根性，又受到自西汉以来历史、文学等诸种方式的西域书写的影响，形成了潜隐在内的西域认识；诗人亲赴边疆，受到了独特的西域自然风物、人文环境的浸染，加之诗人各自的身份经历等诸种复杂因素的共同作用，使清代西域诗呈现出独特的形态特征和审美艺术思维，体现出的是中华传统文化母体与西域独特地域文化子系间的对话与交流，呈现出独特的审美创造、审美追求与西域独有的地域性文化精神和中华传统文化的交融。因此，研究西域诗，固守从文学到文学的理路，必然难以突破狭窄的视觉拘囿，获得宏观、深入的认识。

近些年来，愈来愈多的研究者出于对"文学性"的反思，试图打破常规模式，破除"文学／文本""文学／历史""文学／社会学"的藩篱，在新的方法论路径下探寻新领域、新问题、新视角。他们试图将更大的文化的视角纳入文学研究中来，这既是学科发展的自身要求，又受到更大范围内社会科学研究向文化研究转向的影响。正如傅璇琮先生所说：

> 不能孤立地研究文学，也不能像过去那样把社会概况仅仅作为文化背景贴在作家作品背上，而是应当研究一时期的文化

背景及由此而产生的一个时代的总的精神状态,研究在这样一种综合的"历史——文化"趋向中,怎样形成作家、士人的生活情趣和心理境界,从而研讨出一个时代以及一个群体、个人特有的审美体验和艺术心态。[①]

然而,对于清代西域诗研究来说,仅仅注重"一个时代的总的精神状态"也还是不够的。西域诗还是特定地域的产物,嘉峪关外的茫茫戈壁造成了西域与国内其他地区文化上的差异,西域诗的创作显示了特定地域文化的性质和特征,作家的性格气质、思维方式、作品内容、艺术风格、表现手法等都受到了特定的审美观照对象的影响,从而在一定程度上表征着西域文化系统;或者说,西域诗是中原传统文化与西域文化交相汇流衍生出的生命形态。不站在这样一个立场而仅仅以纯文学的、静观的方式去阐释清代西域诗,其框架未免过于狭窄,难以深入把握在几千年的历史变动与民族融合中西域文学所体现出的文化的流动、精神的汇流,以及与中国文学总体发展过程的共振。

文学与审美之间有着天然的联系,文学创作本身就是人类审美经验的表露与传递方式之一。恩斯特·卡西尔曾这样揭示审美经验的特征:

> 我们的审美知觉比起我们的普通感官知觉来更为多样化,并且属于一个更为复杂的层次。在感官知觉中,我们总是满足于认识我们周围事物的一些共同不变的特征。审美经验则是无可比拟地丰富。它孕育着在普通感觉经验中永远不可能实现的

---

① 程国赋:《唐五代小说的文化阐释·序》,北京:人民文学出版社2002年版,第1页。

> 无限的可能性。在艺术家的作品中,这些可能性成了现实性:它们被显露出来并且有了明确的形态。展现事物各个方面的这种不可穷尽性就是艺术的最大特权之一和最强的魅力之一。①

从创作到解读,文学作品都离不开审美经验的依托和支撑。文学作品所具有的多样性、丰富性和无限解读的可能,根源于审美经验本身所具有的特征。因此,从审美文化的视角来探讨文学,常常会有意想不到的收获。

伴随着20世纪,特别是近30年来国内文学研究的整体推进,对清代西域及相关文学问题的研究也取得了长足的进展,研究论著不断丰富、研究课题不断开拓,清代西域诗发展的大致轮廓已经显现出来。然而,仅仅停留于对清代仕宦、游幕、流贬于这一区域的个别作家做生平的描述、对其作品进行文辞考辨或文学价值的解读,其成果必然显得单一、零散而薄弱,难以进行更加有效、深入而细致的讨论。只有通过研究方法或视角的更新,才有进一步突破的可能。笔者以为,从审美文化视角介入,能够让我们超越诗歌的具体文本,结合整个西域诗乃至清代诗歌视野,依托整个中国文化发展背景及西域的发展历史、自然人文环境,考察清人的西域审美文化心理与审美价值观念,探求清代西域诗独具的审美特征和鲜明的创造个性,从而获得对清代西域诗更新、更深、更完整的认识。

二、研究设想与研究方法

清代西域诗研究数量上已有一定的积累,涉及绝大多数西域诗人的创作,研究的层面也比较丰富,但亦有再讨论的空间。值得欣慰

---

① [德]恩斯特·卡西尔著,甘阳译:《人论》,上海:上海译文出版社1985年版,第184页。

的是，星汉先生《清代西域诗研究》作为扛鼎之作，勾勒出了清代西域诗发展的总体面貌，并对各个作家的创作特色进行了十分深入的论析，对今后的研究具有高度的借鉴与启发意义。但从总体研究现状来看，其不足也是十分明显的。

首先，清代西域诗的概念和范围需进一步理清。在清西域诗歌研究逐渐引起学者关注的同时，科学严谨地界定清代"西域诗"这一概念，是十分必要的。由于历代"西域"所指范围不断改变，所以容易造成理解上的歧义；历代以来行政区划的变动，也给人们造成认识上的混乱；站在中国文学总体创作立场上所指称的"西部诗""边塞诗"也容易与"西域诗"混为一谈，从而造成概念的模糊与研究局面的杂乱。

其次，缺乏理论性总结。清代西域诗研究从起步至今已三十多年，应该说取得了很大的进步，无论从文献的收集与整理、研究内容和深度的拓展、研究方法的更新等方面都有值得欣慰的成果，但总体看来还略显零散和浅薄，缺乏系统性和厚重感。尽管相关论文已有数十篇之多，但多数论文研究对象比较分散，其结论缺乏普遍性或归纳性的意义，其中虽然不乏深度的论述，然终究不全面。即使是研究目标比较集中的几位诗人，其观点也大同小异，研究总体具有简单重复的特征。几种以清代西域诗为研究对象的硕士学位论文也多是针对某一部清代西域诗别集进行研究，多为基础问题的梳理，理论深度与论述力度略显不足，还有待进一步深入。

再次，研究视角与研究方法的单一。从大致的研究现状来看，除了部分研究针对这一时期某一固定群体（如流人、官员、少数族裔作家群等），一般的视角即是对清代仕宦、游幕、流贬于这一区域的个别作家做生平的描述、对其作品进行文辞考辨或文学价值的解读等，此类研究的成果数量较多。这些研究勾勒出了西域文学的大致面貌，也为日后的研究打下了一定的基础，其价值自不待言。不过，就其方法论而言，这些研究一般都缺少某种宏观架构的价值定位，缺乏更为有效、深入或细致的讨论，显现出成果单一化、零散化、薄弱化等不足。或者说，其中的许多研究仍然停留在一种介绍性或是表面化陈述的层面，没能高屋建瓴式地对整个清代西域诗的创作进行理论上的总结。可以说，其研究步伐与总体文学研究发展进程是不同步的。虽然在当下的文学理论和批评中引入的新理解范式已经非常丰富，但是将之应用于西域文学研究尚未有效地开展。因此，在很大程度上说，只有引入新的研究范式，西域文学研究的进一步深入才有可能。

（一）研究设想

审美文化背景下的清代西域诗这一课题，是从审美文化角度对清代西域诗进行考察研究的新探索，研究这一选题包含着这样几层目的：

其一，本选题不是仅以单个诗人和单篇作品为研究对象，而是从审美文化的视角，以"清代西域诗"为研究对象，换言之，本选题不局限于对单个诗人西域诗歌创作的研究，而是在历代西域诗歌创作活动的视域中对"清代西域诗"的创作进行考量，深入探讨清代实学盛行的学术氛围对西域诗创作的影响，探讨清代西域诗创作中独具的审美趣味、审美理想、审美价值标准等。

其二，比较清晰地描述中国传统审美文化对清代西域诗创作的影响。本选题的确定基于这样一种认识前提：在清代以前漫长的西域书写历史中，已然积淀形成国内其他地区有关西域的独特知识体系，这一体系杂糅着客观的事实与扭曲的想象，如以往对西域戈壁风沙、雪山热海的过度书写，形成了西域蛮荒、落后、艰苦的刻板印象，遮蔽了西域丰富多样的本来面貌，形成了西域诗人关于西域的某些成见。这些书写，包括历史中对西域的记载、亲历西域的行记，以及长久以来的边塞诗书写传统,形成了关于西域的审美经验,本选题的目的之一即考察这种审美经验所形成的西域审美心理及其对西域诗创作产生的潜在影响。

其三,考察亲历西域的经历为西域诗创作带来的影响。不同身份地位、民族文化背景、遭遇的诗人个体,在接受西域历史地理、宗教民俗的过程、方式以及表现的态度上有所不同,亲历西域使诗人在多样化的山川风物前有了不一样的内心体验,旧有的知识系统与亲身体验的共同作用,开阔了诗人的胸襟,形成了关于西域的新认识,同时也带来了诗人主体情感和诗风的演变,考察这种变化也是本选题的目的之一。

其四,探讨并挖掘前述现象和过程背后审美观念的演化对清代西域诗的创作题材、写作手法、诗歌风格带来的影响。

（二）研究方法

为了适应当代对文学研究的多元化趋势,以传统美学理论为依托,结合文献学、诗学、人文地理学、历史学、民俗学以及西方符号学等的相关理论,考辨清代西域诗歌的发展源流,揭示其出现的文化背景,目的是将诗人的作品放在具体的时空条件和社会活动中去,显示诗歌活动在当时的实际状况,从而探寻西域诗发生、发展的文化进程。

清代诗人对西域的审美大体上基于三个维度:个人的身份遭际、历史书写建构起来的西域审美价值观和地域风情自然引发的审美观照。三者结合在一起,共同作用于诗人呈现出的感性化和符号化的特征。

三、研究内容

本书的研究分为三个层面:

第一,概念的厘清和界定。西域既是一个自然地理区域的概念,同时又是一个文化意义上的概念。历史上,"西域"一词的所指范围曾经有过多次变动,但其核心部分均指包括新疆在内的中亚地区,清代曾将西域与新疆并称。按照《嘉庆重修一统志》的区划,星星峡以西为西域东至边界,许多研究者也遵循这一区划界定西域诗。但是,与实际上的行政区划相比,心理上的西域与国内其他地区的界限也需要重视。明代长期实行的嘉峪关闭关而治政策,对清人的西域与国内其他地区界限的认识带来的影响不容小视。本课题拟结合清代西域区划与清人心理上普遍接受的有关西域范围的观念,来界定西域诗的范围。

第二,清代西域诗歌数量大、作者多,但在抒写题材上具有一定的趋同性,这一现象的出现并非偶然,其背后隐藏着特定的民族心理和思维方式,是民族文化心理长期积淀的结果。如对西域奇异的自然景观、英雄意识的抒发、思乡、思亲等的描写,都是前代西域诗常见的主题。清代西域诗创作在延续这些主题的同时,又表现出在特定时代文化影响下的独特之处。还有一部分主题是前代西域诗没有涉及的或缺乏深入的,如田园风情、特异的少数民族风情的描写等,通过对这些模式化题材的分析,我们可以看到其后所隐含的受时、地的双重影响而形成的审美经验、审美心理、审美观念等,这是本书的主体部分。

第三,探讨清代西域诗独具的审美品格。受特定地域文化的影响,清代西域诗表现出沉郁凝重的总体风格,但也不乏自然平易的创作。其艺术旨趣也在继承前代西域诗猎奇好异的美学倾向的同时,更表现出受时代风气影响下的客观写实。在意象凝造方面,它也进一步丰富了前代西域书写所形成的意象系统。本选题拟通过对这三个方面的分析,来探讨清代西域诗的审美品格。

总之,三个层面的切入是为了获得对清代西域诗所体现的审美文化的由点到面、由微观到宏观的认识，全面展现清代西域诗对传统文化的继承以及受地域、时代影响而产生的新变，从而凸显清代西域诗独具的审美文化特色及其在历代西域诗创作史上的独特地位。

四、研究现状

近年来，随着地域性文学研究的兴盛，清代西域诗的研究也开始逐渐摆脱依附于边塞诗研究的尴尬地位，呈现出逐渐繁荣的态势，其标记是一系列西域诗选集的编辑和出版、研究专著的出现以及大量学术论文的发表。

（一）文献的收集整理

清代，西域再次统一于中原王朝，伴随着西域的再度回归，大量的内地人士来到西域，其中有官员、军人、幕僚，也有获罪被遣的流人。进入西域，路途遥远，行程将近半年之久，其艰难险阻自不待言。他们停留于西域的时间长短不一，或仅数月，或达十几年之久。西域特异的民族风情、独特的自然地理环境，激发了歌者的创作热情，于是诗歌成为他们记录见闻、抒发情志的最佳媒介。然而这些西域诗散布在清人浩如烟海的诗文总集与别集之中，为研究者带来了意想不到的困难。打破这一局面，肇始之功要归于1982年新疆人民出版社出版的吴蔼宸选辑的《历代西域诗钞》，其共收录了自汉至清吟咏西域边疆地区人情风物的诗歌958首，其中清人的诗作有747首，涉及22位诗人。由清代西域诗的入选比例，可知西域诗在清代的创作之兴盛。吴蔼宸先生以一己之力，不仅搜检出一些知名学者或官员的创作，如纪昀、洪亮吉、林则徐、张荫桓、王树枏等，也整理出一些不甚知名的人士的创作，如李銮宣、易寿崧、施补华、史善长等。诗钞征引文献类别繁多，充分体现了吴先生踏实的学风和深厚的文献功底。并且所选诗歌大都标明出处来历，为后来的研究者节省了许多翻检之力。该书编纂时间较早,原本定于1964年出版,但因为"文化大革命"而搁置,吴蔼宸先生也于1965年去世。今本为新疆人民出版社根据原书稿目录及一份残缺校样重新编辑,可说是一部未完稿,因此存在许多缺陷与不足。比如对于"西域诗"的界定尚欠明确。《诗钞·序》中有:"凡歌咏当地(按:当指新疆,非指西域)风土人情,以及赠行咏物诸篇,均在采取之列。推至篇中凡有'天马'、'天山'、'塞庭'、'瀚海'、'沙碛'、'玉关'、'河源'等字者,皆认为西域之诗,其涉及地名者更无待论。"这一选取标准无疑过于宽泛而含糊。另外编纂体例也不够严密:在诗作的编排顺序上也存在较大误差;清代诗人中的17位有小传简介,许孙荃、沈青崖、王苍孙、左宗棠、张荫桓五人则无。然而虽然有许多缺陷,但《历代西域诗钞》的导引之力却功不可没。

先于《历代西域诗钞》,1981年新疆人民出版社出版的由陈之任等六位先生合作的《历代西域诗选注》,正是在《历代西域诗钞》的导引下完成的。其《前言》中说明:"本诗集的编撰过程中,曾参考吴蔼宸先生选辑的《历代西域诗钞》宋、元、明、清部分的校样残页……并曾部分采用吴先生所写的作者小传。"全书共选注历代46位作者的275首诗及无名氏乐府诗6首,其中清代共15位诗人的193首诗作入选,绝大多数为《历代西域诗钞》所载,新增入的仅洪亮吉《自三堡至头堡,一路见刈麦者不绝》、景廉《把杂尔》和萧雄《才能》三首诗。但因每首诗都有较详尽的题解和注释,并附有作者小传,同样给后来者提供了很大方便。

其后,西域诗选本种类渐次丰富。1990年,新疆人民出版社出版了浩明先生的《乌鲁木齐诗话》,该书基本以其在《乌鲁木齐晚报》开辟的千字文专栏《乌鲁木齐诗话》发表的60余篇清代西域诗词赏析类文章结集,所评诗歌除出自《历代西域诗钞》外,还增加了和明、福庆、舒其绍、祁韵士、颜检、和瑛、曹麟开、铁保、黄濬、李芬、钟广生等人的诗作。顾骧先生为其作序说："浩明君所撰《乌鲁木齐诗话》，诚然并非是一部研究古代边塞诗的学术论著，而是一部前人西域诗词赏析读物，但却是有意义的尝试。它撷取了从战国时期至民国年间历代迁客骚人吟咏乌鲁木齐的诗篇，联系乌鲁木齐的历史、人物、山川、名胜、轶事，作了娓娓动人的阐述。……融趣味性、知识性于一炉，汇鉴赏性、资料性为一体。"

1992年，新疆人民出版社出版了由星汉、栾睿、雪维选注的《西域风景诗一百首》，其中选入38位清人诗作86首。该书虽定位为普及读物，但与前几部西域诗选相比，增加了岳钟琪、阿克敦、国柱、国梁、惠龄、陈庭学、曹麟开、王曾翼、毓奇、和瑛、晋昌、成书、颜检、铁保、秀堃、色桐岩、成瑞、萨迎阿、麟魁、雷以諴、方希孟21位西域诗人的西域诗作，且入选以"亲历西域"为标准，明确了西域诗的界定，并简要介绍了每位诗人的生平经历，极大地拓宽了人们的研究视野。

迄今为止对清代西域诗收集整理最为有力的是星汉先生，其爬罗剔抉、博采广摭，积八年之功，于1992年成《清代西域诗辑注》，并于1996年由新疆人民出版社出版。这是自吴蔼宸《历代西域诗钞》以来，清代西域诗编辑整理的另一重要成果，共收录清代58位诗人1111首诗作。该书新增入阿桂、伍弥泰、奎林、庄肇奎、赵钧彤、辰州戍客、王大枢、鄂忻、舒敏、杨廷理、秦承恩、韦佩金、方受畴、邱德生、福勒洪阿、方士淦、许乃毂、璧昌、成瑞、姚雨春、杨泉山、张葆斋、钱江、毓书、杨炳堃、志锐、李芬、钟广生，共28位诗人的西域诗作。不仅收录诗人及诗作众多，且辑录范围明确严格。其对西域的界定，以《嘉庆重修一统志·新疆统部》区划为准，以星星峡为限，"故凡星星峡以西之诗作，皆在辑录范围。……人虽曾西出玉关，足迹未及星星峡者，皆割舍不录"（《清代西域诗辑注·前言》）。为方便研究者取资，"尽可能考出作者生平及诗作的写作时地，并作了简要注释"。"在此以前，吴蔼宸先生辑有《历代西域诗钞》(1982年，新疆人民出版社)，收录了清代诗人22位，诗歌800余首。星汉同志所收录的诗篇，全部未见于《历代西域诗钞》，二书除二人重见外，共得诗人78位，诗近2 000首。我们从而可以看到清代西域诗的面貌了。"(李修生《〈清代西域诗辑注〉序》)可以说，虽然两部总集并未将清代西域诗搜罗殆尽，这项工作还须继续进行，但两位先生在故纸堆中的爬梳钩稽，终于给我们勾勒了清代西域诗创作的大致轮廓，为整体、系统地研究清代西域诗带来了可能。

在总集编著出版的同时，诗人别集的文献收集整理工作也在进行。

1985年，郝浚、华桂金、陈效简耗时五年，完成了对纪昀在乾隆三十三年到三十五年遣戍乌鲁木齐期间创作的《乌鲁木齐杂诗》160首的注释，成《乌鲁木齐杂诗注》，于1991年由新疆人民出版社出版，纪昀"《乌鲁木齐杂诗》一百六十首，一般说在内地流传不广，未有注本。本书注者多年辛勤，踏访有关实地，咨询父老，对勘异本细作校勘，使诗中许多地名和物名有了今古的联系。全书的注释具体、详尽，这对了解清代时新疆的政治、历史、经济、方土风俗、地理概况，对了解纪昀的生平和思想，都是大有益处的"(刘瑞明《〈乌鲁木齐杂诗〉诗意和评注辨析》，《西域研究》1993年第1期)。

1997年周轩先生编辑了《林则徐诗选注》，此书选注林则徐诗作220首，流放期间的诗作占四分之三，在新疆的诗作几乎全部选入。林则徐是对中国历史进程有重要影响的近代名臣，对其诗文的编辑与整理工作由来已久。1978年，已有上海师范大学历史系中国近代史组集体编注的《林则徐诗文选注》，注文简略。1987年，海峡文艺出版社出版了郑丽生校笺的《林则徐诗集》，"郑丽生先生穷一生精力,于林则徐诗作广事搜罗,亲加笔校,成《林则徐诗集》一巨册,林则徐诗作可称大体完备,其功固不可没,唯高年成书,容有讹误。周轩君遂有纠谬摘误之文以补前贤之不足。两代学者的辛勤烦劳,使林则徐诗作之汇聚,将益臻完善"(来新夏《林则徐诗选注·序》)。林则徐诗作好用典故,周轩先生的注释对于理解其著作大有裨益。

2006年,新疆大学出版社出版了四部清代流人的西域诗文集,共四册:《林则徐新疆诗文》(周轩、刘长明)、《纪晓岚新疆诗文》(周轩、修仲一)、《祁韵士新疆诗文》(修仲一、周轩)和《洪亮吉新疆诗文》(修仲一、周轩)。《林则徐新疆诗文》所收林流放期间诗作80余首,并《回疆竹枝词三十首》;《纪晓岚新疆诗文》收纪诗之《乌鲁木齐杂诗》162首,并《阅微草堂笔记》中与西域相关之文;《祁韵士新疆诗文》收祁韵士《濛池行稿》和《西陲竹枝词》;《洪亮吉新疆诗文》收洪诗之《万里荷戈集》和《百日赐环集》。林则徐、纪晓岚、祁韵士、洪亮吉皆为清代西域流人中的杰出人士,其诗文无论在数量上还是在质量上,均在西域诗歌中处一流地位。四位诗人新疆诗文的结集出版,省却了研究者许多搜索之力,同时,在编排体例上,四部书也用心颇细,每首诗除注释外,诗后还附有笺说,主要提示诗歌的创作背景,并且对思想内容、表达情感方面也作简要的评说。另外,四册书均在《前言》中详尽介绍诗人的生平,在新疆期间的活动经历、主要贡献、诗歌成就等。周轩先生长期致力于新疆流人研究,功力深厚,有《清宫流放人物》《清代新疆流放名人》《清代新疆流放研究》等问世,这四部诗文集的编注周轩先生均参与其中,校勘精细,注释严谨,堪称精品,实为其多年研究积累之创获。周轩先生一向主张对西域诗应当"辑录范围宜严,但也应灵活把握",故而所收林作与洪作并非都创作于嘉峪关外,使用时须认真辨析。

另外,山西人民出版社1991年出版的李銮宣《坚白石斋诗集》,

由刘泽、孙育华、陈金戈点校,其中的《荷戈集》三卷,大多是作于嘉峪关外的诗作。2000年香港新世纪国际金融文化出版社出版的刘汉忠编校的《杨廷理诗文集》,其中,西域诗集中于《西来草》《西来剩草》《东归草》中。这些别集的整理和出版为研究带来了极大的方便。

屯垦是自西汉以来的历代中央政府采取的一大举措,对稳定边疆、巩固统治具有非凡的意义。2001年,新疆人民出版社出版的由星汉、王瀚林选注的《历代西域屯垦戍边诗词选注》,从专题角度出发,共选65位诗人的343首诗词,入选标准为"躬践斯土""作于西域",其中绝大多数为清人作品。从体例来看,每首诗不仅有注释,诗后还附有说明,对诗歌内涵和艺术特色作简要评介,具有很好的参考作用。

(二)综合性研究成果

在长期的文献收集整理的基础上,西域诗研究也出现了许多综合性研究成果。

1993年敦煌文艺出版社出版的薛宗正《历代西陲边塞诗研究》,为第一部西域诗歌研究专著,共收论文30篇,是对自先秦以来西陲边塞诗进行的研究,其中研究清代西域诗人及其文学创作的有16篇。薛宗正为著名突厥史专家,其研究"体现了钩沉索隐的治史之风,既立足于前人基础,又不囿于其限而广加搜证;考据甚丰,佐证并重,立论严谨,史料翔实。不仅增补了前人疏漏(特别如清代),同时也弥补了以往就诗论诗之不足"(刘宾《历代西陲边塞诗研究·序》)。其论述注重还原诗人的历史境遇,给予体贴之同情,并将之放在西域特定环境中进行论述。书后,薛先生特用两个章节的篇幅,对我国历代西陲边塞诗的源流、发展过程及艺术特色作了专门的研究,如他在谈到西陲边塞诗独特的精神特质时,将之归根于不同文化之间的碰撞:"奇特的异域情调与粗犷雄放的风格构成了西陲边塞诗独特的艺术魅力。这一魅力来自中原的汉族传统农业文化与西陲游牧文化碰撞后迸射出来的灵感激光。"这一见解十分精辟。他还结合诗的本质问题,对历代西陲边塞诗的风骨、意象、神韵进行了深入的探讨,至今仍有借鉴意义。

2009年,上海古籍出版社出版了星汉先生的《清代西域诗研究》,共论述了85位清代诗人的西域诗,可谓清代西域诗研究的扛鼎之作,是星汉先生历时近三十年,出入各大图书馆,收集整理西域诗歌文献的心血结晶。全书大体按照清代统一西域前、统一西域期间、统一西域后和新疆建省后的时间顺序分为十八章,统一西域后的诗人众多,则以其身份分章。对每位诗人的生平经历、赴疆原因、在疆经历均力求梳理清晰,同时注重总结其作品在内涵或艺术上的显著特点,以求论题的鲜明。这部著作是星汉先生"二十年来研究西域诗歌的阶段性成果,也是我国学术界第一部关于清代西域诗的综合性研究著作。全书资料丰富,人物众多,脉络清楚,对清代西域汉文诗作者及其诗作进行系统论述,是一部完整的清代西域诗史"(李修生《清代西域诗研究·序》)。全书点面结合,既清晰地梳理了清代西域诗的历史发展,同时也对每位诗人均有较为详尽的论述。为了增强对作品的理解,星汉先生沿着清代西域诗人的行旅轨迹,沿途踏访,行程两万余里。作为当代著名诗人,星汉先生的诗词创作经验对其研究也大有裨益,往往能深入堂奥,获得独到的见解。同时在资料的完整性和丰富性方面,三十多年来的西域诗歌研究著作无出其右,是从事清代西域诗研究绝不容忽视的一部学术性著作,具有很高的参考意义和借鉴价值。

2012年,新疆大学出版社出版王开元等著的《西域文化对中国古代诗歌的影响》,探讨自先秦至清末西域文化对诗歌的影响。其第七、八章论述的是清代西域诗,虽篇幅不多,但从文化视角切入,突破了文学研究狭窄的局限,在西域历史、地理、民族、制度等方面的联系中,对诗歌进行全方位的解读,是一次有益的尝试。但著者较多,在论述中仍未能突破逐个诗人论述的模式,也未能构建一个完整的观照体系。

(三)学术论文

除以上所述专著外,在国内学术刊物发表的清代西域诗研究相关论文近年来逐渐增多,从研究内容上看,大致可以分为以下几个方面:

1. 清代西域诗人个案研究

个案研究在清代西域诗研究中较为普遍,这些个案研究的对象主要集中在几个西域流放名人及其西域诗创作上。其中,对纪昀、洪亮吉、林则徐的研究最为集中。

以纪昀西域诗研究为例,即有周寅宾《春风已度玉门关——从纪昀的〈乌鲁木齐杂诗〉谈起》(《社会科学战线》1984年第1期),王希隆《纪昀关于新疆的诗作笔记及其识史价值》(《中国边疆史地研究》1995年第2期),黄刚《论纪昀的西域边塞诗》(《兰州教育学院学报》1996年第1期),董苏宁《〈乌鲁木齐杂诗注〉史实辨析》(《新疆大学学报》1998年第1期),鞠凤梅《论纪昀的西域边塞诗》(《赤峰教育学院学报》2001年第2期),袁梅《从纪晓岚的诗文看清代北疆的屯田建设》(《新疆职业大学学报》2007年第1期),吴波《纪昀的西域谪戍生涯及〈阅微草堂笔记〉反映西域风土人情的特点》(《广西师院学报》2002年第2期),赵红《从〈乌鲁木齐杂诗〉看清中期新疆移民的文化生活》(《名作欣赏》2012年第20期),郭院林《从〈乌鲁木齐杂诗〉看乾隆年间新疆移民文化》(《大众文艺》2009年第24期),邓大情、李泽纯《论〈乌鲁木齐杂诗〉中的农事诗》(《农业考古》2010年第4期),李葛《漫话纪晓岚流放乌鲁木齐的生活》(《新疆教育学院学报》2006年第1期),刘树胜《颂圣歌一统 玲珑向日心——

纪晓岚〈乌鲁木齐杂诗〉的情感主题之一》(《沧州师范专科学校学报》2007年第2期)，吴玉霞《浅析〈乌鲁木齐杂诗〉反映的友好民族关系》(《新疆教育学院学报》2008年第2期)，朱彩霞、张书进《西域文化对纪晓岚〈乌鲁木齐杂诗〉的影响》(《安徽文学》2008年第1期)，易国才《酝酿深厚，罔不与古相合——纪昀〈乌鲁木齐杂诗〉探究》(《石河子大学学报》2010年第5期)，陈云、易国才《〈乌鲁木齐杂诗〉的创作与版本》(《黄石理工学院学报》2011年第2期)等。纪昀之所以在西域诗研究领域获得特别的关注，一方面是因为纪昀作为《四库全书》总纂官，在学术上的地位极高；另一方面，纪昀极高的文化修养使其诗作艺术性较强。这些论文普遍认为，《乌鲁木齐杂诗》具有史诗的性质，"《杂诗》真实而全面地展现了十八世纪中后期西域边塞地区的生活画面，是绝妙的边陲风俗画卷，甚至可称之为我国历史上第一部以诗歌形式写就的有关西域风情之微型百科全书"。同时，《杂诗》也开拓和创造了西域诗的新题材，如写矿产物产、述市镇建筑、记边地新变等，均为纪昀首创，写西域风光，也着力表现其美好可爱的一面。《乌鲁木齐杂诗》开创了清代新疆竹枝词的先河，对洪亮吉、林则徐等人的创作产生了较大影响，带来了用竹枝词描写新疆风土人情的创作形式的繁盛。

专门研究林则徐西域诗的论文也比较丰富，研究集中于两个焦点上：一个是对林则徐《回疆竹枝词》的研究，从语言学的角度研究而对于文学研究具有借鉴意义的有廖冬梅《林则徐〈回疆竹枝词〉中的维吾尔语考释》(《中央民族大学学报》2006年第2期)、赵世杰《林则徐〈回疆竹枝词〉中的维吾尔语词》(《语言与翻译》1994年第4期)等。从民俗学、历史学角度入手的是周轩《林则徐〈回疆竹枝词三十首〉新解》(《西域研究》2003年第2期)，他对《回疆竹枝词》的内容进行了新的解析，揭示了林作在反映维吾尔族在清代的历史、制度、南疆农作、节气、历法、宗教等方面的作用,肯定了《回疆竹枝词》的历史认识价值。尹建新《超凡入圣荣辱皆忘——读林则徐的西域诗〈回疆竹枝词〉》(《华夏文化》2000年第4期)、宋彩凤《文化交流视野中的林则徐及其〈回疆竹枝词〉》[《文学教育》(下)2015年第9期]肯定了《回疆竹枝词》"突出新疆民族特色,富有鲜明的地方韵味"。另一个焦点是林则徐西域诗的爱国主义色彩,如李甲杰《论林则徐的流戍诗》、董玲《林则徐西戍组诗浅析》、管林《民族精神的形象体现——林则徐戍边诗管窥》,都认为林则徐的流戍诗,与以前的诗歌相比,"既深刻地反映了社会,又真诚地表现自己忠诚体国的情操。而且没有忧生之磋和个人荣辱进退之念。所以在思想性上两者是不可同日而语的"。其他如杨丽《林则徐西域诗的用典及其特色》、文舟《论林则徐流放诗的用典艺术》等文都详细地分析了林则徐流放诗的用典特色,魏云芳《浅议林则徐遣疆后诗文创作艺术特色》(《文学评论》2014年第10期)对我们进一步理解林则徐在新疆写的诗歌有重要意义。

另外,与林则徐西域诗相关的还有一些外围研究,如纪大椿《林则徐回疆勘田述议》(《新疆社会科学》1986年第4期)、肖忠生《林则徐在新疆》(《福州党校学报》2001年第3期)、周轩《关于林则徐在新疆思想和实践的评价》(《新疆大学学报》2006年第6期)等,相关史实的发掘对我们理解诗歌的内蕴有极大帮助。

对洪亮吉西域诗的研究也是近年来关注的热点。着眼于洪亮吉贬谪经历与西域诗创作的有刘兆云《洪亮吉万里荷戈》(《新疆大学学报》1978年第2期)、许荣生《洪亮吉西域诗琐议》(《青海师范大学学报》1986年第4期)、周轩《洪亮吉万里荷戈》(《紫禁城》1989年第1期)等。刘坎龙《峰因松秀 松以峰奇——洪亮吉西域诗〈松树塘万松歌〉赏析》(《新疆地方志》1991年第1期),从《松树塘万松歌》入手揭示洪亮吉的边疆之情。李中耀《洪亮吉对西域壮美山河的吟唱》(《新疆大学学报》2000年第2期)以充满感情的笔触,论述洪亮吉对西域壮美山河的赞美,揭示洪亮吉磊落洒脱之情怀。

其他西域诗人的研究一般也有一到两篇学术成果,其中一些研究站在诗歌发展史的意义上评价诗人的创作,揭示清代西域诗人在题材内容与艺术手法方面的开创之功。如凌笙《试析萧雄的西疆杂述诗》(《新疆社会科学》1986年第1期),着重论述了萧雄对西域诗题材的开拓。对萧雄抛开传统西域诗的内容表现领域,着力表现边疆少数民族人民多彩多姿的生活,情趣迥异、格调别致的田园风情给予了高度评价,认为诗人的这种不因循守旧、除陈布新、勇于独创的精神和努力,不仅孕育和形成了他的诗在西域诗坛上与众不同的风格和特色,而且还为西域诗歌园地开辟了新的花圃,培育和增添了纤巧、清新的新品种。薛宗正《诗人曹麟开的西戍杂咏》(《喀什师院学报》1992年第1期)高度评价了曹麟开在西域诗歌史上的地位,认为他的《纪事诗》十六首,实为一组歌咏清军出关、平定地方叛乱、完成祖国西疆统一大业的壮丽史诗。《竹枝词》三十首则继承了纪晓岚的传统,全面地考察了新疆的自然、人文景观,可以视为一部民俗风情的连环画。曹麟开在清代边陲诗的演变进程中,是一位承前启后的重要人物。星汉《试论国梁西域诗及其在新疆的贡献》(《民族文学研究》1999年第2期)从西域诗歌发展史的角度,论述了满族诗人国梁西域诗所具有的开创意义:历代亲历西域之诗人中自愿请求西戍守边的第一人;是历史上进入西域管理屯田并歌颂屯田的第一人;是在历代西域诗中表现民族平等、华夷一家思想的第一人;是历代赴西域诗人中主动学习少数民族语言,并以少数民族语言入诗的第一人;是为新疆风景命名的第一人。论文通过对史料的发掘,奠定了国梁这一名不见经传的满族诗人在西域诗歌史上不可替代的地位,为我们认识西域诗的创作提供了新的视角。孙文杰《和瑛诗歌与新疆》(《西域研究》2013年第2期)以和瑛新疆诗歌为研究对象,再现其出入新疆的活动情况,通过其词对新疆具体风物的描绘、新疆统一和经营的追述,探究这些因素对诗人心态和诗歌内容的影响及这一特殊地域与其诗歌创作之间的密切关系,评价十分中肯。

对诗人创作心态的研究,也是个案研究的一个重要方面。星汉《陈寅西域诗浅谈》(《新疆教育学院学报》2008年第4期)着重论述了陈寅大量的西域怀古诗与其现实心态的关系,并梳理了其诗作中所反映的在伊犁的谪戍生活与交游状况。陈寅是历代西域诗人中存诗最多的一位,对其西域诗的梳理有利于把握清代诗人的文化心态。杨镰《流放的诗人》(《文学遗产》2000年第5期)以王大枢为具体对象,探讨在困境与危难中,诗人的可再造精神空间。对我们认识在处境恶化、行动与思想受到禁锢境遇中的诗人心路历程有很好的启示意义。吴华峰、周燕玲《"天山渔者"王大枢的遣戍生涯与诗文创作》(《西域研究》2014年第4期)论述了《西征录》是王大枢遣戍生涯的实录,其诗歌题材主要分酬唱赠答与吟咏史事古迹两类,从不同角度反映出遣戍文人的日常交往、心态变化及文学活动。他的《天山赋》以虚实结合之笔摹写异域风物,具有历史、文化、文学等多重价值。刘汉忠《伊犁戍客的生活及心灵诉求——以杨廷理伊犁诗为例》(《伊犁师范学院学报》2005年第2期)以伊犁戍客杨廷理为例,说明乾、嘉两朝戍客中的名人学士,著书立说,吟诗明志,所形成的一种独特的戍客文化现象,并对杨廷理的创作心理作了系统的梳理。

对于诗人诗作历史价值的评价,也是个案研究的常见论题。如杨丽《论施补华西域诗的历史文化价值》(《西域研究》2011年第2期),史国强、崔凤霞《徐步云生平及其西域诗作研究》(《西域研究》2011年第3期),张建春《徐步云和他的伊犁诗作》(《西域研究》2012

年第3期)、张建春《徐步云与〈新疆纪胜诗〉》(《新疆大学学报》2012年第5期)等。

从思想意义角度论述诗人创作价值的,如尤海燕《论清代国梁西域诗的田园之风》(《新疆教育学院学报》2005年第3期)、刘靖远《西域美丽风情的热情赞歌——论宋伯鲁西域诗的爱国情怀》(《新疆教育学院学报》2007年第1期)等。

对诗人诗作作全面研究和评价或从某个特定角度立论的如星汉、李平兰《阿克敦〈奉使西域集〉论略》(《新疆社会科学》1990年第1期),金泰方《阿克敦的〈边塞诗〉》(《满族研究》1986年第1期),星汉、李建华《颜检西域诗简论》(《新疆师范大学学报》1989年第3期),刘汉忠《此味惟应逐客知——杨廷理伊犁诗述略》(《新疆地方志》1999年第2期),杨丽《黄濬流放新疆期间的诗作》(《新疆大学学报》2000年第2期),彭敏《从方希孟边塞诗看其入疆的复杂心境》(《西昌学院学报》2012年第2期),赵新华《浅析萨迎阿的新疆诗歌创作》(《新疆社科论坛》2010年第5期),宋彩凤《王曾翼的〈回疆杂咏〉与南北文化融合》(《甘肃联合大学学报》2010年第5期),史国强、崔凤霞《徐步云生平及其西域诗作研究》(《西域研究》2011年第3期)等。

个案研究几乎涉及已经发现和有别集存世的所有西域诗人,其研究内容涵盖诗人的生平、西域生活、经历、创作心理、艺术特点、文学价值及史学价值的评价等方面,其中也有较多的论文注意到了诗人复杂的文化心理,这些研究对于我们从审美文化视角理清清代西域诗人的创作特色具有很好的启示意义。

近年来,也陆续有一些硕士论文聚焦于西域诗人及其创作研究,也属于个案研究的范畴,如李阳《许乃毂与瑞苓轩诗钞研究》(2011年)、杨娟《林则徐遣戍新疆的心路历程与诗文创作研究》(2011年)、刘志佳《汪廷楷〈西行草〉整理与研究》(2011年)等。

2. 清代西域诗发展概貌研究

从总体上梳理清代西域诗的发展,理清其产生发展、思想内容、艺术特点与风格的独特之处,是这类研究的主要内容。如张玉声《谈西域文学的两翼》(《新疆师范大学学报》1987年第1期),黄刚《论清代西域边塞诗之特色》(《上海师范大学学报》1996年第1期),黄刚《清代边塞诗繁荣原因初探》(《学术研究》1996年第6期),李中耀《乾隆统一新疆与清中期西域边塞诗的兴起》(《江海学刊》2000年第2期),胥惠民《古代边塞诗派的成熟兴盛与大西北》(《河北教育学院学报》2004年第6期),胥惠民《古代西域文学论纲》(《新疆教育学院学报》2005年第1期),石利娟、余红莲《新疆独特的自然人文氛围与清代西域边塞诗》(《新疆社科论坛》2006年第1期)等,对清代西域诗产生的原因与发展概貌有了一个总体的勾勒,对其特色的认识更是透露着真知灼见,值得认真研究。

3. 清代西域诗爱国主题研究

清代西域诗是在特殊的地域环境下,依托特殊的历史文化背景产生的,因此其创作在一定程度上显示出主题的一致性。对这类主题的研究也有一定的深入。如研究爱国主题的有仲高《祖国统一的主题 西域风情的画卷——西域边塞诗揽胜》(《新疆社会科学》1990年第6期),胥惠民、白应东《漫论西域诗的爱国主义》(《新疆社会科学》1984年第1期),胥惠民《各族人民团结建设和保卫边疆的赞歌——漫论西域诗的爱国主义》(《新疆师范大学学报》1984年第1期),星汉《清政府统一天山南北西域诗论略》(《西域研究》2002年第2期),张建春《论清代西域诗中维护国家统一情怀的展抒》(《新疆大学学报》2007年第3期),张建春《清代新疆流人诗作的边疆之情》(《新疆大学学报》2011年第4期),赵嘉麒、范学新《愿得此身长

报国——论西域诗歌中报国立功的民族精神》（《新疆大学学报》
2007年第2期）等。还有一些研究是针对西域诗中的屯垦戍边主题，
如庞务《纪昀赋诗唱屯垦》（《新疆师范大学学报》1985年第2期）、星
汉《清代新疆屯垦诗论》（《西域研究》1999年第2期）、鲁靖康《清代
西域农事诗研究》（《伊犁师范学院学报》2010年第4期）、刘坎龙《无
边塞愁苦之音的清代屯垦戍边诗——以"春风、玉关"意象为例》
（《石河子大学学报》2012年第4期）等。西域具有特殊的地理环境
和民俗风情，由内地入关的诗人在其诗作中几乎都涉及了这类内容。
对这类诗歌进行研究的有张洪慈《论西域的风情诗》（《新疆教育学
院学报》1986年第1期），吴华峰、周燕玲《清代西域风情诗三论》
（《新疆师范大学学报》2008年第2期），周燕玲《文学视野中的西域
民俗景观——以清代西域诗为视角》（《新疆社科论坛》2012年第5
期），吴华锋《萧雄〈听园西疆杂述诗〉西域民俗描写及其意义》（《文
艺评论》2012年第12期）等。这类论文不仅注意到清代西域诗特有
的题材表现领域所具有的现实意义，同时也注重追溯这类题材在西
域诗中反复出现所隐含的历史的、文化的影响，对于我们深入认识清
代西域诗同类主题背后隐含的审美经验、审美理想、审美追求具有重
要意义。

4. 特定地域或人群诗歌创作研究

针对某个特定地域或人群的西域诗创作进行研究，也是清代西
域诗研究的一个重要方面。如星汉《〈哈密志〉西域诗评述》（《新疆
地方志》1989年第3期）、杨丽《清代天山诗赏析》（《新疆大学学报》
1997年第2期）、杨丽《清人哈密诗评析》（《新疆大学学报》1998年
第3期）、栾睿《清人乌鲁木齐诗作评析》（《新疆大学学报》1998年第
3期）、星汉《乾嘉时期伊犁流人诗作论》（《新疆大学学报》1999年第
1期）、张丽《试论洪亮吉的天山诗》（《新疆教育学院学报》2005年第

1期)、张建春《清代流放新疆名人诗作中的天山北麓》(《新疆教育学院学报》2012年第3期)等,都是有关方面的研究。值得一提的是,星汉《伊犁将军西域诗论》(《新疆师范大学学报》2010年第2期)、周轩《清代流人笔下的庭州》(《文史知识》2010年第2期)、齐清顺《清代诗歌中伊犁惠远城趣事逸闻》(《西域研究》2011年第1期),从特定地域出发研究西域诗,有利于还原诗歌所体现的地域文化色彩,透视诗人的文化心态。吴华峰《清代乾嘉时期的伊犁诗坛》(《文学评论》2018年第5期)论述了流人的创作以及以伊犁将军为首的驻镇官员和遣戍废员间密集的诗学活动,诗歌创作以酬赠唱和、思乡怀归与描摹风物为主。认为伊犁诗坛是边塞文人联络情感与砥砺精神的支柱,也是沟通边塞与中原文化的桥梁,在乾嘉诗坛中应有一席之地。学者们还关注到清代新疆最高军政长官——伊犁将军的文学创作,星汉《伊犁将军西域诗论》(《新疆师范大学学报》2010年第2期)分别对阿桂、奎林、晋昌、萨迎阿、锡纶、志锐六位伊犁将军的诗作进行了论述。史国强《清乾隆年间伊犁将军与西域文学及文人研究》(《伊犁师范学院学报》2015年第2期)研究了阿桂、伊勒图、舒赫德、保宁四位将军的创作及其与幕僚的文学往来。

　　5. 竹枝词研究

　　竹枝词作为清代西域诗人描写西域地域文化的一种重要的诗歌形式,多以组诗的方式出现,对这类诗歌的研究也有一定的数量:尹建新《超凡入圣荣辱皆忘——读林则徐的西域诗〈回疆竹枝词〉》(《华夏文化》2000年第4期),宋彩凤《大宛风味汉家烟——论新疆竹枝词的地域性文化特征》(《大众文艺》2009年第21期),朱秀敏《福庆〈异域竹枝词〉的史料价值》(《河南科技大学学报》2011年第1期),赵目珍《清代"新疆竹枝词"的思想倾向、风格类型及艺术特征——以六种"新疆竹枝词"为中心》(《伊犁师范学院学报》2012年第2期),张建春《清代西域竹枝词的历史文化价值》(《西域研究》2007年第3期),张兵、王小恒《清代新疆竹枝词的认识价值与艺术特征》(《西北师大学报》2006年第5期),蒋英《纪昀〈乌鲁木齐杂诗〉对文人竹枝词的继承与发展》(《新疆教育学院学报》2005年第2期),宋彩凤《论〈西陬牧唱词〉的艺术特色》(《兰州教育学院学报》2009年第3期)、《乾隆朝新疆竹枝词创作特征及个案探析》(《牡丹江师院学报》2010年第4期)、《庄肇奎与曹麟开"竹枝词"创作特色比较》(《伊犁师范学院学报》2009年第4期)、《乾隆朝新疆竹枝词创作特征及个案探析》(《牡丹江师院学报》2010年第4期)、《清代新疆竹枝词综论》(《石河子大学学报》2010年第6期)、《清代新疆竹枝词兴盛原因之创作者论》(《昌吉学院学报》2011年第2期)、《山水相与话"竹枝"——文化间性视野中的新疆竹枝词》(《昌吉学院学报》2012年第5期)、《意宁浅而较真　事虽新而必切体——曹麟开〈塞上竹枝词〉论析》(《作家》2013年第2期)等,多从新疆竹枝词所具有的民俗学、历史学价值角度立论,也探讨了竹枝词这一最早的南方民歌形式进入新疆后所产生的风格流变。贠娟、李中耀《清代西域竹枝词及兴盛原因考论》(《新疆大学学报》2019年第4期)在全面考察了清代西域竹枝词创作后认为,清代西域竹枝词堪称一部西域"诗性风土志"。"一统极盛"与民族自豪感的抒展、新奇之感与创作主体条件的优越、地理意识与竹枝词创作的相适应、边地寄情与创作群体效应的催生、舆地著述对竹枝词创作的启发,均促进了清代西域竹枝词的繁盛,具有丰富的文学价值、历史价值和民俗学价值。

6. 意象研究

对诗歌的赏析离不开独具蕴含的意象的分析,这部分论文主要选取西域诗中的典型意象,通过对个案的归纳来总结出其熔铸的底蕴。李彩云《论清代西域诗中的雪意象》(《伊犁师范学院学报》2011年第3期)、《论清代西域诗中的天山意象》(《喀什师范学院学报》2011年第5期),李彩云、滕桂华《论清代西域诗中的松树意象》(《新疆社科论坛》2011年第4期),李彩云、高长山《清代西域诗所见"毡"意象述论》(《青海社会科学》2012年第6期)等。意象不仅是简单的客观存在,其中熔铸了西域诗人丰富的主观情感,对其研究能够准确折射出诗人的文化心理,这类研究提供了很好的范例。

五、本书的主要创新之处与不足

本书的创新点主要体现在以下几个方面:首先,从审美文化的视角对清代西域诗作整体性、全方位的考察,迄今为止,还没有人进行过这方面的尝试,虽然对于唐代西域诗已经有了不少相关研究,但就清代而言,本书可以说是第一次作这方面的尝试;其次,注重从自西汉以来的历史、文学等西域书写的过程中去考量西域诗审美经验的形成,评价其在多大程度上衔接了关于西域的审美传统;再次,注重把握清代西域诗中表现出的审美观念及在其影响下的西域诗新题材、新风格的形成。针对以上这几个此前研究所忽略的问题,本书作了一些有益的尝试,期望以此获得清代西域诗研究的一定程度的深化。

当然,本书的缺憾与不足也显而易见,一些章节论述流于空泛,理论视野的不足限定了论述的深度,在审美文化视野下对作品观照的尝试常会造成同一问题在不同章节中的重复论述,材料与观点的结合与取舍也难免有失当之处,写作其实就是一个不断留下遗憾的过程,这些问题都有待今后的修改与完善。

第一章 清代"西域"与西域诗

清代西域诗是清代诗歌的特殊组成部分,来自国内其他地区的作家带着关于西域的文化记忆去亲身感悟、理解、表达西域,在抒写西域独特自然与人文环境的同时,也反映出作家在面对差异性文化时的情感与价值困惑及审美意识的变化,同时也可以看到西域自然人文环境对作家作品风格带来的影响。本章拟通过对西域诗的界定、西域诗创作的情况以及西行之路对西域诗人心理的影响等问题的探讨,为更深入地研究西域诗创作的相关问题奠定基础。

第一节 清代"西域"与西域诗范围的界定

西域诗是按照地域范围研究诗歌而产生的诗体概念。但一直以来,人们对西域诗的认识还存在很多分歧。一种观点是从诗歌吟咏的内容来划分,如吴蔼宸先生的《历代西域诗钞》将"凡歌咏当地(按:当指新疆,非指西域)风土人情,以及赠行咏物诸篇,均在采取之列。推至篇中凡有'天马'、'天山'、'塞庭'、'瀚海'、'沙碛'、'玉关'、'河源'等字者,皆认为西域之诗,其涉及地名者更无待论"①,其标准显然是就内容而言,但这种方法无疑失之宽泛,缺乏可操作性。

另一种观点是完全按照行政区划来划分,如星汉先生的《清代西域诗辑注》对西域诗的界定,以《嘉庆重修一统志·新疆统部》区划为准,以星星峡为限,"故凡星星峡以西之诗作,皆在辑录范围。……人虽曾西出玉关,足迹未及星星峡者,皆割舍不录"②。这样的标准,可操作性很强,实为明智之举,但考虑到行政区域与文化区域的联系与区别,这种划分就难免有些失之粗疏。综合不同的划分方法,笔者认为要确定西域诗的范畴,不得不考虑以下几个方面:

首先,要厘清西域与新疆之间的关系。"西域"在很多人的心目中等同于今天的新疆,那么西域诗之名是否可以置换为新疆诗?其实,作为一个地理概念,"西域"一词的所指在历史发展进程中经历了许多变化,因此明确清代"西域"及"新疆"一词所指涉的地域范围,及他们之间的相互关联,才能准确把握西域诗创作所涉及的外延。

最早使用"西域"一词的是《史记》,这一概念在书中多次出现。如《三王世家》云:"极临北海,西溱月氏、匈奴、西域,举国奉师。"③《司马相如列传》又云:"康居、西域,重译请朝,稽首来享。"④《大宛列传》则云:"单于复以其父之民予昆莫,令长守于西域。"⑤由此三例可见,司马迁在《史记》中使用的"西域"一词,在概念上还是比较模

①　吴蔼宸选辑:《历代西域诗钞》,乌鲁木齐:新疆人民出版社2001年版,第1页。
②　星汉编著:《清代西域诗辑注·前言》,乌鲁木齐:新疆人民出版社1996年版,第2页。
③　(汉)司马迁:《史记》卷六〇,北京:中华书局1982年版,第2109页。
④　(汉)司马迁:《史记》卷一一七,北京:中华书局1982年版,第3044页。
⑤　(汉)司马迁:《史记》卷一二三,北京:中华书局1982年版,第2168页。

糊,未能有十分明确的指向。至《汉书·西域传》始,这个概念所指之地就十分明确了:

> 西域以孝武时始通,本三十六国,其后稍分至五十余,皆在匈奴之西,乌孙之南。南北有大山,中央有河,东西六千余里,南北千余里。东则接汉,扼以玉门、阳关,西则限以葱岭。[①]

其所指大致相当于今日之新疆。然而这个地理概念在历史的延续中曾多次发生变化。贞观十四年(640),侯君集攻占高昌国,唐太宗在天山南北设置伊州、西州、庭州三州,将之州县化。其后,"西域"所指范围就不再包括这三州所辖之地。以《大唐西域记》为例,其所述范围以焉耆国起始,而不包括高昌即可为证。《大唐西域记》为玄奘应唐太宗要求而作,因此虽为私家著述,但却有着官方的背景,含有不可忽视的政治层面意义。此时的"西域",实指"疆域以西",即唐王朝政治统辖以外的地区。显庆三年(658),随着唐王朝攻破西突厥汗国,自西州迁安西都护府于龟兹,并设"安西四镇",此时的西域所指,又向西移,指葱岭以西地区。与《汉书·西域传》中西域所指的"葱岭以东"相比,这里的西域概念已然完全不同。元朝疆界广大,其所指西域范围也最广,明代则将敦煌以西至阿拉伯半岛统称为西域。

随着清人国家疆域意识的强化,其对西域所指范围十分明晰。乾隆二十一年(1756)奉敕编纂,历时六年完成的《西域图志》,对"西域"疆域的定位十分明确:

> (西域)分为四路:一曰安西南路,嘉峪关外州县隶焉;一曰

---

① (汉)班固撰,(唐)颜师古注:《汉书》卷九六上,北京:中华书局1962年版,第3871页。

安西北路,哈密至镇西府迪化州隶焉;一曰天山北路,库尔喀喇乌苏至塔尔巴哈台伊犁隶焉;一曰天山南路,辟展至和阗诸回部隶焉。①

由此可知,清人的西域概念,自嘉峪关以西至葱岭以东,包括天山南北广大地区。天山南北一统之后,清政府常将西域称为"甘省新疆""西域新疆"或"西陲"。

乾隆二十五年后,各院部及陕甘总督阿桂的奏折中出现了"新疆"一词。但是当时"新疆"一词并非专指今日之新疆维吾尔自治区所辖之地,贵州、云南、四川等一些新平定的地区,也被称为"新疆"。乾隆二十九年(1764),针对御史曹学闵将西域新疆增入《一统志》的奏请,乾隆的谕示中仍称:"西域新疆,拓地二万余里……"②其后续修的《大清一统志》称天山南北为"西域新疆统部",可见当时的"新疆"并非特定地域的固定地名,与我们今天所指称的"新疆"截然不同。清朝前中期,对今新疆及周围地区主要还是沿用"西域"一词,这可以在一些重要的官方与私人书文中看到,如《钦定皇舆西域图志》《西域同文志》《西域释地》《西域风土记》《西域闻见录》《西域水道记》及《西域尔雅》等。嘉庆二十年(1815),龚自珍《西域置行省议》仍称之为"西域"。直至光绪十年(1884),新疆建省,"新疆"始明确地取代了"西域"作为固定地名。

历史中西域地域范围的沿革变化,形成了广义与狭义两种"西域"概念。广义的西域由我国甘肃、青海以西直至中亚、南亚地带;而狭义的西域则指玉门关、阳关以西,葱岭以东的新疆维吾尔自治区

---

① 《〈西域图志〉钦定四库全书提要》,钟兴麒等校注:《西域图志校注》,乌鲁木齐:新疆人民出版社2002年版,第1页。
② 《清高宗实录》卷七二二,北京:中华书局1985年影印本,第1044页。

所在地及其周边地区,在地域范围上要大于今天的新疆。考察清代诗人的诗作,明确以"新疆"一词指称诗歌吟咏地域范围的,徐步云是第一人。徐步云流放伊犁期间,正值天山南北统一,也是"新疆"一词始现之时,其所作《新疆纪胜诗》为释还后于乾隆三十八年(1773)春于天津行馆呈献乾隆之作,因而其命名也就难脱迎合上意之嫌。乾隆为自己武定西域颇为得意,其以"新疆"为天山南北之称谓,意在指明此为在少数民族聚居区建立的新的行政区划,因此徐步云的命名并不具有代表性。

其次,在界定西域诗范围时,还有一个不得不考虑的问题是文化因素。"西域"在长期的历史沿革中被赋予了丰富的文化意味,它不仅作为一个地域指称,同时又是一个文化指称。在传统文化的表述中,"西域"常与"中原"对举,意味着两种不同的文化类型。绵延千里的莫贺延碛是横亘在这两种文化间的天然屏障,阻隔了两种文化间的顺畅交融与汇流。汉代班超"臣不敢望到酒泉郡,但愿生入玉门关"[1],及唐代王之涣"羌笛何须怨杨柳,春风不度玉门关",可谓中原士人对西域文化隔膜感的代表,并不因汉唐成功统治西域而有所改变。联系地理概念中"西域"在"玉门关、阳关以西"的界定,可以认为玉门关是"西域"这一实际地理概念在文化上的延伸。1424年,陈诚第五次出使西域,其间留下了《西域行程记》和《西域番国志》两部著作,这是明初外交领域出现的一大文化成果,是文化自信的表现,也是明初国力强盛的标志。但随着土木之变(1449)的发生,一系列的边疆危机消弭了明代统御边疆的雄心,放弃了长城以

---

① (南朝宋)范晔撰,(唐)李贤等注:《后汉书·班梁列传》,北京:中华书局1982年版,第1583页。

外的军事驻防,进而修筑了一条"东至辽海,西尽酒泉,延袤万里"[①]
的防御工事,以隔断内地与边疆游牧民族的联系,这一联结了辽东、
蓟州、宣府、大同、三关、榆林、宁夏、甘肃、固原九个军事重镇边墙,被
人们称为"九边",是明统治者在政治上直接统属的北方疆界,并设
哈密卫作为管理西域事物的机构。自西汉元封四年(前107)设置的
玉门关,在伴随了中西交通发展一千余年后,早已于北宋仁宗景祐三
年(1036)便彻底消失于史籍之中,代之而起的嘉峪关遂取代了其文
化疆界的位置,嘉峪关以"关限华夷"[②]著称,成为肃州著名的八景之
一,同时也成为明王朝国土的西部疆界。

　　嘉峪关,坐落在河西走廊的中部(今甘肃嘉峪关市西5公里),起
源于明代初期冯胜下河西走廊时所建的一座关城,因嘉峪山而闻名。
明洪武初年,冯公发兵河西,进军肃州,收复了大部分河西地区。为
了巩固明代边防建设,冯公奉命建关——嘉峪关。此有志书记载:
"洪武五年,冯胜下河西,以嘉峪关为中外巨防,西域入贡,路必由
此。"[③]显而易见,从明初建立嘉峪关隘时,就以体现了明代建关的两
个重要的作用,换句话说,也就是明代嘉峪关具有两个十分重要的职
能:其一是抵御入侵的军事防御职能,甚至被时人称作"河西第一巨
防";其二就是西域与国内其他地区的朝贡和贸易交往的经济职能。
因明代对嘉峪关外的管理缺失,所以明代嘉峪关的军事防御职能是
大于其经济职能的。

　　至清代,历经康雍乾三代统治者的不懈努力,"明代中期以来闭

① (明)魏焕:《皇明九边考》卷一《镇戍通考》,《四库全书存目丛书》史部第226
册,济南:齐鲁书社1996年版,第10页。
② (清)黄文炜撰,吴生贵、王世雄等校注:《重修肃州新志校注》,北京:中华书局
2008年版,第55页。
③ (清)黄文炜:《重修肃州新志·南州·关隘》,酒泉:甘肃省酒泉县博物馆1984
年翻印本,第218页。

嘉峪关自守的局面开始改变"①,直至乾隆二十四年(1759)西域全部统一。嘉峪关的职能随着西域的统一而发生重要的改变:其一嘉峪关的军事防卫作用逐渐减小,但"随着进出关人员的增多,为了加强管理,乾隆四十年(1775),清朝在嘉峪关设置巡检"②,由此,嘉峪关的关隘管理职能显现出来。这是明代嘉峪关所不具备的职能。乾嘉时期的西域诗人由嘉峪关入西域,嘉峪关的关卡巡检非常严苛,无论上任之人还是流放之人,都需要"通关文牒"。文人将这种严格的检查制度写进了自己的西行日记里。赵钧彤于乾隆四十九年(1784)因事充发新疆,赴军台效力。在其《西行日记》中记述了通过嘉峪关时的情景:

> 日上发,候关门也。关重城,官兵驻内城,外缭之若甬道。自东门入,门悬弓矢,兵夹道带刀立。抵西门,门严整如东门。向门有厅事营吏验票牒,登姓名毕,乃放。而关务领肃州道,无货税,惟入关括金玉,防奸商也。出,门旋闭。举头见黄沙,才数里耳,天光野色,惨然黄黯,与关内迥别,不可解也。③

赵钧彤一出关即刻感到的天光惨淡,与关内迥别的感受,与其说是现实的存在,毋宁说是文化心理在作祟。赵钧彤的感受并非特例,嘉庆九年(1804)受宝泉局亏铜案牵连发往伊犁当差的祁韵士在其《万里行程记》中亦有更为详细的记述:"又丁坝西行四十里至嘉峪关。关距肃州七十里。民人出关者须自州给票,始得放行,此外亦须

---

① 王希隆主编:《西北少数民族史研究》,北京:民族出版社2003年版,第252页。
② 《嘉庆重修一统志》卷二七八《肃州直隶州·关隘》,《四部丛刊续编》史部第24册,上海涵芬楼影印清史馆藏进呈写本。
③ 赵钧彤:《西行日记》,吴丰培:《丝绸之路资料汇钞》(清代部分),北京:全国图书馆文献缩微复制中心影印本1996年版。

检验公文,乃定例也。"①祁韵士还有诗《咏路票》:"关门不禁往来人,官给名符验放真。一纸送君行万里,弃繻谁敢置闲身。"②这首诗与《万里行程记》可互为参证。嘉峪关设立巡检后,来往官员和出入人民需要接受嘉峪关巡检官吏的检查,这种严格的审查步骤是国家内部安全管理的体现,是清政权治理西域的重要手段,亦是清代嘉峪关关隘管理职能的最终呈现。同时也不断强化着嘉峪关作为西域与国内其他地区分界的意味,其殊异感与隔膜感的符号性印象在这些书写中被增强。杨廷理诗歌中也明确记载当时"出关佣工人,票上皆填往某处受苦",因而感慨吟咏:"出塞先填受苦名,几人车马任游行。……相逢问讯西来意,半为饥驱事远征。"(《出关佣工人,票上皆填往某处受苦,见之黯然,爰志小诗》)直至上世纪30年代,嘉峪关上还镌刻着"出了嘉峪关,两眼泪不干。前看戈壁滩,后看鬼门关"的诗句。如果考察清代诗人的嘉峪关诗,同样能鲜明地感受到嘉峪关的符号性意味:颜检在出入关时各作《嘉峪关》诗一首,出关时貌似胸襟开阔地吟唱"极目流沙外,同居化宇中",入关时则感慨零涕"此日行踪归故土,毕生感激赐环恩";而庄肇奎在《进嘉峪关》时更是欢呼:"策马呼门竟入关,今朝真个得生还。"在他们的表述中我们显然可以看到嘉峪关已经成为进入西域的文化符号。

其二作为丝绸之路的要塞,国内大量商人或贡使,甚至国外各国商旅由此出入西域与国内其他地区,其经济职能演变为主要职能。"川、陕、江、浙诸省商贾纷纷由嘉峪关出关贸易,天山南北诸城'商贾辐辏,贸贩鳞集'。内地大批贸易物资如茶叶、丝绸、棉布、瓷器、药材等主要是经由嘉峪关运往新疆,新疆、中亚各地的牛马、毛皮、土产

---

① (清)祁韵士著,刘长海整理:《祁韵士集》,太原:三晋出版社2014年版,第12页。
② (清)祁韵士著,刘长海整理:《祁韵士集》,太原:三晋出版社2014年版,第36页。

品等也主要经由嘉峪关运往内地。"①市易征税的经济往来成为嘉峪关最为主要的功能。

清政权对西域的不断深入治理,是从嘉峪关的职能改变中体现出来的,虽然其在河西走廊中的军事战略地位开始低落,军事防卫作用基本丧失,但国家内部之间的关口管理职能和逐渐占主导的贸易经济职能却使边陲西域不断加快融入国内腹地。清代嘉峪关这两种突出的职能使西域与国内其他地区的交流交往更加紧密。清代乾嘉时期无论走马上任的官员,抑或放逐西域的流人,星星峡虽是他们行政区域上入疆的东界,但却不是他们心灵"入疆"的关口,而嘉峪关"因其历史文化内涵而成为他们表达自身政治境遇、文化处境的宣泄口"②。嘉峪关成为清代西域作家心理"入疆"的关卡。过关者将嘉峪关外体验到的撕心裂肺般的离愁别绪记录在他们的西域诗里。其中如嘉庆二十一年(1816)因捕"妖贼"不获,谪戍乌鲁木齐的史善长《出嘉峪关》一诗:"一出此门去,便与中土殊。""况我多病躯,思亲泪眼枯。""凄绝咽无声,谁识此时情?"③史善长首句就阐述了嘉峪关外的西域的独特风情,西域确实有着国内其他地区没有的文化习俗,到此的西域诗人能首先感觉到风俗人情的差异。比如邱德生《星星峡题壁》一诗中"所嗟风土异"和秀堃《邮程杂咏》(其二)中"此乡风气异"都是借此来吟咏西域独特的风土风俗。史善长在此借嘉峪关的历史象征意义来说明西域别于国内其他地区的风土民俗,进而阐发自己放逐嘉峪关外的郁结。嘉峪关

---

① 王希隆、杨代成:《论明清时期嘉峪关职能的演变》,《青海民族大学学报》2014年第4期,第13页。
② 张晓燕:《清诗"嘉峪关"意象中建构的西域形象》,《民族文学研究》2018年第3期,第128页。
③ (清)史善长:《出嘉峪关》,《味根山房诗钞》卷三,清史氏丛刻本,第27页。

以西,"无论从哪种意义上说,都意味着与君主在空间距离和心理距离上的扩大和疏远,都意味着政治理想和人生价值的弱化和沦落"①,这种深沉厚重之下,被政权中心抛弃至边缘的士人"思亲泪眼枯""凄绝咽无声",其中离别故土的酸楚与政治失意的惆怅就此借一出关门宣泄出来。

很显然,至清代,嘉峪关已经取代了历史上的玉门关与阳关,成为包蕴着丰富内涵的文化意象,富于象征性意义。嘉峪关既是一个联结点,又是一道分界线。对于诗人来说,无论是失落、恐惧,还是兴奋、新鲜,总之是一种全新的心理体验,而此时他们的诗歌创作所表现的情感内涵,正是这种心理的传神写照。因此,结合实际的行政区域以及文化区域,笔者认为,将嘉峪关作为西域诗创作的东端之起点,应当是更为合理的选择。

再次,是否所有涉及西域内容的诗歌都可以被看作是西域诗。清代用汉语写作的西域诗人几乎均非土生土长,他们都是离开了自己的母体文化而进入西域这样一个多民族文化交汇地。虽然历史上的种种书写让他们早已获得了对这片地域的前认识,但是亲历其地、耳闻目见更能让人切身感受到母体文化与西域文化间的对撞、摩擦和同情、理解,从而获得对西域更为真实、丰富而深刻的认识。清代诗坛上有许多虽未踏足过西域,却用诗歌来歌咏西域的诗人,其中不乏杰出的诗人与杰出的作品,他们所描写的并非亲身经历,只是由于现实的原因被西域题材所吸引从而激发了他们的创作欲望,因而借助已有的历史知识或现实问题,抒发个人内心强烈的情感冲动,表达自己介入或参与的立场,这是他们表达对国家边域问题以及民族关

---

① 尚永亮:《唐五代逐臣与贬谪文学研究》,武汉:武汉大学出版社2007年版,第115页。

系关注的方式。一心忧国、心系边疆是古代作家群体普遍的生命现象,没有躬历西域不代表他们一定会在西域"缺席",创作西域题材的诗歌正是他们运用艺术手法显现自己"在场"的特殊方式,这一点是必须要强调的。然而他们对于西域的理解是建立在书本知识及道听途说上的,必然过多地掺杂着臆想及想象的成分,他们的作品更易引起对西域理解的单一化和类型化倾向。当然,虽然这类作品自有其价值,它对于研究西域在内地人心中的形象颇为有益。但是,由于这类诗歌创作与笔者研究的主旨不符,且由于分布过广,过于零散而搜检不易,因此不在笔者本书的论述范围之内。

考虑到以上各类因素,本论题涉及清代西域诗范围,是指由曾亲历嘉峪关及其以西地区的清代诗人创作的诗歌作品。当然,这样的界定标准还是过于简单,难免有取巧之嫌,乃是本书为行文与研究之方便而采取的权宜之策,距离明确的西域诗界定也许还有一定距离,有待方家的指正。

第二节 清代西域诗创作的历史状貌

西域在经历了与祖国的长期分裂后重新归入版图,这不能不说是清王朝的一大功绩。在经营西域方面,清王朝所表现的重视程度及实际投入的力量,均超过以往的任何一个时代。虽然自康熙开始,西域也发生过大大小小的叛乱分裂战争,先有噶尔丹、阿睦尔撒纳,以及继之而起的大小和卓、张格尔等的分裂活动,以及近代浩罕阿古柏的入侵,但都没有影响西域统一的大趋势。在这样的历史背景当中,西域诗人才有机会逐一进入这一地区,他们的创作反映的不仅是个人的心性、情感,同时更是与时代、与西域的命运息息相连。虽然社会历史发展的进程与文学的发展并不一定同步,但由于西域作为清王朝统治的特殊地区,其独特的社会政治形势对诗人的影响非同一般,以社会历史发展进程来描述西域诗的演化,反而能恰如其分地表现西域诗独特风貌存在的缘由。笔者认为清代西域诗的发展可以分为四个阶段:西域统一时期、和平时期、重定时期、建省以后。

第一阶段为西域统一时期。大致从雍正七年(1729)宁远大将军岳钟琪进驻巴里坤始,至乾隆二十一年(1756)西域一统止,为清代西域诗歌的始创期。这时的诗人数量不多,主要有岳钟琪、阿克敦、国柱等,此时清王朝的政治统治渐趋鼎盛,而西域未定,战争频繁,因此这时的西域诗人,多为任职军中的军人,或奉命出使的使者,他们既有背靠极盛王朝引发的自信,又有建功边隅激励的英雄豪气,因此诗歌多具英迈豪纵之气,抒发报国之志,引领了西域诗创作的良好开端。

第二阶段为和平时期。自乾隆二十二年(1757)至咸丰十一年(1861),为西域诗歌的发展及高潮期。大多数有影响的西域诗人均出现在这一时期。随着清政府流放制度的调整,自此时起,西域诗人从身份上可分为两类:一类是各级任职西域的军政官员及幕僚等;另一类是因罪被遣戍西域的遣员。

西域统一后,百废待兴,乾隆二十七年(1762),清政府设立"总统伊犁等处将军",为天山南北最高军政长官。其后,陆续在其下设立了乌鲁木齐都统、塔尔巴哈台参赞大臣、喀什噶尔参赞大臣、各地领队大臣以及"屯田粮务兵备道,照旧兼辖哈密、辟展、乌鲁木齐等处"①的"镇迪道"等。由于伊犁独特的边疆防御作用,清政府任命伊

① 《清高宗实录》卷九〇七,北京:中华书局1985年影印本,第128页。

犁将军十分慎重。其任职人员均为满族贵族或蒙古亲贵,散居天山南北各地的地方最高军政长官也是如此。这种情况直至清朝统治后期才略有改善。任职西域的官员中有许多热衷文化事业,如伊犁将军松筠组织遣员汪廷楷、祁韵士等纂成《西陲总统事略》,组织徐松等人编纂《新疆识略》,喀什噶尔参赞大臣和瑛先后组织人力编纂《回疆通志》与《三州辑略》等。同时他们中许多人也从事诗歌创作,相互间及与部下、遣员多有唱和。如萨迎阿、阿桂、奎林、松筠、晋昌等,地方长官如铁保、成书、国梁、秀堃、毓奇等,当然也有汉族在西域任职的官员如方希孟、王曾翼、许乃毂等。他们的诗作除得山川之助外,更多地继承了传统边塞诗中对建功立业的渴望,忠君爱国的思想较为突出。特殊的身份也使他们获得了更多接触当地少数民族的机会,对西域社会状况有更深入的了解,因此在创作的题材范围上更为宽阔,多有对当地民风民俗的反映。

自西域统一始,清政府就调整了流放政策,将西域作为发遣"效力赎罪"官员的"边外极苦之地"之一。至乾隆五十四年(1789),伊犁、乌鲁木齐安置的遣员已达270人。[①]据和瑛《三州辑略》载,至嘉庆十二年(1807),仅乌鲁木齐一地遣员就有380余名。这些遣员成分复杂,既有原居高位的王公贵族、中央各部院的高级官员,也有各省督抚等封疆大吏,以及下级文武官员、工作人员等。他们中有许多人具有深厚的文化修养,其中不乏誉满天下的名流耆宿,如纪昀、洪亮吉等,也有曾经任职级别很高的官吏,如颜检、李銮宣、杨廷理、林则徐等。为弥补西域统治人员的不足,清政府充分利用遣员长期从事各类事物的管理经验与专长,让遣员参与各项工作。遣员至西域后多被委以具体职务,从事一般事务性工作。如洪亮吉至伊犁后,被

---

① 《清高宗实录》卷一三三二,北京:中华书局1985年影印本,第1页。

派"督催处行走,后又改册房",林则徐也在粮饷处办事。乌鲁木齐都统下辖的各处粮员,也长期由遣员充任,如陈庭学曾任管粮主事,杨廷理曾负责督管伊犁城外的贸易亭监督政府与哈萨克人的货物交易等。这些任职开阔了遣员的眼界,对他们的西域诗创作大有助益,如林则徐《回疆竹枝词》的完成就不能不归功于他的南疆堪田工作经历。遣员是西域诗创作的主体力量,他们的创作题材广泛,内容丰富,有对西域风光的吟唱、人生际遇的感慨,还有对边疆地理风物的记载。被遣的人生经历更是给他们的心灵带来极大的冲击,从而使其诗歌表现出强烈的命运感与不同的情感基调,丰富了西域诗歌的风格特色。

遣员的流放地集中于乌鲁木齐、伊犁两处要地,使西域诗人间有了更多的交往机会,名园雅集、诗酒唱和的文人传统得以在西域延续,也促进了西域诗歌的发展。如乾隆时期被遣伊犁的庄肇奎与陈庭学、赵钧彤间,仅赵钧彤诗歌中与陈庭学间的唱和之作就有27首。嘉庆时期流寓伊犁的诗人相互间的交往更为密切,杨廷理与舒其绍、王大枢之间互有唱和,与洪亮吉、方受畴也有交往。舒其绍与舒敏、方受畴、杨廷理间均有唱和。陈寅与舒其绍、方受畴、汪廷楷之间唱和不绝。乌鲁木齐一地,颜检与李銮宣之间过往密切,仅其诗歌中标明与李銮宣交往、唱和、应答的篇章就达60首之多,与成林、和瑛间也互有唱和。酬应唱和之作虽在艺术上总体成就不高,但诗歌创作的风气由此得以维持,有力地推动了西域诗歌创作的发展。

第三阶段为西域重定时期(1873年至1884年)。同治初年,天山南北两路发生了大规模的反清暴动,烽烟四起,清政府在西域的统治处于风雨飘摇的状态,进而于同治四年(1865)引来了阿古柏的入侵,西域大部地区因此沦陷达十三年之久。西域诗歌的创作也出现空窗期,其间唯一可见为锡纶载于其兄锡缜《退复轩诗》中的作品7首,为锡纶任职布伦托海(今福海)帮办大臣时所作,锡纶后参与收复西域军务,并为筹集军粮事宜出使沙俄,因而其诗作可归并入西域重定时期。

这一时期的诗人多为效力于左宗棠幕府之僚员,包括周先檀、方希孟、易寿崧、施补华等。他们的诗作与时代相适应,一扫文人客居他乡的伤感情调,充满了爱国热情,具有沉雄悲壮的格调,充分体现出收复西域时期左宗棠部武的精神状态。

第四阶段为新疆建省(1884年)以后,此时至清末为西域诗创作的衰落期。新疆建省对统一的多民族国家的形成意义重大,但清政府也面临着严重的内忧外患。此时进入新疆的诗人主要有志锐、宋伯鲁、谭嗣同、张荫桓、王树枏、裴景福等,人数不多,但与前几个阶段相比,此时的诗人对世界的了解远超过前人,对西域的认识也较前有了更为开放的眼光。但风雨飘摇的时局又迫使诗人对西域的体味多了一层悲郁的色彩,诗人的忧国忧民使西域诗在风格上发生了显著的变化。

清代西域诗的作者因各种机缘亲历西域,但他们绝大多数都是这块土地上的匆匆过客,在西域他们感受到了国内不同区域间的文化差异与联系,体会到不同文化间的碰撞、摩擦和交融。他们在西域诗歌中摹写西域,同时也在西域诗歌的创作中塑造着自我的形象。他们诗歌题材与风格的演变既可归之于西域独特自然景观与人文风物的造就,同时也不能摆脱时代精神的影响。为了更明确地展示清代西域诗歌的创作情况,笔者将作家与作品列表如下①:

---

① 此表的制作基于《三州辑略》《乌鲁木齐事略》及《西陲总统事略》,又借鉴了各位前辈学者如星汉教授、周轩教授等的研究成果。

表一　清代西域诗人西域诗创作及身份统计表

序号	诗人	在疆时间	诗集名称	入疆事由
1	岳钟琪	雍正七年—八年九月（1729—1730）	《蛮吟集》	为宁远大将军，进击准噶尔
2	丁棻	雍正十年（1732）	诗载《三州辑略》	以州同知办大将军幕府事务
3	沈青崖	雍正十一年（1733）	诗载《三州辑略》	以西安粮监道主管军需库务驻肃州
4	阿克敦	雍正十二年（1734）乾隆三年（1738）	《奉使西域集》	二次入疆，两次出使准噶尔
5	国柱	乾隆二十三年至二十八年（1758—1763）	诗载《钦定熙朝雅颂集》卷七五	随兆慧平定大小和卓叛乱
6	阿桂	乾隆二十四年至三十二年（1759—1767）	诗载《晚晴簃诗汇》	随富德追击大小和卓叛乱，助明瑞镇压乌什起义，曾任阿克苏办事大臣、塔尔巴哈台参赞、伊犁将军
7	伍弥泰	乾隆二十七年至三十一年（1762—1766）	诗载《三州辑略》	乌鲁木齐办事大臣
8	国梁	乾隆三十年至三十三年（1765—1768）	《玉塞集》《轮台集》	迪化同知
9	周珠生	乾隆三十二年（1767）	《出塞吟》	幕僚
10	纪昀	乾隆三十三年至三十六年（1768—1771）	《乌鲁木齐杂诗》	谪戍乌鲁木齐
11	徐步云	乾隆三十三年至三十七年（1768—1772）	《爨余诗稿》	遣戍伊犁

序号	诗人	在疆时间	诗集名称	入疆事由
12	毕沅	乾隆三十五年（1770）	《秋月吟箙集》	从陕甘总督明山出关勘查屯田
13	惠龄	乾隆四十二年至五十年（1777—1785）	诗载《随园诗话》	伊犁领队大臣、代喀喇沙尔办事大臣、塔尔巴哈台参赞大臣
14	奎林	乾隆四十五年至五十二年（1780—1787）	《幽栖堂吟稿》	乌鲁木齐都统、乌里雅苏台将军、伊犁将军
15	蒋业晋	乾隆四十六年至五十年（1781—1785）	《立厓诗钞》	谪戍乌鲁木齐
16	庄肇奎	乾隆四十六年至五十四年（1781—1789）	《胥园诗钞》	两入西域，谪戍伊犁，后补伊犁抚民同知
17	曹麟开	乾隆四十六年（1781）	诗载《三州辑略》	谪戍乌鲁木齐
18	陈庭学	乾隆四十七年至六十年（1782—1795）	《塞垣吟草》	谪戍伊犁
19	赵钧彤	乾隆四十九年至五十六年（1784—1791）	《止止轩诗稿》	谪戍伊犁
20	王曾翼	乾隆五十年（1786）	《居易堂诗集》	随陕甘总督福康安往巴里坤视察屯田，同年往天山南路
21	王大枢	乾隆五十三年至嘉庆五年（1788—1800）	《西征纪程》《天山集》	谪戍乌鲁木齐

序号	诗人	在疆时间	诗集名称	入疆事由
22	毓奇	乾隆五十四年至五十六年(1789—1791)	《静怡轩诗钞》	乌什办事大臣、喀什噶尔协办大臣
23	福庆	乾隆六十年至嘉庆三年(1795—1798)	《异域竹枝词》	镇迪道道员
24	舒敏	乾隆六十年至嘉庆三年(1795—1798)	《适斋居士集》	遣戍伊犁
25	鄂忻	嘉庆元年(1796)	诗载《晚晴簃诗汇》	曾驻和阗
26	杨廷理	嘉庆二年至七年(1797—1802)	《知还书屋诗钞》	遣戍伊犁
27	舒其绍	嘉庆二年至八年(1797—1803)	《听雪集》	遣戍伊犁
28	韦佩金	嘉庆三年至八年(1798—1803)	《经遗堂全集》	遣戍伊犁
29	洪亮吉	嘉庆四年至五年(1799—1800)	《万里荷戈集》《百日赐还集》	谪戍伊犁
30	方受畴	嘉庆四年至九年(1799—1804)	诗载《经遗堂全集》	谪戍伊犁
31	秦承恩	嘉庆五年至七年(1800—1802)	诗载《三州辑略》	谪戍伊犁
32	陈寅	嘉庆四年至十九年(1799—1814)	《向日堂诗集》	谪戍伊犁
33	邱德生	嘉庆七年至十一年(1802—1806)	《轮台寄隐集》	遣戍乌鲁木齐

序号	诗人	在疆时间	诗集名称	入疆事由
34	汪廷楷	嘉庆七年至十一年（1802—1806）	《西行草》	遣戍伊犁
35	和瑛	嘉庆七年至十三年（1802—1808）	《易简斋诗钞》	叶尔羌办事大臣、喀什噶尔参赞大臣、乌鲁木齐都统
36	祁韵士	嘉庆九年至十三年（1804—1808）	《濛池行稿》《西陲竹枝词》	遣戍伊犁
37	成书	嘉庆十年至十一年（1805—1806）嘉庆二十一年至二十五年（1816—1820）	《多岁堂诗集》	古城领队大臣、乌什办事大臣、叶尔羌办事大臣
38	成林	嘉庆十年至十四年（1805—1809）	诗载《三州辑略》	遣戍乌鲁木齐，嘉庆十二年任喀什噶尔办事大臣
39	晋昌	嘉庆十年至十九年（1805—1814）嘉庆二十二年至二十五年（1817—1820）	《戎旃遣兴草》	喀什噶尔大臣、伊犁将军、乌鲁木齐都统、伊犁将军
40	颜检	嘉庆十一年至十三年（1806—1808）	《衍庆堂诗稿》	遣戍乌鲁木齐
41	李銮宣	嘉庆十一年至十三年（1806—1808）	《坚白石斋诗集》	遣戍乌鲁木齐
42	富勒洪阿	嘉庆十四年至十六年（1809—1811）嘉庆二十四年（1819）	诗载《西域水道记》	伊犁索伦营领队大臣、叶尔羌帮办大臣

序号	诗人	在疆时间	诗集名称	入疆事由
43	铁保	嘉庆十四年至十六年（1809—1811）	《玉门诗钞》	叶尔羌帮办大臣、喀什噶尔参赞大臣
44	史善长	嘉庆二十一年至二十四年（1816—1819）	《味根山房诗钞》	遣戍乌鲁木齐
45	秀堃	嘉庆二十五年至道光二年（1820—1822）	《只自怡悦诗钞》	喀什噶尔参赞大臣
46	色桐岩		诗载《哈密志》	镇西府知府
47	袁洁	道光三年至八年（1823—1828）	《出戍诗话》	
48	金德荣	道光四年至八年（1824—1828）	《桐轩诗钞》	遣戍乌鲁木齐
49	方士淦	道光五年至八年（1825—1828）	《啖蔗轩诗存》	遣戍伊犁
50	璧昌	道光七年至十三年（1827—1833）	诗载《瑞芍轩诗钞》	叶尔羌办事大臣、喀什噶尔参赞大臣、乌什办事大臣、伊犁参赞大臣
51	萨迎阿	道光九年至十年（1829—1830）道光十一年至十五年（1831—1835）道光二十五年至三十年（1845—1850）	《心太平室诗钞》	哈密办事大臣、喀喇沙尔办事大臣、乌什办事大臣、伊犁将军
52	许乃毂	道光十年（1830）	《瑞芍轩诗钞》	喀什噶尔军营参知军事
53	成瑞	道光十二年至二十五年（1832—1845）	《薛荔山庄诗稿》	迪化直隶州知州

序号	诗人	在疆时间	诗集名称	入疆事由
54	姚雨春		诗载《哈密志》	哈密厅幕友
55	杨泉山		诗载《哈密志》	哈密厅幕友
56	黄濬	道光十八年至二十五年（1838—1845）	《壶州诗存》	遣戍乌鲁木齐
57	张葆斋		诗载《哈密志》	哈密厅生员
58	邓廷桢	道光二十一年至二十三年（1841—1843）	《双砚斋诗钞》	遣戍伊犁
59	林则徐	道光二十二年至二十五年（1842—1845）	《云左山房诗钞》	遣戍伊犁，完成南疆八城勘察地亩任务
60	钱江	道光二十三年至三十年（1843—1850）	诗载《清代七百名人传·钱江传》	遣戍新疆
61	麟魁	道光二十四年至三十年（1844—1850）	诗载《新疆孚化志略》	叶尔羌办事大臣、乌什办事大臣
62	毓书	道光二十九年至咸丰二年（1849—1852）	诗载《中议公自订年谱》	
63	杨炳堃	咸丰元年至三年（1851—1853）	《吹芦小草》	遣戍乌鲁木齐
64	雷以诚	咸丰七年至九年（1857—1859）	《雨香书屋诗钞》	遣戍伊犁
65	景廉	咸丰八年至同治十三年（1858—1874）	《度岭吟》	伊犁参赞大臣、叶尔羌参赞、乌鲁木齐都统
66	锡纶	同治十二年至光绪十四年（1873—1888）	诗载其兄诗集《退复轩诗》	乌鲁木齐领队大臣、古城领队大臣、塔尔巴哈台参赞大臣、伊犁将军

序号	诗人	在疆时间	诗集名称	入疆事由
67	周先檀	同治十三年（1874）	《味道轩集》	金顺帐下幕僚
68	萧雄	同治十三年至光绪元年（1874—1875）	《西疆杂述诗》	佐金顺、张曜幕，佐哈密办事大臣明春幕
69	方希孟	光绪二年至八年（1876—1882）光绪三十二年至宣统元年（1906—1909）	《息园诗存》	入"卓胜军"将领金运昌幕府，入伊犁将军长庚幕府
70	严金清	光绪二年至十五年（1876—1889）	《严廉访遗稿》	迪化直隶州知州
71	施补华	光绪五年至十六年（1879—1890）	《泽雅堂诗集》	左宗棠幕僚
72	易寿崧	光绪七年（1881）	《天山唱和集》	佐长顺将军幕，任镇西厅同知
73	谭嗣同	光绪十年（1884）	《莽苍苍斋诗》	刘锦棠幕僚
74	朱锟	光绪十九年至二十一年（1893—1895）	《西行纪游草》	遣戍乌鲁木齐
75	张荫桓	光绪二十四年至二十六年（1898—1900）	《铁画楼诗文集》	遣戍乌鲁木齐
76	志锐	光绪二十六年至三十二年（1900—1906）宣统三年（1911）	《廓轩竹枝词》，诗载《新疆文史资料第九辑》	索伦领队大臣、伊犁将军（最后一任）
77	宋伯鲁	光绪二十八年至三十四年（1902—1908）	《海棠仙馆诗集》	主持新疆通志局，撰修新疆通志
78	裴景福	光绪三十二年至宣统元年（1906—1909）	《河海昆仑录》	遣戍乌鲁木齐

序号	诗人	在疆时间	诗集名称	入疆事由
79	李芬	光绪三十二年至宣统元年(1906—1909)	诗载《河海昆仑录》	裴景福仆从
80	王树枏	光绪三十二年至宣统二年(1906—1910)	《陶庐诗续集》	新疆布政使
81	钟广生	光绪三十四年至民国元年(1908—1911)	《逊庵诗集》	遣戍乌鲁木齐

第三节　西行之路及对诗人创作心理的影响

自嘉峪关至哈密,一路戈壁黄沙,在一望无际的沙碛风烟中,延伸着一条驼马运行的辙迹,这是一条古人一步步用生命趟出的路,今天的兰新铁路便是沿着这条辙迹铺设而成的。凡是乘火车经过这段路程的,一定会体味到那枯燥干涸而单调的风景带来的生命的孤独感和绝望情绪,也一定会感慨连接新疆与国内其他地区间距离之遥远。现代科技的发展虽然已经大大缩短了我们在这条道路上停留的时间,却仍然无法消除这条道路带给我们的心灵震撼。相比之下,古人穿越这片土地需要大约二十天,无论他是官员、流人还是远赴边隅营谋利益的商人,踏上这片土地,就意味着枯燥的旅程、肮脏的住宿环境,简陋到无法满足基本生存需求的物质条件,恶劣的天气,还会常常带来死亡的威胁。这不仅仅是一次孤独之旅,简直就是一次死亡之旅。踏上这条路途,确实需要相当的勇气,也无怪乎有人将嘉峪关形容为鬼门关了。而诗人作为富于感性的群体,对这条道路有更加深刻的生命体验。艰难的旅程,会激起某些人的豪情,在这片土地上重新寻求生命的价值，成就他们家国的梦想；也会是某些人在精神上垮塌下去，将这片土地看作自己政治生命终结的标志与精神流放的开始。

因此，不了解这条路，也就无法真正理解西域之于内地之意味，无法真正理解西域诗人的情感发生之依托。庄肇奎在他的《出嘉峪关纪行二十首》序言中记述了出关后感到的隔膜、哀痛、孤独的心绪："辛丑之岁，季夏之初，出嘉峪之雄关，指伊犁之绝域。过羌戎而投荒戍，当暮齿而别中原。戈壁滩边，秋阳尤烈（六月十八日立秋）。缠头城外，苦水俱膻。不脱征衣，每行塞草平沙，浩浩而无垠。长夜漫漫，其奚旦粻，行乃裹悲，恋阙以迟回。地践不毛，感余生之再造。于是敝车羸马，露宿风餐。亦有哀穷，与羊羹而不食。空怀寄远，书雁帛而无从。"①除踏足西域前由各种渠道获得的西域知识外，西域诗人对西域最初也是最强烈的印象是在行旅途中获得的，因此，梳理西行之路的历史状况，就显得十分必要。一些诗人在西行途中，用日记的形式记述了他们的行程，如赵钧彤《西行日记》、洪亮吉《伊犁日记》、祁韵士《万里行程记》、林则徐《荷戈纪程》、陶保廉《辛卯侍行记》、裴景福《河海昆仑录》、袁大化《抚新记程》等，这些行记在时间上涵盖了自乾隆至光绪末年的不同历史时期，在内容上呈现了清人对西域的丰富差异而多元的认识，为我们考察西行之旅对西域诗人心理的影响提供了真实可靠的记录。这些日记语言简洁平实，不事雕饰，篇幅短小，和一些诗人采用的日记体诗歌相比，更为真实地反映了每日的行程以及道里情况。对比这些西行日记的记载以及地方志资料，我们可以较为客观地再现清代诗人西行的轨迹及其心理历程。

清代西域诗人的西行之旅，并非随意为之，而是走在清代初期以

① （清）庄肇奎：《胥园诗钞》卷五，嘉庆二十年刻本，第1页。

古驿道或商路为基础建立的台站体系路线之上的。这条体系,包括军台、驿站、营塘和卡伦四种形式。

"溯有清驿传之制,起于康熙年间用兵西域,大学士宁安奏设哈密巴里坤军台。"[①]康熙五十四年(1715)清军进军巴里坤,命甘肃巡抚调所属人马安设从嘉峪关直抵巴里坤的台站和从嘉峪关经安西到哈密的台站。该道又可出疆经甘肃、山西、直隶到达京师。此道在雍正年间被撤。乾隆十九年(1754)又重新开通,共设21站,为内地通往西域的要道之一。乾隆二十四年(1759)全疆荡平后,天山南北两路遍置台塘,遂逐渐形成哈密至伊犁的北路台站,哈密至喀什噶尔的南路台站体系。台站的设置以连接各地驻防点为目的,因此在天山南北各卡要驻防地、各军事重镇之间都设有军台和驿站道路,形成可以互相联系的网络。《西陲总统事略》勾勒出了西域内部台站组成的全貌:

> 自嘉峪关至伊犁共六十站五千二百余里:嘉峪关—惠回堡台—赤金峡台—玉门县台—三道沟台—布隆吉台—小湾台—安西台—白墩子台—红柳园台—大泉台—马莲井子台—星星峡台—沙泉子台—苦水台—格子烟墩台—长流水台—黄芦冈台—哈密底台—头堡台—三堡台—鸭子泉台—瞭墩台—橙槽沟台—肋巴泉台—套赖台—梧桐窝台—盐池台—齐克腾木台—苏鲁图台—辟展台—里雅木沁台—胜金台—土鲁番底台—根忒克台—哈必尔罕布拉克台—哈喇巴勒噶逊台—昂吉尔台—乌鲁木齐鄂伦拜升尔底台—洛克伦台—呼图壁台—玛纳斯台—乌兰乌苏台—安集海台—奎屯台—库尔喀喇乌苏底台—布尔噶济台—墩

---

① (清)钟广生:《新疆志稿》,台北:成文出版社1968年版,第146页。

木达台—顾尔图台—托多克台—精河台—托里台—托霍木图台—胡素图布拉克台—鄂尔哲图博木台—博勒齐台—塔尔奇阿满台—乌哈尔里克台—伊犁惠远城。①

自嘉峪关至哈密，莫贺延碛绵延千里，茫无人迹，军台、驿站或营塘的设置，就成为交通运输所必须。在西域特殊的地理环境和气候条件下，若无这种必要设施，难以想象无论是军事活动还是经济商贸往来是否还能正常进行。且为了解决人员往来的食宿饮用、牲畜草料以及驿传车乘等，军台、营塘、驿站的设置都必须在交通沿线和靠近水草的地方，因此驿站与驿站之间的距离无法均等，一般以六七十里相间，少则四五十或多至百里以上。若地方无水源，但又必须设置驿站的，就需要用人力凿地取水或开渠引水方可。驿站的设置首先要考虑水源问题，否则连驿站本身的人畜也难以生存。清代西域诗人就是沿着这条由军台、驿站或营塘连接的道路，出嘉峪关奔赴目的地。无论是为官，还是军旅或者流放，出关的西行人员凡有条件者一般都会随身携带地图，以利行程。如早期的赵钧彤："余在西安摹《新疆舆图》，至兰州得刻本，出关，凡道所经，必稽之图并询土人。颇有得要领，故悉志之。"②裴景福《河海昆仑录》："西行携直省图自随，足之所履，心之所驰，按图而索，指掌万里。于是同行者竞购图。"③另外，一些前人的行纪也成为相互参考的对象，如林则徐、陶保廉在西行途中均携祁韵士《万里行程记》以为对照，陶保廉的《辛卯侍行

---

① （清）松筠修、（清）汪廷楷、（清）祁韵士撰：《西陲总统事略》，北京：中国书店2010年版，第48—49页。

② （清）赵钧彤：《西行日记》，吴丰培：《丝绸之路资料汇钞》（清代部分），北京：全国图书馆文献缩微复制中心影印本1996年版，第3页。

③ （清）裴景福著，杨晓霭点校：《河海昆仑录》，兰州：甘肃人民出版社2002年版，第306页。

记》更是其后赴疆人员随身必备的参考文献。这种现象本身提示了当时的知识阶层有关西域知识的欠缺及渴望了解西域的迫切心情。

关于由嘉峪关至哈密的道路行程及各台之间的距离，一些地方志如《西陲总统事略》卷三、《回部志》卷四、《新疆要略》卷一和《一统志》卷五二一均有所记，但相互间往往不一致。对于行纪这类文体来说，时间和里程就是它的经纬线，尤其是当行进在遥远而陌生的西部边陲时。西行记的作者抛开诗性思维，以史家之笔，如实记载所经台站及路程里数以作为日后回忆的凭据。虽然由于缺乏精准的测量工具，其记载常以估算的形式出现，但在看似冰冷的数字背后，其实是诗人一步步走进西域感悟西域的心理体验过程，也为我们认知当时的道路状况和环境变化提供了重要的依据。以下即以几部不同时期的西域行记为例，说明西域诗人的西域行旅状况：

表二　嘉峪关至哈密路段

驿站行程＼典籍	赵钧彤《西行日记》乾隆四十九年（1784）	洪亮吉《伊犁日记》嘉庆四年（1799）	祁韵士《万里行程记》嘉庆十年（1805）	林则徐《荷戈纪程》道光二十二年（1842）	陶保廉《辛卯侍行记》光绪十七年（1891）	裴景福《河海昆仑录》光绪三十一年（1905）	袁大化《抚新记程》宣统三年（1911）
嘉峪关至惠回堡	90里	（双井子）40里	（双井子）40里	90里	90里	90里	（双井）50里
惠回堡至赤金湖		（双井子）120里	70里	70里			
赤金湖至赤金峡	110里		40里	40里	110里	110里	110里
赤金峡至玉门县	90里	130里	90里	80里	90里	90里	90里

典籍 驿站行程	赵钧彤《西行日记》 乾隆四十九年（1784）	洪亮吉《伊犁日记》 嘉庆四年（1799）	祁韵士《万里行程记》 嘉庆十年（1805）	林则徐《荷戈纪程》 道光二十二年（1842）	陶保廉《辛卯侍行记》 光绪十七年（1891）	裴景福《河海昆仑录》 光绪三十一年（1905）	袁大化《抚新记程》 宣统三年（1911）
玉门县至柳沟	（三道沟）50里	（三道沟）50里	（三道沟）50里	（三道沟）50里	50里	（三道沟）50里	（三道沟）50里
柳沟至布隆吉	（三道沟）90里	（三道沟至八道沟）50里	（三道沟）90里	（三道沟）90里	85里	（三道沟）85里	（三道沟）90里
布隆吉至小湾	90里	（八道沟至沙枣园）110里	90里	80里		84里	90里
小湾至安西	70里	（八道沟）90里	70里	70里	150里	80里	70里
安西至白墩子	90里	90里	90里	90里	90里	95里	90里（实130里）
白墩子至红柳园	70里	70里	70里	70里	70里	70里	70里
红柳园至大泉	80里	80里	80里		70里	70里	75里
大泉至马莲井	70里	70里	70里	150里	60里	65里	70里
马莲井至星星峡	80里	80里	80里	80里	70里	70里	80里
星星峡至沙泉子	90里	90里	90里	90里	90里	90里	90里

续 表

典籍 驿 站 行 程	赵钧彤《西行日记》	洪亮吉《伊犁日记》	祁韵士《万里行程记》	林则徐《荷戈纪程》	陶保廉《辛卯侍行记》	裴景福《河海昆仑录》	袁大化《抚新记程》
	乾隆四十九年（1784）	嘉庆四年（1799）	嘉庆十年（1805）	道光二十二年（1842）	光绪十七年（1891）	光绪三十一年（1905）	宣统三年（1911）
沙泉子至苦水	70里	80里	80里	70里	75里	70里	80里
苦水至格子烟墩	140里	140里	140里	140里	100里	110里	140里
格子烟墩至长流水	70里	70里	70里	70里		60里	70里
长流水至黄芦冈	70里		80里	70里	120里	70里	70里
黄芦冈至哈密底台	70里	140里	80里	70里	70里		70里

从表中可以看到,西域诗人的西行之旅,基本是在追赶行程达到过程中完成的。在一百多年的时间里,由嘉峪关至哈密,从台站到路况以至交通工具,均无大的发展变化,行旅者需要按部就班由一个台站赶到另一个台站,否则中途住宿就是很大的问题。如裴景福在《河海昆仑录》中所言:"出关后多戈壁,无尖站,每站必须赶到,方有水草食宿之处。"① 赶路的辛苦还在其次,令西行者感触更深的还是自然环境及生活条件的恶劣。从星星峡至哈密,最为艰苦的一段为苦

————————

① （清）裴景福著,杨晓霭点校:《河海昆仑录》,兰州:甘肃人民出版社2002年版,第230页。

水驿:"沿途童山戈壁,不见草木,多鸣沙,水咸而苦。"①行旅者须自前站用葫芦盛水。陶保廉在苦水驿也写道:"每站只一泉,御者急饮渴马,矢溺错杂,泉虽不苦,亦秽极矣。向读《耿恭传》筭马粪汁饮之,盖亦沥去水中马粪以饮,而史官过侈其说耳。"②沿途水源缺乏,导致了住宿环境极其恶劣:"至横流河,一家若洞焉。面与水与酒皆客自携,所卖者火耳。口外自玉门西,客次皆矮屋,隔如穴在屋上。墙壁燻灼如黑琉璃,故乍入,视不见。饮食惟油茶和羊膏以煮,茶亦有油棒子。而茶一盏钱四文,一棒子堡倍之。大村堡或杀羊,一斤近百钱,而酒价倍而蓰,又往往不可得。闻以西皆然,盖漠风也。"③这些颇具极端特色的"风景"被西行者们在行纪中反复记述,不断加强着关于西域的落后生活方式、恶劣自然条件的不良印象。许多西域诗人刚刚体味到自官员到遣员的身份落差,这时又面临着生活条件由优渥到艰辛的滑落,西行本身天然带有的惩罚性质在这样的过程中更加凸显,连同环境带来的蛮荒感,必然不断加剧西域诗人自嘉峪关以来越来越体味到的文化隔膜感。不仅如此,行旅者在途中若遇春天雪化或者雨天泥泞、河流改道等情况,动辄要绕行几十里,这些不可逆料的境遇又使西行路上的行旅者增加了一层痛苦。

　　哈密作为西域咽喉要地,是赴西域的必经之地。这里土地肥沃,风光怡人,行纪作者对哈密毫不吝啬地大加赞叹:"到处清流潆注,溪树烟深,明爽怡人,风光可拘。……安生乐业,居然安乐国也。"④"其

---

① (清)袁大化:《抚新记程》,李正宇、王志鹏点校:《西征续录》,兰州:甘肃人民出版社2002年版,第208页。

② (清)陶保廉著,刘满点校:《辛卯侍行记》,兰州:甘肃人民出版社2002年版,第361页。

③ (清)赵钧彤:《西行日记》,吴丰培:《丝绸之路资料汇钞》(清代部分),北京:全国图书馆文献缩微复制中心影印本1996年版,第7页。

④ 修仲一、周轩编注:《祁韵士新疆诗文》,乌鲁木齐:新疆大学出版社2006年版,第39页。

地土润泉甘,田多树密,可谓乐土。"① "渐近哈密,约十里余,垂杨夹道,新菜攒畦,蝶舞燕飞,风温日暖,绛杏绯桃,争相迎阳,含娇吐艳。一路梨花数百树,红日掩映,如行锦绣谷中,江南邓坞、虎丘,无此天然美景。"②一般而言,行纪中所表达、塑造并呈现的西域面貌,往往是由叙述者所具有的特定文化背景所决定的。经过将近二十日的艰难旅程,跨越了干涸枯燥肮脏的戈壁地带,乍见哈密地区的田园风光,唤醒了诗人关于家园的记忆,因文化的强烈反差而产生的不适应感得到了一定缓解。然不可否认的是,哈密在这里被形容为"安乐国""乐土",包括"江南邓坞、虎丘,无此天然美景",与真实情形是有距离的,这种表述夸张失实,仍然渗透着行纪主人对待异质文化的搜奇探秘心态,折射出他们的文化想象。

由哈密至迪化道路主要有三条:出哈密北门经巴里坤,为北路,由于天山积雪,便于五六月通行;由北路至七格井子折向西南,经吐鲁番,为南路,由于路过火山,便于冬季十月后通行;由七格井子向西称为小南路,经大石头,寒暖适中,最宜于三四月通行,这也是大多数行旅者选择走的道路:

表三　哈密至迪化路段

驿站 \ 典籍	赵钧彤《西行日记》	洪亮吉《伊犁日记》	祁韵士《万里行程记》	林则徐《荷戈纪程》	陶保廉《辛卯侍行记》	裴景福《河海昆仑录》	袁大化《抚新记程》
南山	(北路)90里	(北路)110里	(南路)三堡120里	头堡70里	头堡60里	头堡70里	头堡70里

---

① 周轩、刘长明编注:《林则徐新疆诗文》,乌鲁木齐:新疆大学出版社2006年版,第155页。

② 李正宇、王志鹏点校:《西征续录》,兰州:甘肃人民出版社2002年版,第131页。

续　表

典籍 驿站	赵钧彤《西行日记》	洪亮吉《伊犁日记》	祁韵士《万里行程记》	林则徐《荷戈纪程》	陶保廉《辛卯侍行记》	裴景福《河海昆仑录》	袁大化《抚新记程》
羊圈沟	40里		鸭子泉70里	沙泉100里	三堡60里	二堡80里	三堡60里
松树塘	40里	70里	瞭墩80里	瞭墩100里	三道岭60里	三道岭60里	三道岭70里
奎素	80里		梧桐窝90里	一碗泉80里	瞭墩90里	瞭墩90里	瞭墩90里
巴里坤	90里		三间房90里	黑山子185里	一碗泉70里	一碗泉80里	鄯善县140里
骨拐泉	70里	苏吉70里	十三间房140里	白山子30里	东盐池驿145里	七个腾木110里	七个井子70里
肋巴泉	90里	80里	苦水80里	乌兰乌苏30里	西盐池驿95里	头水沟80里	头水沟90里
滴水崖子	90里		七克腾木60里	三个泉90里	七克腾140里	大石头65里	大石头60里
噶顺沟	60里	130里	辟展90里	木垒河90里	辟展90里	三个泉70里	三个泉120里
北山子	30里	60里	连木沁60里	奇台县90里	连木齐63里	木垒河90里	木垒河90里
大石头	60里	60里	胜金口60里	古城90里	胜金口70里	奇台县90里	奇台县65里
三个泉	120里	120里	吐鲁番90里	吉木萨90里	吐鲁番75里	古城90里	古城130里
木垒河	90里	90里	头道河70里	三台70里	砟砟沟52里	济木萨90里	济木萨90里

续　表

典籍＼驿站	赵钧彤《西行日记》	洪亮吉《伊犁日记》	祁韵士《万里行程记》	林则徐《荷戈纪程》	陶保廉《辛卯侍行记》	裴景福《河海昆仑录》	袁大化《抚新记程》
奇台县	80里	90里	白洋河 80里	滋泥泉 80里	白杨河 140里	三台 65里	三台 70里
四十里铺	40里		达坂城 80里	阜康县 90里	达坂城 64里	紫泥泉 85里	滋泥泉 90里
古城	50里	90里	柴窝铺 90里	古牧地 90里	柴鄂博 85里	阜康县 90里	阜康县 90里
吉木萨	90里	90里	迪化州 100里	乌鲁木齐满城 70里	迪化 95里	古牧地 90里	古牧地 90里
四十里井	三台 70里	70里				迪化省城 44里	迪化省城 40里
大泉	紫泥泉 80里	100里					
黑沟	阜康 90里	110里					
菓木地	90里						
乌鲁木齐	40里						

由上表可知，自乾隆至宣统年间，哈密至乌鲁木齐的道路有很大改变。赵钧彤与洪亮吉花费了更多的时间进行这次旅程，相对而言，后来者由于道路的改变而缩短了不少行程。在所有经历这段旅程的行旅者中，祁韵士较为特殊，因为他来时正处在严冬季节，绕行吐鲁番，经过了传说中至为艰苦的三间房至十三间房的百里风区。对这

一地区,祁韵士在行纪中有非常生动的记录:"自三间房至此,途中云有风穴……最险处也,行人往往被风灾。当扬沙走石之际,或碎人首,或径吹去无踪,千斤重载之车,掀簸立尽,并车亦飞去,只轮无返者。……比黎明,俯视所经,则见沙砾大石委积道上,纷纷若人为抛弃者,并无路径可寻。迎面巨石,磨牙屹立欲搏人,凶恶不可名状,觉森森然黑暗,非复人间世。"[①]有关于西域落后、险恶的心理感知使祁韵士在经历三间房至十三间房的百里风区时,不自觉地用拟人的修辞描绘了途中巨石的森然恐怖,主观想象下的自然物象明显地具有心理外化的痕迹,在行纪这样一种纯客观记录的文体中,这样带有过分渲染的感情化的文字显得十分突出,准确地反映了祁韵士面对沿途景观时失落、恐惧的心理状态。

虽然哈密的富庶与田园风光暂时给行旅者带来了一定的心理安慰,但自哈密至乌鲁木齐,又向来有穷八站、富八站之说。林则徐《荷戈纪程》谓:"俗谚谓哈密至乌鲁木齐有穷八站、富八站,盖戈壁头以东之八站为穷,木垒河以西之八站为富也。"[②]方士淦《东归日记》总结了穷八站的状况:"尽戈壁,地无青草,上无飞鸟。尖、宿各站,按程计里,大略相同。但旅店寥寥,仅能栖止。米面草料,一无所有,所以谓之'穷八站'也。"[③]西行者就是在这样接踵而来的风景转换中感受着情绪的跌宕起伏,体味着西域之旅于其人生的意义。

当然,一路上给他们留下相当深刻印象的,还有沿途白骨堆积的凄惨恐怖景象。白骨多为沿途倒毙驼马留下的:"出苦水驿,西北行。

---

① 修仲一、周轩编注:《祁韵士新疆诗文》,乌鲁木齐:新疆大学出版社2006年版,第40页。
② 周轩、刘长明编注:《林则徐新疆诗文》,乌鲁木齐:新疆大学出版社2006年版,第158页。
③ 李正宇、王志鹏点校:《西征续录》,兰州:甘肃人民出版社2002年版,第32页。

天气昏黑,燃烛照之,沿途倒毙驼、马、驴甚多,弃置道旁,无人顾问,为野兽膏吻,白骨狼藉,触目皆是。"①环境的险恶,自然条件的恶劣,其中也不乏丧命途中的行旅者。洪亮吉曾有《早发四十里井寒甚路人有堕指者》一诗,感慨:"路人伤堕指,迁客屡摧颜。"西域冬季的寒冷气候使"冻毙于途"的行旅者不在少数。不仅如此,沿途的一些艰险的路段也常使行旅者陷于危险境地。洪亮吉《出塞纪闻》载:"从巴里坤西行六十里,将抵宿处,忽车夫遇里中人留话,马遂掣缰奔逸,从削岸斗下,双轮齐覆辕,马压余身,几死,半时许,始遇救。"②因而"旷野时时露白骨,深夜往往飞青燐"(李銮宣《瀚海歌》)的现象也就无足为怪了。

长途的跋涉,枯燥的旅程,严酷的环境,都在考验行旅者的精神意志。在西行途中,许多人还要面临来自身份变化的心理落差。抛开其中大部分的遣员不谈,即使是官员一类,有许多也是因事被贬官西域的,如晋昌、毓奇、铁保、秀堃、志锐等,他们的身世遭际在旅途中也必然透射在对西域的印象当中。

传统的中国文人对地域的认识常常并不是单纯将之作为一个自然地理形象,而是将之看作是一段"英雄史诗或悲戚往事的象征",是"被历史所界定"③的,留存着社会活动的记忆。对地域的感知绝不是仅仅通过具体的地理物象进行,而是寄寓了情感的认知活动,这也是古代地域文学中的物象常出现模式化、概念化倾向的原因之一。但是文学创作同时也是一种复杂的精神现象,它归根到底并不是观

---

① 李正宇、王志鹏点校:《西征续录》,兰州:甘肃人民出版社2002年版,第208页。
② 修仲一、周轩编注:《洪亮吉新疆诗文》,乌鲁木齐:新疆大学出版社2006年版,第55页。
③ [美]姜斐德著,张欣梅、吴海涛译:《宋代景观艺术中的政治隐情》,《九州》第二辑,北京:商务印书馆1999年版,第193页。

念原封不动的移植，而是创作主体自我生命的体验与表达。西域诗人的西行之旅漫长坎坷，所经之地景色或极尽荒凉冷落、沧桑蛮野；或优美壮丽、充满生机，并最终使诗人获得了十分具体的"对环境的内心映象"[①]。这样的见闻经历颇具强化与消解来自书本经验的西域地理认知的两面性，从而获得了西域生活的实际感受。这样的生活体验促成了创作主体的自我激活，使他们在一个新的层面上反观自己的世界，并以此表达对西域前所未有的新鲜感悟，从而有效推动了清代西域诗面貌的最终形成。

---

① 阙维民：《历史地理学的观念：叙述、复原、构想》，杭州：浙江大学出版社2000年版，第168页。

第二章 戈壁风沙与山水田园 中的心灵映照

在中国传统文化的视野里,自然审美始终是一个重要的审美领域。对自然从来都不仅仅是视觉的、生理意义上的观照,更注重的是心理的、情感的领悟。这种意识根植于中国古人体认宇宙人生的途径与方式:由观照对象导引出主体对于内在人格的感兴和体会,即主体将人格品性投射于客观事物之上,从而获得"以我观物,物皆着我之色彩"的艺术效果。自然审美在传统文化中的地位与道家思想的深入人心密不可分,《庄子·养生主》中提出了一个影响深远的自然观照方式:"以神遇而不以目视。"它强调在对自然的观照过程中,运用的不仅是眼目,更是心力,获取的不仅是对观察对象客观特征的体认,更要以整个生命与之拥抱,"以天合天",捕捉到生命本在的生意跃动,获得"物与神游"的理想状态。在对自然的审美视野里游走的不仅是眼目,更是内心精神世界的畅游,于中获无限遐想、无限感慨。正所谓:"寂然凝虑,思接千载;悄焉动容,视通万里。吟咏之间,吐纳珠玉之声;眉睫之前,卷舒风云之色;其思理之致乎!"[1]这

---

① (梁)刘勰著,陆侃如、牟世金译注:《文心雕龙译注》,济南:齐鲁书社1995年版,第359页。

种对自然的审美方式渗透在我们民族文化的血液里,表露于自古而今的各类文学创作中,成为中华传统文化中自然审美的精魂。

第一节　西域自然景观的书写
历史及其形象塑造

在清代西域诗中,西域的山水自然以及物候特征是重要的表现内容之一,显示了诗人对西域自然环境的强烈感受。其书写的内容既根植于西域这个特定的自然地理环境,同时也根植于历史进程中内地对西域的总体认识。依据行为主义地理学与人本主义地理学的观点来看,并不存在完全独立于人类活动之外的客观环境或经验世界,被人们感知的环境并非纯粹客观的环境,而是"过去人们眼中的、根据他们的文化爱好和文化偏见、由假设想象塑造的世界"①。文化规范了诗人身体与心理的限度,驱动着诗人做出这样或那样的选择而不得违反,也就是说,诗人笔下的自然并非纯粹客观的自然,他们总是带着文化的眼光去看待自然,其中包容着特定的民族的或地域的道德、情感等形而上元素。这种文化背景使诗人的审美眼光中不可避免地承载着丰富的预设的情怀,其对西域自然的审美体验,是诗人与他所承载的文化背景共同完成的。由此,西域诗不仅为我们显示了诗人在西域自然抒写中特定的主观感受,更为重要的是,它为我们提供了诗人抒情背后的历史文化背景,提供了理解清代乃至之前内地人西域认识的关键。同时,也让我们看到清代西域诗人在自

---

① ［英］R.J.约翰斯顿著,唐晓峰等译:《地理学与地理学家》,北京:商务印书馆1999年版,第222页。

然空间抒写的过程中,由于亲履其地而进行的打破固有文化所预设的秩序与界限的尝试,从而完成的对西域自然空间的本质认识的回归。

一、历史书写对西域地理印象的建构

关于自然与文化的关系,马克·第尼亚曾说:"人们必然已经意识到,存在着一个从'自然的文化化'到'文化的自然化'的永不停止的发展过程。理解了这一点,人们就能进一步理解,一个主体,既置身于他的自然环境中,也置身于他的社会环境中。"[①]西域地区由于特殊的地理环境,加之交通不便,导致历史上内地对其认识的严重受限,各类对西域的重复性书写不断延续并强化着人们的西域观念,由于缺乏新的文化重构活动来丰富人们的西域认知,一些地理意象遂成为西域的文化标志物,成为西域的符号性象征。吴蔼宸先生在《历代西域诗钞·序》中,就明确表示其取舍西域诗的标准为:"推至篇中凡有'天马'、'天山'、'塞庭'、'瀚海'、'沙碛'、'玉关'、'河源'等字者,皆认为西域之诗,其涉及地名者更无待论。"[②]撇开这一取舍依据的合理性不论,我们可以看到,自古及今,人们对西域的认知正是从这些特定的地理面貌和地名、事物开始的。在长期的文化建构过程中,这些物象被抽象、固化为西域文化符号,成为典型的文化标志物。我国第一部区域地理著作《尚书·禹贡》将九州以西的地理环境概括为"西被于流沙"[③];《山海经·西山经》中记载:"西水

---

① ［法］马克·第亚尼著,滕守尧译:《非物质社会》,成都:四川人民出版社1998年版,第223页。

② 吴蔼宸:《历代西域诗钞·序》,乌鲁木齐:新疆人民出版社2001年版,第1页。

③ (汉)孔安国传,(唐)孔颖达疏:《尚书正义》卷六,《十三经注疏》阮元校刻本,北京:中华书局1980年版,第151页。

行四百里,曰流沙。"①"流沙"成为上古时期中原人士对"九州"之外的地理面貌的总印象。从各类典籍的描述中我们可以看到,古人其实对西域沙漠的认识是十分模糊而混乱的。东汉时高诱注《吕氏春秋·本味篇》认为:"流沙在敦煌郡西,八百里。"②三国时桑钦的《水经》又云:"流沙地在张掖居延县东北。"③晋人郭璞则曰流沙在"今西海居延泽"。虽对流沙具体方位认识不一,但体现了"流沙是古人对西北广大沙漠地区的一总的概念"④的说法。除此而外,各类正史中的记载,也不断重绘着西域沙漠覆盖、景界荒凉的印象。《史记·大宛列传》云:"宛国……其南乏水草。又且往往而绝邑,乏食者多。"⑤《汉书·西域传》云:"今县度之阸……起皮山南……又历大头痛、小头痛之山,赤土、身热之阪,令人身热无色,头痛呕吐。"⑥且:"穆王北征,行流沙千里,积羽千里。"⑦《周书·异域传》亦曰:"鄯善,古楼兰国也。……多沙卤。"⑧《魏书·西域传》则曰:"西域……自葱岭以东,流沙以西为一域。"⑨等等。清代西域诗人在踏入西域之前对西域的认识多来源于正史的记录,但考察自两汉魏晋南北朝正史中的

---

① (晋)郭璞注,(清)毕沅校:《山海经》卷四〇,上海:上海古籍出版社1989年版,第23页。
② (汉)高诱注:《吕氏春秋》,上海:上海书店1986年影印本,第141页。
③ (北魏)郦道元原注,陈桥驿注释:《水经注》,杭州:浙江古籍出版社2001年版,第617页。
④ 顾颉刚、刘起釪:《尚书校释译论》(第二册),北京:中华书局2005年版,第785页。
⑤ (汉)司马迁:《史记》卷一二三,北京:中华书局1982年版,第3174页。
⑥ (汉)班固撰,(唐)颜师古注:《汉书》卷九六上,北京:中华书局1962年版,第3886—3887页。
⑦ 方诗铭、王修龄:《古本竹书纪年辑证》,上海:上海古籍出版社1981年版,第46页。
⑧ (唐)令狐德棻等:《周书》卷五〇,北京:中华书局1971年版,第915页。
⑨ (北魏)魏收:《魏书》卷一二《西域传序》,北京:中华书局1974年版,第2261页。

《西域传》可见,最早描述西域地理环境的是《史记·大宛列传》。于
今看来,其描述之疏略不言而喻。然此后出现的《西域传》几乎均未
对其加以补充。虽然在汉代有关西域的记载中,已经多次提到西域
的农业发展,如:"大宛……其俗土著,耕田,田稻麦。有蒲陶酒。多
善马,马汗血,其先天马子也。"[1]"自且末以往,皆种五谷,土地草木,
畜产作兵,略与汉同。"[2]"故轮台以东捷枝、渠犁……有灌田五千顷以
上,处温和,田美,可益通沟渠,种五谷,与中国同时孰。"[3]等等。但都
难以抵挡沙漠作为西域地标的代表性印象。同时,史书中关于西域
高寒的地貌特征的叙述,又加强了西域气候苦寒的印象。如《魏
书·西域传》:"渴槃陀国在葱岭……有高山,夏积霜雪。"[4]"钵和国,
在渴槃陀西。……有大雪山,望若银峰。"[5]可以说,虽然史书中对西
域自然地理物候的书写极其疏漏而简略,但其建构的西域地理意象
却影响深远。

二、文学书写对西域地理意象的强化

西域诗是特定地域文化的产物,西域的景观如山川、沙漠、植被、
物产乃至气候特征等自然风貌,以其鲜明的地域性特征,出现在各个
时代的西域文学作品之中,不断经历着"自然的文化化"的过程。从
历史上不同文本对西域的书写来看,西域的荒凉、苦寒等印象的形成

---

[1] (汉)司马迁:《史记》卷一二三,北京:中华书局1982年版,第3160页。

[2] (汉)班固撰,(唐)颜师古注:《汉书》卷九六上,北京:中华书局1962年版,第
3879页。

[3] (汉)班固撰,(唐)颜师古注:《汉书》卷九六下,北京:中华书局1962年版,第
3912页。

[4] (北齐)魏收:《魏书》卷一〇二《西域传序》,北京:中华书局1974年版,第
2280页。

[5] (北齐)魏收:《魏书》卷一〇二《西域传序》,北京:中华书局1974年版,第
2280页。

是一个被逐渐强化的过程。从汉代开始，西域的自然景象就成为重点表现对象，《乐府诗集》中汉郊祀歌中相传为汉武帝所作的《天马》就将沙漠作为表现对象："天马徕，从西极。涉流沙，九夷服。"以及《李陵歌》中的"径万里兮度沙漠，为君将兮奋匈奴"。其中流沙西极的描写，是中原人对西域地域自然景观的最直观、最深刻、最典型的印象，对流沙的征服象喻着对周边少数民族的征服。唐代是中国历史上诗歌发展的黄金时代，西域诗是其中非常重要的构成部分。其诗歌中着重书写的，已经集中于茫茫瀚海、戈壁风沙，崔嵬雪山、云沉天暗等具有壮美风格的典型地理意象，出现频率较高的有"风""沙""雪""霜""寒""苦"等，其色调偏于黄、灰、白的冷色系，"雪暗天山道，冰塞交河源。雾锋暗无色，霜旗冻不翻。"（虞世南《出塞》）"交河浮绝塞，弱水浸流沙。"（骆宾王《晚度天山有怀京邑》）"黄云断春色，画角起边愁。瀚海经年到，交河出塞流。"（王维《送平澹然判官》）"秦中花鸟已应阑，塞外风沙犹自寒。"（王翰《凉州词》）"五月天山雪，无花只有寒。"（李白《塞下曲》）等等。尤其是边塞诗人中的翘楚岑参对西域荒漠风沙的夸张描绘："风头如刀面如割""轮台九月风夜吼，一川碎石大如斗，随风满地石乱走"（《走马川行奉送封大夫出师西征》）；写荒凉的"日暮上北楼，杀气凝不开。大荒无鸟飞，但见白龙堆"（《登北庭北楼，呈幕中诸公》）；"曾到交河城，风土断人肠。寒驿远如点，边烽互相望。赤亭多飘风，鼓怒不可当。有时无人行，沙石乱飘扬"（《武威送刘单判官赴安西行营，便呈高开府》）；写寒则"剑河风急雪片阔，沙口石冻马蹄脱"（《轮台歌奉送封大夫出师西征》）……以其充满惊异的情感震撼力，不仅在内地人心目中普及了西域的物候知识，还进一步强化了西域肃杀萧瑟的环境氛围。唐人西域诗的"风""沙""雪""寒"等意象的高频率出现，定格为西域独特的地域符号，对其后的西域诗产生了极大的影响。

　　宋代,西域地方政权与中原王朝保持着朝贡关系,西域诗数量少而在意象上基本沿袭唐人,如"平沙风急卷寒蓬,天似穹庐月如水"(陆游《焉耆行》)、"明月如霜照白骨,恶风卷地吹黄沙"(陆游《塞上曲》)。元代版图扩大,创作西域诗最多的诗人是耶律楚材。少数民族的特殊身份与政治家的胸襟赋予他与众不同的眼光,他笔下的西域没有了苍凉荒芜的景象,更多表现了雄伟壮阔与秀美的一面,带来西域诗创作史上的一大转变。明初成祖锐意进取,"西域大小诸国莫不稽颡称臣,献琛恐后"①,达到"威德遐被,四方宾服,受朝命而入贡者殆三十国。幅陨之广,远迈汉、唐"②的程度,虽有陈诚几次出使的文字记载,而从他周围朋友的诗句中,我们仍然可以看到明代人对西域的概念化体认,如"黄沙断碛千回转,玉关渐近长安远。轮台霜重角声寒,蒲海风高弓力软"(曾棨《陈员外奉使西域周寺副席中道别长句》)、"轮台雪满逢人少,蒲海霜空见雁稀"(王希范《送陈员外使西域》)、"黄沙古碛行行见,白草寒云处处同"(胡若思《送陈员外子鲁奉使西域》),黄沙白草、轮台蒲海这些西域地域意象的密集使用,显示他们对西域的了解仍然依靠的是前代典籍中不多的表述,进一步强化了西域荒凉冷落的刻板印象。从陈诚《西域行程记》和《西域番国志》成书到清代诗人再次亲历西域,已经过去了三百多年,清代诗人对西域的陌生感可想而知。

三、西域意象产生的自然地理基础

　　西域地域意象的形成当然与西域自然地理条件密不可分:西域的戈壁荒漠面积占全国沙漠、戈壁总面积的55.6%,在面积为一万平

① （清）张廷玉等:《明史》卷三三二《西域四》,北京:中华书局2003年版,第8625页。
② （清）张廷玉等:《明史》卷七《成祖纪三》,北京:中华书局2003年版,第105页。

方公里以上的十大沙漠中,新疆就有三个:位于塔里木盆地中心的塔克拉玛干沙漠,准噶尔盆地中央的古尔班通古特沙漠和自罗布泊东南一直向东延伸到甘肃敦煌西部的库木塔格沙漠。戈壁主要分布在东部地区,分布着广阔的砾质荒漠和石质荒漠。在气候上,由于远离海洋,深入内陆,加之四周高山为屏,气候干燥,雨水罕至。其年平均降水量不过150毫米,而南疆塔里木盆地年降水量仅50毫米,部分地区不过10毫米左右,为全国降水量最少的地区。西北高东南低的地势又使得冬季来自蒙古—西伯利亚地区冷气团的南下十分便利,而不利于夏季来自太平洋的热带海洋气团北上,从而形成西域寒冷干燥的气候特点,形成漫长而寒冷的冬季。自然地理条件的总体状况本身也遮蔽了人们对西域物候多样性的认识,忽视了天山以南沙漠边际的可田可溉的绿洲沃土以及北疆水草丰美的无垠草原。

以上是西域气候的总体特征,但在具体地区,由于地形的影响,其气候又有所不同,呈现多样化的趋势。西域的总体地理形势,可以形象地描述为"三大山系包两大盆地",即昆仑山、天山、阿尔泰山环抱着塔里木盆地和准噶尔盆地。每个山系和盆地又具有各自独特的自然景观和特征。天山山脉自东至西横亘于西域中部,高度为3 500—4 500米,其上终年积雪覆盖,景观独特;阿尔泰山雄居于西域的北部和东北部,高度一般为3 100—3 300米,夏季雨量充沛,草木繁茂,冬日积雪丰沛,气候湿润,是十分理想的天然牧场;昆仑山矗立于西域南部,是今西藏与新疆的界山,平均高度一般为5 500—6 000米,古代称其为"南山",以产玉驰名。另外,还有喀喇昆仑山、阿尔金山以及古称为"葱岭"的帕米尔高原,作为贯通欧亚的古丝绸之路必经之地,是许多国家与民族经济文化的汇聚地。

西域地区的大小河流有400多条,它们均发源于盆地周围的高山,以山区降水及冰雪融水为主要水源,呈现出季节性河流的特点:

夏季流量大，流程不长，难以到达海洋，往往消失于茫茫沙漠或渗入地下形成潜流。其中最为重要的有天山南路的塔里木河、天山北路自东向西流淌的额尔齐斯河，以及汇聚了特克斯河、巩乃斯河和喀什河而形成的伊犁河。这些河流或者浇灌了其流域的农业，或者成为游牧民驰骋纵横的广阔沃野。西域还拥有不少湖泊，多位于河流的终端处，且随河水流量的增减发生变化。有玛纳斯湖、博斯腾湖、罗布泊等。围绕这些大小不一的湖泊、河流，在西域荒漠漫漫的戈壁沙原上，形成了片片绿洲，为西域居民的生息繁衍之所。

　　从西域地区分布的自然状况可以看出，无论是其地形地貌还是气候条件都十分复杂而丰富，远非几个概念化的符号所能替代。而在那些并未亲自踏足西域边塞的诗人笔下，充塞的"玉门""楼兰""交河""天山"等意象，无非是以书本上得来的间接经验为基础，或者是借鉴了历史材料如《汉书·西域传》等的描述，他们的抒写进一步固化了西域荒凉、严酷的印象，使西域进一步概念化。按照认知主体与地方之间的空间位置与心理位置的关系，波蒂厄斯曾将主体与地方分为"家园—外部者""家园—内部者""外地—外部者"与"外地—内部者"[①]四种不同情况。清代西域诗的作者与西域之间的关系基本上是"外地—外部者"的状态，即他们虽然和西域发生着不同程度的关系，但在心理认知上，却始终将自己看作是生活在故乡万里之遥的地域中的"他者"，西域只是他们暂时容身的"异地他乡"，他们从不曾将西域作为自己的精神家园。具体体现为总是以内地自然地理环境、经济状况与文化风俗作为参照系来观照并塑造"西域"的文化景观，同时也无意识并根深蒂固地强调了自身对"内

---

① ［英］R.J.约翰斯顿著，唐晓峰等译：《地理学与地理学家》，北京：商务印书馆1999年版，第222页。

地"的文化认同与归属感。但即使总体情况如此,清代西域诗在这方面的表现仍然呈现一种变化的趋势与复杂的态势,越来越多的西域自然景观摆脱了已经被固化为西域自然景观的符号性象征的苦寒形象,呈现出以客观地理形态为依据的西域自然书写。当越来越多的诗人躬践西域,他们目睹了西域丰富的自然风光与民俗风情,其多样性与复杂性使诗人更多地摆脱了历史书写中塑造的主观理念的干扰,而在这块"他乡"中寻找自己熟识的家园,而渐次消弭与"他者"间的裂隙。在清代西域诗中,"西域"不再是"他乡"的文化象征与精神符号,许多诗人在长期的西域生活中逐渐寻找到了与西域文化认同的契机,大大突破了以往西域书写的符号化倾向。

第二节　戈壁风沙体验与西域自然审美符号化的强化与消解

　　文学创作从来不是一己的自言自语,其独创性必然根植于某种文化基础之上。加拿大文学理论家弗莱认为,文学是"移位的"神话,"可以把文学看成是由一系列比较有限的简单程式构成的复合体,而这些程式在原始文化中都可以观察到。……原始的程式在最伟大的经典作品中一再重现;事实上,就伟大的经典作品而言,它们似乎本来就存在一种回归到原始程式的普遍倾向"[1]。这里的"原始程式"就是原型,其存在的形式就是文学作品中的意象或"联想群",通过在文学作品中反复出现的方式,将"一首诗同其他诗联系起

---

[1]　转引自程金城:《原型批判与重释》,兰州:甘肃人民美术出版社2008年版,第99页。

来"，在特定的语境中，他们以"已知的联想物"交际传播，因而为同一文化中的大多数人所熟知。

　　西域诗歌的创造，来源于诗人独特的审美感受，这种独特性，源自西域独有的自然景观。艺术创造的创新性要求诗人自觉地舍弃与内地相似的习见景观，而以表现最富西域特色的新奇景象为着力点，因此，一些具有险峻、粗粝、苦寒乃至高大、厚重，令人可怖可畏的西域自然景象被反复书写。如地理意象中的戈壁沙漠、雪山冰川，气候意象中的狂风暴雪、奇寒热海等，便构成了西域诗的基本意象或"联想群"。这类意象，建构了境界雄阔、壮伟磅礴的诗境，描绘了一个不同于内地任何地区的"异"的世界，其中，对西域的苦寒生活体验更具代表性。作为汉唐西域诗创作的延伸，清代西域诗在这一题材上继承了汉唐，继续将之作为审美对象，不同的是，清代由于亲履西域，这类审美对象在清人笔下更为具体而生动。

一、戈壁对诗人视觉与心灵的双重冲击

　　清代西域诗沿袭了汉唐西域诗的抒写主题之一，是对戈壁荒漠带来的惊心动魄的感受的描绘。

　　清代由于旅行工具的落后，道路的崎岖，西行旅途十分艰辛。如引论所言，清政府虽然专门设立了台站，自嘉峪关至伊犁五千二百里，共六十台站，[①]这也意味着抛开出发地不算，即使从出嘉峪关算起，到达哈密需要在车中颠簸19日，由哈密至乌鲁木齐需22天，乌鲁木齐至伊犁再需19天。如此之长的旅程，加之途中人烟稀少，饮用水及食物都十分缺乏，颠沛流离之感油然而生。因此，对西域自然条

---

① （清）松筠修，（清）汪廷楷、（清）祁韵士撰：《西陲总统事略》卷三，北京：中国书店2010年版，第48页。

件之恶劣、气候之极端的描写俯拾即是。这一审美主题既来源于古代典籍对西域自然环境的描述,更源于诗人出嘉峪关后的第一印象与感受。诗人西行至嘉峪关外,首先面对的即是莽莽的戈壁荒滩,即古称的瀚海。在清人行程记中,对戈壁多有记述:"出(安西州)北门五里许,过一涧河,即入沙碛,土人呼为戈壁,即古瀚海也。地以沙石为骨,如熔炼而成,肤无寸土,日光照射,闪烁若有浮烟,就视不见。从此一望平沙,水草皆绝。凡行沙碛者,因途中无觅食饮之处,率裹粮赍水而行,或百里,或百余里,始得停车稍憩。"[1]袁大化在其《抚新记程》中,描述瀚海景象是:"南起嘉峪关,西北至猩猩峡,延袤千余里,砂碛辽廓,宽至二三百里,寸草不生,水泉亦少,即古瀚海,土人谓之戈壁滩。"[2]这里所记述的,就是从安西一直蔓延到哈密长流水之间的莫贺延碛。这里地表裸露,砾石嶙峋,水草难生,飞鸟不至,要横跨这绵亘千里的戈壁荒漠,很难想象在戈壁的尽头,还有水草丰茂、风光旖旎的绿洲。曾于国史馆以总纂官身份接纂《蒙古回部王公表传》而对西域舆地非常熟悉的祁韵士,就在西征途中吟咏到:"横空隔绝几千里,不信迤西有奥区。"(《戈壁》)也难怪王之涣会留下"春风不度玉门关"的诗句,我们可以想象正是绵亘千里的戈壁在内地人头脑中留下了关于西域尽皆流沙的刻板印象。

　　"西域数千里,所在皆流沙。"(颜检《苦水守风歌》)苍茫的沙碛表征着严酷的自然,也表征着残酷的社会现实,极大地强化了习惯于"杏花春雨江南"的自然与生活环境的诗人内心的恐惧感与疏离感,显示了诗人对西域物质生活方式及自然景观的异类认识。躬践西域使清代的西域诗人对西域的认识不再局限于以往获得的书本知识,

---

① 　修仲一、周轩编注:《祁韵士新疆诗文》,乌鲁木齐:新疆大学出版社2006年版,第35页。
② 　李正宇、王志鹏点校:《西征续录》,兰州:甘肃人民出版社2002年版,第202页。

他们对荒漠的称谓已经不仅采用使西域形象表征化的“瀚海”一词，而多用当地人的称谓“戈壁”(戈壁系蒙古语的音译，意为“荒漠”)。大多数诗人面对这样的茫茫沙碛，被放逐的感受被不断强化，他们笔下的戈壁充满了荒凉冷落的氛围以及茫然不知所措的迷惘：

沙雾千重浑似海，关河二月总如秋。(方希孟《登安西城楼》)

春色从来不到此，只余照眼雪山明。(邱德生《瀚海道中》)

我疑元会初开辟，清气为神浊为魄。浊中渣砾无处掷，撇向此间不爱惜。不然寸土皆黄金，如何千里闲地弃置阴山阴。(史善长《过瀚海》)

人踪与飞鸟，四望皆茫然。碛砂莽无垠，安得屋一椽。(张荫桓《马兰泉至星星峡途中极目漫成》)

戈壁崎岖日复夜，百忧迸集艰难中。(张荫桓《吐鲁番城西五十里硁硁沟古之芦沟驿也，去三角泉六十里途遇大风》)

西域诗人中，流人占大多数，他们在流放途中遭遇戈壁荒漠，被弃置的土地与诗人的命运往往形成同构的意味，他们不禁由此生出深重的虚无感。最有代表性的是李銮宣的《瀚海歌》：

莽莽兮无人，浩浩兮无垠。寥寥萧萧不知延袤几千里。行人过此恻恻生悲辛。无秋无夏无三春，无飞无走并无介与鳞。无草无木亦无水与薪。凝睇何所见？但见沙中细石瑞且璘。抬眼何所见？但见天山雪积高嶙峋。阴云黯黮掩娥魄，颓飙惨澹埋羲轮。旷野时时露白骨，深夜往往飞青燐。有时怪火出，烛天之焰逾日星；有时怪风起，焚轮之势摇苍冥。鸣沙射人石喷雨，苦雾匝地天无津。人马当之破空去，失势一落千丈万丈为埃尘。不然流沙压顶人与马俱毙，新鬼旧鬼一旦嗟沉沦。君不见沙行

> 如龙际天表，祁连遍之怒犹矫。谁治瀚海作桑田，天荒一破乾
> 坤小。

诗人所熟悉的自然环境，在这里都归于一个"无"字。连用的11个"无"字，充满了刻入心肺的空幻感与对环境产生的陌生感。"但见"二字一转，写戈壁之有，有的是阴云、颓飙、白骨、怪火、怪风、鸣沙、苦雾，一系列扭曲、怪诞、恐怖的意象强烈地渲染了戈壁荒漠给诗人带来的陌生、荒凉、愁苦的异类感。贬谪作为一种被动而悲惨的遭遇，不仅把文人从政治权力的中心驱逐到最边缘地带，更是将他们从熟悉、优越的地理环境中驱逐到一种陌生和恶劣的环境中，再加上主流社会对他们政治道德与人格精神的否定，使他们的生命形态发生逆转，政治理想破灭，生命价值贬损，因而他们在内心很难对西域产生认同感，对自然景观的认知与表达难免呈现主观化倾向，在对西域自然景观的扭曲怪诞的描摹中，蕴含着沉重的忧患意识和恐怖的生命体验。

这种对于戈壁的恐怖体验并非仅来自流人，为平定阿古柏叛乱而入卓胜军金运昌幕的方希孟，在《戈壁行》中同样可以把我们带入险怪、愁苦的境界：

> 大风吹空车轮走，蝎虎如人蟒如狗。老鸦呜呜鬼车哭，掠地
> 黑鹰啄人肉。前山火飞后山雪，寸草不生石骨热。马蹄陷沙沙
> 入穴，驼骨支冰冰桥裂。人生只羡狼居胥，直到沙场心亦折。千
> 里忽见独树青，氛雾杂沓天冥冥。怪禽四啼行人恐，宝刀凄凉色
> 不勇。月中一管飞秦声，征客闻之皆泪零。早知关塞难如此，悔
> 不村间抱犊死。

对戈壁自然环境的感知无疑是根植于自然环境的客观存在，然而这

里对戈壁的描绘与其说是单纯的客观存在,不如说是由诗人的主观情绪感知到的环境,是客观环境在诗人心中的心理映象,其中无疑掺杂着历史的、文学的假设与想象。"在弄懂景观之前,我们必需理解人和他的文化;我们必需理解他所具有的身体和心理的限度;我们必需知道他的文化为他规定了怎样的选择,知道他周围的人加给他怎样的规矩让他遵照执行不得违反。"① 诗人笔下的戈壁同时也充满了主观的个人心理意绪与历史背景的表达,这种险怪、荒凉、恐怖,既昭示了诗人内心对熟识的内地自然景观的归属感的呼唤,也显示出对未来西域生活的恐惧。戈壁这一意象的背后是诗人对未知的西域的心理体验的文化表达,这里不仅恶劣苦寒,而且充满了人力所难以把握的不确定性。不管是出于建功还是被流放,都摆脱不了中央强势文化的影响。当这些来自国内其他地区的行旅者以自己所熟知的理想环境与区位价值对西域自然景观进行审美观照时,自然流露出对过往生活的怀念,对政治权力中心的向往以及当下行旅的漂泊之苦,必然产生出"奇""怪""异""孤""苦""哀""愁"等情感的共同倾向。他们对西域的这种描述无意间在维持和细化前人已经建构过的西域形象,并且加固了其他地区民众对西域的固有印象。

"月照平沙夜气清,由来戈壁惯宵征。"(杨廷理《四月十五夜度苦水戈壁感怀》)严酷的环境还不是戈壁的全部,戈壁荒滩上由于毫无遮掩,因此昼夜温差极大,气候十分恶劣。行进者一般采用昼伏夜行的方式,夜晚凭借月光或星光前行,目力不能及远,对各处景观的观感大幅受限,单调的旅途使西行者陡增愁苦、艰难、蛮荒的心理感

---

① [美]普林斯:《过去世界的真实、想象与抽象》,[英]R.J.约翰斯顿著,唐晓峰等译:《地理学与地理学家》,北京:商务印书馆1999年版,第222页。

受。正如裴景福《河海昆仑录》所言:"出关后多戈壁,无尖站,每站必须赶到,方有水草食宿之处。向来出关者,均日住夜行,站百里外者,申刻开车,天明可到,百里内者,酉刻始行,白日消闲,至下午晚餐。食饱上车,若夜饥可令车暂停,于车傍炊炉热粥茗点心,食毕再行。惟夜行如墨目,无所见,殊闷闷也。"①旅程的单调乏味让这些行旅者闲暇无事,只有以静听车声来打发时光,久之甚至锻炼成了仅从车行的声音便能判断路况的本领。如《河海昆仑录》中裴景福道:"余前谓戈壁之路有沙土石三者,尚未尽其变。凡车行,干濇重滞而响声殷地,纠蓼叫噪,空洞沉浊者,必上积粗沙,下结碎石,厚至十丈,无寸土也。凡车行最浮最速,不软不跳,其声碌碌无馀音者,必地质坚硬,地凝结于上,而盘踞于下也。凡车行,砰磷郁律,如鼓如雷,声远而长者,必近山之地,土蒙石窍也。有时车声唧唧鳞鳞,不疾而驰,既安且和者,必地质纯土,土上有细沙,沙上复有轻尘也,略同古之蒲轮。听车声而知地质之各异,耳与心通,能令行役忘倦。"②对戈壁之路有如此深刻的认识,非亲历及悉心体验者不能道。描绘了同样感受的还有以下几位诗人:

> 沙砾当途太不平,劳薪顽铁日交争。车箱簸似箕中粟,愁听隆隆乱石声。(林则徐《戏为塞外绝句》)
>
> 漠漠荒原不复毛,细沙碎石满平皋。蒲轮砺碌敧斜惯,蹄铁璈琤陟降劳。月浸寒郊怜袂冷,风来旷野听虫号。路长人困晨兼夕,赢得诗怀比旧豪。(杨廷理《戈壁夜行》)

① (清)裴景福著,杨晓霭点校:《河海昆仑录》,兰州:甘肃人民出版社2002年版,第230—231页。
② (清)裴景福著,杨晓霭点校:《河海昆仑录》,兰州:甘肃人民出版社2002年版,第260页。

> 白月天山起,黄云大漠连。无烽犹壁垒,有驿即人烟。戍栅
> 鸡声杂,寒星马首悬。终宵轮斗石,摇撞未成眠。(严金清《西盐
> 池道中》)

这里的旅程没有步移景换,接连十几天面对的是单调的沙砾荒滩,感
受着精神的苦闷。对戈壁旅程的书写除了强调旅途的单调外,艰苦
的生活条件也是描绘的重点之一,且往往与西域异质文化的感受连
结在一起:

> 不育人禽不生草,终古间隔华夷道。空教过客泪沾裳,苦水
> 煎茶马粪香。赁春那得梁鸿庑,充饥只有山羊脯。十日哈密见
> 谯橹,面黑须黄我亦虏。(史善长《过瀚海》)
>
> 站苦谁飞过,尘劳没计蠲。地盘难蠡测,天盖合规圆。扑面
> 砂成粒,霑唇水尽膻。葫芦如已竭,何处见甘泉。(雷以諴《苦
> 八站》)
>
> 空空阔阔戈壁连,玉门关外途绵绵。不知何处有人境,但见
> 天下皆地地上天。……风起白昼行客断,渴饮咸水无甘泉。经
> 旬土城宿公馆,来朝走马征依然。蒙帐尽臭秽,回房多腥
> 膻。……(萨迎阿《戈壁行》)(或百余里或二百余里,一望沙
> 碛,无草木无水泉,曰戈壁。)

在这些叙述中,戈壁被明显地限制在"他者"的范畴中,描述的话语
中显示了明显的、掩藏不住的等级差序的定位,异质文化形成强烈的
反差,越发引起了诗人的不适应感。在这些文字中,诗人伤感、孤独
的旅行,把自己想象成自身优越文化的被放逐者、漂泊者。其中有些
人刚刚经历了由官员到罪臣的身份落差,漫漫赴西途中,由地理环境
差异更强烈地感受到身份的变化、境遇的变迁。茫茫戈壁隐喻着诗

人们生存的艰难和心灵的煎熬,隐喻着他们卑微的身份与绝望的前景,因而不可避免地充满了苦楚的心情。

但是,并非所有的诗人都对未来悲观失望,也有诗人在西行途中对戈壁表达了乐观的情绪,积蓄了积极向上的力量:

> 漠漠黄沙黯澹天,果然涓滴胜金钱。愿教吸尽西江水,喷作戈滩百道泉。(史善长《三个泉》)

也有不少诗人在亲履亲闻的过程中,开始摆脱固有文化印象的影响,开始用平等的眼光看待西域事物:

> 荒原濯濯绝草菅,原头忽露山屏颜。仆夫鞭指星星峡,疲马遥赴愁跻攀。沙堆延袤坡欹侧,崖谷隐邃路弯环。巨石纵横莽岩壁,块然一片皆童山。天生异石世所有,玲珑峭立烟云寰。奇章品目元章拜,气类相感古班班。广野同在覆载内,胡为物产多痴顽。穷漠无人造物弃,降生不材终古间。乃知万汇各有所,秀灵钟毓非天悭。请看滇南瑶琨薮,岂容粗劣杂其间。出峡石道如大磨,征轮息处水潺潺。雨岩寄宿一破庙,若移佳境投仙关。(陈庭学《星星峡》)

西域地处边缘,这里的一切均处于造物所弃的"穷漠",其中的降生物必有"痴顽"的属性和"不材"的特质。然而由横亘在戈壁荒原上"玲珑峭立"的一块巨石,感受到"万汇各有所",领悟到其实这里同样是上天"秀灵钟毓"的创造,特别是在与滇南瑶琨的对比中,诗人认识到"边疆落后"的意识存在的问题,不同的地域景观是造物者不同的创造,自有独具的魅力与价值。

也有西域诗人看见沙漠的感受不是忧虑悲苦,相反戈壁沙漠反而激发了他们乐观昂扬的心态、建功立业的壮志,如铁保《车中口占》(其一):"平原千里路茫茫,积雪连天入大荒。坦坦王程沙碛远,玉门关外有康庄。"虽然西去路途浩瀚沙漠、积雪漫天,一片荒凉景象,其中艰辛不言而喻,尽管如此,也不能阻止诗人走向坦途、走向康庄的意志与决心。不难看出其中的情感积极且高扬。最值得一提的是嘉庆二十三年(1818)缘事谪戍伊犁的秀堃写下的《戈壁四首》,用"西来戈壁好"起兴,宣扬了戈壁有清泉、戈壁下雨可驱热、戈壁野宿天高碛阔、戈壁奇观使人忘情的积极心态。亦有诗人的《苦水店中题壁》佐证:

> 广漠雄疆万里开,征人茌止莫心灰。
> 名臣多少各千古,功业俱从此地来。[1]

因罪流放的诗人,本该满心惆怅、内心郁闷,尤其是一望无垠的荒漠更会加深这种情绪,但诗人却没有丧气,而是以乐观昂扬的心态去面对,更是借沙漠来表明自己会在此地建功立业,荣耀归乡。

由这些西域诗人对戈壁沙漠的书写可见,他们不仅"为他们的历史和经验所塑造",而且"在他们自己的社会中","塑造着他们的历史和社会经验"。[2]对自然景观认识的变化其实暗示着西域固有的落后印象意识的松动。

二、"风沙"对西域艰苦环境的强化

戈壁地貌意味着地域的荒远,与中央统治中心的远离,意味着放逐,而这一地貌又往往与恶劣的气候联系在一起,这就是对西域自然

---

[1] 星汉编著:《清代西域诗辑注》,乌鲁木齐:新疆人民出版社1996年版,第317页。
[2] [美]爱德华·W·萨义德著,李琨译:《文化与帝国主义》,北京:三联书店2003年版,第17页。

景观的另一个文化符号 "风沙" 的描写,进一步渲染边疆的苦寒氛围与诗人身处异质文化区域的内心苦痛,西域风之狂暴,由岑参的 "轮台九月风夜吼,一川碎石大如斗,随风满地石乱走" 所描述的情形早已定格在人们心中。对于这一极端而奇异的自然现象,后代笔记中也记载不断,如《西域闻见录》:

> 辟展东之三间房、十三间房,西至布斡台,皆大风之处。凡风起必自西北来,先有声如地震,瞬息风至,屋宇动摇,屋顶多有掀去者。鹅蛋石块飞起满空,千余斤重载车辆一经吹倒,则所载器物皆零星吹散,车亦不可复得,独行之人畜有吹去数百里之外者,有竟吹去不知踪迹者。其风春夏最多,秋冬绝少,山皆绿石似玉,多扁长之形,击之作磬声。山上沙石为大风之所簸扬,皆散漫成堆,兀突怪恶不复成山形矣。每晨视南北两山清朗无尘,是日必无风必可行,如青雾漫漫,两山不可复见,是日必大风必不可行矣。①

西域狂风风力之猛、破坏力之强在各类记载中时有提及,但许多诗人在未曾经历之时对这种记载大多持怀疑态度,如萨迎阿 "往来几度经其疆,四望空阔昭晴光。只疑传说多荒唐"(《三泉大风歌》)。然一旦亲身经历,西域之风的狂暴即作为诗人对西域最为深刻的印象之一,成为诗人笔墨下的西域另一个自然符号意象,如萨迎阿《三泉大风歌》:

> 风戈壁在天山阳,茇槽与十三间房。往来几度经其疆,四望空阔昭晴光。只疑传说多荒唐,今乃阻我三泉冈。雄风陡起沙

---

① (清) 七十一:《西域总志》,《中国边疆丛书》第二辑第21册,台北:文海出版社1966年版,第53—54页。

飞扬,如霹雳震山君狂。小草湖连河白杨(三泉西北小草湖白杨河同时风发),一吹天地皆昏黄。千钧之车翻道旁,人如著翅中仓皇。满空雨砾愁行商,伏地依轮舆下藏。土人告余风大王,火州郁蒸炎难当。夏若无风官民殃,从西北扇东南方。拔山大力非寻常,海飑石尤无此长。百五十里下高昌,驱除热气生清凉。我闻斯语心怅怅,径欲乘之还吾乡。

萨迎阿在经历了三泉冈的狂风带来的"伏地依轮舆下藏"的尴尬之后,惆怅地听闻土人说这极具破坏力的大风有益而无害,在"郁蒸炎难当"的火州,"夏若无风官民殃",因为高昌需要此风"驱除热气生清凉"。这一现实完全超出了萨迎阿的认识体系,违反了他对"益"与"害"、"好"与"坏"判断的人生经验,加强了他对于西域之"异"的心理体认,从而引发了他"我闻斯语心怅怅,径欲乘之还吾乡"的对熟知生活环境的眷恋之情。

在这类诗歌中,面对狂风时诗人萎缩、狼狈的应对状态常常使他们联想到自身的困顿处境,因而关于风沙的书写常常会与漂泊体验的人生境遇联系在一起,渗透着诗人困顿偃蹇的人生状态的心理体验,如赵钧彤《乙巳元日大风发沙泉子住苦水》:

破衾摘冻髭,睡觉炉火死。惊风如暴客,乘隙撼窗纸。鸡声已三号,仆夫催我起。一年行脚了,又复一年始。出门阖两眼,力与狂飙抵。崇辕一攀手,横沙打车尾。澎湃浪鼓舶,謞激弩催矢。掀轰原火发,崩腾阵马驶。上国多鲲鹏,日夜南溟徙。所恨嘘唏少,何不往助彼。而乃簸瀚海,横吹九万里。远撼雪山冷,困此无家子。日暮投破村,得住意且喜。下车突倾跌,僵冻连尻趾。举头见僮仆,劣丑乃遽尔。涕泪与尘土,蟠结纷唇嘴。翩跹小儿女,对客炫衣履。垢面着花粉,残幅缀红紫。春王颁正朔,

庆赏及荒鄙。可怜此主客，争异魔与鬼。土室无窗扉，瑟缩容四
体。稍得具灯火，亦且安行李。却触屋漏嚏，叱咤殊未已。出首
望高天，昏黑如釜底。蓬根落广野，转转何所止。

狂暴肆虐的风沙无情地掀搅着诗人的旅途，即使在这正月初一阖
家团圆的时刻也毫无怜惜。加之戈壁的荒凉，雪山的阴冷，将一个
不得不行至远方的"无家子"身心俱困的状态推向极致。下车时
因僵冻而颠仆，涕泪与尘土胶结满面的狼狈，将这种状态又推进一
层。富于讽刺意味的是，在落脚的破村之中，主人的小儿女早已习
惯了脏污而残破的环境，不忘向客人炫耀其过年的新服。在这野
蛮的、远离文明的文化荒鄙，诗人的生存状态远远偏离了正常轨
道，如魔似鬼，萎缩卑贱，诗人的世界如"釜底"般黑暗，心灵如旷
野上的飘蓬，无处止息。诗歌形象地表达了诗人置身异质文化区
域所感受到的文化上的疏离感与反观自身而体味到的人生的失败
与挫折。

　　在哈密至鄯善之间的三间房至十三间房一带，是著名的百里风
区。全年八级以上大风多达一百三十多天。其形成原因为气象学上
的"狭管效应"[1]古时交通工具简陋，行程缓慢，在这里往往遇险，轻
则车被掀翻，重则人畜受损。由于缺乏科学知识，因而形成了这里有
风穴，并且有鬼魅作祟的传说，其印入人心，往往对诗人产生极大的
心理影响。如祁韵士在《万里行程记》中说："自三间房至此，途中云
有风穴，古谓之黑风川，有鬼魅为祟，见《明史》。最险处也，行人往
往被风灾。当扬沙走石之际，或碎人首，或径吹去无踪，千斤重载之

---

[1]　根据现代科学考察，由于十三间房的东、北、西三面均为高山，东西两山结合部为
　　一狭长的山沟，北面的冷空气通过山沟时密度极大，出山后形成强大的扇形喷
　　射，刮起偏北大风，这就是气象学上的"狭管效应"。

车,掀簸立尽,并车亦飞去,只轮无返者。"①因此诗人途经这里,即使天气晴好,仍不免中心惴惴。如祁韵士《风穴行》描述路过百里风区:"衔枚疾走一日夜,百五十里作兼程。晴朗且喜尘埃静,微飔送我向西征。恰似偶值猛虎睡,未逢彼怒啸不生。"恰好遇到风平浪静的晴好天气,让诗人不禁暗自庆幸。

这一严酷的自然现象,不但加重了诗人肉体的痛苦,有关的传说同时也不断提醒着诗人西域之"异",诗人在描写这类自然现象时,往往运用联想和想象,用鬼怪、妖异之类的意象来比拟其不同寻常,加强了西域的异化色彩。如李銮宣《大风作》:

> 黑风噗沙沙石惊,鏦鏦铮铮金铁鸣。犎犎狂奔饿鸥叫,黄雾四塞蚩尤兵,神游鬼马走不停,前为白起后李陵。青燐乱飞白日暗,噫气直欲摧长城。摧长城,裂冰谷,鬼伯呼洇招鬼族。手提骷髅血漉漉,新鬼故鬼一齐哭。

诗歌运用了一系列怪异的意象,如犎犎、饿鸥、蚩尤、青燐、骷髅等,大力渲染了戈壁风之狂之恶,及其给人带来的恐怖、凄厉、诡异的内心感受。与诗人习惯了风和日清、葱绿明秀的内地自然景象相比,这里的异质文化氛围在极端自然天气的衬托下格外醒目。

并非所有的诗人都会对遭遇的飓风垂头感叹,对于这种与国内其他地区截然不同的自然现象,有些诗人把它当作人生的奇遇,当作增广见闻阅历的机遇。如史善长在路过三间房时,开始对"清绝无尘滓"的天气感到遗憾,以为错过了领略狂风的机会。然而"忽闻声隆隆,雷转空山里。远自西南郊,陡觉振两耳。顷刻人声忙,闩车缚

---

① 修仲一、周轩编注:《祁韵士新疆诗文》,乌鲁木齐:新疆大学出版社2006年版,第35页。

行李。我仆正饮马,人马仆如蚁。地轴神鳌翻,天柱毒龙毁。昆阳战正鏖,武安兵四起。塞户麒麟坐,昏不辨匕几。设想车行迟,吹化身余几。入夜更怒号,诘朝殊未已。干饼分充饥,谁暇问甘旨。仆面愁无色,我转大欢喜。奇境得奇观,陈编空载纪。若非亲见闻,几将蠡测拟。三日乃收声,开户作遐视。蓬裂车空存,雪净天如洗。御行善泠然,吾将笑列子"(《三间房遇风》)。狂风来临时毫无征兆,肆虐时毫无顾忌,它由远而近,狂啸怒号如雷霆万钧,震耳欲聋;风至如巨浪排空,如神鳌、如毒龙翻天覆地、飞沙走石;又如雄鹰激烈鏖战,伏兵四起;写风狂可以吹人上天,卷车如纸。面对肆虐了三日夜的狂风,诗人不但没有感到愁苦,反而为能亲历这一常见于西域记载中的奇观、增广了见识而欣喜。当然,在其抒写中,并未消除来自内心深处关于西域的"异"文化感受,对他来说,这是"奇境"中的"奇观",但不可否认的是,诗人已经开始用审美的、包容的眼光去看待它了。

七十一在《西域闻见录》中提到西域为"自古之险远不到、凶顽负固之地"[1],西域之行是在另一个空间里充满了风险的特殊人生经历,戈壁风沙又是其经历中最为独特的部分,是经过过滤而留下的对西域极端环境的最深刻的记忆。面对戈壁风沙,诗人们或恐惧,或欣喜,或两者皆而有之,其中既有对另一个未知世界的神秘的探寻,也不乏诗人面对西域作为异质文化的落后、荒远、野蛮的化外世界的心灵体认。对戈壁风沙的书写潜隐着内地/西域、先进/落后、文明/野蛮的双重认知,这一认知在强化西域自然环境恶劣的固有印象,也进一步强化了对自身的边缘化身份境遇的领悟。

---

[1] （清）七十一:《西域总志》,《中国边疆丛书》第二辑第21册,台北:文海出版社1966年版,第6页。

第三节　山岳体验与壮观雄奇
之美的重新发现

"山川之美,古来共谈。"① "无论在东方还是在西方,文学与自然之间都存在着极为密切的关系。尤其是在中国,这种关系更为紧密。这么说决非过言:自古以来,中国文学很少不谈到自然的,中国文人极少不歌唱自然的。纵观整个中国文学,我们可以发现,中国人认为只有在自然中,才有安居之地;只有在自然中,才存在着真正的美。"②

一、山水审美中的比德意识

原始初民在生产力低下的时代,体味到的是大自然的威力和莫测,对自然油然而生恐惧与敬畏的心理。"山林川谷丘陵,能出云,为风雨,见怪物,皆曰神。"③山水自然具备变幻莫测与无穷生机的两面性,这种敬畏的心理,产生了宗教形式的山水意识,贯穿中国历史发展进程中的拜山祭水文化即产生于此。自秦汉开始,五岳、四渎就被尊为神圣,列为国家祭典中山川神的象征。长久的农耕文明为中国人在历史中搭起了亲和自然的桥梁,通过儒家思想的规约,亲和山水不但积淀成为中国文人的民族文化心理,更成为中国人提升精神境界、探寻人生意义、养成审美情趣的重要途径。孔子"仁者乐山,智

---

① （南朝梁）陶弘景著,王京州校注:《陶弘景集校注》,上海:上海古籍出版社2009年版,第518页。
② ［日］小尾郊一著,邵毅平译:《中国文学中所表现的自然与自然观》,上海:上海古籍出版社1989年版,第1页。
③ （汉）郑玄注,（唐）孔颖达正义:《礼记正义》,《十三经注疏》阮元校刻本,北京:中华书局1980年版,第1588页。

者乐水"的山水比德意识提示人们，自然不仅是物质存在的形态，而且还与人的道德境界、精神生活声息相通。比德的审美启示，使中国文人看到了山水之中含蕴的无限的美，自然山水不再是统治人类的异己力量，反而幻化成人格的象征。道家亦将自然作为体"道"悟"道"的工具，在道家看来，自然山水由道而生，纯粹真实，宁静和谐，没有人为造作，没有尔虞我诈，没有是非纷争与尘世的喧闹混乱，自然的存在与运行方式提示人们获得精神的解脱与慰藉的途径，以达到逍遥无为的理想境界。与儒家的道德伦理自然观相比，道家对自然的理解更为纯粹，更注重对自然本然之美的体认。

　　原始初民、儒道两家关于山水自然审美的文化经验，通过各种因素的综合作用，形成复杂的机制，经由一代代的沉淀，最终形成了清代文人山水审美的文化观念，呈现出复杂的形态；山水游历更是成为中国古代文人生活中不可剥离的组成部分，成为文人兴发哲思或显示文采的动因与途径。

　　与魏晋以来逐渐形成的遨游林泉、泛览山水以实现自由、实现超脱的理想人格追求方式不同，西域诗中的山水之作无法摆脱特定地域、特定政治身份对其审美特性的限囿。清代往来与驻足西域的诗人，或因军务公务，或因贬谪流放来到西域，他们途经或驻足西域山水与传统文人游历山水有极大的区别。游历需要的是精神的放松与自然的合一，是对心灵抚慰的寻求，既是游于自然，又是游心，且是游道。它需要两个基本条件，其一为超越直接的现实功利目的，排除了物质欲望的干扰；其二是审美主体具备一定的审美意识与身心俱安的审美条件。而西域诗人之山水游历却是被动的，或因公职，或因流放的不得已的行为，其对自然的欣赏难以跨越功利的层面，获得纯粹的精神之游，是与精神上的逍遥自适相悖的行旅之游，是背负沉重的社会责任或精神压力的过程，不遇的愤慨与游子的愁怀使他们难以以洒脱之情观照西域的自然山水，更多继承了儒家山水比德的传统，以道德的眼光观照西域山水。虽然西域之行也满足了诗人对西域知识的渴求，也有许多诗人，将西域之旅看作是开阔眼界、拓展人生阅历的绝好机会，将领略西域风光视为平生幸事，如邱德生感慨"荒原雁塞更龙堆，壮观平生眼界开"（《兰州道中述怀》）。颜检不但认为西域之行是"云满山腹雪满巅，奇观还结域外缘"（《由长流水至黄芦冈》），并且以亲身经历说明，领略西域风光，要"边方奇境须亲领，跋涉无嫌心力烦"（《过雪达坂》）。然并非所有的诗人都持此乐观态度，因而在西域山水书写中形成了较为复杂的情感意识。

在古人看来，特定地域的某一自然形态的形成，并非偶然，总是与这一地域所秉承的"气"息息相关，所谓"万物之生，皆禀元气"①。"天地之气，结而为山，融而为川。"②因而其自然形态，就有了与这一地域相一致的气质特征，而人不可避免地秉受自然之气的影响，"山水与人，其气本相流通"③。自然环境呈现的气质特征常常引发人关于自身的思考，清代西域诗人在跋涉途中，深刻感受到生命的脆弱与精神的极度紧张，这一特殊体验强迫诗人们将注意力引向自然，传统文化中遨游林泉、泛览山水给人带来的精神解脱与人格自由的审美经验再次发挥作用，隐逸山林表征的人对崇高境界的追求与远离世俗、超越痛苦的文化经验使诗人将一腔激昂的情绪一吐为快。由于中国传统的地理形势的影响，"西北"一词意味着不仅是地势高峻，同时还有高峻的山峰，山峰以其峥嵘的形态和难以抗拒的巨大力量，引发

---

① （东汉）王充著，陈蒲清点校：《论衡》卷二三，长沙：岳麓书社1991年版，第353页。
② （明）屠隆：《三山志序》，阿英编：《晚明小品文库·屠赤水小品》，上海：上海大江书店1936年版，第9页。
③ （明）雷遫：《游齐山华盖洞记》，倪志云等主编：《中国历代游记精华全编》（上册），石家庄：河北教育出版社1996年版，第608页。

的不仅是审美主体的恐惧感,更由于它与人类心理结构的同构关系,"由于它的混茫,它的最粗野最无规则的杂乱和荒凉,只要它标志出体积和力量"①,冲击人的心灵,涤荡人的精神,从而激发了审美主体崇高的心理感受,引发主体内在激情的飞动与喷射,形成壮美的意境。

二、西域诗中的天山书写

在西域诗人笔下,他们常常抒写的是星星峡、天山、哈密的南山、松树塘、冰岭、果子沟等,深悟虽然身处"荒僻关塞外",景物则"亦复参意匠",与内地自然景观有很大不同,常使诗人感到"奇哉少所见,使我心一畅"(祁韵士《星星峡》),从而感叹"我来不用论符竹,只为看山便合西"(国梁《望博克达山》)、"天外奇观似此少,壮游使我歌莫哀"(祁韵士《望博克达山》)。形态万千的山峦成为西域诗人最为常见的审美对象之一。

在这些诗歌中,对于天山的吟咏频率最高且佳作迭出。天山作为西域地标式的山脉,早已载入古代各类史地学著作中,《山海经》《史记》《汉书》《通典》以及唐宋史书中都对它屡有记载,它东西绵亘三千余里,层峦叠嶂,将新疆广袤的土地一分为二,何其雄壮,中原记载的西域历史,无不与天山相关。在长达千年的历史文化传承中,天山早已演化成为西域文化符号之一,成为西域的代称,洪亮吉就将他的新疆诗文命名为《天山客话》。在清代西域诗人看来,能够亲见天山之高峻挺拔的形态,则不负此行长途跋涉之苦,甚至暂时忘却了被革职流放的遣员身份,也使许多诗人凄厉沉痛的诗风为之一改,变为豪壮阔达:

---

① 朱光潜:《西方美学史》(下册),北京:人民文学出版社1979年版,第375页。

气当长夏灭,势逼九霄通。(许乃穀《西陲八咏·雪山》)

山高高不极,向背阴阳分。[颜检《望博克达山》(即灵山)]

巉崿凌空起,崔嵬镇大荒。效灵出云雨,划界辟甘凉。(颜检《博克达山二首》其一)

博克达山镇乌垒,巍巍雄据边门尊。(颜检《别博克达山》)

帝遣名山镇此方,鹫峰鹿苑岂荒唐。(国梁《圣山》)

博克达山高极天,三峰岸萼青云端。(李銮宣《将至碱泉车中别博克达山》)

天山突兀拔地起,雪光烛天天咫尺。(舒其绍《天山行寄同年张雨岩太守》)

崇岗盘曲绕龙文,山与天齐秀色分。(陈寅《登天山》)

叠嶂摩空玉色寒,人随飞鸟入云端。(邓廷桢《天山题壁》)

叠巘浮青迷鸟道,三峰削玉镇龙沙。(成瑞《望博克达山》)

奇刃矗空天欲破,修蛇盘道鸟犹惊。(黄濬《过天山仍次前韵》)

受到清代兴盛的汉学的影响,西域诗大都注重实写眼前之景,少有驰骋想象之词。而这些赞颂天山的诗作,极尽夸张之能事,突出其高峻雄奇,巍峨壮观,尽情渲染了天山的超凡挺拔、瑰玮奇特的美感。天山壮伟的气势激发了诗人内心强烈的情感冲动,一反历经戈壁沙漠时荒凉、萧条、凄冷的意象所引起的由"异"而"悲"的情感体验,胸怀朗逸,心情愉悦,体现出在对天山的激赏中获得的超越现实功利的审美态度。在天山题材的书写中,可以看到一个明显的倾向,即诗人在描写天山的高峻挺拔时,惯于将它与内地名山放在一起:

灵山山脉连祁连,峰头积雪太古前。(蒋业晋《灵山水歌》)

崔嵬直上数千仞,东接华夏西昆仑。(颜检《别博克达山》)

中原多少青山脉,鼻祖还看就此分。(祁韵士《天山》)

　　　　五岳以西金帝主,九州而外玉皇封。(舒其绍《登天山五首》
其一)

　　　　会当绝顶观初日,五岳中原小眼前。(裴景福《天山》)

　　　　支分成华岳,脉远接昆仑。北极星芒并,西陲地势尊。三峰
入霄汉,众岭总儿孙。(颜检《博克达山二首》)

　　　　钟灵脉到伊州伏,为送群峰出玉关。(和瑛《巩宁城望博克
达山》)

从这些诗句中我们可以看到一个奇怪的现象,即诗人对于天山的吟
咏完全摆脱了异质文化符号带来的不适感,没有去国怀乡的浓郁感
伤,恰恰相反,这类诗歌,或者通过将天山与内地山系的比较、连接、
拆分等关系,或者通过拟人、夸张等手法,来表明天山山脉与内地山
岳的天然联系,天山拉近了他们与中原内地的距离,使他们越过了异
质文化带来的心理障碍,找到了心灵上的归属感。虽然从地理学的
角度看,这种相连或比较的关系存在事实上的不当,但却彰显出诗人
西域与中原一体的文化认同观念。

　　天山不仅以其外在形式的壮伟之美吸引诗人们欣赏的目光,诗
人也以其践履西域的生命实践与审美创造活动赋予了天山特定的社
会内涵,使得天山由纯然的自然景观转化为具有文化意义的社会象
征物。这一象征意义由于历史中天山与中原之间的关系而在清代诗
人笔下得到了进一步强化。"博克达山镇乌垒,巍巍雄据边门尊"(颜
检《别博克达山》),雄踞西域的天山以其高大、雄伟的品质与中华民
族刚强劲健、自强不息的民族审美文化心理相契合,引发诗人关于中
华民族发展进程中发生在此的古代英雄建功边陲、出将入相、安边卫
国的历史记忆,常能使诗人暂时忘却种种人生烦恼,激发出他们昂扬
向上、积极进取的豪迈气概。在这些历史典故中,最常被吟颂的是薛

仁贵"三箭定天山"的英武事迹。薛仁贵"任铁勒道副总管"时，九姓铁勒发兵十余万前来挑战，薛仁贵临阵发三矢，杀三人，敌人慑于薛仁贵的神威一时下马请降，薛仁贵趁势一举击溃天山九姓铁勒。[①]唐代李益《塞下曲》称誉薛仁贵："伏波惟愿裹尸还，定远何须生入关。莫遣只轮归海窟，仍留一箭射天山。"就史实来看，九姓铁勒当时居于漠北蒙古，其南下，当在今河套一带，即阴山一带，此阴山也称天山，由此可知薛仁贵所定之天山并非清代西域诗人笔下的天山。许多西域诗人为饱学之士，乃当时的知识精英，如西域史地学的开创者之一祁韵士，对西域历史地理就有深透了解，但是这不妨碍诗人借薛仁贵来赞誉历史上的将士们定边卫国的英勇豪气：

> 斧劈几忘三箭略，峰环半是九嶷盘。（雷以諴《过南山口用萨香舲壁间原韵》）
>
> 将军三箭功成后，阁上麒麟尚有无。（舒敏《登天山绝顶三首》其一）
>
> 八銮不碍周王马，三箭何劳汉将雕。（舒其绍《登天山五首》其二）
>
> 三箭功成歌壮士，千秋名重说将军。（陈寅《登天山》）
>
> 三箭争传大将勋，祁连耳食说纷纷。（祁韵士《天山》）

唐代作为中国历史上空前的盛世，为后世树立了开放、自信、进取的时代精神范型，成为勇于建功立业的历史人物和后世所追慕的理想人格的象征。西域诗人在诗歌中不约而同赞美的薛仁贵，正是唐代具有超强责任感，满怀忧患意识与拯救精神的英雄情怀的象征。人

---

① "三箭定天山"一事，典出于《新唐书·薛仁贵传》《唐会要·铁勒传》及《太平寰宇记·铁勒传》。

们对历史所持的态度总是来源于对现实的态度以及历史与现实的关联程度，所以说，历史意识同时又是一种时代意识，它是诗人共同的时代感受与时代心理的反映，其中虽有诗人的个人情感因素，但更重要的是，它是一种从时代、民族、国家的角度来着眼的时代精神的体现。清代经过多次反复的争战，历经康、雍、乾三朝，终于底定西域，完成了统一新疆的大业。唐代历史中薛仁贵平定叛乱、维护祖国统一的功绩，正是在呼唤英雄精神的回归；对"三箭定天山"的反复吟咏，在某种意义上显示了诗人们对现实的理性思考，将历史事件与现实对接，以历史人物与现实境况比况，这种思接千载的思维模式，使读者获得了巨大的思考空间，从而在景物的书写中，获得了历史的纵深感和现实的清晰感。

历史意识的产生不仅依赖于外在的西域自然环境与文化条件，它还是诗人主观选择的结果。看似只是在偶然的行经之地发思古之幽情的行为，但背后有着深广的社会内容。从这个意义上来看，诗人们对唐代建功边陲的英雄的咏叹，是对整个民族在历史进程中对辉煌岁月的追思，是对历史上的某些精神与观念在特定时代的重新点燃，其中牵绊的不是个人的往事，而是国家的前途、边疆的安危。

巴里坤南段的库舍图岭，为蒙古语"碑岭"之意，因其在巴里坤之南，又名南山。碑岭之名源于唐代左将军姜行本于唐贞观十四年（640）在这里刻立的姜行本纪功碑，又称唐碑或天山碑。其记载高昌王麹文泰与唐为敌，扣留过往使者，致使交通中断，唐太宗派侯君集为交河道行军大总管，薛万钧、姜行本为副总管，率军讨伐高昌之事。姜行本率部先出伊州，利用松树塘大量的木材建造攻城器械，终于攻克高昌，从而勒石记功。距此仅一站之远的巴里坤，又有刻立于东汉永和二年（137）的裴岑碑，碑铭记载了时任敦煌太守裴岑率三千兵马出击北匈奴于伊吾北,斩杀呼衍王的事迹,"除西域之灾,蠲四郡之害,边境艾安"①。这一维护国家统一与边境安定的历史事件成为清代西域诗人反复吟咏的题材,赋予了天山这一自然景观又一重人文意义。1729年,时任宁远大将军的岳钟琪在巴里坤军营所作的《天山》诗,第一次吟咏了这两个历史文化遗迹:

> 偶立崇椒望,天山中外分。玉门千里月,盐泽一片云。
> 峭壁遗唐篆,残碑纪汉军。未穷临眺意,大雪集征裙。

岳钟琪当时为转运粮饷,困于南山道路险隘,于雍正十一年(1733)命兵部员外郎阿炳安修筑天山运道,从而"化峻坂为康庄"②,为迅速平定准噶尔叛乱奠定了基础。这些发生在天山山脉的历史事件,以其承载的个人建功立业、为国平治天下的积极入世精神,时时激起清代诗人心灵的激动与情感的回应。许多诗人在诗作中追慕古人的历史功绩,将历史情感与现实情怀融为一片,如:

> 岌嶪丰碑纪有唐,当年君集破高昌。刀烧枉自夸寒热,日月旋开化雪霜。百载封圻空叹曲,千秋文笔却推姜。祗今过客徘徊处,古迹依稀认战场。(杨炳堃《天山碑》)
> 汉将万骑更迭出,唐置四镇往来冲。边疆但夸威远略,史册不载开山功。我朝神武拓西极,群策群力代天工。缒幽凿险刊木石,乃得萦纡取道盘高空。……下车升阶楹,稽首清香炷。问讯野黄冠,唐碑在何处。庙门西侧破屋中,片石倾敧半边露。将帅曾传贞观雄,声灵立使高昌怖。共贪绝域勒功名,岂料遗文隐云雾。我看碑字剥落较之旧本缺尤多,空令摩挲惋惜徘徊久之

---

① 戴良佐编著:《西域碑铭录》,乌鲁木齐:新疆人民出版社2013年版,第9页。
② (清)丁棻:《三州辑略》,《中国方志丛书》,台北:成文出版社1969年版,第240页。

不能去。(陈庭学《自松树塘至南山口》)

　　遗垒曾屯唐士马,残碑犹识汉山河。(舒敏《登天山绝顶三首》其三)

也有对历史事件的反思,如李銮宣《库舍图岭观贞观十四年碑》高度赞誉了建功立业、稳定边陲的历史英雄人物:"贞观天子真人杰,手掴中原血花赤。逐鹿既定乃龙跃,洗兵直过天山脊。天山之碑高峨峨,土花渍入碑趺多。……热风如烧马行疾,旱海洪涛竟颒洞。将军立马张威弧,降者不杀亦不俘。……行军者谁侯与薛,参军者谁姜与屈。"然而边陲的安定并非有几个英雄人物就能保证,它还需要强大的国力作为保证:"当年阁上图功臣,岂意九鼎仍沉沦。奄忽开元洎天宝,昭陵松柏摧为薪。中兴灵武收宫阙,可惜天西付回鹘。汗马才驱帝里尘,悲笳又泣天边月。"以纪功碑为媒介,李銮宣反思了边疆统御的历史:"方今瓯脱皆一家,重译不隔天之涯。白头戍卒老无事,独立细数黄昏鸦。……扪碑拭字字有棱,雪意苍茫云漈漈。云漈漈兮山嵾嵯,山南山北罡风吹。纪功伐石亦何取,犹胜秦皇无字碑。"处于一统的政治形势之下,并不代表可以保永世安定,勒石纪功并不代表功勋永驻,虽然比起秦皇无字碑来说还有些可取之处。李銮宣通过对纪功碑的吟咏,表达了对历史的看法,牵带出对现实的忧虑,可谓独出心裁,立意高远。

　　在清代诗人的笔下,天山在被反复书写的过程中其所负载的文化精神得以不断叠加,这种景观体验不断深化的历时性创造活动,使得天山这一自然景观不仅具有了观赏性,而且具有了纪念性,并进一步向文化景观靠近,使其蕴含的审美意味更加浓厚。

　　传统的西域诗歌书写中奠定的那种驰骋沙场,捍卫疆土,破除楼兰的成功与辉煌,与审美主体对道德满足与自我成就的追求在对西域山岳的抒写中得到了生动的刻画。在这些抒写中，诗人由于客体的激发，往往超越了物质生存需要的层面，从被动地适应到主动地欣赏，摆脱了低沉的情绪而以盎然的兴致，在对自然环境的超越中完成了主体审美心态的嬗变。

第四节　清新明丽的自然风景与 西域刻板印象的颠覆

"西域"一词，其含义既指相对于中原的地域方位，同时也指其他地区认识文化上的心理边界，与之相联的地域意象多为黄沙、瀚海、大漠、狂风、冰雪等，表征着对西域独特地域空间样貌的认识。同时，古代文学书写中的与西域相关的荒凉、萧条、凄冷，同时充满异域色彩的物象，彰显着抒情主人公对西域的心理隔膜与置身异域的悲凉感受。其表达的不仅仅是"独在异乡为异客"的孤独，更是群体归属感的被剥离而感到的孤独与惶惑，荒凉、萧瑟的自然景观成功传达出诗人置身异域而感到的具有强烈主观色彩的生命感受。在清代以前的西域诗歌中，这一感受不断反复、强化，从而遮蔽了西域丰富多样的地理气候样貌，形成了关于西域地理及气候的地方意象。相对于西域地形地貌以及气候的丰富性而言，这类地方意象与其说是客观存在，不如说是诗人面对特定的历史景观时，在特定的出关心境、写作风格以及社会背景等主客观因素的共同催生下所产生的融汇着浓郁想象色彩的景观印象，这种印象由于含蕴着过多的诗人主观色彩而具有了变形的特质，并不能真正代表西域自然景观的真实面貌。随着清代诗人对西域的深入了解，这种情况发生了一定的变化。

一、风景书写客观性的加强与对"春风不度玉门关"的观念颠覆

与其他历史时期不同,清代诗人对西域的认知,除主观性与文化因素之外,明显具有了更为浓厚的客观性。将新疆划分为南北两域的天山,同时也带来了气候上的变化。天山以北气候虽然寒冷、干燥,但发源于天山的玛纳斯河、额尔齐斯河、乌伦古河、伊犁河等,却浇灌并连接了一片稷黍离离、水草丰美、广袤无垠的大草原;天山以南虽中心部位为塔克拉玛干沙漠,但由于塔里木河、车尔臣河、叶尔羌河、和田河、开都河、阿克苏河等几条巨川的浸润,在其四周边缘形成了可田可溉、绿树蓊郁的绿洲沃壤。自西向东有喀什噶尔绿洲、阿克苏绿洲、库车绿洲、焉耆—博斯腾湖绿洲、吐鲁番绿洲、哈密绿洲等,在昆仑山北麓也自西向东有和田绿洲、吐鲁番绿洲、哈密绿洲等。绿洲之中田园阡陌,村镇相望,颇有"十里桃花万杨柳"的旖旎风光。初踏西域的清代诗人,在面对这样的自然景观时,显然颠覆了其以往在书本中获得的对西域自然的总体印象,对其在心理上形成了极大的震撼力,如在出哈密后两站之路的松树塘,仿佛忽入佳境,千松矗立,郁郁葱葱,与此前经过的戈壁荒沙的景致大相径庭,因而给行经之人留下了深刻的感受:"待过松塘风景异,淡烟细雨动乡情。"(黄濬《过天山仍次前韵》)"平原草长绿无际,远岫松明青有痕。满眼风光都入画,动人乡思欲销魂。"(杨炳堃《出得胜关抵松树塘》)这些明丽清新、绿意盎然的自然景观,不约而同地让诗人兴起了乡思之情,勾起了诗人对家乡的眷恋。被自然景物异化了的西域,如今由于景色上与内地的相似性而获得了诗人心理上的某种认同,正是这种亲身的经历,使清代诗人在西域的自然书写中打破了对西域自然景观描写的符号化模式,从而在诗歌中恢复西域多样化的自然景观样貌。

其中最突出的表现是对以往获得的书本知识的纠正,具体表现在对"春风不度玉门关"观点的反驳。

唐代诗人王之涣《凉州词》中有"羌笛何须怨杨柳,春风不度玉门关"之句,以其震撼心灵的边塞愁怨与悲壮、苍凉的情感境界,历来脍炙人口,传播甚广,成为内地人对西域认知的生动表达。"唐人把玉门关……当作西北边塞的一个代名词,或说是边关的象征,或说是一个空间性意象。春天杨柳不绿,是玉门关内外广大西北地区……的特殊物候。"[1]明代杨慎《升庵诗话》中对此二句的解释,更在自然景色的凄冷之外揭示出诗句背后所隐匿的出关后人们心灵中的被放逐感:"此诗言恩泽不及于边塞,所谓君门远于万里也。"[2]当然,在唐代与王之涣有同样认识的不在少数:

> 匈奴几万里,春至不知来。(卢照邻《梅花落》)
> 胡地无花草,春来不似春。(东方虬《昭君怨》)
> 青海戍头空有月,黄沙碛里本无春。(柳中庸《凉州曲》)
> 莫言塞北无春到,总有春来何处知?(李益《度破讷沙》)

类似吟咏的重复出现显示出古人对西域认知上的偏见,即使是唐代著名边塞诗人岑参在未到北庭之前,也有"春风曾不到,汉使亦应稀"(《发临洮将赴北庭留别》)的诗句。这一认知其来有自,早在战国时代,中国人就已经在自己对世界的认识经验与想象中建构了"天下"的观念。在他们的想象中,自己所在的地方既是世界中心,也是文明中心,在四边向外不断的延伸过程中,越靠近外缘,就越加荒芜,同时伴随着低等的文明。唐王朝的强大更加剧了唐人睥睨四

---

① 陈良运:《接受美学与〈凉州词〉》,《名作欣赏》1989年第3期,第100页。
② 丁福保辑:《历代诗话续编》,北京:中华书局2006年版,第834页。

方、君临万国的心理意识。尽管古代中国对西域已有不少的记载,在唐代以前,亲历西域的人已不在少数,张骞、班超之后,一批异域求法者亲自踏足西域,在《释迦方志》中提到了中外之间的十六次交往,玄奘的《大唐西域记》也对西域三十六国有详尽的描述,但是,习惯于从古典文献中接受知识的中国士人,对西域的想象仍然来自对古典的揣摩和理解。给他们提供西域知识的古典往往是《史记》《汉书》这样的历史著作,因其记载以"历史"的名义而享有"真实"的质素,其文字被当作严谨的事实而忽视了这是文史不分时代的作品。如班超"臣不敢望到酒泉郡,但愿生入玉门关"的表述,从此将玉门关符号化为地域与文化的界限。"在想象天下的思想史上,汉唐以来,似乎从来没有多少平等的意识,'天下之中'和'天朝大国'的观念仍然支配着所有人对世界的想象。"[①] 习惯于认同早期的华夏边界的唐人,在"春风不度玉门关"的吟唱中昭示着来自中心对边缘的认识,从而进一步"异"化了西域,显示了国内相对于偏远地区在文化上的优越感。上述偏见在清代大量的诗人进入西域之后得到了校正,许多诗人不仅抒写了大量吟咏西域春光的诗篇,同时也在诗歌中直接做翻案文章:

> 春风早度玉关外,始悟旗亭唱者非。(国梁《郊外》)
>
> 按部书生还较远,春光唯有玉关浓。(国梁《得旨调授乌鲁木齐丞再成二律》其二)
>
> 极边自古无人到,便说春风不度关。(萨迎阿《用〈凉州词〉元韵》)
>
> 千骑桃花万行柳,春风吹度玉门关。(邓廷桢《回疆凯歌》)

---

① 葛兆光:《宅兹中国——重建有关"中国"的历史论述》,北京:中华书局2011年版,第48页。

　　应同笛里边亭柳, 齐唱春风度玉关。(萧雄《西疆杂述诗·草木》)

　　新栽杨柳三千里, 引得春风度玉关。(杨昌浚《恭颂左公西行甘棠》)

　　见说玉门春似海, 不教三叠唱阳关。(徐步云《新疆纪胜诗》其二)

　　天路已周星宿海, 春风终度玉门关。(陈寅《伊犁漫兴》其二)

　　玉关春度柳, 星海远来潮。(陈寅《次舒春林〈伊江杂咏〉韵二十首·广济桥》)

这几首诗均针对王之涣《凉州词》而发, 或直指《凉州词》的错谬, 或推论错谬产生的原因, 或以眼见桃红柳绿的盎然春景暗指"春风不度"的荒唐。萧雄与杨昌浚的诗歌则在歌颂左宗棠收复新疆后, 命将士广种杨柳, 遂使沿途风景产生了"骎骎乎蔚然深秀"(萧雄《西疆杂述诗·草木》诗注)的变化。"春风吹度玉门关", 不仅指自然之春的到来, 也暗示了在驱逐了阿古柏的侵略之后, 西域百姓获得了安定的生活。

　　中国在经历了唐宋等诗歌发展的高峰时期后, 留给清人的诗歌成长余地并不多, "翻案"成为清人避免雷同、显示独特新鲜立意的重要方式, 虽然在清人看来"诗贵翻案"[①], 然这里对王之涣诗句的翻新不能单纯地归于翻案意识的引导, 更重要的是客观实践的结果与时代精神使然。亲历西域终于使诗人们在一定程度上消除了文化上的心理优越感, 学会以较为平等、客观的眼光来看待西域, 从而使长

────────────

① (清)袁枚:《随园诗话》, 长春: 吉林摄影出版社2003年版, 第75页。

期以来形成的对西域的成见因诗人们独特的审美视角而放出异彩。

二、自然风光清新秀丽之美的再现

踏足西域,行经戈壁风沙之时,诗人们感受到的是生命的脆弱和精神极度的紧张,然而在经历天山南北秀丽的风景之区时,自然的生动、和谐与自由使坎坷际遇给人带来的精神痛苦得以缓解。融入大自然、遨游林泉,泛览山水这一中国古代文人常常践行的实现自由与超脱的人格理想方式再次发挥作用。无论在行进途中,还是在贬谪地的日常生活中,诗人对西域秀美风光的描写都不在少数。以山为例,西域的山并非全都如同天山那样以高峻雄伟的外在形态显现,一些秀丽独特的小山峰,也常常会进入诗人的笔下,这类山峰的呈现,远远超出了历史文献中对西域地域风貌的记载。粗犷、雄奇只是西域的一面,西域自然风貌的丰富与复杂远超人的想象,诗人亲历其地,获得的情感体验常常不同于前者如天山的俊迈、朗健而引发的崇高政治情怀,这类自然景观,往往"别开生面目",引发诗人心灵对山水的贴近,因而常以秀美、圆润之笔触,来描绘它们的可爱:

> 沙路随山转,雄奇仰巨观。别开生面目,无数小峰峦。翠吐青莲瘦,烟凝玉笛寒。欲移屏障里,留作画图看。(祁韵士《晚过大河沿,南山极雄峻,其西忽见小山耸翠,一一秀削可爱,记之以诗》)
> 伊犁门户属三台,果子沟中图画开。青耸层峦峰断续,碧盘曲涧水潆洄。参天柏秀和云种(时树底雪未消),匝地花繁斗锦裁。巧助羁人归去乐,出山犹记入山来。(杨廷理《将抵松树头口占》)
> 五月轮台路,花香蝶满衣。树深山鹊喜,沙暖雪鸡肥。霞鸟连红落,岗虹夹翠飞。结庐好烟景,漠外欲忘归。(方希孟《三台

道中》）

草际飞湍洒，源通九曲溪。野花红似锦，寒莱绿成畦。忽动濠梁想，忘将笔砚携。尘心挑不起，鸟语夕阳西。(金德荣《水磨泉诗》)

穷荒谁得到，绝域我言归。野草湿晨露，边风吹客衣。雨酣新树碧，山霁远烟微。第一程堪纪，邮亭恋落辉。(颜检《至古牧地》)

侵晨新雨湿花茵，遣兴平畴学垫巾。嫩绿才匀边外柳，软红轻浥陌头尘。寻芳到处堪游目，作客何人不惜春。绝域漫惭空老大，天心万里惜孤臣。(毓奇《玉古尔察道中遣兴》)

雨丝风片洒郊坰，染出平芜一带青。泥泞细粘宛马足，溟濛轻湿水鸥翎。烟笼弱柳娇犹滴，路入深山梦已醒。百里相寻缘惜别，感君车笠话曾经。(杨廷理《雨中赴黄渠，别纳中峰元戎》)

在这些诗人的笔下，西域的自然景致不再是雄阔而粗壮的，而是显得纤细敏感，毫不着力，带有很浓郁的轻柔细巧的江南色调，若非诗歌标题或具体地名的提示，很难判断其描写的是西域风光，从而使人在西域的壮美之外又增添了秀美的审美风格体验。

"边方奇境须亲领，跋涉无嫌心力烦。"(颜检《过雪达坂》)这是清代诗人面对关于西域的历史知识与眼前实景的肺腑之言。与为迎合读者阅读期待的唐代边塞诗相比，亲历西域的诗人在诗歌描绘的主题方面对读者来说或许由于过于熟知而缺乏视觉与心灵上的震撼力，因为他们描绘的恰恰是其他地区人们极为熟识的景物，这类对西域清新明秀景致的歌颂在西域诗歌中具有重要的文化意义。前代的边塞诗人们注重的是发掘文化的"异"质特征，因而其在诗歌中强调的是与中原截然不同的地理特征，戈壁风沙成为边塞诗歌使用的重要意象,以至于忽视了西域多样化的地域风貌与文化特征,人为地夸大了西域与中原的差别。这类诗歌的出现,是诗人摆脱了对西域认识的历史的、书本的经验,以写实的笔触,即景抒情,有意识地消除边地的隔膜感,展示出西域风光的另一面貌。其诗歌中常常出现的语汇如"花繁""夹翠""绿畦""鸟语""新绿""茂林""烟村"等,正是诗歌中常用的描绘内地自然景观尤其是江南景观常用的语汇。如果说清以前的诗人更多用求"异"的眼光来看待西域,而清代的诗人则开始摆脱这种思维模式,转而以求"同"的心理对待西域。在他们的诗歌中,西域的异质文化色彩日渐淡化,逐渐成为清代大一统王朝中的一个普通的组成部分。不仅如此,西域的明秀景致,还往往引发诗人的隐逸之想,将之作为尘世之外的理想之区,作为心灵的最终归宿:

> 满山松树白云间,但见青松不见山。天下名区无此境,真堪图供卧游闲。(萨迎阿《松树塘》)
>
> ……日落晚风凉,人来松树塘。眼波集暮景,鼻观闻林香。山峨峨兮水汤汤,雪皑皑兮松苍苍。安得此间买田一二顷,终吾身兮以徜徉。(颜检《由南山口至松树塘》)
>
> 绝塞多欹崎,所历皆穷谷。失喜两山间,洞水泻寒玉。夹岸交茂林,新绿秀可掬。蓬葱望不尽,半掩南山麓。水鸟翩回翥,似鹝潜鳞浴。清流激晴波,泠泠响琴筑。潇洒果置身,雅不让斤竹。春禊将及时,引为流觞曲。高咏振天风,此乐殊幽独。持用告征夫,无为但濯足。烟村百里外,宜得免樵牧。谁能谢尘鞅,于焉结茅屋。(张荫桓《后沟》)

从蛮荒的化外之区到理想的安身之所,西域诗开始出现的这种抒写虽不频繁,但体现了当时人们心目中西域观念的变化。

　　清以前的许多诗人由于身处政治文化中心,从而获得的心理上的优越感,并将之透射到对西域自然景观的认知当中,将西域自然景观看作是边荒弃地,从而不断强调其异类的特质。清代则不同,一些诗人躬践其地,获得了对西域自然景观丰富多样性尤其是其具有清新秀美一面的认识,在欣赏这类风景时,常常采用类比的手法,将之与中原乃至江南的风景相比附,这一写法本身显示了诗人对西域心理上的认同,他们摒弃了对西域陌生化的抒写,熟识的景致安慰了他们躁动的心灵。在长途旅程或者长期的流放生活中,这种具有熟知而亲近特征的自然使他们获得了优游的心态,以自由的心灵与审美的眼光去面对自然山水,因而在西域诗中呈现出了许多前人不曾注意或者故意忽略的审美特质:

　　漠暖百花红,禽声细雨中。海光飞白马,山气吐黄虹。麦露浮晴野,松云幂晚空。疏林隔渔火,几处似江东。(方希孟《巴里坤野宿》)

　　闻道斜沟胜,今来路欲迷。苍龙一径转,翠黛万山齐。古树根成石,清泉流作溪。小桥回合处,疑在胜湖西。(陈寅《过果子沟》)

　　萧萧风雨夏犹寒,红上枝头绿半酣。醉里不知身万里,落花时节在江南。(史善长《对雨》)

　　一道湍流木垒河,人家两岸枕坡陀。望中谢墅青山在,踏去苏堤绿草多。(黄濬《木垒烟岚》)

　　天山积雪冻初融,哈密双城夕照红。十里桃花万杨柳,中原无此好春风。(裴景福《哈密》二首之一)

　　玉翠垂杨叶,鹅黄细柳花。春风连夜雨,芳草遍天涯。紫燕双栖屋(燕已来巢),红妆万里家。赏心新景丽,浑似到京华。

（萨迎阿《晚步后园即景》其二）

在中国古代审美意识中，南北两地的审美风格与审美对象常常以对立的方式呈现，南重阴柔，北重阳刚，以农业文明的自然背景在内地诗人的审美意识中打上了深深的烙印。有趣的是，在这远隔万里的边塞西域，诗人不仅发现了戈壁荒沙等隶属于游牧民族的别样景观，同时也发现了溪桥流水、远烟新绿这样熟悉的自然风景。这些自然风景唤起了诗人对家园的记忆，抚慰了诗人置身他乡而感受到的疏离陌生之感，诗人的心灵得到了安放与休憩之所。在他们心目中，西域并非一个截然的"异"质世界，这里同样可以找到归属感与安全感。"关河限中外，风土未全殊"（陈庭学《昌吉县》）、"乱日边疆今日治，异乡花鸟故乡同"（萨迎阿《晚步后园即景》其一），这些诗句更是以直白的方式，表达了对西域的认识之变化。因此，生活在边隅的深悲剧痛得到了一定的舒缓，并且进一步体会到了边地独特的风光之美。

三、田园风光和平宁静之美的呈现

清新明丽的自然景观之外，诗人还发见了西域田园风光之和平安宁之美。自乌孙公主歌唱"穹庐为室兮毡为墙，以肉为食兮酪为浆"，唱出了游牧民族与农业民族不同的生活方式，也为西域贴上了游牧的标签。实际上，西域不仅适于游牧，许多地方泉甘土肥，十分宜于农业生产。《汉书·西域传》中对西域农业生产的情况多有记载，如："自且末以往，皆种五谷，土地草木，畜产作兵，略与汉同。"[1] 从

---

① （汉）班固撰，（唐）颜师古注：《汉书》卷九六上，北京：中华书局1962年版，第3879页。

当代许多考古发现也可以看到古代西域农作物的丰富[①];焉耆县考古发现了黄米、高粱等农作物[②]。在清以前的边塞诗书写中,戈壁风沙渲染的壮美风格与山水田园构筑的宁静优美的美学境界标注着书写的两极。大漠书写的豪迈、悲壮阐释着极富使命感的外向的建功立业、戍边卫国的社会心理,而山水田园相比而言体现的是潜沉于内的更为私密化的个人情趣,截然不同的两种风格很少在边塞诗中获得统一。然而由于清代诗人内敛的个性和时代中重实风气的影响,加之清王朝自收复西域之初,即在这里施行的"屯垦开发,以边养边"的经营方略,因此,清代西域诗与前代的一大不同即是田园风光书写的大量呈现:

> 飞鸟茫茫四望空,炊烟渐喜百家同。地居漠北山南内,人在枫黄稻绿中。鹅鸭一堂堪鬻子,牛羊漫野并滋酮。莫嫌异俗非淳古,树里团圞即大蒙。(方希孟《二铺》)

> 草莱弥漫麦苗匀,菜圃田畦入望新。柳荫垂街青漠漠,渠流绕郭碧粼粼。居民不改天方俗,丰乐无殊内地人。更向番王城畔过,林溪明媚景常春。(祁韵士《抵哈密》)

> 瀚海七十里,欣看草棘青。墓田红叶树,场圃翠云汀。外市河汾客,中城赞普庭。西来称乐土,未敢诮膻腥。(国梁《吐鲁番道中》)

> 村落如棋布,炊烟屋上斜。耕田多服马,屝水不悬车。错壤平宜稷,衡门半种瓜。停骖揖老叟,暂与话桑麻。(李銮宣《哈密四首》其四)

---

①　新疆维吾尔自治区博物馆考古队:《新疆民丰大沙漠中的古代遗址》,《考古》1961年第3期,第119页。

②　黄文弼:《新疆考古的发现》,《考古》1959年第2期,第76页。

几处回庄隔短藩,深山始信有桃源。两行弱柳迎幽客,一带清溪抱碧园。流水纵横频欲枕,野花寂寞总无言。浓阴夏日欣游此,车马由他世外喧。(色桐岩《艾底尔回庄》)

稻草高于屋,泥垣白板扉。鸡豚过社少,牛马入秋肥。漠漠田千顷,阴阴木四围。此乡风景异,不见塞尘飞。(史善长《三台道上》)

环村皆绿树,对户只青山。细雨桥边路,归来湿醉颜。(严金清《题山水》)

暂息轮蹄处,边村落日斜。檐前栖怖鸽,树外听归鸦。绕屋垂溪柳,当春放野花。此间有佳境,原不异中华。(颜检《长流水》)

杏花深处隐回村,遍引清渠绕四邻。淡淡绿荫嘶牧骑,喃喃紫燕迓征人。雨过香稻黄云湿,风飓春溪碧浪匀。多少旅情无限景,几曾辜负往来频。(毓奇《特尔格起克至特比斯道上口占》)

倡导人与自然的融洽和谐是中国传统文化的精神特质之一,深受儒道两家思想影响的文人士大夫在向往建功立业的同时,在内心深处常将回归自然作为调适身心的重要方式。来到西域的诗人往往经历了仕途的坎坷和宦海风波,这时寄情山水田园表达了诗人超旷的人生态度与洒脱的生命境界,其背后有着丰富复杂的文化的、社会的、政治的内蕴。同时,就边塞诗的书写传统而言,山水田园与大漠西域似乎存在着巨大的时空反差。相对于之前的西域诗,清代西域诗中这类诗歌的出现无疑显示了审美领域的拓展。从粗犷雄奇豪迈到宁静优美而素朴,这是中原传统文化中的审美意识在西域的延伸与拓展。唐代边塞诗的激昂中融入了诗人的政治理想和抱负,体现出政治生活的"旨趣化",而清代西域诗中的山水田园书写显示诗人更多地沉浸在自我的内心生活之中,书写着内心的和谐与宁静,更多地体现了个体自由意志与理性的升华。

从清代西域诗来看,与前代边塞诗相比,其清新明丽的景色与田园风光的书写大大增加,与传统中人们对西域的认识相互交织,产生了独特的审美效果,它既表现了人们对西域自然景观的认同感在那个时代大大加强,对西域的认识更加深入而丰富,完全超越了汉唐两代文学书写中对西域的片面性凸显,西域的异质文化认知也开始逐渐消解,同时也是西域诗中审美对象的进一步拓展、审美经验的进一步加强以及审美风格的进一步丰富的展现。

清代西域诗与西域有着密切的物质性关联,西域的戈壁大漠、雪域冰峰对亲历其境的诗人心灵世界的拓展是空前绝后的。但由于时代风气使然,清代西域诗没有呈现唐代边塞诗那样的慷慨高歌、壮怀激烈的血性之气,而是以写实之笔将深藏内心的异域之感与国家一统的自豪感融为一体。同时,与唐人不同,清代诗人亲历西域不仅发现了戈壁风沙之恶与山川之壮美,而且也在这里追寻到了清新明丽的自然风光与和平宁静的田园之美,在这里获得了又一个精神家园。山水田园与大漠西域,具有时空的巨大反差,而清代西域诗人则自然而然地将之相融为一,既标志着清代诗人对西域认识的丰富性与深入性,又标志着清代西域诗的审美对象相对于历史的拓展与丰富,在西域阔大高耸的自然景观引发的雄浑刚健之美而外,另立秀美一途,以清新明秀的自然风光与和平宁静的田园之美的塑造,在西域诗中呈现出更加丰富的美学风格,使读者获得了更加多样化的审美感受。

第三章　异域边陲中家国精神的抒发

在长期的历史发展进程中,文学表达向特定的地域灌注情感,反过来再以特定的地域表达和记忆情感,这是我们文化的一个传统特色。"西域"一词在历史进程中被赋予特定的情感,并与之永久结合,同时熔铸自然景观与历史历程,成为一种特殊的情感符号。在各类书写西域的典籍当中,家国精神是不容忽视的一隅。在这里既浸润着踌躇满志的壮士希冀建功边陲、名著青史的个人奋斗篇章,更充满了仁人志士渴望国家一统、社会安定和平的美好愿望。与前代西域诗相比,清代西域诗既继承了有关西域的这类传统题材的写作,同时由于时代质素的影响,其家国精神的抒发又体现出新的特点。

第一节　历史与文学西域书写
传统中的家国精神

自张骞凿空西域开始,中原与西域常常处于分分合合的状态,凡是能维持对西域进行统治的王朝,无不是国力兴盛的时代,汉唐盛世的足音与清代康乾盛世的相互辉映,造就了西域诗歌在这几个朝代的繁荣。以吴蔼宸先生《历代西域诗钞》为例,其收汉代西域诗3首,唐代145首,宋代8首,元代49首,明代23首,清代西域诗则有700余首。虽其选诗之准则与本书对西域诗的限定有所不同,但仅从数量上就可以看出清代是西域诗创作的兴盛时期。汉代西域诗数量不多,但当时处于西域始归之时,其时的历史与文学书写犹如西域文学之根基的奠定,铸就了西域文学表达的内涵样式;而唐代对西域的直接统治与唐人以功业自许的积极进取精神使其诗歌于慷慨悲壮中蕴含奇情奇趣。这两个朝代对西域作为地域符号的表达产生的影响最为显著。清代一统西域催生了西域诗歌创作大繁荣的趋势,其诗歌创作的总体倾向明显受到汉唐两个朝代的影响,并伴随新的时代而有自己的特色。

一、历代《西域传》书写中蕴含的家国精神及影响

　　清以前涉及西域的文字书写有多种样式,历史典籍、诗歌、散文、游记、神话传说不一而足,而影响清人西域诗歌的文学样式却并不多。在清未统一西域时期乃至更早的一个多世纪里,诗人们对西域了解的贫乏远超我们的想象。自16世纪以后,文人基本上再没有机会亲自一踏西域这片广袤的地域,诗人们对西域的了解随之停滞于各种文字书写所建构的西域之中。其中对人们影响最大,为清人广泛引用以阐明对西域看法的文字载体非正史《西域传》莫属。自《汉书》首立《西域传》始,历朝编修正史都看重对西域的记载。二十四史中,立《西域传》的有七部,分别为《汉书》《后汉书》《魏书》《北史》《隋书》《新唐书》《明史》。各史编纂者均据中央王朝对西域的经营状况及所掌握的资料,记载当时西域的风土人情、交通贸易、军事战争、政治交往及其他方面的史实,所以,各朝正史的《西域

传》是反映中原王朝与西域各国关系和民族关系的重要资料,兼有民族志资料和区域地理志资料的双重性质。正史作为官方喉舌,从中我们也可以了解统治者对西域的政治定位与情感认同状况,其对士人对西域的看法必然产生极大的影响,这也是历代西域诗歌中体现的家国精神的基础。《汉书·西域传》所开创的书写模式及其中所蕴含的深刻政治背景,对其后各代的《西域传》产生了不可估量的影响。

当代西域研究著名专家余太山先生认为《西域传》记述的出发点"从来都不是西域或西域诸国本身,而是中原王朝经营西域的文治武功"[1]。田卫疆先生也认为:"'西域'……从一开始它就有浓厚的政治色彩。"[2] "西域"一词,在漫长的历史发展中,其所指范围历代各有不同,究其原因,无非与特定的政治、经济背景,与其与中央统治的远近亲疏之关系相关。如史家陈垣先生所言:"西域之名,汉已有之,其范围随时代之地理知识及政治势力而异。"[3]对比《西域传》和其他边缘地区传记我们会发现,在记载内容方面,"西域传"的书写具有鲜明的个性化特点。其他边缘地区传记着重记载其族群的起源及其与中央政权的历史渊源、生产生活方式、与中央政权的战与和等;而《西域传》则着重记载王城名称,与中央王朝都城的距离里程,各国的户口和胜兵数、职官名称和人数,与中央王朝驻西域长官驻地的距离,与中卫诸国都城的距离,风土、物产、民俗、生产生活方式,与中央王朝的关系,各国与北方游牧部族以及诸国间的关系等。与其他边缘地区传记相比,不载族源。这一《西域传》书写模式的奠定,蕴含

① 余太山:《两汉魏晋南北朝正史西域传研究·绪说》,北京:中华书局2003年版,第1页。
② 田卫疆:《"西域"的概念及其内涵》,《西域研究》1998年第4期,第69页。
③ 陈垣:《陈垣集》,北京:中国社会科学出版社2000年版,第99页。

着深刻的政治意义。对道路里程的记载强调了中央统治者鲜明的疆土意识，其记载的详细性强调了对王朝疆域所有权的明确清晰的认定与情感上的认同，同时也反映了统治者对保持指定地域政治所有权的心理诉求。其对西域诸国族源的刻意忽略，则是为了减少汉朝与西域诸国间的矛盾隔阂，以增强西域对中央王朝的情感认同。在《汉书·西域传》篇首，班固对西域的地理交通状况进行了概括总结。他指出："西域以孝武时始通，本三十六国，其后稍分至五十余，皆在匈奴之西，乌孙之南。南北有大山，中央有河，东西六千余里，南北千余里。东则接汉，扼以玉门、阳关，西则限以葱岭。"[①]班固对"西域"地理范围的明确界定，绝不仅仅是单纯的对一个地理名词内涵的解释，更是出于这一地理范围即西域都护的管辖范围的强调，是对国家领属地域的认同。

自先秦以来，"天下"观念盛行，其内涵逐渐由地理、文化概念演变为融地理、文化、政治三位一体的概念，历史逐渐赋予了"天下"一词所具有的王权一统、疆域一统与文化一统的内涵。历代中原王朝统治者均追求"疆域一统""王者无外"的终极政治诉求。在这种精神追求的导引下，中原统治者都以实现和维护疆域的统一、维护和巩固边疆统治作为重要的政治使命。然而在实际的统治情形中，"王者无外"的理念从未真正变为现实，中原王朝的统治疆域始终存在一定的边界。从《汉书·西域传》的文字叙述显示两汉王朝统治者已经清晰地区分了其在西域统治的地理疆界。

除政治上的认同外，《汉书·西域传》也试图从文化上认同西域。如对于西域的生产、生活方式的记载："西域诸国大率土著，有

---

① （汉）班固撰，（唐）颜师古注：《汉书》卷九六上，北京：中华书局1962年版，第3871页。

城郭田畜,与匈奴、乌孙异俗,故皆役属匈奴"[①],"各有君长、兵众分弱、无所统一,虽属匈奴,不相亲附"[②]。这里的叙述刻意强调了西域诸国与汉王朝的敌对势力——匈奴的区别,明确指出了西域诸国所具备的定居和农耕两大生活与生产特征,且各国都有各自的国君。记录西域诸国定居、农耕且有统一君王的社会形态,表示了中原王朝对西域建立在共同文化基础上的认同。在汉朝与匈奴长期对峙、战争不断的特殊历史背景下,《汉书·西域传》带着统一西域、抗击匈奴的战略意图,开创了正史"西域传"作为边缘地域传记的书写模式。这种书写模式塑造了中原王朝对西域的独特历史记忆,树立了西域对稳固中原王朝政局作用的重要性的治国理念。这种治国理念不断影响后世中央王朝,使历代中央政权都对统一西域格外关注,同时也影响到了士人关于西域的理解,强化了他们对西域战略地位的认识,将之看作报效国家、维护国家安定的重要一隅,同时也将自身的功业建立与西域的统一安定连接在一起。

在中国历史上,西汉王朝的地位是绝不容忽视的。正是西汉王朝奠定了中国古代中原王朝的疆域雏形,并为中国古代国家实体及国家认同的形成奠定了重要基础,对后世的中国疆域观念与疆土意识产生了深远影响。西汉王朝对西域的经略,特别是宣帝时西域都护的设立,使西汉主流社会逐步形成了西域为汉王朝疆土组成部分的理念,对西域的疆土意识逐渐形成和强化。这种理念与意识,是维系西域与西汉王朝之间政治隶属关系的重要凝聚力之一。

---

① (汉)班固撰,(唐)颜师古注:《汉书》卷九六上,北京:中华书局1962年版,第3872页。

② (汉)班固撰,(唐)颜师古注:《汉书》卷九六下,北京:中华书局1962年版,第3930页。

二、唐代边塞诗中的家国意识

除历史书写中西域的家国意识外,唐代边塞诗尤其是其中的西域诗中表达的以身建国、建功边陲的精神,也是激发清代西域诗人家国情怀的重要媒介。中国历史在经历了南朝颓废的社会风气之后,随着隋唐统一形势的到来,一种新的文化氛围应时而生。同时期的北朝则经历了多种民族融合的阶段,一些少数民族的血液为汉民族注入了新鲜的活力,尤其北方游牧民族的崇尚武功精神气质,一反自西晋以来形成的重文轻武的羸弱风尚。大批知识分子除了获得科举考试的进身之路外,伴随着初唐王朝的东征西讨,破突厥、败吐蕃、招安回鹘等一系列武功的建立,一种为国立功的荣誉感和英雄主义氛围在社会上弥漫开来。社会对人才的认识和人们的价值观念发生了巨大的转化。辛文房称扬建安时期的陈琳、阮瑀是文能翰墨、武能救国的奇才异能,认为这才是"磊磊落落"的"通方之士",而鄙视那些面对社会问题与个人前途只会消极应对,只懂得感叹"时不我与,人不我知"的书生,认为这样的处事原则只能是白白消耗鲜活的生命力,是"徒自为老夫耳!"而唐代人格特征如同陈琳、阮瑀那样的"英气逼人"之士甚多,他们光烈垂远,让人"慨然不能不以之兴怀也"。①这一时期,为中国历史上最富青春活力与阳刚之气的时代,如钱锺书先生言:"一生之中,少年才气发扬,遂为唐体。"②朝气蓬勃、意气风发、纵情生活,是为大唐盛世之风,而究其成因,则正如陈寅恪先生所说:"李唐一族之所以崛兴,盖取塞外野蛮精悍之血,注入中原文化颓废之躯,旧染既除,新机重启,扩

---

① (元)辛文房撰,周本淳校正:《唐才子传校正》,南京:江苏古籍出版社1987年版,第113页。
② 钱锺书:《谈艺录》,北京:中华书局1984年版,第4页。

大恢张,遂能别创空前之世局。"①葛剑雄先生在谈到这个时代的发展时也认为:"孝文帝迁都、汉化的直接结果,是百余万包括鲜卑和北方各族在内的移民迁入洛阳和中原,使洛阳再次成为北方以至整个亚洲文化中心,使以汉族文化为主体并吸收了鲜卑各族的北方文化远远超过了南方的汉族文化,也为以后形成和发展的盛唐文明奠定了基础。"②正是空前绝后的古今中外文化大交流、大融合,才是产生"盛唐之音"的社会氛围和思想基础。科举取士制度的确立,为士人开辟了通向建功立业之路,同时也唤起了士人空前高涨的立功热情。这些通过科考踏上仕途的庶族士人不可能再像六朝士族那样以无关俗务、拂塵谈玄为时尚,支配他们的主要思想不再是虚玄出世的道家理论,而是积极入世的儒家学说。历史带给他们前所未有的人生机遇,使他们能够成为理想中的白衣卿相;同时也赋予他们更多的机会去创造历史,去实现儒家梦寐以求的修身、齐家、治国、平天下的远大理想。这时的士人,已经不再是传统意义上皓首穷经、寻章摘句的儒生,相反,他们尤其鄙视两耳不闻窗外事,一心只读圣贤书的腐儒人生,向往的是更为广阔的社会生活经验与人生实践,他们"宁为百夫长,胜作一书生"。以武建功从军边塞,立功边陲,成为许多人的人生理想。大唐的兴盛给予了士子们空前的自信,儒家的思想赋予了他们心怀天下、自强不息、百折不挠的精神。出于对民族和国家的热爱,他们渴望建功立业以不负朝廷,当国家遇到危难时勇于挺身而出,这种精神是有唐一代时代精神的体现。他们或认为"天下将有事矣,丈夫当建功于代,以济四海"③;或"属

① 陈寅恪:《李唐氏族之推测》后记,《金明馆丛稿二编》,上海:上海古籍出版社1980年版,第303页。
② 葛剑雄:《看得见的沧桑》,上海:上海教育出版社1998年版,第62页。
③ (后晋)刘昫等:《旧唐书》卷一三四,北京:中华书局1997年版,第3689页。

国步艰危,从戎弃笔,文武备体,忠义资身"①。唐王朝统治者倡导的尚武精神催人奋进,积极开拓,为许多士人带来了新的人生定位,"羞作济南生,九十诵古文。不然拂剑起,沙漠收奇勋"(李白《赠何七判官昌浩》)。希图在国家需要之际投身边塞,急国家之难,"投笔弃繻生,提戈逐飞将"(戴休珽《古意》)。同时立功边陲,梦想"儒服揖诸将,雄谋吞大荒"(陶翰《赠郑员外》),成就个人青史之上的不朽声名。

　　在唐代边塞诗歌中,我们可以看到许多诗人意气风发、以身许国的雄心壮志:"一朝抚长剑,万里入荒陬。岂不服艰险,只思清国雠。"(张宣明《使至三姓咽面》)"沙场碛路何为尔,重气轻生知许国。"(张说《巡边在河北作》)"决胜无遗策,辞天便请缨。出身唯殉死,报国见能兵。"(钱起《送郑书记》)他们慷慨激昂,毫不顾忌个人得失,舍生忘死,急国家之急。他们或是"谁知此行迈,不为爱封侯"(高适《送兵到蓟北》);或是"知君心许国,不是觅封侯"(宋之问《使往天平军马约与陈子昂新乡为期及还而不相遇》);或是"小来思报国,不是爱封侯"(岑参《送人赴安西》)。纷纷表示以身许国的行为并不为个人利益,纯粹出于报国热情。当然,作为盛世文人的最高理想,建功封侯也体现了他们崇高的个人愿望。他们或者高唱"男儿生世间,及壮当封侯"(杜甫《后出塞五首》之一),或者誓言"匈奴今未灭,画地取封侯"(杨炯《紫骝马》),或者畅言"封侯万里外,未肯后班超"(顾况《送从兄使新罗》)。总而言之,寄意慷慨,涌动着自然蓬勃的生命力,充满了报国为家的热情、胆气和雄风。

　　这一时期,西域与中原的关系之紧密,大大超过之前的任何时

① 周绍良、赵超主编:《唐代墓志汇编续集》,上海:上海古籍出版社 2001 年版,第705页。

代。唐王朝于640年在高昌设安西都护府,此为唐朝在西域设立的第一个高级军政管理机构,并于八年后即贞观二十二年移至龟兹,统辖龟兹、于阗、疏勒、碎叶四镇;702年又于庭州设北庭都护府,管辖葛逻禄及突厥诸部,由此达到王朝西域疆域控制的顶点。玄宗年间,在两大都护府之上又设碛西节度使,是当时全国八大节度使之一。这些措施使唐王朝对西域的管理效力大大增强,行政或军事机构的设立使得唐人获得了更多踏入西域的机会。他们或因入幕,或因使边、游边而亲历西域,获得了习武知兵、弓马兵刀的生活机会。他们对西域的身心体验是与整个时代的精神相契合的,同时,班超为国殚精竭虑,"许国不谋身"(张说《将赴朔方军应制》)、建功边陲的精神也感召着他们,他们以笔下的诗歌辞赋指点江山、言志抒怀,唱出了西域诗歌史上最为高亢的诗篇。

其实,即使是在唐王朝的鼎盛时期,西域也非一方净土,这里充满了各种势力间的较量,战乱不断发生。这种情况,我们从安西四镇的置废变迁过程可见一斑:

表四 安西四镇置废一览表[①]

置废弃复	时　间	四镇名单	附　注
第一次建置	显庆三年至咸亨元年(658—670)	焉耆、于阗、龟兹、疏勒	安西晋级为大都护府
第一次罢废	咸亨元年至调露元年(670—679)	焉耆、于阗、龟兹、疏勒	大非川之役兵败
第二次建置	调露元年至垂拱元年(679—685)	碎叶、于阗、龟兹、疏勒	裴行俭再定西域

① 转引自薛宗正:《中亚内陆——大唐帝国》,乌鲁木齐:新疆人民出版社2005年版,第399页。

续 表

置废弃复	时 间	四镇名单	附 注
第二次失陷	垂拱元年(685)	碎叶、于阗、龟兹、疏勒	阿史那元庆征他匐兵败
第二次收复	垂拱二年(686)	碎叶、于阗、龟兹、疏勒	阿史那斛色罗平定他匐
第二次罢废	垂拱二年至长寿二年(686—693)	碎叶、于阗、龟兹、疏勒	汉军与西域番国兵换防
第三次收复	长寿元年(692)	焉耆、于阗、龟兹、疏勒	武威道行军胜利
第三次创置	长寿二年至景龙三年(693—709)	碎叶、于阗、龟兹、疏勒	乌质勒交还碎叶
第四次创置	景龙三年至开元四年(709—716)	焉耆、于阗、龟兹、疏勒	碎叶镇移北庭大都护府
第五次创置	开元四年至开元七年(716—719)	碎叶、于阗、龟兹、疏勒	北庭还原为都护府,碎叶移归安西
第六次创置	开元七年至元和三年(719—808)	焉耆、于阗、龟兹、疏勒	碎叶移归突骑施

从安西四镇的不断重建与废置,可知即使在大唐盛世,西域亦非太平之区,军事行动从未间断,唐人在西域面临着严峻的边疆形势。然而正如鲁迅先生所言:"汉唐虽有边患,但魄力究竟雄大,人民具有不至于为异族奴隶的自信心,或者竟毫未想到……绝不介怀。"[①]唐王朝健康明朗、昂扬进取的时代精神,深厚地积淀在这些文人学士身上,他们坚信"功名只向马上取,真是英雄一丈夫"(岑参《送李副使

---

① 鲁迅:《坟·看镜有感》,《鲁迅全集》第一卷,北京:人民文学出版社1971年版,第183页。

赴碛西官军》),誓言"誓将报主静边尘"(岑参《轮台歌奉送封大夫出师西征》)。受儒家思想影响极为深刻的汉族士人,其浓重的家国意识远远超出对个人生命价值的关怀,他们鞍马风尘,怀着舍生忘死的爱国精神踏足西域,并留下了不少优秀的诗篇,其中影响最大的莫过于岑参。

以"好奇"著称的岑参,从唐代许多优秀诗人中凸显出来,无疑和他诗作中的西域抒写关系极大。岑参两赴西域,第一次以右威卫录事参军之职,辟入安西充掌书记;天宝十三年(754),又出任安西北庭节度判官,从封常清屯兵轮台(在今新疆米泉境)。他之出西域,其初衷即为报国,一再吟唱"小来思报国,不是爱封侯";"万里奉王事,一身无所求。也知塞垣苦,岂为妻子谋"(《初过陇山途中呈宇文判官》)。在他看来,对个人名利的追求要在为国谋利的过程中实现,所谓"功名只向马上取,真是英雄一丈夫"。岑参边塞诗中许多篇章均为反映唐军在西域战争中胜利的场面,如《武威送刘单判官赴安西行营便呈高开府》,以及《北庭西郊候封大夫受降回军献上》《轮台歌奉送封大夫出师西征》《献封大夫破播仙凯歌六首》等,均以高亢嘹亮的激情,歌颂了边疆将士士气高昂、建功塞外的英雄业绩,诗歌创作的历史背景都发生在西域局势紧张、气候严寒之时,而此时渲染唐军之声威、战斗之惨烈,正是于紧弦促节之中,表现唐军奇情壮采的英雄豪气,表现将士们为国立功的气概和信心。

长期的西域生活,在他的笔下,描绘了生活于其他地区的人们不曾亲见,单凭想象获得的奇丽之西域。西域山河之美,以敞开的方式呈现在了岑参的笔下,其中有"千树万树梨花开"(《白雪歌送武判官归京》)的西域飘雪,有"随风满地石乱走"(《走马川行奉送出师西征》)的戈壁风沙,有"都护宝刀冻欲断"(《天山雪歌送萧治还京》)的瘆人严寒,有"蒸沙烁石燃虏云"(《热海行送崔侍御还京》)的蒸人酷热，有"平沙万里绝人烟"（《碛中作》）的荒凉冷落。但在"也知塞垣苦，岂为妻子谋"的岑参看来，环境的恶劣不会让人望而却步、伤感消极，相反，它却正是戍边将士豪迈气概的绝好映衬，是文人学士获取功名、报国靖边的天赐良机。他以乐观的心态面对苦难、超越苦难，充分体现了"萧条清万里，瀚海寂无波"（李白《塞上曲》）天下太平的宏伟理想。

　　后人提起历史，往往汉唐并论，只因这是中国历史上最为强盛的两个时代。而唐人出于对汉代盛世的憧憬，也常常假汉代唐，从对汉人的历史记忆中发现自我，借汉代的精神气质表达自我。尤其值得注意的是，汉代一些立功边塞的武将功臣，如李广、班超、张骞等均为唐人追慕的理想榜样与讴歌对象，他们金戈铁马、开疆拓土、反抗侵略的英雄事迹是唐代边塞诗借以表达豪迈之情与理想向往的常用典事。可以说，假汉代唐，在唐代边塞诗中不仅成为一种文学表现方法，而且是一种文化上的认同。受儒家文化积极入世精神的影响，中华民族文化中始终具有很强的家国意识，保家卫国的价值定位被视为远远高于个体生命。所谓"舍生取义"之"义"即为民族大义、国家利益，在民族危难之时挺身而出、捐躯报国被看作是一个士人理所应当的价值取向。"孰知不向边庭苦，纵死犹闻侠骨香"（王维《少年行》）、"相看白刃血纷纷，死节从来岂顾勋"（高适《燕歌行》）所渲染的豪迈情绪和勇往直前的斗志，正是汉唐边塞诗中家国精神散发出的华彩篇章，是唐人威武雄壮、无坚不摧、为国牺牲的昂扬之气的形象体现。

　　大唐盛世的开放活跃，使得这个时代的创作视野开阔、气势昂扬，弥满了青春生命的朝气与进取的活力，而善于将个人的事功追求与国事的承担完美契合，将家事、国事、天下事包揽于一身，这种追求与眼界使唐代诗人的边塞诗常常采用一种独具一格的艺术表现手法,摆脱客观现实的桎梏,以高屋建瓴的态势、俯视的眼光、写意的手法来描绘心目中的边塞。王昌龄《从军行》(其四)最能体现这一特点:"青海长云暗雪山,孤城遥望玉门关。黄沙百战穿金甲,不破楼兰终不还。"此诗在同一时刻将青海、玉门关、楼兰三个远隔千里的方位同时纳入视野,连成一体,毫不顾及现实生活的地理局限,完全以想象驰骋诗情,随心所欲地进行地理意象的空间组合与跨域,不拘一格的艺术表现手法最终获得了壮美的抒情效果,"唤起了人们对历史的复杂的回忆,激发人们对于地理上的辽阔的想象"[1]。其中表现的恢宏豪迈的时代情绪,本身就具有深厚的历史意义和社会意义。这种对社会现实的强烈责任感,将唐代边塞诗包括西域诗的精神境界提高到了一个新的层面。

三、清代西域诗爱国题材的理性回归

西域边疆征战戍守题材的书写,由于抒发的是同一地域的感受,在历史上有一定的延续性,所抒发的情感也具有一定的趋同性。但由于历代统治者治边的心理诉求不同,所设定的政治体制的变迁,边防政策的因革,国力强弱的变化以及士人进入西域心态的差异,必然导致不同时代的西域诗迥异的精神面貌。前论唐代西域诗因盛唐气象与文人建功立业、画图麒麟阁的精神渴望交融共生,因而造就了西域诗发展的巅峰时代。清代虽为少数民族入主中原,但在文化上承继了儒家之一脉,就其对边疆统治政策影响极大的"天下观"而言,清人对"普天之下,莫非王土;率土之滨,莫非王臣"[2]的理想领域的追求意识依然强烈。正是清王朝的各类统治行动,经过了"圣祖垦

---

① 　程千帆:《古诗考索》,上海:上海古籍出版社1984年版,第71页。
② 　(清)方玉润评:《诗经》,上海:上海古籍出版社2009年版,第245页。

之,世宗耰之,高宗获之"[1]的艰难过程,其对西域一域的收复,更是中国历史上值得大书特书的一笔,对于现代中国多民族共存现状的形成意义重大,最终确定了现代中国的版图,可谓功德卓著。

所不同的是,与唐代一样,清王朝的统治者出于对自身身份的考量,更出于现实统治的考量,对于"华夷之辨"的传统思想见解不同,他们打破了"夷夏之大防"以及"内中华而外夷狄"的思想壁垒,将治下的各族一视同仁。有清一代,许多帝王以及重要的大臣通晓汉、蒙、满语即是证明,乾隆帝还能讲藏、维两种语言。一应由皇帝颁布的碑、匾文中,常用满、汉、藏、蒙、维五种文字刊刻,显示出清统治者力图平衡不同民族之间的相互关系,表达一视同仁的民族态度,制造安定统一的政治局面之意图。

鉴于新疆特殊的人文地理环境、民族习惯以及社会状况的差异,清政府在不同地区采用了不同的政治考量标准,设计出不同的统治政策。在与中央关系密切的哈密地区采用札萨克制;北疆地区采用郡县制;而在少数民族聚居的南疆地区则沿用了其传统上的伯克制。不同制度的确定不可谓不用心,在此后长达六十多年的时间里,新疆政治稳定,人民安居乐业,经济得到了前所未有的发展。但其弊端在以后的实际统治过程中也渐次显现,尤其是在南疆所奉行的民族隔离政策,严重阻碍了民族之间的文化交流,使单一的伊斯兰文化对南疆的控制日益加重,打着和卓名义行事的宗教思想与中原文化的离心力不断增强,从而酿生出绵延不断的分裂势力,引发了多次源于宗教势力的叛乱分裂战争。西域回归后,仅在南疆发生的较大规模的叛乱就有以下几次:乾隆二十三年(1758)的大小和卓之乱、乾

---

① (清)魏源:《圣武记》卷四《外藩·乾隆戡定回疆记》,北京:中华书局1984年版,第100页。

隆二十九年(1764)的乌什暴动、道光六年(1826)的张格尔之乱、道光十年(1830)的玉素普之乱、道光二十七年(1847)的七和卓之乱、咸丰七年(1857)的倭里罕之乱、同治四年(1865)的阿古柏入侵。这大大小小的暴乱,多与宗教势力有关,当然也有出于对统治者的不满而附逆的人众,还有境外势力的操纵。其斗争是极其残酷甚至惨烈的。当地的汉族民众被杀者动辄数以万计,阖城死难。其中也涌现出不少英雄事迹,如大小和卓之乱中兆惠被围黑水营达六个月之久,坚持战斗直至援军到来;有阿古柏入侵期间喀什噶尔汉城守城一年之久的喀什噶尔参赞大臣奎英在城陷后率妻妾家人以及部从慷慨自尽的壮烈之举;有巴楚军民城陷后的放火自焚;也有徐学功这样的普通百姓对侵略者的奋起反抗。惨烈的状况震撼心灵,一些诗人对这些历史事件或亲历,或耳闻,真实而惨烈的社会现实已经无须诗人们发挥想象,用客观现实的诗笔缅怀英雄事迹,谴责无耻暴行,反思统治政策,维护西域与祖国的统一,成为清代西域诗中表现戍守边疆爱国题材的重要方面。

与南疆西四城不时发生的暴乱事件不同的是,西域其他地区尤其是北疆则相对和平稳定。为了巩固统治,供应军需,清政府延续了自汉代以来的屯垦边疆的政策。许多诗人无缘战事,他们在西域更为切身的感受是屯田对巩固边防、维护统一带来的益处。同时,屯政维持的好与坏,与西域百姓的生存状态息息相关。因此,对屯田的书写亦成为清代西域诗爱国题材的重要内容之一。

清代西域诗的爱国题材,几乎完全剔除了浪漫想象的因素,其理性写实的手法非常突出。这一特点的呈现既与当时西域的现实情况相连,亦与整个清代的学术风气密切相关。

"以诗歌叙说时政,反映现实,蔚为有清诗坛总的风气,十朝大事往往在诗中得到表现,长篇大作动辄百韵以上。作品之多,题材之广，篇幅之巨，都达到了前所未有的水平。叙事性是清诗的一大特色，也是所谓超明越元、上追唐宋的关键所在。"①同样的风气也体现在清代西域诗的创作当中。清代学风倡导经世致用，以务实为主，提倡实学，强调诗歌创作在符合情理、符合实际的基础上创新。重写实，有理趣的"入理"特征成为清代诗歌创作的基本要求。其中虽然也偶有夸张的成分，但总体说来重视的是客观的描写，紧贴现实的抒情，和脚踏实地的议论。西域诗作为特定地域文化的产物，其在本质上具有传统意义上的边塞诗之性质，其所反映的内容带有浓郁的政治意味。处在这样一个特定地域，诗人的抒情就不可能仅限于纯粹个人化的精神内涵。在波涌诡谲的边塞纷争中，诗人会不可避免地接触到国与国、政治集团与政治集团之间相互争夺生存空间的政治行为，以及戍边守土、保家卫国的军事行为。这些不仅是关系到国家民族的荣辱存亡，社会的政治、经济、文化等生活能否正常运作的重大政治问题，很多时候，也与他们的生命息息相关。他们诗歌中反映的各种矛盾包括民族矛盾，各种情感包括民族情感、乡恋情感等，由于其发自西域这样一个特定的地域、特定的边疆环境而不可避免地具有了政治化和社会化的意义。

　　清代学者不满于明代王阳明心学的后学张扬的个性，加之清朝统治者在政治、思想上的高压政策，使清代的学术风气趋于谨慎和保守。"六经皆史"这一说法的提出，显然代表了许多清代学者对待古典文化的态度。乾嘉学派所倡导的"实事求是""无征不信"的治学态度从表面上看似乎只是一种研究方法，而实际上在清人心目中，文学创作已经由对人格精神或境界的表达转换为实实在在的学问展

① 钱仲联、涂晓马：《犹有壮心歌伏枥——钱仲联先生访谈录》，《文艺研究》2003年第5期，第73—74页。

示。顾炎武在文学批评中习惯于以考据的眼光来审视作品的意义，王夫之在分析文学作品时也以"身历目见"为"铁门限"[①]。求实的学术态度和用世之意造就了他们实证的眼光，对文学的认识趋向于实证化，是清代文学观念的一个重要特点，对文学作品的评价也由于"文须有益于天下"的观点的提出，呈现出积极用世的特点而不是出自美学的思考。这种研究走向必然影响到文学创作者的创作。作为文学集大成的一代，清人的文学观念其实是极其复杂无法一言以尽之的。但就诗歌创作而言，无论是"格调说""肌理说""性灵说""神韵说"，虽观点各异，流派各别，然而并非相互对抗各执一端，其兼容并蓄的特性相当明显，求实的态度趋于一致。这种学术氛围也同样左右着西域诗人的创作理念。亲历了西域的诗人无论其身份地位如何，长达半年之久的长途旅程与踏足遥远西域的特殊人生经历，会不约而同地使诗人将之作为积累人生经验、增长人生阅历的一次绝佳机会，他们的诗作常常呈现出日记式的实录风格，力求反映西域社会图景的原貌，以增广阅读者的见闻。如蒋业晋《立厓诗钞》被认为是："指事类情，言言蹈实。"[②]景廉也在序文中宣称自己创作《冰岭纪程》的目的在于"俾后之往来冰岭者持此为老马之导，或者不无裨益"[③]。祁韵士直言自己写作《濛池行稿》是出于心慕："康熙间图侍读理琛奉使绝域之事，思亦躬履边徼，详志所见，以广见闻。"[④]

在人们看来，西域诗存在的价值之一也在于它传达了内地知识分子陌生的西域知识："甘肃自玉门以西辟自圣朝，为古文人学士著

---

① （清）王夫之：《姜斋诗话》，郭绍虞主编：《四溟诗话 姜斋诗话》，北京：人民文学出版社1961年版，第147页。
② （清）蒋业晋：《立厓诗钞·吴云跋》，清嘉庆间刻本，第13页。
③ （清）景廉：《冰岭纪程·序》，民国间抄本，第4页。
④ 修仲一、周轩编注：《祁韵士新疆诗文》，乌鲁木齐：新疆大学出版社2006年版，第57页。

录所不到,其山川风俗人物之瑰奇固不宜无诗,特假先生之行以达之。"①诗人笔下浸透着深厚情感的山川风俗人物,焕发着独特的审美价值。"天之下,地之上,皆诗境也。然声教所阻,则讴歌遂闭焉,若夫声教远矣。殊方绝域睹记皆新,而垂辂持节者于其山林水土民风物产之类,未能吟咏其万一,虽步穷竖亥迹,越张骞于太平,曾何点缀? 此登高作赋者乃可以为大夫也。新疆为金,天之奥区,自汉迄明,羁縻而已。开国以来悉成编户,此诚千古所希逢。……道之云远,至者其谁。今叹使骚人墨客裹粮三万里,穷方域以外,岂不难乎? ……其言人所未言,信乎其必传也!"②诗人躬践西域,将这里的山川风物人情物理宣之于诗,这是诗人的责任,也是诗人的幸运,而诗歌不仅是人们抒发个人感慨的方式,更是人们了解西域这个遥远奥区的途径。由此可见,无论是从诗人创作还是读者需求两个方面,都决定了西域诗征信求实的创作准则。

　　清代西域诗表现出的家国意识与前人有所不同,这与清政府在西域的统治状态密切相关。以往的中原王朝对西域的统治十分松散,所谓"自汉迄明,羁縻而已"。而清一统之后,西域"悉成编户",这时士大夫所关注的不仅是杀敌报国,维护一统,其拳拳报国之心进而沉潜为对民生的思考,如何更好地在当地实施统治,维护当地安定和平的局面。这类题材,才是清代西域诗家国精神的最好表现。杀敌报国高昂激越的积极精神在这一时期沉降下来,转化为对开发、治理新疆的具体措施的理性、冷静的思考,眼光更为长远。因此,清代西域诗中才会出现大量吟咏民生、关怀民瘼、歌颂屯垦的作品。对实践层面的措施的认识替代了大量精神层面的幻想,兴修水利,开垦荒

① (清) 王曾翼:《居易堂诗集·周兆基序》,《续修四库全书》第1453册,第428页。
② (清) 王曾翼:《居易堂诗集·吴镇序》,《续修四库全书》第1453册,第428页。

地,推广桑蚕事业,繁荣地方经济,厘定币制,筹建铁厂,修筑道路,便利交通等成为清代西域诗吟咏的对象,其审美倾向呈现出理性务实的一面。

至晚清末叶,内忧外患,国力衰微,东南沿海所遭遇的列强侵扰,使全国注意所及,难至西域。而此时北方俄罗斯虎视眈眈,1871年,沙俄出兵侵占了伊犁,并派兵控制了北起塔城、额敏河,南至精河、库尔喀喇乌苏的准噶尔盆地西部地区,其势力进一步向其他各地渗透,凭借武力威胁取得了在南疆地区通商、驻使等特权,新疆面临严重的边疆危机。鉴于当时国力之限制,难以兼顾东西两境同时发生的边疆危机,朝廷上发生了激烈的"海防"与"塞防"孰轻孰重之论争。最终以左宗棠为首的"塞防"派说服了大多数朝廷官员,让人们认识到了西域安全之于全国安全的重要意义。左宗棠组织兵力,于1877年进军南疆,一举挫败了阿古柏的侵略势力,但沙俄仍占据伊犁拒不归还,1878年6月,清政府派崇厚为代表赴俄办理收回伊犁事宜。10月2日,与沙俄签订了《里瓦机亚条约》(即《伊犁条约》),以丧失大片领土主权为代价,换回了一个险要尽失、三面临敌的伊犁孤城。沙俄进而要求增设通商埠头、领事,同时增辟南北通商路线,其明知这两条通商路线遥遥万里,无利可图,不过是"欲借通商便其深入腹地,纵横自恣""化中为俄"而已。在左宗棠等人的极力抗争下,1881年2月,由曾纪泽和沙俄重新签订了《改订条约》和《改订陆路通商章程》,以偿付500万两白银的代价,才收回了伊犁九城及特克斯河一带的部分领土,而霍尔果斯以西的中国领土从此被沙俄吞并。1884年11月,在左宗棠一再奏请之下,新疆改建行省,废止了自乾隆朝收复新疆后在南疆采用的"伯克制",大胆革除了军府制,并改革田粮制度。这一措施,对于开发新疆,巩固西北边防,影响深远。

严峻的现实使许多身处新疆的有志之士忧心忡忡,这时,许多心系国家的诗人在其西域诗中体现了更多的忧患意识，表现了维护国家主权和领土完整的坚定信心。他们创作了大量诗篇，抨击侵略者的行径，抒发忧国忧民的忧愤，继承了传统诗歌中忧国忧民的精神传统，体现了深刻的忧患意识。这类诗歌由于诗人长期的西域生活经历，相比于汉唐西域诗的情感指向的虚泛化特点，其情感的抒发具有明确、具体的指向性，改变了汉唐西域诗具有的由于抒情内容的共通性而呈现的代入感较强的特点。抒情内容指向性的明确及抒情对象鲜明，使西域诗具有了更强的现实感与纪实性，剔除了传奇性的特点，以其浓郁的政治内容和深重的社会思考体现了清人强烈的家国精神，同时也是清代诗歌务实精神的重要体现。

第二节　一统背景下家国精神的抒写

清王朝统一西域的过程，经历了康熙、雍正、乾隆三朝，直至乾隆二十四年（1759）才最终完成。其间，先是居于莫贺延碛西口的哈密王室降清，1715年，游牧于巴里坤一带的蒙古部落也归于清朝治下。雍正七年（1729）起，岳钟琪先为宁远大将军，后擢为陕甘总督，大力屯田，秣马厉兵，并于1731年进袭乌鲁木齐，以木垒为前哨基地，清军势力达到天山谷口以西。雍正十年（1782），查郎阿为陕西总督，领宁远大将军印，驻扎巴里坤，进一步发展屯田、水利事业，并凿通了哈密至巴里坤的天山盘旋山道，为西征事业作出了重要贡献。乾隆时期，先后平定了准噶尔部的达瓦齐和阿睦尔撒纳的武装叛乱，消灭了大小和卓的地方割据势力，左哈萨克部自愿归附，土尔扈特部胜利东归，最终完成了统一大业，成为康乾盛世的重要表征之一。军事上的胜利与立功边陲的豪壮意气极大地激发了赴边诗人的创作激情，传统意义上的边塞诗架构了清代西域诗独特的审美取向。同时,由于时代审美意识的不同,清代西域诗既接纳了传统边塞诗的磅礴气势,富有高大、险峻、苦寒等阳刚特征的意象,描绘了一幅幅壮丽的图景,具有壮美与崇高的审美意趣。同时又培育出有清一代西域诗的凝重、内敛、写实的独特审美意味。慷慨悲壮的基调与写实、秀美的结合,其抒情效果虽不如唐代那样强烈,但耐人寻味,引人咀嚼。

一、"一统之极盛"的史诗风范

清代西域由于地处亚欧腹地,为多种文化交汇之地,不同的民族与国家认同观念也在此不断发生碰撞,其发生战争的密度显然高于内地。其中绝大多数都由于清政府的果断处理而在短时间内迅速解决,但也有许多的战争历时时间长、战事惨烈,令人惊心动魄。如大小和卓之乱中,兆惠被围于喀喇乌苏(意为黑水),以三千兵力,孤军奋战,顽强抗击数万叛众,坚守数月,创造了西域军事史上的奇迹。这次战役史称黑水之战,成为西域战争史上为挽救危亡,慷慨赴敌,视死如归、前仆后继的典型事例。这样艰苦卓绝、波澜壮阔的征战生活,催生了一批以写实为主,以史笔作诗,以自觉的历史意识连接入诗的篇章。

"诗史"一词,自唐孟棨在《本事诗》中提出之后,经过宋人的阐发,遂成为诗歌史上内涵丰富影响深远的诗学概念。清代初年,由于"'诗史'观念得到重新认定"而成为"叙事诗极盛"的时期。[①]诗歌不仅用来"纪史",而且可以"补史之阙",即弥补史书记载之不足,完善史事的描述。因此,这类文学作品同时具有历史价值。

因《芥圃诗钞》案与蒋业晋一同被发往伊犁效力的曹麟开,用诗

---

① 孙之梅:《明清人对"诗史"观念的检讨》,《文艺研究》2003年第5期,第59页。

歌的形式记录了西域的一统伟业,成《新疆纪事诗十六首》。其《喀喇沙尔》歌咏新疆一统大业;以《伊犁》为题的四首七律咏叹平定准噶尔之乱;《托和鼐》《阿克苏》《乌什》《叶尔羌》《博罗齐》《霍斯库鲁克》《阿尔楚尔》虽以地名为题,内容皆为平定大小和卓叛乱时期著名的战役;《拔达克山》叙述荡平大小和卓之乱的结局。这类诗篇均以诗纪史,抒情、叙事、议论三者合一,而更着重于叙事。兹举《伊犁四首》其三为例:

> 姿状豺狼性虺蛇,饱飏饥附逞呼邪。城围且固军邮断,路出高昌汉使遮。蜗角自残东鄂畬,狐踪飞蹿入罗叉。不仁之首遭天殛,解网恩施贷孽芽。

此诗写阿睦尔撒纳叛乱。阿睦尔撒纳在达瓦齐叛乱时,曾出力支持,后与其反目,率部降清,实则指望借清军势力剿灭劲敌,以达到成为厄鲁特蒙古总台吉之目标。后其野心未达成,遂纠众反叛。此诗首联直指阿睦尔撒纳摇摆不定的卑劣本性,恰如汉之南匈奴呼韩邪单于。叛军的叛乱使清政府在西域的统治一时之间陷入了极大的危机,邮路断绝,信使不通。及至清军出讨,阿睦尔撒纳战败,叛军内讧迭起,阿睦尔撒纳先投靠哈萨克鄂畬地方,后又亡奔俄罗斯(罗叉),终遭天谴,走上了末路。阿睦尔撒纳之侄伊什扎布被俘后,乾隆帝念其年幼,对其施以恩赦,故云"解网恩施贷孽芽"。

许乃毅《辽东健儿歌为璧星泉参赞纪纲戴存义作》则记述了道光十年发生于喀什噶尔、英吉沙尔的"玉素甫之乱"中,叶尔羌办事大臣璧昌英勇守城,及其男仆戴存义勇搬救兵的事迹:

> 金风惨淡边城秋,西南杀气来山陬。薄疏勒虏四万余,一枝别部吞莎车。莎车使者璧都护,虎队前驱扫云雾。居然诸葛守

阳平，兵单且大开四城。蠚贼逡巡不敢入，以少击众辄逐北。贼
势虽挫贼愈众，援兵不至贼将纵。缄书欲突重围出，帐下千人都
惴慄。辽东健儿好身手，慨慷飞身单骑走。秦廷恸哭如不闻，睢
阳空归南霁云。去来温宿三千道，出入天蓬数万军（由叶儿羌至
阿克苏取道树窝经大小天蓬等处）。声言援至贼胆慑，去若寒风
扫木叶。健儿之功高雉堞。

此乱发生于张格尔之乱后的第三年，迈玛特·玉素甫为张格尔之兄，
此事件虽仅历时三月，但在短短三年里连续发生两次暴乱，其给清廷
造成的震动极大。此次叛乱裹挟人数达四万之众[1]，一时占据了喀什
噶尔（古称疏勒），并分派头目往攻英吉沙尔、叶尔羌（莎车）等处。
来犯叶尔羌回汉两城的就达万余人[2]。此役之中，叶尔羌办事大臣璧
昌沉着应对，连续两次击败了敌人的进攻。一面积极布置防守，一面
在兵力不足的情况下采用疑兵之计，即大摆空城计，趁敌人犹疑之机
出奇兵突袭，获得了守城之战的第一次胜利。此后，叛军又重新汇合
并会同从英吉沙尔前来的匪徒再次围城。璧昌决定向坐镇阿克苏的
容安求援，在悬赏征募送信之人却无人敢应的情况下，戴宗义挺身而
出，冒死出城，经18台站，行程近千里，至阿克苏（温宿）。无奈容安
以恐躁进失事为由按兵不动，致使戴宗义徒劳无功，失意而返。而璧
昌机智地向敌人宣言援兵将至，敌人闻言如同秋风扫落叶般一哄而
散，璧昌之智与戴宗义之勇跃然纸上。

　　史书对历史的记载注重的是大方向上的真实，许多细节是史书
所不能全部包含的。此诗以诗歌的形式，叙述璧昌与戴宗义在"玉
素甫之乱"中的经历，成为保存历史的特殊方式，补充了"史所不及

---

① 参见故宫博物院编：《清代外交史料·道光朝》（四），第4页。
② 参见中国第一历史档案馆藏："军机处录副奏折"，民族类，第8061卷，第38号。

纪"的内容,弥补了史书之不足。

　　清代西域一统史上的大事,尤其一些大的军事行动,在诗人笔下都有反映。如左宗棠重定新疆,就有当时的施补华《重定新疆纪功诗》以四言体的形式,挥洒一千五百言,详尽叙述了阿古柏入侵以及清军出师始末,歌颂了维吾尔族人民拥护祖国统一,助战杀敌的事迹以及清军将士用血肉铸就的辉煌战功,评论了重定新疆的历史意义。全诗典重质实,古穆恢宏,既是一篇颇具规模与气势的诗篇,同时又无愧于一篇难得的历史文献。曾佐幕金顺帐下,亲身参与戡平阿古柏侵略的周先檀,更是以其系列诗篇表现金顺、刘锦棠统领湘军重定西域的过程。其古风体叙事诗《二十一日酉刻,由阜康进捣古牧地》《二十八日下辑怀城》《二十九日乘胜克服乌鲁木齐巩宁、迪化两城》叙述了金顺、刘锦棠二军连克古牧地、辑怀城、乌鲁木齐的军事胜利。诗歌将一系列战斗描摹得生动传神。如写清军急行军出其不意地出现在敌军要塞:"及至薄暮暑威消,衔枚疾走沙碛坦。""星月之中迅著鞭,前驱已抵黑沟驿。"写神兵突降,痛歼顽敌:"守贼惊醒睡眼看,突讶神兵从天来。爆汤沃雪立诛剿,飙风扫叶纷喧豗。"写攻城的肉搏战:"血战逐林坰,斩刈迅蕰草。""肉搏一齐登,戈铤杂羽葆。"写战场的惨烈:"浮尸枕街衢,喋血溢行潦。"以及一路大捷的赫赫战绩:"破竹雄锋迎刃解,长教妖鸟靖罗平。"以诗记史,作为清代许多西域诗人的自觉追求,是清代"史笔作诗"创作理念在西域的回响。

　　然而,用诗歌反映西域一统的经过,在写作中常会过于粘着于史事而损害了诗歌的艺术成就。也有不少诗人秉承着深沉的历史精神和忧患意识去思考西域这一特定地域的现实问题,认识到西域的安定是以鲜血、生命和巨大牺牲为代价的。他们既把这种情形看作人生所面临的生存缺憾,对这样的生存困境表现出深沉哀婉的悲剧感,同时，也把它看作是实现儒家道德所提倡的"杀身成仁，舍生取义"的献身精神，以及"士可杀而不可辱"的人格尊严的难得机遇，看作是个体在社会群体和政治集团中角色的自我定位。褪去了昂扬激情后的军事题材作品，作者不像盛唐诗人那样充满了勇赴疆场、视死如归的战斗意志，心中却时时展现出不得不守边戍防的无奈，显示出诗人对现实思索的深度，其中浸润着苍凉悲郁的时代氛围。

就抒发靖边杀敌壮志情怀的作品而言，其中所渗透的苍凉悲郁的情绪是十分鲜明的。乾隆三十二年至三十三年任伊犁大将军的阿桂，之前曾辅佐定边左副将军富德剿灭大小和卓叛军，并曾助伊犁将军平定乌什之乱，亲身参与了清军统一西域的军事行动。其唯一留存的西域诗作《伊犁军营》，鲜明地体现了其对于战争的态度：

> 欲扫妖氛净，岩疆战未休。人犹争马革，天已厌旄头。
> 刁斗三更月，关山万里愁。渠魁何日灭，非直为封侯。

"岩疆""马革""刁斗""关山"等意象的使用，标明了此诗的边塞性质，色彩阴郁，景象悲苦，情感压抑。虽然将士们仍在英勇作战，但战争毕竟是一场灾难，连苍天都已感到厌倦。诗人渴望尽快消灭叛乱的首恶分子，不是因为由此可以获得功名利禄，而是那样才能赢得和平。诗人所关注的不是在边塞的建功立业，而是平息战争，是边疆的和平安定，全诗充溢着悲凉萧飒的氛围。经历了由汉至清的漫长历史过程，发生于西域的史事常常让诗人的诗歌中映带着深沉的历史感。这首诗可谓清代西域诗中战争题材诗篇风格的代表。同样表达了相同意绪的还有：

> 万里穷荒地，孤城瀚海间。举头唯见日，过此更无关。朔气横伊水，阴风带雪山。犁庭边事定，壮士唱刀镮。（国柱《伊犁》）

玉门关外古楼兰，带甲征人泪暗弹。甘苦与同名将少，骄奢务去世勋难。龙庭移帐旄头落，雁碛窥边马足寒。军国一时经人计，身依西极奉心肝。（蒋业晋《呈武勇公奎将军林四首》其三）

铁马无声战骨寒，荒原月落乌啼残。只今黐得城边路，草带腥风血未干。（李銮宣《塞上曲六首》其三）

百堞城边百尺楼，危栏倚遍白云浮。汉唐战垒迷风雨，卫霍军声泣髑髅。英簜共趋天北极，坤舆不尽水西流。悬知阆苑无多路，乞取莲华一叶舟。（舒其绍《登菩提阁二首》其一）

塞外那空旷荒寒之景本身就织就了一种摄人心魄的凄凉之感，边地战争让他们感受到国家遭受的蹂躏，士卒身心的哀怨，以及不能迅速为国解忧而感到的苦痛和悲伤。这种感情有时是以直抒胸臆的形式宣泄的，但大部分还是以与客观景物"同构"的方式呈现，这是因为西域边地苦寒冷寂的景物与诗人浓厚的忧伤之情最能引起"共鸣"。但是，这种"悲"不是颓丧没落的悲哀情调，不是懦弱者的屈服投降，而是激烈慷慨的壮士之"悲"，自然的颓败与荒凉更显示了他们不屈的斗争意志，显示了他们面对残酷自然与社会环境的不屈的抗争。其中激荡着崇高的为国牺牲的精神，这些诗篇同样使人精神振奋，从而在审美上把我们推入悲壮的范畴。

受传统边塞诗审美趣尚的影响，表现一统内容的清代西域诗中当然不乏威武豪迈、气吞山河的作品，这类作品往往呈现出"具备万物，横绝太空"的雄浑的美学境界。这类诗歌充满英雄的豪情，其情感的抒发基于对国家前途、命运的强烈关注，基于对国家民族高度的责任感和先公后私的奉献精神。在这种精神的鼓舞下，保家卫国的将士坚强勇敢、奋不顾身，蔑视艰险，勇于牺牲，表现出强烈的爱国情操。曾随定边将军兆惠平定大小和卓之乱的国柱，身为武将，又兼文采，其作豪气干云，堪称具清代西域诗之壮浪雄豪之气的代表：

> 虎奋鹰扬期万里，雷鸣鼍鼓促旌旗。(《奉调应援偶成》)
> 闻说前军犹鏖战，一挥何日奋铅刀。(《驻小阳河匝尔作》)
> 错节盘根分利器，肯教贻笑古英雄？(《伊尔哈里克遣兴》)
> 雪崿千重森剑戟，河声一片吼鲸鲵。鹰扬虎奋争先后，笑煞鸳鸯自在啼。(《沍玛拉克道中》)

诗中生动地展现了一个胸襟坦荡、踔厉风发，渴望建功立业、为国立功的英雄形象。同样富于人生理想，充满进取精神的诗篇在西域诗中触处皆是。又如：

> 威行万里靖妖氛，卤瓒频看勒战勋。身列上公原有种，帝称好汉独超群。乡军五夜营门月，射猎三边雪岭云。横槊豪情赋诗兴，应嗤绛灌勇无文。(蒋业晋《呈武勇公奎将军林四首》其一)
> 瀚海苍茫疆邑严，中朝文吏促惊帆。七千里外新分郡，十五年前旧署衔。自是壮怀轻远道，敢因白发恼青衫。燕然勒石非吾事，看取周民颂柞芟。(国梁《奉调赴乌鲁木齐二首》其一)

前一首诗称誉时任伊犁将军的武勇公奎林武略文才，功勋卓著，体现了他渴望建功立业，成为国之砥柱的奇节抱负。后一首是国梁调任乌鲁木齐时胸怀家国，不顾乌鲁木齐道路遥远，也不恼恨白发已生，身赴西域，不为追求个人名利，只愿为国效力，惟望国泰民安。这些诗篇中，洋溢着浓郁的爱国情怀，洋溢着为国戍边的献身精神，中华民族的自强自立，正以此为依托、为支柱。在清代西域诗中，此类篇章并不局限于西域任职的官员及武将，即使是因为各种各样的原因被遣戍西域的流人，在他们的诗篇中也多有类似情感的抒发。如因甘肃捐监冒赈贪污案被"属吏"所累而遣戍伊犁的陈庭学，虽无辜被遣，但并未因此消沉，其诗中依然洋溢着激昂奋进的精神和爱国激情，如其《春晓闻角有感（丙午）》组诗，可让我们窥见其心胸：

> 翦定条枝拓汉封，严城声势壮军容。千堆碛雪蹲盐虎，一抹晴霞耀烛龙。诗外更添新鼓吹，边隅不改旧心胸。回思射策平羌日，谁料关山走万重。（其二）
>
> 羁旅焉知盖地图，当年鼓角震西隅。空垂腷臆思乡泪，争及创瘢血战躯。镞发技能操中鸪，火攻响捷演连珠。几行杨柳飘旗影，好趁春蒐大野呼。（其四）
>
> 戍鼓边笳客绪纷，更听画角俨从军。发扬正合中春律，呜咽偏于独旦闻。三叠举杯歌送远，五言携手惜离群。多情只恐身颓落，淬厉频看古剑纹。（其六）
>
> 连朝鬐篥响城头，慷慨身当万里游。壁垒鹡鸰相对语，闺房儿女倘闻愁。春风声换梅花笛，故国心飞燕子楼。蚁磨转旋聊任运，江潮华夏自东流。（其八）

"角"作为边地与军伍的象征，是战神吹奏的乐器，历来为诗人所吟咏。伊犁春晓吹奏起的角声燃起了诗人昂扬的激情，虽然"关山走万重"而为国安边的理想仍在，"边隅不改旧心胸"；自己的人生拒绝"腷臆思乡泪"，宁愿在保边卫国中落得一身"创瘢血战躯"。朦胧中好似已经置身军伍，"镞发技能操中鸪，火攻响捷演连珠"，技艺超群，可惜醒来后只看到自己颓落一身，"淬厉频看古剑纹"，空余壮志。然而任时光流落，不变的是"江潮华夏自东流"，是如同自然般永恒的家国情怀。诗中虽有境遇寥落、壮志难酬的郁愤，然其主导的力量是蔑视艰难、勇于战斗的激情，是在不断自我激励当中树立的自豪、自尊、自强的精神,饱含了忘我的精神和英雄气概,表现出强烈的爱国情操。

在长期的和平年代中,满族贵族逐渐受到以农业为主的汉文化的不断熏陶,其借以打天下的长技——骑射本领却日见荒疏,这使统治者产生了极大的危机感。因此,"以弓矢定天下"[①]的清代皇帝不断强调"骑射"为满族之根本,强调不可"废武","骑射"必强。[②]乾隆帝曾发上谕"骑射国语乃满洲之根本,旗人之要务"。嘉庆帝强调:"国语勤习,骑射必强。"道光帝亦说:"国语骑射乃满洲根本,人所应晓。"[③]统治者还不断亲身实践,以导风气,康熙朝或"猎于边墙,或田于塞外,几无虚岁"[④]。乾隆朝更是每岁于木兰围场举行规模浩大的围狩活动。围猎不仅保存了以渔猎为核心的满族民族特征,维系其文化传承,且在为清王朝培养训练有素、能征善战的军事力量方面功不可没。

围猎方式在西域存在已久,新疆裕民县巴尔达库尔山岩画、阿尔泰山富蕴县唐巴拉塔斯洞窟岩画、伊犁州克孜勒塔斯沟岩画等,均生动呈现了先秦时期当地居民围猎的场景。西域各民族虽"逐水草而居",多从事畜牧业生产,但同时也"少五谷,多禽兽,以射猎为事"[⑤]。围猎作为重要的狩猎方式之一,又是讲习武事、训练战技的有效手段。《汉书·匈奴传》记载匈奴具有"利则进,不利则退,不羞遁

---

① (清)昭梿:《啸亭杂录》卷一,北京:中华书局1984年版,第15页。
② 《清圣祖实录》卷一〇二,北京:中华书局1985年影印本,第32页上。
③ (清)长善等纂,马协弟、陆玉华点校注释:《驻粤八旗志》卷首《敕谕》,沈阳:辽宁大学出版社1992年版,第13、25、29页。
④ (清)阿桂等:《满洲源流考》卷一六《国俗一》,沈阳:辽宁民族出版社1988年版,第309页。
⑤ (南朝宋)范晔撰,(唐)李贤等注:《后汉书》卷八七,北京:中华书局1982年版,第2875页。

走。……善为诱兵以包敌"①,极具机动性的战术素养,即与他们常联合围猎有关。清政府在平定准噶尔和大小和卓之乱,处理与周边各藩属国的关系时,深刻体会到"新疆重地,武备最为紧要"②,极为重视新疆驻军的军事训练,"虽驻防之八旗满洲、蒙古以及锡伯、索伦、察哈尔、厄鲁特等营,并屯镇绿营官兵皆国家劲旅,操演务臻成熟,纪律端贵严明"③。其除规定了日常操练之外,各城大臣以行围打猎的方式进行军事演习,以乌鲁木齐为例:"每年孟秋大猎,都统及领队分年往奏勋功项。选精壮兵三四百名,军装悉具,于南山一带禽兽多处游猎。猎毕往马厂点验,八旗官马葴事奏闻。"④围猎期间,等级森布,纪律严明:"兵帐环拱为城,分四门,旌旆云飘,剑刀霜列,令严气肃,人马无声,唯听山响泉奔,刁斗徐动而已。"⑤"猎火狼山雪打围,搜苗万里畅皇威。"(徐步云《新疆纪胜诗》)围猎既是军事力量的展示,又是一种实战训练,在维护清朝统一、反对分裂、保卫边疆、抗击外侮的系列战争中发挥了巨大的作用。

乾隆朝谪戍新疆的蒋业晋曾从乌鲁木齐都统明亮围猎南山,有《从将军围猎南山口归纪其事》:

> 北庭之北南山长,山围左右皆降羌。其俗剽悍错杂处,非示杀伐多披猖。圣朝拓地二万里,酋长率服俱来王。控弦士马半耕凿,戊己校尉停边防。寓兵于畋作军政,春蒐秋狝威遐荒。将

---

① (汉)班固撰,(唐)颜师古注:《汉书》卷九四,北京:中华书局1972年版,第3743—3753页。
② (清)松筠修,(清)汪廷楷、(清)祁韵士撰:《西陲总统事略》卷七,北京:中国书店2010年版,第106页。
③ (清)松筠修,(清)汪廷楷、(清)祁韵士撰:《西陲总统事略》卷六,北京:中国书店2010年版,第88页。
④ (清)史善长:《轮台杂记》卷上,《味根山房诗钞》,清光绪间刻本。
⑤ (清)史善长:《轮台杂记》卷上,《味根山房诗钞》,清光绪间刻本。

军昨岁除天狼，简命秉钺来堂堂。充国之谋定远略，揆文奋武昭
龙骧。轮台九月气肃杀，乘时出猎山之岗。八旗军士共结束，帜
分赤白青玄黄。步伐止齐听使令，或应翼布或箕张。雕弓入手
鸣霹雳，骄马脱辔驰风樯。元戎腰横大羽箭，挽强作气吞黄獐。
耳后生风鼻出火，穿林跳涧捕逃亡。翩翩公子锦衣郎，人马俊逸
不可当。蕃回健儿铁裲裆，呼鹰放犬争趋跄。射麛丽龟取狐貉，
恍同效颦提壶浆。合围阴山山欲动，远近震慑军威扬。队中不
整即鞭责，几经申令逾三章。国家习武本教战，尔辈何得干戎
行。鲰生此日欣寓目，骖乘还许同翱翔。登俎登器有典制，选时
选地宜周详。《长杨》赋猎夙昔志，空山驻马殊彷徨。将军罢围
归虎帐，雄心对酒慨以慷。为言此地礼废久，须教有勇还知方。
风霜敢惜边境苦，兵甲自耀天庭光。夜深寒气入帷幄，起视山月
烟苍苍。

蒋业晋"出入塞草边风、金戈铁马间，宜其诗之感激豪宕、气吞五
岳"[1]。亲历围猎，对诗人来说亦是不寻常的经历。是时清政府已参照
汉赵充国屯田实边的政策寓兵于农，然边防形势不容放松，此诗不仅
宣明围猎之作用：威慑敌人、整肃军纪、演练骑射、鼓舞军心，且以礼
法约束围猎行动。诗情热烈，诗思严整，最后以边境将士不畏风霜之
苦作结，将报国豪情引向深远处。

嘉庆时期史善长《随余山侍郎南山打围》也记载了其追随乌鲁
木齐领队大臣多庆观看南山打围的场景：

将军入阵旌旗变，鼓盖随身皂纛殿。特教搜狝重春秋，为怕
时平不及战。画角齐吹八队行，南山百里亚夫营。弓开未许狐

---

① （清）袁枚：《立厓诗钞·题辞》，（清）蒋业晋：《立厓诗钞》，清嘉庆间刻本，第2页。

狸窜,炮响先教虎豹惊。来朝红日照平沙,令出军门静不哗。斑鹿横拖饥作馔,黄羊生刺渴充茶。围合风云迷八变,旗动网罗开一面。犬驯雕饱鼓销声,洒血飞毛满遥甸。齐接弓刀甲帐尊,宽分壁垒阵云屯。传觞重进麒麟炙,缓带都忘面目皴。笑我南冠耕笔砚,生风出火何曾见。雕鞍扶上莫言孱,燕然勒就才知健。

这首诗以俯视的角度全面书写打围时的队列之齐整、围猎时场面之紧张激烈以及获得猎物后的欣喜。汪廷楷《甲子九月将军行围殪熊获鹿赋诗志胜》则写到了围猎者武功的高强、围场上竞争的激烈,以及尚武精神与德化统治对和平安定社会氛围的双重作用:

> 秋日晴开校猎场,欣看田获异寻常。云飞铁骑齐争胜,电掣雕弓尽挽强。射鹿人来风共劲,搏熊手到雾难藏。德威远播皆驯伏,快见山林亦效祥。

西域诗中对围猎的描写是全方位的,除整体性的描写之外,还聚焦在某一点或某一时刻,如"虬髯猿臂发萧骚,矍铄人骑猎马骄。霹雳弦声风入疾,围场喝彩落双雕(老兵张杰善射声)"(舒其绍《同人游苃苃台即事八首》其四),则以点带面,以一位老兵张杰年龄虽老而精神矍铄,射猎技术的高超来衬托边防将士战斗力之强;"肄午疆场重合围,角弓风劲令旗挥。三千组练如云锦,远向狼山射猎归"(祁韵士《围场》),以围猎归来的特定时刻,写围猎将士纪律严明、军容齐整、队伍浩荡的宏壮场面。

　　与唐代边塞诗杀伐征战相比,清代西域诗中报效国家、建功立业的豪宕意气化作围场上弓马骑射的技艺炫示,化作对野物的追逐射猎,是清代西域诗对于爱国题材作品审美对象的重要开拓,表达方式虽异而激情仍在,同样是在力与勇的呈现中展示其爱国思想,基调乐观高亢,意境浑雄壮美,具有独特的审美价值。

二、和平歌颂背后的文化心理

满族虽为边疆少数民族,但入主中原后在很大程度上继承了传统的大一统观念,淡化华夷之辨的消极影响,对边疆少数民族恩威并施,采用"德足绥怀,威足临制"[①]的柔远政策。同时注重"因俗而治","修其教不易其俗,齐其政不易其宜"[②],尊重少数民族风俗习惯及语言文字,不参与少数民族内部事务。这种政策在一定时期维护了边疆的稳定。乾隆中期以后的百余年里,除南疆地区某些地域受和卓后裔的侵扰而发生的几次动乱外,直到19世纪60年代,西域地区一直保持了比较稳定的局面,各民族间族际关系稳固。正如纪昀所说"古来声教不及"之地,已成为"耕凿弦诵之乡,歌舞游冶之地",以武功立业的雄心已然退居其次,"思报国恩,唯有文章",因此多慷慨悲歌的西域诗歌,到这时出现了许多歌颂吟咏承平安定生活的内容。在"一统之极盛"[③]的时代,许多诗人歌咏太平,将所见所感形诸文字,一为宣传清政府西域统治政策的成功,二来昭示帝王的无限功德与圣明,这成了他们报国的最佳方式。

战争的停止使西域重回祥和安宁的社会局面。在诗人们看来,清王朝的有效统治使西域能够获得如此安乐的生活环境,诗人们用诗歌反映居民生活的富足:"稻草高于屋,泥垣白板扉。鸡豚过社少,牛马入秋肥。"(史善长《三台道上》)或者表现人们精神的和乐自

---

① 《清高宗实录》卷二九一,乾隆十二年三月丁卯,北京:中华书局1985年版,第786页。
② （汉）郑玄注,（唐）孔颖达疏:《礼记正义》,《十三经注疏》阮元校刻本,北京:中华书局1980年版,第1321页。
③ 周轩、修仲一编注:《纪晓岚新疆诗文》,乌鲁木齐:新疆大学出版社2006年版,第1页。

在:"花多低舞蝶,树密乱鸣禽。边吹秦中调(兵皆陕甘人),夷歌濮上音(男女歌舞曰喂嘬,皆滛奔之词)。"(景廉《乌什自志四首》其三)或者表现少数民族的安居乐业:"草莱弥漫麦苗匀,菜圃田畦入望新。柳荫垂街青漠漠,渠流绕郭碧粼粼。居民不改天方俗,丰乐无殊内地人。更向番王城畔过,林溪明媚景常春。"(祁韵士《抵哈密》)或表现生活环境的幽静安谧:"几处回庄隔短藩,深山始信有桃源。两行弱柳迎幽客,一带清溪抱碧园。流水纵横频欲枕,野花寂寞总无言。浓阴夏日欣游此,车马由他世外喧。"(色桐岩《艾底尔回庄》)恬静、富足、安乐的田园风景寥寥数笔勾勒而出,富足的社会景象是清朝收复西陲、平定叛乱带来的成果。

在对西域缺乏了解的人们的想象中,即使是在国家统一之后,西域也始终是野蛮而动荡的。这种认识本身包含着对西域深刻的偏见,因此,亲历西域的诗人用诗歌反映国家一统之后和平安乐的西域景象时,其抒写常常试图摆脱往昔边塞诗将西域意象化、符号化的既有程式,以富于具象的、生活化、个性化的场景来拉近诗人与读者间的距离,使人获得阅读上的亲近感。如蒋业晋《和将军听琴原韵》:

> 八风协应不扬沙,玉帐援琴静塞笳。洞壑泉声来月窟,间关莺语感天涯。和平一变军中乐,缥缈疑回海上槎。春度玉门人解愠,龙庭从此咏飞花。

蒋业晋此诗可以说在刻意颠覆人们对西域符号化认识的偏见,通过对传统西域边塞诗常用意象的反拨,来重塑西域形象:沙尘飞扬,笳声凄厉,本是西域作为异域在边塞诗中的符号化形象。而此诗中,八面来风柔和顺心,琴声悠扬,仿佛来自天上的泉声与莺语感动了天涯游子;军歌的铿锵声调一变而为和平之响,若有若无如同泛舟海上般悠游自在。边塞征人不再为春风不度玉门关而郁闷懊恼,塞外龙庭如今飞花似锦。如江南一般温暖如春。虽然作为应和诗,此诗在艺术表达上略显生硬,但站在西域的视角来体察西域的尝试是十分可贵的。

　　一些诗人的这类诗歌完全摆脱了传统西域边塞诗的意象,以写实的手法描绘西域,完全消弭了西域诗特定的边塞异域身份,读来"风土有如内地人"。取象毫无符号化的痕迹,也无刻意追求新奇,边疆不再是神奇的土地,而是与内地任何一个自然区域一样,人们在这里过着平常而安乐的生活,如颜检《奇台晓发》二首:

　　　　日昨来斯境,烟村入望新。豆麻征土沃,鸡黍识民淳。牛背牧童稳,岭头山树匀。行人重留恋,去矣复逡巡。(其一)

　　　　征衣沾晓露,客路喜春温。近郊平田润,遥山薄雾昏。驱羊来草地,卧犬护篱门。欲订重来约,鸿泥笑爪痕。(其二)

这种书写方式使人"无复凄凉塞上怀",甚至"此心忘却在天涯"(颜检《四月三日自绥定城起程》)。地域性色彩的消减,也许会对诗歌的流传带来一定的消极影响,但却反映了诗人在内心深处对于西域在文化上的认同意识,拉近了西域与内地的距离。

　　虽然在政治理论上,封建时代的帝王均期望以"德"化天下,但西域的一统毕竟离不开战争状态下的武力征服。因此,西域诗人在颂扬西域和平安定的同时,很难抹去战争的阴影;同时历史上不同民族间长期的摩擦,深刻地烙印在诗人的意识之中,以至于在表达上往往采取两相对举的方式,以昔日战争的残酷映照今日和平的不易:

　　　　当年蛮触阵云昏,此地曾经蚁穴屯。佛于业缘枭獍出,羯奴煽祸虎狼尊。王师一战销金甲,天宇重开拓玉门。旧是伏尸漂杵地,秋来报赛谶鸡豚。(方希孟《九日红山嘴登高五首》其三)

墩栅层堆老树柴,壁间熊虎杂弓靫。平安烽火今无用,野戍犹看历历排。(祁韵士《柴墩》)

亘古穷荒一旦开,如麻白骨乱峰堆。河鱼万里流腥血,石炭千年化劫灰。雪为人繁潜作雨,天因地辟渐行雷。于今羁客栖迟处,五色山花烂漫栽。(陈寅《伊犁漫兴》)

清政府在收复西域之后,采取一系列措施来加强对西域的统治。赵钧彤《乌鲁木齐二十四韵(即迪化州满汉分两城驻都统及绿营提督管屯田)》即以五言排律的诗歌形式,描绘了平定准噶尔叛乱后,清政府在乌鲁木齐采取的统治政策:

逆虏(谓达瓦齐)降幡竖,穷荒列障清。妖氛宛巢穴,天意罢镵枪。东阻松塘迥,南开雪岭横。连峰森万笏,一水锁双城。旌旃元戎府,风云上将营。崇墉三百雉,都护五千兵。沦谪纷冠盖,偏裨灿毂缨。幕中趋沈宋,帐下宿韩彭。夹巷门檐比,堆廛货贿盈。尘飞宛马过,霜落塞驼鸣。户籍编丁甲,仓箱给癸庚。节侯班定远,屯帅赵营平。村堡频衔吏,犁锄或戍黥。烧原驱兔鹿,猪泞泛鸡鹍。直以农藏战,还教织助耕。毡裘争贸布,麰麰尽炊粳。物产兼盐铁,人文变鼓钲。宫墙光绝域,弦诵备诸生。永使烽烟息,终期德化成。郡州增旧志,谣俗慰长征。客路春方暖,邮亭夜不惊。牛羊俱贱价,豺虎竟空名。羁恨抛乡井,残生托圣明。伊江闻似此,放胆更西行。

在简单回顾平定准噶尔叛乱的历史与乌鲁木齐的地理位置之后,诗歌写到了对这里的军事掌控:城分满汉,乌鲁木齐都统治下军队勇猛,人才济济。城中贸易繁荣,货物充足。对居民实行户籍管理。当政者倡导屯垦戍边,"以农藏战"。受汉族影响,游牧民族的饮食习惯发生了变化，常以大米为食。进行德化教育的虎峰书院，也传来了朗朗的读书声。"永使烽烟息，终期德化成"，道德的化育才是和平的真正保证。而德化的第一步是依法治理、依法行事。清政府依靠法律治理边疆，不但颁布了直接面对少数民族的律法《理藩院则例》，针对天山南路的特殊情况，还专门颁布《回疆则例》。当然，在赵钧彤看来，只有儒家倡导的文教德化思想散布开来，实现了文化融合，才意味着真正和平时期的到来。在清朝的治理下，西域全境一片祥和，社会安全稳定，人们可以放心地生活和旅行。宣统元年（1909），曾追随金顺将军平定阿古柏入侵的方希孟，以71岁的古稀之年再次入疆，面对与内地截然不同的西域乡村图景，发出"莫嫌异俗非淳古，树里团圞即大蒙"（方希孟《二铺》）的感慨，显示了他们文化心理的包容性。然而就大多数诗人来说，边疆少数民族所信奉的宗教，因其与儒家道德有异而很难归入"淳古"的行列，化育是必须完成的环节。李銮宣《轮台即目》四首其一，一面强调"辟雍钟鼓开荒服"，中原礼乐文明进入西域，开化这荒远野蛮之区；一面是"苜蓿葡萄陋汉家"，西域物产传入内地，丰富了内地的物质生活。而在其二中更是直接地表示，"尧天处处是阳春"，认定在儒家声文教化浸染下的轮台，其天已变化为"尧天"，因而能"处处是阳春"。这里强调的文化交融是缺乏对等地位的，深刻显示了中原中心的文化优越感。

任职天山南路的毓奇，对思想文化的融合感慨更为深刻，他一再感叹西域的统一，使儒家思想再次传播，文化的融合带来社会的稳定与和平："岂仅回城群授首，垂杨向化尽朝天。"（《自铁烈克卡伦至察木伦军台即事感怀四首》其三）"德威万里临荒服，感畏千年息甲兵。"（《自玉都巴什至伊勒固楚道中漫题》）"九重威德颁荒僻，万里农桑入版图。"（《至英吉沙尔即事述怀》）王曾翼也曾吟唱："到此忘殊域,纷看迓使轺。褰帷宣圣德,问俗采欢谣。"(《库车》)西域重归版图,打破了延续几百年的思想文化壁垒,和合生一:"闾阎风宣万里疆,专城抚驭镇天方。"(祁韵士《乌什》)"时会奇绩出,民安礼教通。圣恩汪灭处,并入稻畦风。"(舒其绍《疏勒河》)"承平士忆炊刁斗,向化羌知戴突何(西域呼帽为突何,见《南史》)。"(陈庭学《次韵元戎野望一首》)"乌孙接壤分宣治,突厥遗疆众向风。圣化无垠重勋旧,军牙恬谧懋旃功。"(陈庭学《寄呈塔尔巴哈台永参赞》)"月色平分关内外,山形全抱汉边疆。而今荒服咸归顺,屏翰何须万里墙。"(严金清《途中感怀》)"但纵万牛羊,鞭策相尔汝。十年足生计,自以礼义辅。"(施补华《纪行十四首》其十三)"几千年前孔子就发明了这样的公式……不论是一群人或一个人,只要愿意说中国话,穿中国衣服,采用中国人耕种方法,他们就被视为中国人而不受歧视,这看来已成为一个通例。"①在他们看来,军事的威慑并不能确保一统局面的稳定,只有使边疆少数民族接受华夏的礼仪,接受华夏的服饰与语言,使他们成为"德化"之民,才是和平安定的长久保障。我们可以看到清代西域诗人在表达对西域和平景象赞美时,常常会提到"向化""圣化""礼教""德威"等词语,表明诗人对"中华一家"的文化认同的期待。正如王柯在《民族与国家:中国多民族统一国家思想的系谱》中说:"事实告诉我们,中国最初的民族思想,注重的既不是人种,也不是地域,而是以生活方式、生产方式及以此为基础形成的行动方式、价值观念为代表的文明方式,先秦时代的中国人认识的民族共同体,实际上是一种文明共同体。"②清代西域诗的许多篇章显

① [美]拉铁摩尔夫妇著,陈芳芝等译:《中国简明史》,北京:商务印书馆1962年版,第19页。
② 王柯著,冯谊光译:《民族与国家:中国多民族统一国家思想的系谱》,北京:中国社会科学出版社2001年版,第54页。

示,清人也已经清楚地认识到,西域的稳定固然要基于强大的政治、军事力量,但文化认同的力量更无可取代,只有在文化认同基础上形成的稳定,才是最基本的、更深层次的稳定,在当时,这种认识无疑是有积极意义的。但可惜的是,清王朝得意于"一统之盛""中外一家"的成果,在统治措施上坚持民族隔离政策,虽然在经济上给予了西域尤其是天山南路回疆许多优惠,但却忽视了文化融合的重要性,为后来张格尔等分裂势力的入侵埋下了隐患。

第三节　隐含着家国精神的屯垦与戍边之作

屯田在中国边疆统治史上由来已久,因其"内有亡费之利,外有守御之备"①而被认为是治理边疆的"千古良策"。其策肇始于西汉而历代沿用不绝,然就屯田的规模之大、时间之长、影响之深而言,莫过于清代。清自康熙朝对准噶尔用兵之际,即深受粮食转运之困扰。康熙"亲历行间,塞外情形,知之甚悉。自古以来,所谓难以用兵者是也。其地不毛,间或无水,至瀚海等沙碛地方,运粮尤苦,而雨水之际,樵爨颇难,区曲不周,岂可妄动"②。现实困境迫使康熙帝采用西北屯田的政策,在清准对峙的前方驻军屯田,建立巩固的军事经济基地。这一措施自康熙五十四年始直至宣统三年辛亥革命爆发为止,与清廷在西域的统治相始终。其间的一百多年里,屯垦不再仅仅具有军事意义与经济意义,且在某种程度上说,还具有一定的文化意

---

① （汉）班固撰,（唐）颜师古注:《汉书》卷六九,北京:中华书局1962年版,第2989页。

② 《清圣祖实录》卷一八〇,康熙三十六年二月癸巳,北京:中华书局1985年版,第11页。

义。因为它促进了区域内外民族的迁徙流动,形成了西域新的民族分布与共存格局,推动了民族间经济、文化的交流与共融,为西域稳定与经济开发作出了重大贡献。因此,与普通农业生产活动相比,屯垦是一种独特的农耕文化类型,西域诗中对屯垦的书写也具有了不同的意义,它既是对农事劳动的歌唱,同时也是对戍守边疆稳定边疆国策的歌颂。清代西域诗中出现了大量的屯垦戍边诗,仅以星汉、王瀚林选注《历代西域屯垦戍边诗词选注》清代部分为例,即有41位诗人241首,其作者自雍正朝至宣统时期,几近覆盖清政府西域屯田政策实施之始终。这类屯垦戍边诗,因其历史背景的特殊性而难以视其为普通的农事诗,与传统的田园诗相比,更有显著的不同,呈现了特定的时代与地域特色。

一、以"农事诗"面貌呈现的屯垦戍边诗

"农事"是中国诗歌领域的传统书写题材,在最早的诗歌总集《诗经》中即已出现。朱熹在《诗集传》中称:"凡为农事而作者,皆可冠以豳号。"[①]郭沫若率先使用"农事诗"一词,也有人将之称为"农业诗"(张西堂《诗经六论》)或者"农歌"(郑振铎《插图本中国文学史》)。称谓虽略有不同,但都是指以农业为主要题材或直接与农业相关的诗歌。距今4 000多年前,西域地区已经有农业生产,但主要集中于南疆地区,北疆由于长期为游牧民族聚居地,农业发展较为迟缓。汉代在伊犁河谷赤谷城屯田,为当地农业生产带来强劲的动力。但由于中原政权对西域的统治并不连续,最终形成"北牧南农"的状态。清政府决定屯田西域,前半期主要地点就定在北疆。受"春风不度玉门关"观念的影响,内地对于西域的认识停留于"逐

---

① (宋)朱熹集注:《诗集传》卷八,上海:上海古籍出版社1980年版,第97页。

水草而居"的游牧时代,对其农业发展一向缺乏了解。清政府一些官员奉职来到西域,如任迪化同知的国梁,任乌什办事大臣的毓奇,以及先后任哈密帮办大臣、古城领队大臣、叶尔羌办事大臣的成书,其职责均与屯田密切相关。也有一些幕僚或流人,或出于抒情之需要,或感于西域农业独特的地域条件,或出于记录西域独特经历而笔涉农事。因此,这些屯垦戍边诗首先具有农事诗的纪实性特点。其内容涉及西域农业生产的各个方面,从屯垦制度到农业生产条件、过程,从收获粮食的调运到农业生产的种类,从劳动者的身份到日常劳动生活等都被纳入屯垦戍边诗的表现范畴。如表现屯垦管理制度的就有国梁《之仓房沟丈地》《宣仁墩丈地口占》。纪昀也在《典制十一首》中,以诗歌的形式记录了兵屯携眷、土地分配、屯户管理等制度。如《典制》(其十):

> 户籍题名五种分,虽然同住不同群。就中多赖乡三老,雀鼠时时与解纷。

其诗下小注云:乌鲁木齐之民凡五种:由内地募往耕种及自塞外认垦者,谓之民户;因行贾而认垦者,谓之商户;由军士子弟认垦者,谓之兵户;原拟边外为民者,谓之安插户;发往种地为奴当差,年满为民者,谓之遣户。各以户头乡约统之,官衙有事,亦多问之户头乡约,故充是役者,事权颇重。又有所谓园户者,租官地以种瓜菜,每亩纳银一钱,时来时去,不在户籍之数也。[①]

此诗吟咏屯户管理制度,五种户籍虽管理不同,但处于杂居状态,可见当时不同身份、不同民族间由于屯田政策的施行产生的交往

---

① 周轩、修仲一编注:《纪晓岚新疆诗文》,乌鲁木齐:新疆大学出版社2006年版,第35页。

与交流状态。

新疆农业生产的独有特性,也是诗人们乐于吟咏的内容。如"其田浇水辄涸,如漏卮然"的"漏沙田"(纪昀《风土二十四首》其十二);不懂得用锄头,野草只用手拔的"辛勤十指捋烟芜,带月何曾解荷锄"(纪昀《民俗三十八》其二十一);田野广阔,因而从不粪田,靠轮作休养地力的"界画棋枰绿几层,一年一度换新塍。风流都似林和靖,担粪从来谢不能"(纪昀《民俗三十八》其二十);以雪水灌溉"倾浪泻玉皆膏雪,引得云浆到处通"(杨廷理《三台晓行》)等。屯田彻底解决了西域缺粮的问题,导致粮价下跌,如纪昀写收获情况的《民俗三十八首》(其六):

> 客作登场打麦劳,左携饼饵右松醪。雇钱斗价烦筹计,一笑山丹蔡掾曹。

诗以幽默的笔调揶揄印房小吏一面以吃喝招待雇来收割的麦客,一面烦恼雇工费用的做法。然诗下小序对具体情况的解释又使人转而同情这个蔡掾曹:

> 打麦必需客作,客作太多则麦价至不能偿工价。印房蔡掾种麦,估值三十金,客作乃需三十五金,旁皇无策。余曰:"不如以五金遣之,省此一事。"众为绝倒。

此诗选取一个小人物生活的瞬间,在使人会心一笑的同时,意识到当时西域劳动力之短缺以及粮价之低廉,可与"谁知十斛新收麦,才换青蚨两贯钱"互为旁证。此诗既避免了刻板枯燥的弊病,又为了解乾隆时期西域经济发展状况提供了一个鲜活的实例。这样的手法,是纪昀有意为之的。他虽因罪被遣,然"尝叨预圣明之著作",在翰林院参与过国史的编修,这段经历培养了他的史学意识,要抓住难得的机遇,记录自己在西域的所见所闻,所谓"今亲履边塞,纂缀见闻,将欲俾寰海内外咸知圣天子威德至隆,开辟绝徼,龙沙葱雪,古来声教不及者,今已为耕凿弦诵之乡,歌舞游冶之地"[①]。由此可见,在亲历西域归于一统,经济发展,文化进步之际,纪昀更感自豪,于是要用诗史的如椽巨笔,歌颂、赞美西域,宣传西域。

屯垦戍边诗还笔涉屯户的日常生活,如写屯户居住环境,遣户是"鳞鳞小屋似蜂衙,都是新屯遣户家"(纪昀《民俗三十八首》其十六);兵屯是"四十里井间,只有十家住","耕余了无事,间或插桑苎。遂令半里间,夹屋无杂树"(洪亮吉《四十里井汛》);回屯是"乱山去无际,砂砾为平川。渺然见村落,孤迥殊可怜。屯众三五家,茅栋八九椽。门前有老树,屋傍有流泉"(成书《回庄子》)。还有描绘收成转输情景的"玉粒连艘供络绎"(陈庭学《次韵元戎野望一首》)、"荷戈人起初张幕,运粟舟停未挂帆"(陈庭学《春晓闻角有感十首》)、"车载粮多未易行,六千回户岁收成。造舟运入仓箱满,大漠初闻欸乃声"(庄肇奎《伊犁纪事二十首》)、"转粟连镳集,巡边逐对过"(杨廷理《野望》)等。

对于屯田举措在边疆建设中的功绩,屯垦戍边诗中也给予了高度的评价。首先解决了西域驻防军的粮食问题,避免了长途运输的损耗,稳定了军心:"从此轮台置田卒,何劳日调万黄金。"(邓廷桢《回疆凯歌十首》其一)其次,解决了内地人口的生计,缩小了西域与内地的差异:"迁户稠边县,行骖利坦途。关河限中外,风土未全殊。"(陈庭学《昌吉县》)带来了边疆的和平:"牛羊看遍野,民气乐升平。"(祁韵士《即目》)

---

① 周轩、修仲一编注:《纪晓岚新疆诗文》,乌鲁木齐:新疆大学出版社2006年版,第1页。

　　屯垦对当时的内地人来说尚属新鲜事物,若非详细交代则令读者不知所云。且屯垦戍边诗多为缘事而发,故与西域诗中其他题材相比,这类作品更具纪实性特点,涵容着丰富的历史信息。就诗歌创作规律而言,其以抒情为主,讲究意象凝练,内蕴丰富,含蓄蕴藉,难以在有限的篇幅中充分说明创作背景、表明创作意图。为弥补纪实性不足的问题,诗人借鉴了古代诗歌常用的手法,"以诗句表达由事件所引发的情感,以长题、小序、加注来记录事件的缘由、经过和细节。这样,诗与长题、序文、注释相互补充、生发,共同完成抒情、叙事的功能,凸显诗歌的纪实性特征"[①]。以纪昀为例,其《乌鲁木齐杂诗》中《风土》二十四首、《典制》十一首、《民俗》三十八首、《物产》六十七首、《游览》十七首、《神异》五首。每首诗尾均有诗注,或陈述情况,或解释说明,或交代背景,或以数字说话,均以此来帮助理解,无一例外。可见这种形式是诗人刻意为之,既加强诗歌的纪实性色彩,又能满足读者的阅读期待。

　　曾任迪化州知州,在西域屯垦中极有贡献的成瑞,则惯用长题来交代背景。其五言排律"壤接轮台近",记其在开凿伊拉里河,督办开垦荒地事宜,诗题共76字,交代了开渠事由、人物、经过及成效。另两首五律诗总题也达104字,均超过正文字数。其次,他还以夹注的形式帮助读者理解,如"欢生西蒙部"句下注曰:"蒙音猛。吐尔扈特、和硕特两蒙古部落,为喀喇沙尔(焉耆)所辖,在吐鲁番之西,以阿拉浑山口为界。伊拉里开凿河渠,引水灌地,与蒙部游牧并不相妨。"解释了西蒙的两个部落辖区及驻地,拓展了诗歌的认识价值。

---

① 刘坎龙:《清代西域屯垦戍边诗的纪实性手法》,《西域研究》2013年第1期,第98页。

　　诗歌内容的特殊性要求创作主体能自觉运用诗歌的各项艺术功能来达到自己的创作目的,清代王夫之云:"诗有叙事叙语者,较史尤不易,史才固以隐括生色,而从实著笔自易;诗则即事生情,即语绘状,一用史法,则相感不在永言和声之中,诗道废矣。"①史重叙事,诗长抒情,以诗而为史,必然会面对难以感人之结果。而长题、诗序、小注则与诗句相互生发,既实现了干预现实的目的,又获得了感人的艺术效果,可谓一举两得。

二、农战对举的屯垦戍边诗

　　屯垦这种方式被认为是历代治边政策中最具远见与成效的创举之一,它不但发展了西域的农业,益济民生,还解决了驻军给养,同时带来了社会的安定与经济的繁荣。屯垦常与戍边相连,是一种采用的寓兵于农、兵农合一的方式,来达到以劳养武、劳武结合目的的军政制度和经济制度。与普通农事生产相比,屯垦最大的特色在于其以戍边为目的而体现的政治与军事意义。因此,与普通农事诗相比,这类诗歌在对物象的审美选择与艺术表现上必然有所区别,它所选取的,不只是普通农村生活中常见的自然物象,而是会刻意纳入了富于边塞特点的地名、军事设施、武器等军事物象等。然而从具体的创作情形来看,大多数屯垦诗取象的范围与农事诗很接近,如天光、秋草、烟村、蛰虫、粟、鸭、鸡、豚、溪、树、桃李、驼刺、兔条、菜畦、春畴、陇、麦、稻、豆麻、黍等。这类诗歌其地域色彩与边疆风格均不明显,创作者的主观情志更接近于田园诗的范畴。兹举几例为证:

　　　　已是车师境,刚逢春日佳。村环分远近,树密妥安排。过

---

① (清)王夫之评选:《古诗评选》卷四,北京:文化艺术出版社1997年版,第145—146页。

陇人驱犊，交衢屋贮柴。夕阳斜未落，不断鸟喈喈。(颜检《奇台县》)

边县城东路，青葱遍土膏。腰镰新麦获，戴笠旧农劳。野水涵粳稻，溪风香艾蒿。犊归斜日晚，鸟去片云高。旅迹投孤堡，尘襟付浊醪。轻阴幂残夜，数点雨萧骚。(陈庭学《图古里》)

荷锸开畦四月天，不须好雨润芳田。真阳融尽阴山雪，顷刻飞来百道泉。(成书《伊吾绝句三十首》其三)

这类诗章，若掩去诗人特地点明的地名，如"车师""边县""阴山"，很容易被误认为吟咏内地风景的田园诗。因为它具备农事诗常用的自然物象，如"稻秧""鸡豚""荷锄""新麦""艾蒿""荷锸""芳田"等，在审美情趣上似乎与农事诗完全相同。但是，一旦注意到诗章所抒写的环境的地理位置，则会明了这类诗歌与农事诗的不同。以陶渊明为代表的古代农事诗的创作，其精神取向是倾向于隐逸的，对中国人思想影响最为深远的儒道释三家均有各自的隐逸理论：道家倡导"以人合天"，禅宗力主"我佛为一"。即使是讲求入世的儒家也有"隐居以求其志"(《论语·季氏》)的观念。以道家为核心，以儒释为补充，士人多少都受到了相关隐逸思想的浸染，使中国人天然具备了回归自然的心理诉求，这是引发隐逸行为的内因。当士人贴近"政统"(封建统治)遭到挫折与失望时，走向隐逸就成为理想的选择。陶渊明更是以诗化的生活方式为后世建构了一个遗落名利、执着操守、自然淳朴的隐士范本。他对于现实政治抱着疏离、怀疑、批判乃至于否定的态度，刻意与主流群体保持距离，但在其获得人格独立与自由的同时，也失去了正向进取的人生力量，农村生活的饮酒、读书、作诗就是他精神的安慰。与人格精神相对应，陶渊明的农事诗对农事书写只是景物的勾勒，是以意造景，并非拘泥于眼前实有，而是寻求与自己心境相合之景，以达到物我相谐、高远入化的境界。而屯垦诗则不同，诗中地名一旦呈现，就已经为之构筑了一个宏大的时空背景，隐晦地显示了历史上发生于此的杀伐征战，历史人物保卫家国的英雄业绩，无不喻示着其精神诉求必然是"为君、为臣、为民、为物"（白居易《新乐府序》）的。其精神内涵与农事诗大相径庭，农事的外壳下，包裹的是对屯垦成果的喜悦、对边境安宁的欣慰，指向的不是个人化的精神境界而是家国功业。

更多的屯垦之作，不是仅以地名来获得对审美情趣的拓展，而是在诗中将农事诗、边塞诗两类诗歌的常用物象交织在一起。屯垦戍边诗中，取象范畴属边塞诗的有兵戈、塞云、交河、古戍、塞原、沙、远徼、木垒、雪峰、轮台、烽燧、弓刀、黄云、大漠、骠骑营、笳、雪岭、刁斗、荷戈、靖远关、战士、天马、赤谷城等。两类物象的交互迭现，使诗歌获得了较前一类屯垦诗更为鲜明的审美趣味上的跨度。乡村生活中平凡、琐碎的自然物象与边塞诗中富于力量的军事物象的组接、转换，使田园所代表的和平、温暖、自由的家园生活体验与边塞的亭障堡戍等所代表的杀伐、苦寒、牺牲的征战生活的对比，给人带来强烈的精神震撼，因而其所表达的家国意识更加突出显豁。如"战士秋风骨，飞鸮夜有声。平戎资庙略，旷野试春耕"（舒其绍《塔尔奇城》），"烽燧全消大漠清，弓刀闲挂只春耕"（纪昀《典制十一首》其一），"苇丛深水黑，麦陇远灯荧。鹭峙堆堆堠，鸡啼落落星"（陈庭学《绥来县二首》其一），"风声连朔漠，晓色辨中原。驼驮双峰直，毡裘万灶屯"（舒其绍《霍尔果斯城》），"牛羊古堠千军幂，禾稻新畴万顷田"（方希孟《西湖》），"三边屏障资形胜，万姓田园赖涧溪"（严金清《和魏午庄方伯博格达山原韵》）……这些诗篇在手法上均为写实。历史上的民族对峙在西域土地上留下了许多的军事设施，许多屯垦区就建在曾经的战场上，曾经的烽燧、古堠如今已废弃无用，矗立在

大片的农田之中,既在提醒人们珍惜和平的生活,同时又在警惕人们防止历史的重演。在这类诗篇中,成书的《塔尔纳沁》可谓代表:

> 乱石卧斜阳,孤城接大荒。秋原认禾黍,低草见牛羊。烟火新屯聚,风云古战场。无由问沿革,独立向苍茫。

塔尔纳沁地处哈密,是清代新疆屯田的东端,成书任哈密办事大臣期间曾多次吟咏这里的屯田功绩。经过几十年的屯垦,这里的自然环境已经发生了巨大的改变,有"小江南"之称。此诗视野开阔,境界苍凉,充满了时空变迁的感慨。诗中运用一些常见的意象:首联以斜阳、大荒、孤城写出人在茫茫时空中的孤独感与渺小感。颔联耕牧对举,点明了诗歌所写的特殊地理环境,"禾黍"一词又牵带出家国感受。颈联农战对举,昔日战场风云变幻,而今已经成为烟火繁盛的屯垦村落,由此诗人衍生出无限的感慨。

　　针对西域的屯垦诗作,已有一些研究。有些学者将之称为农事诗,这种说法是不确切的。屯垦诗中确有一些内容属于农事诗的范畴,但它毕竟与农事诗还是有着显著的区别。它的吟咏范围远比农事诗广泛,屯垦诗也不同于传统的田园诗,因两者审美志趣不同。虽然都写农业劳动,但两者的区别是非常鲜明的。屯垦诗其兴趣在于功业,代表了积极入世的人生精神,屯垦是在边疆建功立业的特殊方式,屯垦诗的创作者对于屯垦都有非常清醒的认识,它是"边防无事,兵尽屯田"(王曾翼《吐鲁番》句下自注),是"筹边即卫华"(成瑞),它与田园诗倡导的远离世俗、洁身自好的兴趣截然有异。田园诗着眼的是一家一户生产的小农经济,其中沉淀着诗人追求精神归宿的家园感,邻里的往来代表了淳朴的民风民俗;屯垦诗则写有组织的多人参加的农业劳动,它是一种国家为巩固一统而采取的强制性经济组织形式,注重的是实际效果。田园诗在感悟自然,养怡性情，是物我交融，躬耕田园只是一种回归方式，因而无妨"草盛豆苗稀"，有放弃社会责任之嫌；屯垦诗则在感悟现实，是跳出个人，着眼国家民族，是家国意识的体现。田园诗重意境，诗化色彩浓郁；而屯垦诗重写实，具有一定的史实价值。从这些意义上来看，屯垦诗中包含的家国情怀自不待言。

清代西域诗继承了汉唐西域诗的家国精神，同时又形成了自身的特点。其不仅以杀伐征战、不畏苦寒的边疆建功立业精神为审美对象，其审美范畴又获得了极大的拓展，具体表现在对于和平时期军队围猎场景的表现、对于和平安定生活的歌颂，以及屯垦诗中蕴含的边疆富足、社会安定的理想愿望，在农事诗的外表下，包蕴着关注家国民生的审美情趣。

西域是清王朝的边疆地带，在其地创作的诗歌天然地带有一定的政治色彩，但意识形态话语的介入并未掩盖这类诗歌的审美特质，虽然在精神的高扬、境界的浪漫等方面，清代西域诗已不足与汉唐匹敌，但诗人将对边疆和平安定生活的真诚而强烈的情感需求化入诗中，同样使诗歌产生了不同寻常的审美感染力。对于边疆屯垦内容的歌唱，是屯垦第一次大规模地走进诗歌创作领域，这是清代西域诗对审美对象的又一大开拓，也是与前代相比，清代西域诗独有的审美趣味的生成。

第四章 "回"、汉、准文化交相融会的民俗呈现

　　"民俗,即民间风俗,指一个国家或民族中广大民众所创造、享用和传承的生活文化。……民俗一旦形成,就成为规范人们的行为、语言和心理的一种基本力量,同时也是民众习得、传承和积累文化创造成果的一种重要方式。"[①] 因而,民俗既是一种物质的实在,是一个地区、一个民族真实的生活方式,也是区别于其他地区、其他民族的显著标志。它是一个民族文化传统中最鲜活的部分,也是传统文化最为复杂、最为厚重的载体。它以集体化、模式化,带有传承性质的样态在民间传布,塑造着每一个民族的习性与品格,孕育着他们的精神与素质,表达着他们对生产与生活的美好愿望。或者说,民俗就是一个民族存在的方式,它形成于生活之中,又反过来以文化意识的形式对生活施以影响,潜移默化地将人们的生活浸润其中,貌似无形,但却强悍有力地规约着人们的行为方式,指导着人们的生存实践,满足着人们的精神需求。

　　作为一种文化现象,民俗文化包罗万象,指涉广泛,具有丰富的内涵和外延,种类多样,内容庞杂。作为一个地域、一个民族的生活

[①] 钟敬文主编:《民俗学概论》,上海:上海文艺出版社1998年版,第1—2页。

方式,从宗教信仰到岁时节日,从伦理制度到婚丧嫁娶,从衣食住行到文艺娱乐等,几乎涉及民众生活的每一个层面。民俗以实践的方式运行,却在很大意义上停留在民族、地域民众的精神层面,最能体现特定地域或民族的真实生活方式和文化形态,反映着这个民族共有的生活情趣与审美价值观。多样的民间习俗事象本身就是具有深厚意味的文化文本,它包蕴着丰富的审美内容,具有重要的审美价值。

自古以来,新疆就是多民族聚居的地方,在其发展的不同历史时期都有包括汉族在内的不同民族人口进出新疆地区,使得新疆各个时期的民族构成有所区别,先秦至秦汉时期,生活在天山南北的有塞人、月氏人、乌孙人、羌人、龟兹人、焉耆人、于阗人、疏勒人、莎车人、楼兰人、车师人,以及匈奴人、汉人;魏晋南北朝时期又有鲜卑、柔然、高车、嚈哒、吐谷浑;隋唐时期的突厥、吐蕃、回纥;宋辽金时期的契丹;元明清时期的蒙古、女真、党项、哈萨克、柯尔克孜、满、锡伯、达斡尔、回、乌孜别克、塔塔尔族等,各民族不同的生产技术、文化观念、风俗习惯丰富了新疆的民俗事象。在漫长的历史发展进程当中,国内其他地区从知识阶层到民众对西域的认知是相当模糊的,直至清王朝一统之后情况才发生了变化。可以说,自张骞凿空西域始,直至清代统一西域前,历史上还从未有哪一个时期像清代那样有如此之多的诗人,如此近距离地观察与抒写西域的民俗风情。用文学写作构筑新鲜的西域民俗事象,向其他地区传达西域各民族的生活方式,使生活在西域地区的人们变得真切而清晰,表现中华一体多元的文化样态。而清以前的西域民俗书写,主要停留于历史典籍之中,常因其过简的用词和干巴的语汇而难以引起阅读兴趣。清代的民俗书写主要采用"竹枝词"或类似竹枝词的组诗形式,形式的短小灵活、明快的风格更便于获得广泛的传播。正是清代西域诗中的风俗民情抒写,逐步去除了人们对西域怪异、野蛮的片面化认识,促进了西域与内地间的文化交流。西域诗人在用诗笔向人们介绍西域各民族生活百态的同时,关注到了西域各民族文化传统与中原的一致性与差异性,有助于民族间的相互理解与融合。其所采用的视角、展示的立场也向我们展示了他们特有的文化心理。因此,对这类诗歌的解读,同时也是一个解读诗人文化心态的过程。

第一节　西域各族民俗的全面展示

为了更好地了解西域,乾隆二十一年(1756),刘统勋等奉旨编纂《西域图志》,至二十六年初稿成形,四十七年增纂完成。以后全疆性通志及各种区域性方志层出不穷,从时间上看,西域地方志的编纂相比于光绪三十年编书局设立后乡土志编纂工作在全国的全面铺开明显要早,究其原因,当主要归因于清政府了解西域尤其是天山南路的迫切性。但即使是《西域图志》这样的由皇帝亲自过问,集全国之人力物力编纂的规模宏大、内容丰赡的地方志,也有由于"幅员所限,言语不通"而"有不能尽稽"[①]者,且在完成之后即束之高阁,秘而不传,一般人难于寓目,并未真正起到传播有关西域知识的作用。此时全国一些有着较高文化修养的诗人因各种机缘来到西域生活和活动,西域特有的物质与文化生活方式引发了他们浓厚的兴趣,为显示个人经历的丰富性,同时也为他人了解西域提供一个有效的途径,他们凭借与史志不同的书写方式和敏锐视角来呈现颇具多元色彩的西

---

① 钟兴麒等校注:《西域图志校注·御制皇舆西域图志序》,乌鲁木齐:新疆人民出版社2002年版,第2页。

域民俗景观,记录了自己的所见所闻所感,为后人研究这一时期西域的社会生活提供了生动可感的资料。

竹枝体是诗人书写西域地方民俗风情最常采用的形式。竹枝词最初为流行于巴东的民歌,唐人刘禹锡最早模仿其形式创作,其作被黄庭坚称誉为"道风俗而不俚"①。这一评价后来被奉为竹枝词至为重要的使命和审美规范,使竹枝词成为极富地域色彩的诗歌形式。清代王士祯更提出竹枝词可以"泛咏风土"的主张,带来竹枝词创作的极盛时期,一时文人学士竞相创作。风气蔓延到西陲,伴随着诗人们亲身的经历,以及乾嘉时期志书编纂的热潮,有着强烈用世倾向的诗人用诗笔记录西域风土,这些作品中保留了丰富的西域各民族的生活史料,不但具有很高的文化史价值,且推动了全国性竹枝词创作风潮的演进。此外,几组冠以杂咏、杂述、杂诗名目的作品,也都以形式短小、内容凝练、风格活泼多样的七言绝句形式出现,记录了丰富多元的西域民俗景观。

对西域民俗风情的抒写,除散见于不同诗人诗集中的零星篇章外,其余大部分集中在竹枝体组诗中。以组诗的形式呈现的西域风俗诗歌,最利于集中地、多层次全方位地展现西域民俗。最早以这种形式来吟咏西域地方民俗风情的是纪昀《乌鲁木齐杂诗》,分为风土、典制、民俗、物产、游鉴、神异六个部分。纪昀曾任礼部尚书、协办大学士,主持篆修《四库全书》,生前位高名重。作为乾嘉时期杰出的学者,他"虽不欲以文词自名而名之播于世者久,故自公之存,而馆阁诗赋、南行杂咏……并为世所传诵"②。《乌鲁木齐杂诗》在纪昀

---

① (宋)黄庭坚:《跋刘梦得竹枝歌》,《山谷题跋》,上海:上海远东出版社1999年版,第37页。

② (清)纪昀:《纪文达公遗集·陈鹤序》,《清代诗文集汇编》第354册,上海:上海古籍出版社2010年版,第1页。

生前即已刊刻行世，其影响力自不待言。其后王曾翼《回疆杂咏》三十首明标为"仿古竹枝之遗意"，其中回疆风土"十有七八"[1]，分别涉及历史、宗教、经济、建筑、婚姻以及日常生活的服饰、饮食、歌舞等。这类诗歌一方面表现西域地方空间的风习，在某种程度上保留了史志中被忽视的信息，在地理学、人类学等研究领域有极高的学术价值；另一方面，它又是文学创作，承载了诗人丰富的自我意识与情感，表现了诗人的心理取向，同类型的诗歌还有庄肇奎《伊犁纪事二十首效竹枝体》20首，曹麟开《塞上竹枝词》30首，以及嘉庆间福庆《异域竹枝词》新疆部分63首，汪廷楷《回城竹枝词》20首，祁韵士《西陲竹枝词》100首，舒其绍《听雪集》卷四《伊江杂咏》89首，成书《伊吾绝句》31首，道光时林则徐《回疆竹枝词》30首，同治时期萧雄《西疆杂述诗》150首等，这类诗歌除艺术价值外，还具有西域诗独特的学术与思想认识价值。

一、西域诗中的维吾尔族民俗风情

历史上的新疆，是一个多民族聚居的区域，维吾尔族是其中的主体民族之一，据《大清会典》载，乾隆二十六年（1761），维吾尔人口为208 390人。据苗普生先生考证，其实际数目应在24万—25万之间[2]。历史上的维吾尔族主要生活在天山南路喀什噶尔、叶尔羌、和阗，这三个地区集中了74%的维吾尔族人口。西域一统后，清政府有意向伊犁、喀喇沙尔迁徙了大批维吾尔族人口。至清末，维吾尔人虽仍多分布于南疆各地，但北疆伊犁、乌鲁木齐也有大批维吾尔人口定居。由于在历史上经历了多次文化变迁与民族演变，尤其受到自宋

---

① （清）王曾翼：《居易堂诗集》，《续修四库全书》第1453册，第442页。
② 参见苗普生：《清代维吾尔族人口考述》，《新疆社会科学》1988年第1期，第73页。

元以来所信奉的伊斯兰教的影响，维吾尔族形成了以伊斯兰文化为主，同时保留多种文化痕迹，具有独立特点的民俗文化。伊斯兰教在清代被称为"回教"，因此维吾尔族也被称为"回子""回人"，因其以白布缠头的宗教习惯，也称"缠头"，以示对回族的称谓"回回"或"汉回"的区别。

几部全疆性地方志对维吾尔族风俗记载都比较简略，如《西域图志》《西陲总统事略》等，相比而言，七十一《西域闻见录》及永贵《回疆志》卷二对回部风俗面貌、年节、衣冠、饮食等皆有较为详细的记载。方志对风俗的记载乃其体例需求，曹麟开在他的《塞上竹枝词》序里，明确表明了宣圣德、采风谣的理论。出于这种目的，竹枝词一类的风土诗有很强的地域纪诗及补史功能，因此，这里诗歌的史家视角极其突出，可称为"纪风型"诗歌，"它以一个观察者的全知视角，对地方上的风土信息进行钩沉和记录"[①]；也有一部分诗歌出于诗人在西域独特的感受和认识，由于所熟知的生活方式与西域少数民族有很大的差异，选择以韵文的书写形式，在记录风俗的同时流露出较强的个人情感，如铁保在《回部》吟咏的："聚族联回部，酣歌乐有余。衣冠同左衽，文字任横书。土屋居无榻，荒田草不锄。问年惟记日，岁月几乘除。……"乾嘉西域风土诗歌可谓这两类诗歌的混用。

一方面，延续千年的中原华夏风土，在儒家思想的笼罩中因书写的频率过高而熟烂化，失去了再次呈现的意义，这时西域表现出的与国内其他地区不同的文化类型，因其新奇性更容易激起作家的创作欲望。但是，要更好地理解西域风土诗的创作，更要把这种创作行为放在"天下一家""统一之盛"的时代语境中。由诗人西域风土诗歌

---

① 叶晔：《竹枝词的名、实问题与中国风土诗歌演进》，《中国社会科学》2014年第11期，第152页。

的呈现方式,不是零星地点缀在诗集中而是以组诗的方式出现可以看出,这不是无意识的碎片化书写,这些风土书写已经超越了诗人对新奇诗料的追求和新知识获取的欲望,而是诗人有意识地在史乘对西域的记录完备之前,在其他地区对西域的认识清晰之前,自动承担起了方志的文化责任,体现的是诗人的国家文化关怀,是更深层次的文化交流诉求。

如衣着服饰,一直是传统文化观念中区分文化类型的标志,也是方志史乘中常以图形或文字记录民族服饰的原因,这也是西域风土诗中不容忽视的内容。写维吾尔族男性着装是:

> 高冠尖翘布缠头(回子有职守者皆戴尖翘高帽。常人则以白布裹头,谓之缠头),冬夏常披老羝裘。两两并骑驼背上,红皮靴子是香牛。(汪廷楷《回城竹枝词》)

女性着装是:

> 恰齐巴克帽儿尖,红络双垂发过肩(回女皆结发为辫,嫁后则梳发后垂,红丝为络,回语谓之恰齐巴克)。衣敞前襟衫袖窄,满头高插纸花鲜。(汪廷楷《回城竹枝词》)

> 花红穗底裹经符,青鹤翎飘结束殊。多事偏蒙他里吉,不容立马看罗敷。(回妇平居戴小帽,顶有红花数穗,锦裹经符,并有青鹤飘翎三四根,出门则以花绿帕或白布蒙头,名他里吉。)[1](王曾翼《回疆杂咏》)

> 峨冠五寸发垂垂,无扣貂褕称意披。倭堕鸶哥(回语妇人为鸶哥)好妆束,绛帏双枕灿金丝。(回部暖帽顶高五寸,边宽,前

---

① (清)王曾翼:《回疆杂咏》,《续修四库全书》集部《居易堂诗集》,清乾隆间王祖武刻本。

后独锐各五寸。贵者用貂帽,顶红色,织花绣纹而不缀缨。妇人帽顶尖圆,中腰稍细,形若葫芦之半。辫发双垂,束以红帛,不用珠缀,其曰托恩者,袍也。领无扣,袖平不镶。四围连纫,贵者用锦绣,冬则貂。枕之制略如内地,多用金丝缎,且以两枕叠而用之。帏帐或青或红,与内地同。)[①](薛国琮《伊江杂咏》)

　　这里对维吾尔族服饰的描述虽稍有不同,但都着眼于白描,没有多少诗人情感的投射,且都采用诗文互注的形式帮助读者理解,作者的意图显然重在知识的传递。

　　伊斯兰教自传入西域后,其宗教文化已渗透到维吾尔族日常生活习俗当中,使维吾尔族民俗呈现出强烈的伊斯兰文化色彩,与中原汉族民俗迥然不同。对于这种对维吾尔族社会影响至关深远的宗教,西域诗人表现出浓烈的兴趣与关注,在诗歌中更是多方位表现。如在平定张格尔叛乱后,林则徐奉旨到南疆八城履勘屯垦土地,因而有幸了解到南疆维吾尔族生活方式的特点。其《回疆竹枝词三十首》中追溯了伊斯兰教的历史与在新疆传播的过程,并以亲身经历的事实说明伊斯兰教在西域的分布情况是"八城外有回城处,哈密伊犁吐鲁番"(《回疆竹枝词三十首》其三十)。林则徐还注意到伊斯兰教与佛教的一个显著区别——反对偶像崇拜,即"不从土偶折腰肢",可见他对伊斯兰教宗教教律已有一定了解。萧雄则称赞伊斯兰教创始人穆罕默德创立伊斯兰教的功绩:"道启天方著一经,芸篇三十独传心。降生自是人中杰,能使真诠说到今。"(萧雄《教宗》)并在此诗诗下自注中云:"所传经一卷,名润尔罕,凡三十篇,内皆教人敬天行善,治家立身,具言果报,昭彰法戒兼备。"对《可兰经》中

---

① (清)薛国琮:《伊江杂咏》,(清)史梦兰:《永平诗存》卷六,清同治十年刻本。

弘扬善行、注重修身等与儒家思想相类的方面表达了文化上的认同。
西域诗人还注意到了伊斯兰教不同的教派,如王曾翼《回疆杂咏》中
有:"衣冠异制望门偕,索米求钱竞入怀。云是圣人教布施,莫嫌流品
乞儿侪。"且诗下自注:"有一种回人,以花红织作毛边衣帽,名海连
搭尔。三五成群,沿门求乞,无弗与者。相传谟罕默德遗教布施此等
人也。然此人亦不贫,所得或转施困乏者。"海连搭尔为伊斯兰教苏
菲派苦修者的称谓。此诗诗注结合,真实地写出了苏菲派海连搭尔
的外形及行为特征,是对伊斯兰教认识的又一深入。成书"送日台
高鼓吹随,拜天礼教敢差池。出宾纳钱羲和制,不是寻常纳马兹"
(《伊吾绝句》其二十七)则生动地写出了伊斯兰教徒架起高台定时
诵经的宗教活动。

另外,维吾尔族的节日习俗几乎都与宗教密切相关。如维吾尔
族肉孜节,又名开斋节的表现:

> 一年十二月痕新,入则持斋又浃旬。正朔自从颁帝阙,不将
> 八栅记元春。(舒其绍《入则》)
> 天干不解地支传,习俗何妨任自然。五十二回八杂尔,把斋
> 入则过新年。(祁韵士《回节》)
> 把斋须待见星餐,经卷同翻普鲁干。新月如钩才入则,爱伊
> 谛会万人欢。(林则徐《回疆竹枝词三十首》其十)
> 不论秋去与春回,三百六旬屈指排。但看如钩新月上,锦衣
> 花帽拜年来。(成书《伊吾绝句》其二十一)

四首诗不约而同地记述肉孜节的来历,可见西域诗人对维吾尔族节
庆文化的兴趣。舒其绍着重说明了肉孜节的地方性,表现了大一统
的思想。祁韵士则关注维吾尔族的纪年法,以五十二个八杂尔为一
年(一个八杂儿为七天),与汉民族历法中的正闰不同,感慨其纪年的

简单自然。林则徐则注重表现的是肉孜节前的把斋(斋戒)过程：肉孜节前一月开始，每日见星才能进餐，以此来抑制个人欲望，直到一月后开斋，万众齐欢。成书除关注纪年法之外，还写出了节日的热闹。总体来说，这类表现对伊斯兰教宗教认识的竹枝体诗章以写实为主，较少感情的投入，强调客观、准确的实用性写作目的，使诗歌呈现出简洁、明快的特点，其认识价值高于诗歌的审美价值。比较铁保的两首诗，可以清楚地看到写作目的的不同带来的诗情上的差异：

> 　　纪期三百六十日，每到秋来岁篇新。未必黄杨能计闰，不须彩仗更迎春。争看新月如钩上，不觉流光似水频。我到履端酬令节，一年人是两年人。(《回俗过年日口占》)

> 　　三百六十日如驶，以月占岁岁云始。闺中礼拜心最诚，拜罢开斋啜甘旨。喧呼彻夜如雷霆，举酒酹月月不醒。歌声呜呜鼓声咽，男女醉卧全忘形。一年一度月光好，如此良宵敢草草。我欲喝月使倒行，今岁红颜明岁老。(《见新月》)

诗歌突破了许多西域节庆诗实用的目的，获得了诗情的流畅表达。喧嚣热闹的节日场景与诗人对生命流逝的清冷体验相对而出，在对节日的吟哦中融入个人对时光流转的感伤。难得的是诗情不见低落，"喝月倒行"的雄豪情怀将诗人虽年光老去而精神昂扬的意志推举而出，因而颇能感人。对照这两组诗歌可见，铁保的诗在表现肉孜节时还是做到了"语语纪实"的，但主张"诗以道性情"①的铁保不甘于仅仅纪实，而是将深切的个人生命理解融汇其中，克服了单纯的好奇心理，且将之上升为审美体验，怀着愉悦之情趣欣赏、描

---

① (清)铁保：《惟情斋全集·梅庵文钞》卷三，清道光壬午秋月镌石经堂藏本，第11页。

绘西域风情,体现出了超越现实功利的审美态度,因而在同类诗歌中独树一帜。

一般说来,每个人都是以自身文化为本位去观照异质文化的。由于以儒家思想为圭臬的中原文化与受伊斯兰文明影响深远的西域伊斯兰文化之间差别显著,许多诗人在面对西域伊斯兰文化时,常以中原文化价值观来评判少数民族风习。如在丧葬习俗方面,以"隆礼"为特征的中原文化一向有"厚葬"之风,面对穆斯林死后以白布裹尸而无棺椁的习俗,不免认为薄待死者,因此林则徐有"更饶数丈缠头布,留得缠尸不盖棺"之句;萧雄更将之看作是对死者的遗弃:"殓殡惟凭布卷牢,剧怜骸骨等轻抛。"(《丧葬》)其实,这不过是不同习俗之间的差异而已。

婚俗一向是民间习俗的重要组成部分,这也成为西域诗中民俗主题的内容之一。有写婚姻缔结形式的:"凭仗阿浑为月老,霎时易帽结良缘。"(王曾翼《回疆杂咏》)有写婚礼时热闹场景的:"新帕盖头扶马上,巴郎今夕捉央哥。"(林则徐《回疆竹枝词三十首》其二十)"荆笆高坐绛罗蒙,新妇登门拜姥公。鼓乐喧阗亲串集,满斟克逊庆新红。"(王曾翼《回疆杂咏》)

由于气候干燥,风沙较大,维吾尔族会着意经营自己的居处,特地植花种草,其居所周围往往绿树成荫,称为"亮噶尔",是颇有内地小桥曲水风致的避暑去处。"澄流曲曲短垣遮,绿树阴阴略彴斜"(王曾翼《回疆杂咏》),与戈壁大漠的环境形成鲜明的对比。西域的建筑模式也与内地呈现不同特点,因而引起诗人的兴趣。如屋顶不用瓦,"厦屋虽成片瓦无"(林则徐);为了采光,"屋顶开窗逗日光"(王曾翼),且"天窗开处名通溜"(林则徐);由于干旱少雨,因此新疆的房屋屋顶平坦,"大雪压庐深数尺,呼儿却扫若磐安"(祁韵士《泥屋》)。成书在《伊吾绝句》里,对这种建筑有更深入的描述:

　　　　细毡贴地列宾筵,密室无窗别有天。务恰克通风火出,不教粉壁挂柴烟。

　　这首诗充分显示了诗人对少数民族聪明才智的赞美。虽然房舍无窗,但屋顶的"通溜克"足以让室内光线充足,点火取暖时有务恰克(火墙)将烟气引出屋外,使室内保持空气的清洁。在这样的屋宇中,朋友们席地而坐,主人开筵宾客,其乐融融,完全是一幅少数民族的风情画。

　　维吾尔族是一个极重娱乐的民族,西域歌舞、音乐在历史上都曾对中原地区产生深刻影响。纪昀就有"廛肆鳞鳞两面分,门前官柳绿如云。夜深灯火人归后,几处琵琶月下闻"(《风土》其二)的诗句,用竹枝体记录维吾尔族经常用聚集弹唱消解一天劳动后疲乏的地方风习。记录西域风土的诗人受能歌善舞的少数民族风情熏染,优美的舞蹈与动听的音乐常给他们以强烈的印象:

　　　　对对回姬舞态浓,胡琴拍拍鼓冬冬。更阑曲罢还留客,手酌葡萄劝玉钟。(王曾翼《回疆竹枝词》)

　　　　轻歌妙舞玉人妆,绮席初开出侑觞。试问边庭羁旅客,春风可忆杜韦娘。(福庆《异域竹枝词》卷一)

　　　　一片氍毹选舞场,娉婷儿女上双双。铜琶独怪关西汉,能和娇娃白玉腔。(萧雄《西疆杂述诗》)

曾任喀什噶尔参赞大臣的铁保,虽在南疆为官不到三年,但与当地民众感情深厚,因而他反映维吾尔族风俗的诗篇与他人呈现不同的特色。他不再是一个毫不相关的旁观者,而是融入其中,悉心体会,从而进入审美的境界。如他的《徕宁杂咏》其九:

　　　　女伎当筵出,联翩曳绮罗。歌应翻倡曲,舞欲效天魔。发细垂香缕，眉长补翠螺。不堪通一语，默坐笑婆娑。

是以宴会上的少数民族歌伎为描写对象，写她们歌舞时的身段，舞蹈技艺的高超，极富西域特征的发式容貌。然与许多竹枝词不同的是，其尾联将这些歌伎的神态描摹而出，虽然语言不通，但巧笑嫣然。此诗虽写民俗中的歌舞，但聚焦点却在舞者，写出了民俗中的人的形象，反而给人留下了深刻的印象。

同样写舞蹈，其《妫娜曲》更是高出一筹：

昆仑迤西碣石北，中有雄藩古疏勒。国中女乐称最奇，意态翩跹胜巴僰。当筵醉舞号妫娜，对对红妆耀新饰。低昂应节态婆娑，翩若惊鸿曳双翼。齐眉翠黛入鬓长，拖地青丝随袖侧。曼音促节不可辨，俯仰低徊那能识。我会以意遇以神，仿佛离人诉反仄。夷人重译妫娜词，座上闻之三叹息。江南江北此最多，一曲缠头无定则。朝朝暮暮歌吹繁，岁岁年年岁月逼。江上琵琶曲未终，六朝金粉无颜色。我闻妫娜声呜咽，回首吴门隔西域。归来为补妫娜词，懊恼声中泪沾臆。

诗以歌行体的形式歌咏了维吾尔族独特的“妫娜”歌舞。“妫娜”又称“围浪”，男女对舞，佐以乐曲，是维吾尔族男女必习之技艺，“歌声节奏，身手相应”，“有缓歌慢舞之致”。[①]诗歌上半段写妫娜舞舞女的舞态与装扮，下半部则突出写了观舞引发的感慨。“我会以意遇以神”一句，精准地阐释了诗人的观舞状态，他不是一个简单的旁观者，而是将眼前之舞与个人身世（离情）融为一体。尤其诗中一连化用白居易《琵琶行》《长歌行》、刘希夷《代悲白头吟》的诗句，将历史

① （清）萧雄：《西疆杂述诗》卷三，《歌舞》诗下自注，清时用斋丛刻本，第35页。

与现实、中原与西域联结在一起,抒发了岁月流逝、人生失意的感伤与远离故土、迁谪异域的悲痛。诗歌抒情委婉含蓄,上半段的笙歌曼舞热烈场景与下半段的内心深处的身世之悲在对比中显得尤其强烈。诗歌既富现实感,又带有历史意味,抒发的情感丰富而复杂,堪称古代舞蹈题材诗歌的杰作。

综观西域少数民族民俗题材的诗作,我们可以看到,在内容上,它对少数民族民间风俗的表现是全方位的,举凡婚丧嫁娶、衣饰文字、历法饮食、商业贸易、日常用品,可谓无处不到,着重表现了统一后回部百姓安居乐业的日常生活场景。

从具体写法来看,乾嘉诗人一方面客观、详实地记录了回部民众的面貌,用白描的方式表现他们的生活细节,表现丰富的回部风俗景观,向其他地区传递了关于西域的地方性知识;部分作品也有浓郁的主观色彩,富于抒情性。两类作品创作目的有所不同,但正是乾嘉时期西域社会的发展与环境的安定,才使西域诗人能以从容的心境来观察或欣赏边疆的少数民族风情,他们体现了大中华视野下的文化一体而又多元的情状,表现出多元文化间交流的情感诉求。

二、汉民族民俗风情在西域的展开

西域自古以来就是多民族聚居地区,先秦时期就已经有汉人生活在这片土地。西汉建元三年(前138),张骞出使西域,其后更不断有内地汉族移民西域地区并在不断的交往中渐次融入当地民族之中。清自乾隆统一西域后,为尽快恢复西域地区经济,也为了"屯垦养边"的硬性需求,清政府不断改进各项政策,鼓励内地民众到西域参与屯田,这时又有一批汉族因承垦、佣工、经商而由关内赴西域,成为近现代新疆汉族居民的祖先。乾隆二十六年(1761)至四十五年(1780)近20年中,即从内地招募屯垦人口计16次10 454户,共约

50 000多人[①]。至嘉庆末年(1820),新疆参与屯垦的人数已达20万[②]。由于在新疆正式建省之前清政府在南疆实行民族隔离政策,因此大批内地汉族迁入的是北疆地区,主要留居在哈密、奇台、巴里坤、阜康、乌鲁木齐等地。乾隆二十三年(1758),清廷议准内地军流人犯发遣新疆,并以兵屯为前提设立遣屯。遣犯须到屯随兵丁耕作,许多遣犯刑满后居留新疆,也成为西域汉族人口的重要来源。阿古柏入侵新疆,不仅使北疆经济遭到严重破坏,且汉族人口损失严重。至光绪十三年(1887),汉族人口不过9万至10万人,不到三十年前乌鲁木齐、巴里坤册报户民数的三分之一。建省之后,清政府再次号召内地人口移居新疆。这时,又有大批移民从甘肃、陕西等省入疆,包括追随左宗棠进疆后留居下来务农的湖南籍士兵,他们给新疆经济带来了极大发展。

西域诗人不仅注重在诗歌中记录少数民族风土人情,同时对于自身最为熟知的母体文化在西域的传承也十分看重,且他们本身就是这种文化的践行者,这些诗人不仅有汉族,还有满族、蒙古族等。满族入关后,为利于统治,在保存自身文化特色的基础上最大限度地接受了汉民族文化。因此,自一统开始,西域并不乏汉文化传承的氛围,加之屯垦带来的大量汉族移居西域的政策实施,汉文化逐渐在西域铺展开来。作为民俗文化传统的重要载体之一——节日是诗人们倾力记述的对象,"每逢佳节倍思亲"的传统观念,使得无论以何种身份存在的诗人均在对节日的叙述中慰藉游子的漂泊之感。在清代西域诗中,记述最多的传统节日是春节。作为汉民族最隆重的节日,春节并不只指新年的第一天,其节日活动持续将近一月之久。自上

---

① 华立:《乾隆年间移民出关与清前期天山北路农业的发展》,《西北史地》1987年第4期,第125页。
② 王希隆:《清代实边新疆述略》,《西北史地》1985年第4期,第65页。

年腊月二十三日祭灶开始，一直延续到新年正月十五元宵节止，也有地方从腊月初八的腊八节开始就进入春节的节庆活动了。与少数民族风俗在诗歌中以组诗的呈现方式不同，汉民族风俗散见于不同诗人的西域诗作中，且多为缘事而发的创作。

　　清代汉民族文化在西域得到了较为全面的传承，并没有因身至塞外而稍减，这从清代西域的春节庆祝活动中就可以看到。一统后不久即被发遣伊犁的陈庭学，有"灶陉岁事列粜粮，弧矢于兹兆远方。良日降神逢子郭，充闾协庆祀黄羊"（《祀灶日寿胥园四首》）之句，可见当时伊犁已有祭灶一事。嘉庆间被遣伊犁的杨廷理有《将军惠腊八粥，志谢》，中有"七宝甘分元帅府，一盂缘结野人庐"，感谢时任伊犁将军的松筠赐腊八粥，自降身价，与自己这样一个野人结缘的恩惠。此诗同时还引用了《后汉书·阴识传》中阴识因祭灶而暴富的典故。紧接着，杨廷理还作了《偶忆去岁腊八日雅集，不胜惆怅，诗呈申浦，并寄梦庐》一首，可见，在伊犁腊八节是一个十分受重视的节日。春节燃放爆竹的习俗也很早传入西域。乾隆四十六年谪戍伊犁的庄肇奎诗中就有"除夕不能寐，爆竹声满衢"（《甲辰元旦即事书怀》）之句。乾隆四十九年谪戍伊犁，途经镇西府（巴里坤）的赵钧彤，适逢元宵佳节，看到了这里箫鼓齐鸣、火树银花、爆竹喧天的热闹景象，感染到他这样一位逐客也"客邸行沽亦尽欢"了。至伊犁二年后，他的《己酉除夜》再次写到了春节家家欢腾、庆祝节日的热闹场景：

　　　　去日苦不多，来日苦不少。革靴跟见踵，复得一年了。但望戍期促，那惜人易老。天西一冬雪，晴阳忽春晓。军城欢声起，活活泥中扰。连肩馈兔雉，堆衢炫梨枣。红笺错金镂，土窟纷文藻。老子兴固豪，遣计囊欲扫。雪窖冰韭剪，霜花冻米捣。割鲜

倾老盆，日暮关门早。駃儿与春仆，炉火共围绕。且软一年脚，
终夜醉复饱。

元日将至，军城欢声迭起，人们不顾道路的泥泞，纷纷准备过节的食
物，装饰房舍，商家也早早关门，全家人围炉而坐，共同守岁，庆祝新
年的来到。而伊犁的元宵节热闹程度也毫不亚于汉族聚居的巴里
坤。赵钧彤另有《庚戌元夕五绝句》描写了伊犁元宵佳节，赛花灯是
"长街如笋起灯竿"，简直要"照破边沙万古寒"；声声爆竹如"千尾
金蛇万个雷"，引得"男妇喧阗上屋来"；热闹一直延续到深夜的
"社鼓声沉漏鼓兴"，还意犹未尽地"卧看清清无焰灯"。乾隆六十
年到戍伊犁的舒敏，也记载了当时除夕的热闹盛况，其《和友人除
夕元韵》：

> 爆竹声喧彻四衢，异乡风景也无殊。管弦处处迎新岁，笑语
> 家家换旧符。偏觉旅怀今夕倍，不知别恨几时无。故园惟望归
> 期早，定展团圞家庆图。

诗人的确在除夕之夜倍感思亲，惟望早归与家人团圆。而这种感情
的触发点是"异乡风景也无殊"的心理上的亲近感。边城除旧迎新
的年俗与故乡无异，同样是爆竹声喧、笑语晏晏、管弦处处，同样"也
把新桃换旧符"。汉民族丰富的年节习俗，已经原封不动地移植到了
边城伊犁。舒其绍《看春灯》用热情的笔触写出在伊犁关圣庙元宵
春灯会的情景："元宵结伴踏春灯，鳌巘鳌山十二层。金缕鞋高香印
窄，防他石凳滑与冰。"虽是冰天雪地，但市民赏灯的热情不减，妇女
不顾路滑结伴而行，足见伊犁当时的太平祥和氛围。

洪亮吉被遣途经镇西府，时将近新春。除夕日，洪亮吉在客店主
人专门为客人准备的祭祖场所里祭祀祖先，并写下了《除夕巴里坤

客帐祀先》一首,春节当日,他又赋《镇西元日》:"殊方都喜说新年,板屋斜欹彩胜偏。一事暂教乡思缓,家家门巷有秋千。"家家门上飘动的彩幡与门口荡漾的秋千,使洪亮吉暂时忘记了乡思之情。中原传统汉民族文化习俗,在巴里坤表现得十分浓郁。

身处乌鲁木齐的诗人,也用诗歌呈现了这里秉承的中原传统风习,如写祭灶:

> 闲披野服著山巾,剩得戈殳伴此身。多少邻家同祀灶,腊吾鸡酒是何人。(颜检《祀灶日戏作用东纵笔三首韵并柬石农廉访》其二)

乌鲁木齐的元宵节也很热闹:

> 犊牛辘辘满长街,火树银花对对排。无数红裙乱招手,游人拾得凤凰鞋。(纪昀《乌鲁木齐杂诗·游览》其四)
>
> 郊外迎春春色分,荷戈何处望乡枌。人家爆竹开新市,塞岭晴风散宿云。 今夜月轮始三五,满城灯树酿氤氲。当年朝罢归来日,我亦怀柑遗细君。(颜检《上元日》)

除春节外,其他一些汉民族风俗也在西域诗中得以展现,如写清明踏青:"步因春赏缓,眼到野亭明"(国梁《清明日西亭春赏次韵》);"战垒销沉起墓田,清明时节柳含烟。纸钱麦饭棠梨道,不到松楸十五年"(舒其绍《同人邀游喇嘛寺沟八首》其五);中秋拜月:"剜瓜打饼过中秋,郎去屯田妾独留。请得兰州白檀速,拜香同上庙儿沟。"(成书《伊吾绝句》其十一)重阳登高:"七十老翁饶逸兴,扶筇绝顶独徜徉"(颜检《九日饮定提军署中》);"凭高空羡御风行,谪堕天隅孤迥情"(陈庭学《和刘军门九日登高二首》其一)。虽然身处边隅,但他们的生活方式并未因此改变,保持了本民族的特色。

西域诗还透露出当时一些民间文化活动的信息，这些文化活动，也具鲜明的汉民族文化色调。

道光四年（1824）谪戍乌鲁木齐的金德荣，到戍后不久就被镇西府知府图勒炳额聘为塾师，在巴里坤生活了四年，以此在诗中记载了巴里坤汉民族的一些民间活动。如《巴里坤杂咏》（其五）写庙会的盛况："赛神纷演剧，庙宇傍山阿。羌笛边声促，秦筝逸响多。鱼龙争角抵，衫袖任婆娑。观者如云女，祁祁拥髻螺。"在清代屯垦史上，巴里坤是最早建立的屯垦区，早在康熙时期清军与策妄阿拉布坦的战争中就发挥了作用，是西域汉民族文化积淀最为深厚的地区之一。这里庙宇众多，据《巴里坤县志》记载，自康熙五十八年（1719）至光绪十四年（1898），巴里坤共建有庙宇57座，因而有"庙宇冠全疆"之称。此诗写庙会盛景，描摹生动，庙会内容丰富，形式多样，有赛神、演剧，主要以秦声为主。因其居民多由陕甘两省移居而来，各种游戏音乐纷至沓来。熙熙攘攘的观赏人群，将庙会的热闹景象展现无余。洪亮吉也有《未至吉木萨二里，见赛神者络绎不绝，时刘二尹之芳亦出城相迓，因作此以赠》，描绘一天的赛会盛况及赛会结束后人们纷纷拥挤出城的场景。纪晓岚《乌鲁木齐杂诗》里，也记述了乌鲁木齐赛会的景况："凉州会罢又甘州，箫鼓迎神日不休。只怪城东赛罗祖，累人五日不梳头。"其诗下自注曰："诸州商贾，各立一会，更番赛神。剃工所奉曰'罗祖'。每赛会则剃工皆赴祠前，四五日不能执艺，虽呼之亦不敢来。"这首诗不但用艺术的方式向我们展示了乌鲁木齐赛会的图景，其诗下自注还表明这样的活动有着明确的组织者。其参与者之间有着相互制约的关系，这已经成为维护他们人际关系与生存方式的纽带，已经不仅是一个民俗活动，而成为一种民俗文化了。

汉民族文化习俗是西域多元共存文化态势中的一元，相比于西域诗中反映少数民族风情诗歌的组诗化和多方位感,诗人对汉民族风俗的反映要少得多,多为抒发个人意气时连带而出,且呈零星分布的状态。与面对少数民族风情引发的"异"样感受相比,诗人自幼浸染于其中的各种本民族文化习俗,早已化入其血肉之中而不觉其相对于他民族的"异",因而很少有诗人将之作为特定的描写对象而加以表现。如果说对少数民族风情的抒写具有政治、文化、历史的考察意义,那么零星点染在整个西域诗中的汉民族风情描写其目的就显得十分纯粹了。诗人身处西域,春节、清明、中秋、重阳等节日勾起了他们心灵深处的关于家园的记忆,缓解了"独在异乡为异客"的孤独感和怀乡愁绪,获得心灵的宽慰;但同时,母体文化节日又在不断提醒他们异乡的地域环境,提醒他们如今亲人远离的既定事实,以及自己远赴边庭的现实缘由。两种意味产生的张力使这类诗歌的表达总是扭结着宽慰、快乐、羁旅、失意、思念等复杂的难以言说的情绪。因此,这类诗歌虽然数量不多,但仍不失为一个观测清代西域多元民族文化共存状态的视角。这些作品不仅是文学的,且兼摄了文化、民族和历史的多重意义。

三、其他民族民俗风情在西域诗中的表现

　　清朝初年,西域境内已经形成"南回北准"的民族分布格局。以天山为分界线,天山南路为回部,即维吾尔族居住地;活动于天山北路的是厄鲁特蒙古,其四部分别为准噶尔部、土尔扈特部、和硕特部和杜尔伯特部,分别散布在伊犁河、额尔齐斯河流域以及塔尔巴哈台、乌鲁木齐地区。然乾隆时期准噶平定后,天山北路的蒙古各部因疾病、外逃及战乱以至人口锐减。"计数十万户中,先痘死者十之四,继窜入俄罗斯、哈萨克者十之二,卒歼于大兵者十之三,除妇孺充赏外,至今惟来降受屯之厄鲁特若干户,编设佐领昂吉,此外数千里

间,无瓦剌一毡帐。"①除此而外,"自北而南,则有哈萨克,自西而南,则有布鲁特,壤界毗连"②。乾隆二十七年(1762),西域正式设立军府制,清政府在伊犁地区设"四营"以戍边,即察哈尔营、索伦营、锡伯营、厄鲁特营。察哈尔营由蒙古族组成;索伦营主要为达斡尔族,其族源或为辽代契丹族的后裔,世代生活在我国东北地区。乾隆二十八年(1763),一千余名索伦营军民被抽调至西域,他们先后分两批从黑龙江出发,次年到达伊犁地区,在此游牧居住;一年后,清政府又调派锡伯官兵及其家眷约三千人迁居伊犁,他们被安置在伊犁河南岸的察布查尔一带,分编为8个牛录,组成锡伯营,屯田自给。

因此,清代生活于西域的民族除维吾尔、汉族而外,还有蒙古、回、哈萨克、柯尔克孜、乌兹别克、锡伯、达斡尔族等。清代诗人笔下,除抒写了维吾尔、汉族风情之外,对其他各民族民俗风情也有所涉及。

如游牧民族逐水草而居必备的居住之所——蒙古包这样独具游牧风情的建筑样式,引发了许多诗人的兴趣:

> 斿帷环绕木高撑,行馆真能著手成。短榻孤檠眠未稳,终宵卧听马蹄声。(颜师古曰穹庐,斿帐也。其形穹隆,故曰穹庐,即今之蒙古包。)(景廉《穹庐》)

顶穹四合围如天,氍毹为席城为毡。冬日无风夏无日,一家全住同腥膻。游行惯逐水草便,贺兰杭爱边祁连。牛羊成群牧地偏,琵琶箜篌筝笛弦。胡女生小颜色妍,白肉的的胭脂鲜。砖茶红布不论钱。胡儿堕地毛发卷,秦弓汉弩今不娴。八十八旗

---

① (清)魏源著,韩锡铎、孙文良点校:《圣武记》卷四《外藩·乾隆勘定回疆记》,北京:中华书局1984年版,第161页。

② (清)松筠:《钦定新疆识略》卷一一《边卫》,清道光元年武英殿刻本,第9册,第1页。

环金山,瀚海内外无只弦。大官骑马来幽燕,牌符络绎召传连。马疲驼瘦行帐迁,绥服赖以盟会坚。畏俄中虎官如袄,我欲强之使辅边。西控大宛北丁零,万世甥舅安如磐。定边父子何其贤!(清康熙朝策凌父子为定边左副将军,驻外蒙西界,数十年无边患也。)(方希孟《蒙古包》)

畜牧射猎,随水草迁徙,穹庐毡帐而居,这种典型的生活方式是游牧民族区别于农业民族的重要特征。蒙古包作为游牧生活方式催生的建筑模式,它所表征的不仅是建筑本身及游牧者的居住方式,其实它还代表了游牧者的家庭生活、生产方式、文化模式等方方面面。景廉的《穹庐》感慨于蒙古包顺应逐水草而居的生活方式,组装的便利;而方希孟则从蒙古包的空间象征意义写起,将游牧民族的居住方式、日常生活、性情爱好编织其中,且联想到少数民族镇守边陲给国家带来的安定和平生活的意义。

对于维吾尔族以外的少数民族的生活方式,也是许多西域诗人欣赏的对象:

> 准夷部落杂乌孙,游牧南山与北村。一笑相逢斟七格,割鲜共啖燎毛燔。(曹麟开《塞上竹枝词》其十二)

准夷即准噶尔蒙古;乌孙即哈萨克族,历史上的乌孙国。两个民族同属游牧民族,诗写蒙古土尔扈特部和哈萨克族以游牧为业,逐水草而居,斟饮七格酒(马奶酒),以鲜肉为食的豪放粗犷生活。其中所写土尔扈特饮食习惯,与舒其绍"石火燔牛胔,壶浆醉马酮"(《土尔扈特游牧场》)有异曲同工之妙。土尔扈特因不堪忍受沙俄统治,于乾隆三十六年(1771)回归,被安置于巴音布鲁克、乌苏、科布多等水草丰美之地。祁韵士吟咏《库尔喀喇乌苏》:"东南牖户启穹庐,向日回思叩角初。捆马名王依黑水,牛羊遍野乐安居。"写穹庐户向东南而开以避风雪,随首领渥巴锡回归后,搅动马奶酒,在库尔喀喇乌苏(蒙古语中为黑水,即雪化的清水)这样的水草丰美之地,过着"牛羊遍野乐安居"的生活。

蒙古族服饰也常会进入诗人的视野,如:

> 羔裘皮弁试新妆,发辫双垂七宝装。不作寻常闺阁态,山边闲坐牧牛羊。(景廉《蒙古妇人》)

写哈萨克族服饰:

> 帽檐鸂鶒插缤纷,荒服由来陋不文。思赏花翎飘孔翠,荣尊大禄与骑君。(曹麟开《塞上竹枝词》其十七)

写蒙古妇女皮裘发辫,以及爱好佩戴首饰的服饰习俗;哈萨克人喜爱色彩鲜丽的服饰,头戴插着猫头鹰羽毛的绣花小帽。若能戴上孔雀翎装饰的帽子,就更显得身份尊贵,令人艳羡了。

蒙古族信奉藏传佛教,同时由于历史影响,在日常习俗中有许多萨满教自然崇拜遗留的痕迹。游牧民族在万物有灵的世界观影响下,面对大自然突如其来的灾害,以祈祷作为平衡心灵的方式。游牧民族不建庙宇,其祈祷祭祀之处为鄂博。鄂博总是被建于一个特定地域的最高处,垒石为记,形同地方保护神。这种特殊的宗教信仰方式,使许多来自农耕文明区域的诗人十分新奇,因此,鄂博成为诗人们十分关注的主题:

> 鄂博峰头垒石磷,立竿悬帛致精禋。经喧梵宇摇金铎,晴雨争祈祚答神。(曹麟开《鄂博》)
>
> 鄂博高高石作堆,云旗风马集灵台。蕃儿较猎阴山下,日把

> 金钱掷几回。(舒其绍《鄂博》)
>
> 告虔祝庇雪和风,垒石施金庙祀同。塞远天空望不极,行人膜拜过残丛。(祁韵士《西陲竹枝词》)

诗人都注意到了这种游牧民族垒石为记的特殊宗教祭祀形式,鄂博中央插着的五色旗幡,行人过之必拜的习俗。领悟到这是少数民族祈求风调雨顺,寄托美好愿望的方式,如同汉民族的寺庙祭祀。他们还注意到萨满教与佛教的交叠融合,在鄂博祭祀时会手摇宝轮,念诵佛教经文,或者屠宰牲畜,或者扔下钱币作为祭祀以表现诚心。从对蒙古族鄂博的记载与研究来看,西域诗人相当写实地记述了西域蒙古族鄂博祭祀的形式与特征,成为传播西域民俗的极为生动的记录。

伊犁惠远城的喇嘛庙最初名为兴教寺,后奉旨赐名为普化寺。作为伊犁将军的驻地,普化寺的修建离不开地方官员的参与,伊犁将军阿桂就曾先后两次亲自撰写寺院碑记,可见普化寺在伊犁地区寺庙中的地位。每年十二月二十八日,普化寺都会由喇嘛演出跳布札。跳布札本是佛教密宗的仪式性舞蹈,在汉地流传的过程中,增加了商业及娱乐功能,成为一种极具民俗色彩的活动,清人一般认为这是古代傩戏的遗风。舒其绍也认为:"普化寺喇嘛装扮神鬼寺前跳舞,堪卜张盖高坐诵经,祓除不祥,即古傩礼也。"[①]跳布札在清代十分流行,《帝京岁时纪胜》就记载了当时北京跳布札的情景:"初八日弘仁寺打鬼。其制:以长教喇嘛披黄锦衣乘车持钵,诸侍从各执仪仗法器拥护;又以小番僧名班第者,衣彩胄,戴黑白头盔,手执彩棒,随意挥洒白沙;前以鼓吹导引,众番僧执曲锤柄鼓,鸣锣吹角,演念经文,绕

---

① (清)舒其绍:《听雪集·跳布札》诗前小序,《清代诗文集汇编》第403册,上海:上海古籍出版社2010年版,第383页。

寺周匝,迎祥驱祟。"①普化寺跳布札的盛况在杨廷理、舒其绍及汪廷楷的诗歌中均有记载:

> 旭日曈昽雪乍晴,笨车载我出郊行。云开山脊青痕现,冰泮江头细溜生。逐祟人看黄帽侣,摄邪梵送晓潮声。狮头牛首傩傩舞,扫尽妖氛岁序清。(杨廷理《腊月廿八日雪晴,普化寺看跳布扎》)

> 茜衫黄帽语啾嘈,法鼓咚咚驾六鳌。匝地戎羌齐下拜,这回堪卜诵声高。(舒其绍《跳布扎》)

> 每年腊底跳步札,鸣金伐鼓声琅琅。老僧说法步堂下,众僧跳舞围其旁。狰狞面具殊万状,雄冠花貌身绣裳。恍如六丁六甲从天降,使彼魑魅遁走么魔藏。我闻周官大傩氏,岁除祈报巡村坊。熊皮四目执戈盾,驱逐妖崇走且僵。(汪廷楷《跳步札歌》)

寺庙喇嘛戴着黄帽,敲起法鼓来驱邪逐鬼。配合跳布札的还有各种装扮表演,信众纷纷下拜,祝祷岁月清明。舒其绍的另一首《岁暮喇嘛演跳布札即古傩礼也,京都谓"打鬼"》更为生动地记录了跳布札的情景:

> ……新鬼狰狞身发长,故鬼猬缩行伥伥。天际神人三十六,甲光日射金鳞张。擎钵执杵欻驰突,雷电轰轰云簌簌。巨人咒豹撼昆阳,蚩尤妖雾迷涿鹿。平沙漠漠风怒号,妖魔六贼泣且逃。修罗宫里雨弓刀,帝释不动青天高。……喧阗鼍鼓杂铜钲,茜衫黄帽坐锦棚。堪卜梵呗无人译,羌鬼戎女心胆惊。……盛世久知无天厉,天涯歌舞随春风。

---

① (清)潘荣陛:《帝京岁时纪胜》,北京:北京古籍出版社1981年版,第8—9页。

诗人既写喇嘛跳布札的眼前景,又展开联想与生动的想象,似乎眼前的跳布札招来了天神,在电闪雷鸣与怒号的狂风中,将厉鬼疾疫祛除得干干净净,表达了希望国家安宁、边疆太平的美好愿望。

多民族地区丰富的民俗事象为西域诗人提供了丰富的诗料,他们的吟咏既可作为"韵文的地方志"补充地方志在记录民俗方面的不足,同时又向内地宣传了西域独特的民俗风情。这类诗歌,不仅具有文学价值,同时也具有很高的史学价值。

第二节　特定历史语境中的民俗书写

张骞出使西域后,向汉武帝提出了"徕远人""致殊俗"的西域经营策略,它不仅影响了汉武帝的西域经营理念,且可以概括为自两汉至魏晋南北朝经营西域的最重要内容。但是翻检各代撰述西域的篇章,只有《汉书·西域传》《后汉书·西域传》对葱岭以东记述内容较详细。但其大量篇幅用于阐释当时的西域诸国与中央政府间的关系,真正记述诸国本身的内容十分有限,尤其是塔里木盆地周围的绿洲国家。即使有一些关于诸国文化习俗、宗教制度及语言文字的记载,也是零碎且随意的,其视角停留在阐释其与华夏的异同或者其所受华夏之影响层面。可见在《西域传》作者眼中,"致殊俗"仅仅是一个象征,他们真正的兴趣在于如何维系中原与西域间的大一统局面,并不在殊俗本身,因之其所勾勒的西域诸民族的形象是非常模糊的。正如马大正先生所说:"我国'正史'从《史记》开始,都有关于西域的专门记载。这些记载虽然记述了彼朝彼代西域的政治、军事、经济、民族、文化等状况,但尚不能纳入方志的范畴。隋朝裴矩的《西域图记》、唐朝许敬宗的《西域图志》均开新疆方志之先河,惜已失传。之后历经千年直至清初,无一志乘问世。"①这种情况造成了西域知识的滞后与缺失,因此王芑孙感慨内地对西域有"凡汉唐以来所约略而不能晰,占毕之儒所茫昧而莫能详者"②,松筠亦痛感"边地书籍罕征"③。此种状况当然有碍于解决现实中存在的许多问题。因此,了解西域成为自官方到民间的强烈的理性诉求。随着全疆性通志和各类区域性方志的编纂,这一现实问题得到了一定程度的缓解。然方志的书写难免疏漏,而清代西域诗人笔下大量的西域民俗风情描写,却在很大程度上弥补了这一缺陷。一些诗人的诗歌作品尤其是民俗风情之作被收入地方志,如祁韵士《西陲竹枝词》收入《西陲总统事略》,《三州辑略》中收录了王芑孙《西陬牧唱词六十首》、曹麟开《塞上竹枝词》等,不能不说是因为这些作品内容反映了极具西域文化特征的民俗事象。

　　西域风土诗的创作,也不能忽视时代的影响。清代西域诗毕竟是清代诗歌的一部分,其创作走向必然与清代诗歌的总体走向有一致之处。清代诗学兴起于对明诗的反思与批判,明代在阳明学的空谈心性、不务实学影响下的学术走向,及其对儒学正统的颠覆,被认为是明朝灭亡的祸根;而恭行实践,务为经世之学,自清初起,就为思想、学术的主流。清代诗坛虽流派纷呈,诗人众多,但宗法传统一途始终未变,只是目标有所不同,或宋元,或晚唐,或汉魏六朝,视野开阔。其中唯一不曾动摇的学习目标是杜甫,宗杜可谓当时诗坛的普遍选择。杜甫的诗歌创作以"诗史"著称,加之乾嘉汉学的实证之

① 马大正:《新疆地方志与新疆乡土志稿(代前言)》,马大正、黄国政、苏凤兰整理:《新疆乡土志稿》,乌鲁木齐:新疆人民出版社2010年版,第2页。
② (清)王芑孙:《西陬牧唱词·序》,载《三州辑略》,清嘉庆十年修旧抄本,台北:成文出版社1969年版,第270页。
③ (清)松筠修,(清)汪廷楷、(清)祁韵士撰:《西陲总统事略·序》,北京:中国书店2010年版,第1页。

风,以及"以学问为诗"的创作理念均影响了西域民俗风情之作,使它走向高度写实的创作道路。

一、"一统之盛"下的士阶层责任与文化丰富性自豪

"天子有道,守在四夷",受传统观念的影响,历史上的中原王朝缺乏明确的疆界意识,认为只要四方少数民族臣服于中央王朝,就能达到"普天之下,莫非王土"的理想。历史上的边疆问题,均为发生在固有领土之上的各种生产生活方式族群的冲突融合的过程。沙俄的东部扩张迫使清王朝在康熙二十八年(1689)与其签订《中俄尼布楚条约》,这是中国有史以来第一次与邻国划定边界。条约的签订,唤醒了清人的疆界意识,也改变了自古以来传承不衰的传统疆土观念。乾隆皇帝明确表示:"天朝尺土,尽归版籍,疆址森然,即岛屿沙洲,亦必划界分疆,各有专属。"[①]《嘉庆重修大清一统志》明确表明了中国疆域四至:"东尽费雅喀,西极葱岭,北届俄罗斯,南至南海。"与前代相比,清人的疆土意识大大加强了。

为阐明自身统治的合法性与正统性,清王朝还继承了孔子提出的"大一统"观念。"大一统"中维护国家统一、反对分裂的理念不仅是儒学对传统文化贡献的思想智慧,在一千多年的历史进程中,早已成为整个中国社会各阶层的普世价值观,不仅统治者、知识阶层,也为广大民众所接受,但凡割据政权举起一统大旗,总会带来不可估量的社会效应。但在中原汉族王朝的观念中,受文化中心主义和文化优越感的影响,往往又因"华夷之辨"限制了对"一统"的理解,是较为狭隘的一统观。雍正对这一观念进行了改造:"夫中外者,地所划之竟(境)也;上下者,天所定之分也。我朝肇基东海之

---

① (清)豫堃、(清)梁廷枏纂修:《粤海关志》卷二三,清道光间刻本。

滨,统一诸国,君临天下,所承之统,尧舜以来中外一家之统也;所用之人,大小文武,中外一家之人也;所行之政,礼乐征伐,中外一家之政也。"①他废弃了传统的"华夷之辨",确立了清代"天下一家""中外一家"的"大一统"新格局。乾隆以"孟子云,舜为东夷之人,文王为西夷之人"的强大事实,阐明"东夷西戎、南蛮北狄,因地而名,与江南河北、山左关右何异?"②论证了"华夷之辨"为地域之别而非文明与野蛮之别,他的论证,将中国传统儒家思想中"尊王攘夷"的"大一统",转变为"华夷一家"基础上"夷夏协同"的"大一统",包含了"内而直隶各省臣民,外而蒙古极边诸部落"③两个重要的地域与文化范畴,为建立一统背景下的新型民族关系带来了契机。

参与乾嘉时期西域文学书写的两类人物,或为官员,或为流人,一种身处于统治秩序之中,另一种也曾在其中又暂时被逐出统治秩序,其后还有回归之可能。他们都有维护既定统治秩序的观念,竹枝词的写作与其说是单纯的文学创作,不如说是新型的参与政治、补遗历史的经世方式。

竹枝词的创作,本有下情上达之意:"竹枝之曲,陈民风者也。……使采风者闻之,悠然思深,穆然神远,于以知民俗之贞淫奢俭,政治之良苦惇薄,此固竹枝之正声。"④通过对民间细事的吟唱,来观民风,知厚薄,其最终目的是"见民隐",通过诗歌,让统治者看到

---

① 《清世宗实录》卷一三〇,雍正十一年夏四月己卯,北京:中华书局1985年影印本。
② 《清高宗实录》卷一一六八,乾隆四十七年十一月庚子,北京:中华书局1985年影印本。
③ 《清世宗实录》卷一三〇,雍正十一年夏四月己卯,北京:中华书局1985年影印本。
④ 袁学澜:《续咏姑苏竹枝词》自序,王利器等辑:《历代竹枝词》,西安:陕西人民出版社2003年版,第2300页。

百姓的日常生活，以资作为统治政策制定与施行的参考。

　　清代诗歌整体创作受清初顾炎武"经世致用"思想的影响，不再致力于空疏之学，务空洞之谈，讲究"凡文之不关于六经之指、当世之务者，一切不为"[①]。而要务实学，就要做到"凡天文、地理、兵农、水土，及一代典章之故不可不熟究"[②]。因此，"清中叶后出现的动辄三五百首的大型竹枝组词，实则是一种体系性的地志文学书写，即用竹枝词的体类外衣，来行使整个地方诗歌系统的权力"[③]。"其文虽小，其志大焉"[④]，如纪昀所言："昔柳宗元有言：'思报国恩，惟有文章。'余虽罪废之余，尝叨预承明之著作，歌咏休明，乃其旧职。"[⑤]经世致用的为学观念和士大夫的社会责任感，转化为书写西域的强大动力，其经行记和纪行诗，寓指所经之地莫非王土；其对西域风土人情的书写，寓指大一统社会统治下文化的多样性。从地志到行记再到文学，一层层西域撰述将零散的西域景观、人文风情、城市物产等编织纳入中华文化的范畴，明确其统属于中央王朝的属性。行记、纪行诗等强调所经行地方的中华主权，明确清王朝疆域之构成。而对西域少数民族民俗文化的描绘强调的是中华文化的西域支脉，表现了宏大的地域观念和深远的历史开掘，极大地开拓了中华文化的视野。

　　责任之外，大量的民俗风情书写还表征着清人对大一统社会范畴内文化多样性共生的自豪，他们笔下所描写的民俗风情，保留了维吾尔族、汉族、蒙古族、哈萨克族以及其他生活于西域的少数民族生

① （清）顾炎武：《顾亭林诗文集》，北京：中华书局1983年版，第91页。
② （清）顾炎武：《顾亭林诗文集》，北京：中华书局1983年版，第155页。
③ 叶晔：《竹枝词的名、实问题与中国风土诗歌演进》，《中国社会科学》2014年第11期，第145页。
④ 王利器等辑：《历代竹枝词》，西安：陕西人民出版社2003年版，第469页。
⑤ 周轩、修仲一编注：《纪晓岚新疆诗文》，乌鲁木齐：新疆大学出版社2006年版，第1页。

动的社会生活史料,展示了西域多种民族共存、多元文化共生的社会存在样态。西域一统后的建设成就,也激发了诗人的爱国热情,纪昀感叹:"夫乌鲁木齐,初西番一小部耳。神武奠定以来,休养生聚,仅十余年,而民物之蕃衍丰腆,至于如此,此实一统之极盛。"[1]祁韵士也感慨:"龙沙万里,久入版图,游斯土者,见夫城郭人民之富庶,则思德化覃敷,怙冒罔极。见夫陵谷薮泽之广大,则思山经水注挂漏殊多。见夫物产品汇之繁滋,则思雪海昆墟瑰奇不少。每有所触,情至而景即在,是岂必模山范水,始足言景,弄月吟风,始足言情哉。"[2]河山之广大风貌与民物之繁衍阜盛,都让诗人情不自禁。多元的西域民俗景观,被置于"一统之盛"的盛世背景中,以其独具的地域文化色彩,构建起西域与其他地区交流与理解的桥梁。

二、诗注结合的抒情与写实

本着实用目的创作的西域风情诗作,其突出的特点就是高度的写实。这一点首先决定于诗人的创作理念。纪昀宣称自己创作《乌鲁木齐杂诗》的目的在于"不但灯前酒下,供友朋之谈助",更"用以昭示无极",[3]其实用的目的显而易见。这一点钱大昕为《乌鲁木齐杂诗》所作的跋文中交代得更为清楚。他认为《乌鲁木齐杂诗》:"得之目击,异乎传闻、影响之谈、它日采风谣、志舆地者,将于斯乎征信。夫岂与寻常牵缀土风者同日而道哉!"[4]对西域风土的记录并非完全

---

① 修仲一、周轩编注:《祁韵士新疆诗文》,乌鲁木齐:新疆大学出版社2006年版,第1页。
② 修仲一、周轩编注:《祁韵士新疆诗文》,乌鲁木齐:新疆大学出版社2006年版,第173页。
③ 周轩、修仲一编注:《纪晓岚新疆诗文》,乌鲁木齐:新疆大学出版社2006年版,第1页。
④ (清)钱大昕:《乌鲁木齐杂诗·跋》卷一四,《清代诗文集汇编》第354册,上海:上海古籍出版社2010年版,第23页。

出自个人的兴趣,它还是诗人回报国家回报社会的一种方式。钱大昕的跋文则显示了读者对于这类诗作的阅读期待。无独有偶,祁韵士在《西陲竹枝词·小引》中也宣称,《西陲竹枝词》是用来"志西陲风土之大略,词之工拙有所不计,惟纪实云"①。萧雄著述《西疆杂述诗》虽有欲以此传名后世之意,但同时也表明,如阅读此书"殊方远域,卧游可历。故是篇为未虚此行可,即谓替人游览"②。而黄运藩在《西疆杂述诗》跋文里更盛赞此书为"洵西北筹边必须之书,非独可备诗史也。……此编较唐元两作,尤为有禆实用"③。无论从作者的创作意图,还是从读者的阅读期待来说,这类诗作的价值最重要的方面即是实用。

为达到高度写实的创作目的,诗人普遍采用了诗注结合的手法。以诗为主,辅以自注,诗以道情,注以补充。在形式上,或采用诗下自注,或采用题注的方式,两者相辅相成,以助理解,共同完成了传达西域民俗知识的创作目标。诗注结合的方式,本就是中国古典诗歌传统的一种创作方式和表现手法。古人为了更加完整地交代创作背景,弥补抒情诗篇幅短小的缺陷,增加诗歌的艺术含量或增加诗歌的历史感,会采用较长的诗题或诗序,优秀的诗题或诗序可以做到与诗歌的珠联璧合,不可或缺。跟诗题、诗序和诗歌的关系一样,诗注在诗歌发展的历程中也经历了从无到有、由短到长、自随意为之到有意交代的发展过程。这既是古典诗歌演进成熟的表现,也是寻求突破的一种方式。作为异质文化,西域民俗风情对内地人来说是完全陌生的事物,如不详加解释,必然会造成不知所云的印象。为了更好地

---

① 修仲一、周轩编注:《祁韵士新疆诗文》,乌鲁木齐:新疆大学出版社2006年版,第173页。

② (清)萧雄:《西疆杂述诗·序》,清时用斋丛刻本,第2页。

③ (清)萧雄:《西疆杂述诗·叙》,1924年陕西通志馆《关中丛书》刻印本,第3页。

"达意",诗注与题解必不可少。

　　然而这类诗歌虽在"诗以纪史"的创作目的下诞生,毕竟是诗性思维的结果,它需要调动想象与联想的,追求的是"隐蔽于在场的当前事物背后之不在场的、然而又是具体的事物","要求把在场的东西与不在场的东西、显现的东西和隐蔽的东西结合在一起",^①其丰富的内蕴只有在既根植于现实世界又超越现实的创作中才会展现出来。它既要以眼前获得的民俗知识材料为基础,同时还要借助审美主体的知觉意向和想象意向,"思接千载""视通万里",^②跨越了眼前事物存在的时空限制,才能营造出一个富于意义的、美的世界。

　　诗注结合的形式,最大限度地弥合了这类诗歌在创作目的的实用性与审美的诗性思维间的矛盾,使诗歌既不至流于单调、枯索和贫乏,同时又达到了传播西域文化的创作目的。如纪昀《乌鲁木齐杂诗·风土》(其十八):

　　　　南山口对紫泥泉,回鹘荒塍尚宛然。只恨秋风吹雪早,至今蔓草幂寒烟。

诗歌以超越理性认识的思维方式,将外在事物直接呈现出来,"秋风吹雪""蔓草寒烟"渲染的凄婉荒凉感受,与宛然在目的荒塍提示着此地曾经的过往,自然而然地引发人们物是人非的感受,调动心灵深处对生命流逝的感伤。其诗下自注云:"白杨河山口内有回部旧屯,基址尚存,约可百户。然六七月往往降雪,仅可种青稞一季,故竟无垦种之者。"自注直截表明"回鹘荒塍"是准噶尔时期维吾尔人的屯

---

① 张世英:《哲学导论》,北京:北京大学出版社2002年版,第49页。
② (梁)刘勰著,陆侃如、牟世金译注:《文心雕龙译注》,济南:齐鲁书社1995年版,第359页。

田地，这里虽不乏水源，但每年六七月间即降雪，因此只能种植一季青稞，恶劣的气候是造成这里荒凉衰败的原因。诗歌写作的目的是提示气候因素对新疆垦殖的影响，但由于诗歌创作主体对抒情意象的选择与驾驭，充分调动了人们的审美情绪，超越了实利的目的，从而获得了更加丰富的美学意义。

舒其绍《伊江杂咏》则采用题解的方式来帮助读者理解。如《风戈壁》解题曰："塞上风高，飞沙走石，时所常有，而辟展吐鲁番为尤甚。初起声如地震，俄顷间万山巉巘卷地而来，人马遇之，腾空四起，千斤车载，一经吹倒，货物散如秋叶。"解题以写实的方式说明了吐鲁番郡善附近风沙的强烈程度，已然给人较为深刻的印象。诗歌主体则荡开一笔，将自然现象与社会人生相连，转而表达和宣泄诗人由眼前之景而激发出的个人情感：

> 揭地掀天怒吼声，居然列子御风行。凭君挟石移山力，填遍人间路不平。

正因为解题中的铺垫，才凸显了戈壁风沙的掀天怒吼声势与挟石移山的力度，也才能体现出诗人荡平人间不平路的鼓荡豪气与其激愤人心的力量，做到了物理与诗情的完美结合。

对于如何处理抒情与写实的关系，抒写西域风情的诗人各有所侧重。大略来说纪昀与萧雄更注重写实，而其他诗人则偏重于抒情。以萧雄为例，其虽随军戎幕，但《西疆杂述诗》中却没有飒爽猎猎的军伍题材，他注目的是边疆情趣自异、格调别致的少数民族生活。作为为数不多的能亲自踏上南疆土地，并将经历形诸文字的诗人，他"足之所经，当时鲜有知者"[1]，所吟咏的多是不为他人所知的少数民

---

[1]　（清）萧雄：《西疆杂述诗》，清时用斋刻本序，第2页。

族风情,"以骚人之韵事,补史氏之地理,例不嫌创,注不厌详"①就尤
其必要了。其140首诗中,吟咏西域民俗的共49首,举凡回部日常生
活如服饰、饮食、建筑到人生礼仪如婚丧嫁娶以及生产娱乐等都有涉
及。实用的创作目的与特殊的创作环境造就了萧雄的西域诗形式特
点,他以七言四句的诗歌主体与不厌其详的诗下自注或夹注结合的
方式呈现,注文篇幅远远超过了诗歌正文。如《文字》:

> 行行从右认横题,鸟篆纡回不整齐。二十九形兼转韵,音从
> 喉舌辨高低。

诗后有四百余字的诗下自注,分别从书写方式、形状、声韵、十以内数
字的读音及回部文字的流变等,说明其与汉字的不同。可见其实用
目的远远超过对诗歌审美价值的追求。《西疆杂述诗》比较全面地搜
集了以回部维吾尔族为主的民俗文化事象,为人们了解清代维吾尔
族民俗文化提供了很大帮助,但过度追求实用的目的必然使其诗歌
的审美价值大打折扣了。

　　总之,西域民俗风情之作总体来说以写实为主,继承了竹枝词格
调明快、清新自然的风格。由于其吟咏的是特殊地域的民俗风貌,为
消除读者的阅读障碍,便于读者更加准确、详细地理解诗歌内容,多
采用诗注结合的形式。但过度的写实性往往损害了诗歌的审美价
值,使得一些诗歌徒具诗的形式却缺乏诗歌应有的丰富内蕴,而难以
使人获得美感享受。

三、文化融合目标的双向趋近

　　在儒家思想体系中,大一统的标志是"车同轨,书同文,行同

---

① （清）萧雄:《西疆杂述诗·叙》,1924年陕西通志馆《关中丛书》刻印本,第2页。

伦"①。乾隆也多次夸耀西域的统一带来了清王朝"一统同文之盛"的盛世局面，并命人纂修了《钦定西域同文志》。与传统儒家不同的是，作为少数民族统治集团出于对自身文化的理解，清朝将"书同文"理解为"同我声教"而非语言文字的一统。如高宗乾隆逊位后在和阗进奉的玉质笔筒上题诗志语所说："国家威德覃敷，无远弗届，外藩属国，岁时进至，表章率用其国文字，译书以献。各国之书，体不必同，而同我声教，斯诚一统无外之规也。随时夫疆域既殊，风土亦异，各国常用之书，相沿已久，各从其便，正如五方言语嗜欲之不同，所谓修其教不易其俗，齐其政不易其宜也。偶题和阗玉笔筒，因及回疆文字，复思今日溥天率土各国之书繁夥，而统于一尊，视古所称书同文者，不啻过之。"②这也是清王朝"修其教不易其俗，齐其政不易其宜"的边疆政策的又一体现。高宗的这一思想与其祖康熙皇帝显然有前后承继的关系。康熙曾在《一统志》中说：

> 朕缵绍丕基，抚兹方夏，恢我土宇，达于遐方。惟是疆域错纷，幅员辽阔，万里之远，念切堂阶。其间风气群分，民情类别，不有缀录，何以周知？……厄塞山川，风土人物，指掌可治，画地成图。③

《一统志》在塑造幅员辽阔的疆域空间意识的同时，也注意到其间"风气群分，民情类别"的复杂族群存在样态。"天下一统""中外一家"并不意味着要整齐划一，而是一统下的多元，不是均齐划一而追求差别中的和谐。为了表明民族平等，在语言上采取共用各种民族

---

① （汉）郑玄注，（唐）孔颖达疏：《礼记注疏》卷五三《中庸》，台北：艺文印书馆1989年影印本，第898页。
② 《御制文余集》卷二《题和阗玉笔筒诗识语》，《清高宗（乾隆）御制诗文全集》第10册，北京：中国人民大学出版社1993年影印本，第1011—1012页。
③ 《清圣祖实录》卷一二六，康熙二十五年五月庚寅，北京：中华书局1985年影印本。

语言的政策,敕令"下马木牌,俱著改用石牌(原为木牌),镌刻清、汉、蒙古、西番、回子五体字,以昭我国家一统同文之盛"①。至今我们还能看到清代文献中满文、汉文、蒙古文、藏文、维吾尔文并用的情况,以此彰显清代统治下多民族、多语言、多文化"统于一尊"的盛世图景。

　　同时,为了维护统治的稳定,清政府在西域采取了民族隔离政策,禁止留驻西域的政府官兵、汉人与维吾尔族人杂居,尤其内地赴西域的贸易商民,只能在驻兵处所贸易,特意在一些城市如乌鲁木齐、吐鲁番、阿克苏、喀什噶尔、库车等兴建"汉城"或"满城",满汉官兵及汉族百姓均不许随意进入维吾尔族居住的"回城"或回庄。禁止汉族与维吾尔族间的通婚等。直至新疆建省之后,其中的一些政策才有所松动。

　　这些政策的实施极大地限制了西域与国内其他地区的文化交流与融合,事实上极大地危害了统治的稳定性。"缠回语言文字,本与满汉不同,遇有讼狱征收各事件,官民隔阂不通。阿奇木伯克、通事人等得以从中舞弊。"②当时许多摩擦均由双方间交流不畅所致,如著名的乌什事变与孜牙敦事件等。一些具有远见卓识、对西域稳定局势颇为关注的仁人志士对此深表忧虑。左宗棠在平定阿古柏叛乱后,在《办理新疆善后事宜折》中进言:"新疆戡定已久,而汉回彼此扞格不入,官民隔阂,政令难施,一切条教均借回目传宣,壅蔽特甚。"③文化间交流的迫切需求促成了许多诗人在诗歌中反映少数民族文化风情,为表示对少数民族民俗文化的兴趣,经常会化用一些少

---

① 《清高宗实录》卷一一八八,乾隆四十八年九月己亥,北京:中华书局1985年影印本。

② (清)朱寿朋:《光绪朝东华录》第2册,北京:中华书局1958年版,第2051页。

③ (清)左宗棠:《左文襄公全集·奏稿》卷五六,见沈云龙主编:《近代中国史料丛刊》第六十五辑,台北:文海出版社1979年版,第2255页。

数民族语言词汇入诗,形成诗歌中少数民族语汇借用的现象。

乾隆三十年(1765),国梁在赴乌鲁木齐任迪化同知途中,行至哈密南,赋有七律《南湖道中》一首,其尾联为:"缠头亦解华言好,笑指连城入市阛。"表明在与内地关系较为密切的哈密,当时已经有略懂汉语的维吾尔族人。国梁也是在诗歌中使用少数民族语言借词的第一人,他在七律《早发头堡宿三堡小楼上》颈联中写道:"野店华人求阿什(回言饭也),绛衣回女唤央哥(回言称妇人曰央哥)。"句中夹注中的"回言"即维吾尔语。《发三间房夜行有作》中又有"中朝曳洛河(番言壮士为曳落河),一洗书生屏"之句,其中夹注中的"番言"即蒙古语。

纪昀也是在诗作中较早化用维吾尔语汇的诗人,其《乌鲁木齐杂诗·游览》(其六)不仅写出了乌鲁木齐的内地商民在天山南路的吐鲁番学会了维吾尔乐舞,在春社中用维吾尔曲调演唱歌曲的活动,还化用维吾尔语词入诗:

> 地近山南估客多,偷来番曲演莺哥。谁将红豆传新拍,记取摩诃兜勒歌。

纪昀的《乌鲁木齐杂诗》具备了竹枝词通俗易懂、清新明快的语言特点。他对少数民族语言词汇的化用,绝非拿来即可,而是关注其与诗歌音韵的和谐以及意脉的贯通。此诗夹注曰:"吐鲁番呼歌妓为莺哥。"维吾尔语称已婚妇女为"央哥",遍检西域诗人的诗作,凡是引用了这一语词的,都写作"央哥",唯有纪昀写作"莺哥"。很明显,他是要以汉民族文化中表达忠贞爱情的意象"鸳鸯"来指涉诗中所演歌曲的性质。纪昀在这里的词语选择无疑是别具匠心的,读来极富民族风味且无生涩之感。

西域的书写者要了解西域的文化,首先要从语言入手,如德国语言学家洪堡特所说:"每一种语言都在它所隶属的民族周围设下一个圈子,人只有同时跨进另一种语言的圈子,才有可能从原先的圈子里走出来。"①语言是文化的重要载体,是一个民族精神的外在显现,文化的交流历来都源自语言。要深入了解一个民族的文化,必然要从一个民族的语言开始。语言是文化的重要载体,西域诗人使用少数民族语汇的现象,表明诗人对西域少数民族文化的关注,以及他们对少数民族文化的理解、包容与接纳的积极开放态度。语言的接触,是认识西域文化的第一步,为进一步的各民族间文化融合带来可能。

当然,由于民族隔离政策的实施,大多数西域诗人尤其是遣员难以在生活中密切地接触到少数民族,因此,在这类诗人的诗作中化用的情况较为少见。但在一些官员,尤其是有机会在南疆任职的官员的诗作中,化用少数民族语汇的情况较为常见。如王曾翼《回疆杂咏》、成书《伊吾绝句》、毓奇、国梁、庄肇奎等。比如:

清池水榭午风凉,孔雀名园草木香。(回王有孔雀园及水亭诸胜。)亦解林泉穷胜事,翻嫌减趣伯斯塘。(回人于树木多处,择方丈地决渠引水以供游憩,谓之伯斯塘。)(成书《伊吾绝句》)

荆苞高坐绛罗蒙,新妇登门拜姥公。鼓乐喧阗亲串集,满斟克逊庆新红。(贵族婚姻必凭媒定吉期,以荆苞衬花毯,坐女其上,红锦蒙头,异至婚家,拜翁姑如礼。三日内亲戚麇至,曰待喜验红,有则设酒庆贺云。巴克逊,回酿名,如内地黄酒。)(王曾翼《回疆杂咏》)

士女肩摩巴杂场,哈斯察克互称量。妾身自织金丝布,好换郎家紫色羊。(每逢七日为大巴杂,犹内地之集期,百货充溢,男

---

① 胡明扬主编:《西方语言学名著选读》,北京:中国人民大学出版社1988年版,第46页。

女成群。以哈斯量长短,华言尺也,以察拉克较斤重,华言秤也。)(王曾翼《回疆杂咏》)

　　一双乌喇跪阶苔(以皮为靴曰乌喇,底皆软),库车携将马湩来(以马乳为酒,置之皮筒,其筒为库车)。好饮更须烧一过,胜他戴酒出新醅(伊犁人以戴酒为最佳)。(庄肇奎《伊犁纪事二十首效竹枝体》)

　　林则徐谪戍西域期间,于1845年1月至12月至南疆主持勘垦工作,其间周历南疆八城,行程两万里,与当地少数民族有密切接触,对少数民族民俗风情有了深入的了解。其《回疆竹枝词》中借用的维吾尔语词汇达到25个,在所有清代西域诗人中无出其右者,可见林则徐对维吾尔族文化的兴趣。

　　词语的借用也是文化互动的客观显现,由借用的数量和语域我们可以看到西域诗人对少数民族文化了解的程度及兴趣所在,并且看出一种文化在哪一方面在何种程度受到另一文化的影响。归纳王曾翼、成书、毓奇、国梁、庄肇奎、林则徐等人的诗作,我们可以大体看到西域诗人借用少数民族语汇的情况[①]:

表五　西域诗中借用的少数民族语汇

类　别	少数民族语汇	汉　语　义
宗教	别谙拔尔	圣人、先知
	和卓	贵族、穆罕默德后裔

[①]　本表在制作时参阅了周轩:《林则徐〈回疆竹枝词三十首〉新解》,《西域研究》2003年第2期;廖冬梅:《林则徐〈回疆竹枝词〉中的维吾尔语考释》,《中央民族大学学报》2006年第6期;叶哈雅:《林则徐〈竹枝词〉中的新疆穆斯林生活》,《文史知识》1995年第10期;赵世杰:《林则徐〈回疆竹枝词〉中的维吾尔语词》,《语言与翻译》1994年第4期等文章。

续　表

类　别	少数民族语汇	汉　语　义
宗教	毛拉	学者,伊斯兰教称有学问的人
	阿浑	伊斯兰教宗教职业者
	札答	祈雨石
	把斋	斋月
	纳玛兹	礼拜祷告
	海兰达尔	伊斯兰教苏菲派
	麻乍尔	圣地、圣徒墓
	滚伯儿	圣人坟
	普鲁干	《古兰经》第二十五章章名
	入则	开斋
称谓	伯克	维吾尔族官名
	巴什	头领
	燕齐	农奴
	爱曼	官员
	阿奇木	长
	阿葛抽	夫人
	央哥	已婚妇女
	朵兰	阿克苏、巴楚、麦盖提、莎车一代的维吾尔族
	巴郎	小伙子
	莫洛	老师
	阿南	母亲

类 别	少数民族语汇	汉 语 义
生活	玉子	百
	明	千
	图门	万
	毕	一
	巴扎	集市
	倭布端	好
	鸦瞒	恶行
	黑马娃儿	赌棍
	伯斯塘	涝坝
	麒麟	水烟
	巴克逊	黄酒
	他里吉	头巾
	哈斯	尺子
	察拉克	秤
	丕牙斯	洋葱
	塔尔	一种形似宝塔的糖
	七格	马奶酒
	普	钱
	馕	圆面饼
	胡桐	柴火
	乌喇	软底靴

续　表

类　别	少数民族语汇	汉　语　义
生活	库车	盛酒的皮桶
	阿什	饭
文化艺术	爱伊谛	节日
	哈特	文字
	努鲁斯	春节
	围浪	舞蹈
建筑	通溜	天窗
	亮噶	汉语常写作"阑干",驿站、腰站
	乌恰克	炉灶

由表中可见,西域诗人借用少数民族语汇的语域范围是比较广泛的,不仅是一些日常生活,还涉及宗教、文化、建筑等方面,说明这些诗人对少数民族文化了解的深入。在诗歌中借用少数民族语词并非易事,只有对这些语汇有相当的熟悉程度,才能做到信手拈来,皆成妙谛。如林则徐《回疆竹枝词》:

> 百家玉子十家温,巴什何能比阿浑。为问千家明伯克,滋生可有毕图门。(其二)
> 金谷都从地窖埋,空囊枵腹不轻开。阿南普作巴郎普,积久难寻避债台。(其九)

前一首说明在南疆宗教势力的把握者阿浑的影响力之大,超过了清政府任命的官员伯克。"明"即千,明伯克即千户长;"毕"为一,毕图门即一万。听说千户长所辖为万人,不知每位千户长的属下是否达到这个人数？后一首写维吾尔族的窖藏习惯，宁可忍受贫穷甚至借债度日。林则徐自注曰："借债者，本钱谓之阿南普，利钱谓之巴郎普。"两首诗都不仅是借用维吾尔语词，而且是维吾尔语词连用，就诗歌的合韵来说，是十分困难的，但林则徐举重若轻，将之写得音调和谐，文笔轻快。

　　但是，既要协调诗歌的字数又要合韵，有些诗歌在借用少数民族语汇时就显得比较生硬，如：

> 士女肩摩巴杂场，哈斯察克互称量。（王曾翼《回疆杂咏》）
> 骑马达官须下马，高原滚伯圣人坟。（成书《伊吾绝句》）

王曾翼诗写集市中摩肩接踵、交易纷呈的热闹场面，其中察克即是察拉克（秤），为迎合字数与音韵而简化为察克。成书写圣人坟在维吾尔人心目中的尊崇程度，以至达官贵人过此必须下马步行，而滚伯儿简化为滚伯。生搬硬套的痕迹十分明显，难以使读者获得应有的美感体验。

　　"'语言是社会现实的向导'，也就是说，通过语言的特征和使用可以了解一个种族的思维、生活的特点。"[1]从这个意义上说，语言是一个民族精神的外部显现，是了解一个民族文化生活不可逾越的媒介。因此，少数民族语词借用并非仅仅是一种语言现象，它是西域诗人置身少数民族生存环境，而获得的一种新鲜的人生体验与文化阅历的结果，也是诗人试图描绘他们这一独特人生体验而采用的一种更加贴合少数民族生活状态的形式。我们可以看到，其所借用的词汇大多数均有相对应的汉语词汇，但借用少数民族词汇带来了语言

---

[1]　胡文仲：《文化差异与外语教学》，邵敬敏主编：《文化语言学中国潮》，北京：语文出版社1995年版，第267页。

上的新奇,这也是诗人寻求新奇而独特的意义创造的方式。虽然在创作过程中遭遇了传统格律体与特定地域生活体验间难以契合的美学困境,但却显示了一部分西域诗人对维吾尔族文化的接纳。虽然这种现象的存在还不够普遍,但由此可见多民族间的文化互动已经呈现越来越频繁的迹象。

四、多元民俗文化的碰撞与交流

西域历来是多元文化交汇区,于是必然存在多元文化间的碰撞与交流。在中华民族文化心理中,"天下一统"是理想化的社会存在状况。因为在中国人的历史记忆中,只有在九州一统、四海归一的状况之下,才能出现社会稳定、经济繁荣,人民安居乐业的盛世场景。这种历史经验的深刻烙印造就了中国人盼望天下一统的集体心理。一统,既是政治的,又是文化的。民俗"是广大民众所创造、享用和传承的生活文化"[1],它一向与国情、国运有着密切的关系,所谓"观风俗,知得失,自考正"[2]。民俗作为重要的文化指征,历来就是作为文化异同的标识而存在的。历史上对少数民族的叙述常伴以"披发左衽""饮食膻腥"等语汇来强调其与中原文化的不同。西域一统后,伴随着大量诗人以不同身份进入西域,当地特异的民俗风情给他们带来的不仅是视觉的冲击,还有心灵的震动。以毓奇《花门即目》为例:

> 自奉安边诏,西陲使节通。八城屯劲旅,三载赋雕弓。风俗今仍异,衣冠尚未同。雪山冰不解,瀚海路焉穷。春树依然绿,

---

① 钟敬文主编:《民俗学概论》,上海:上海文艺出版社1998年版,第1页。
② (汉)班固撰,(唐)颜师古注:《汉书》卷三〇,北京:中华书局1962年版,第1708页。

鲜花也自红。葡萄斟碧酿,苜蓿饱青骢。最苦帘织雨,偏宜稚秾风。阿浑皆日者,莫洛尽冬洪。尖帽头头白,驯雕处处笼。刀枪虚点缀,橐鞬枉精工。巴栅儿群聚,纳麻子素崇。蹇驴非负米,良马为抽潼。最好勤耕织,难期慎始终。亲疏虽诺诺,婚嫁总惝惶。迩渐知王化,时犹感帝衷。输诚荷普育,物阜永年丰。

乾隆五十四年任乌什办事大臣的毓奇,虽为满族旗人,但以科考入仕,深受儒家文化影响。他以诗的形式阐释了对于南疆少数民族的总体印象。其诗作中一方面延续了传统西域书写中的符号化倾向,出现了自汉唐以来边塞诗中常用的雪山、瀚海、葡萄、苜蓿等意象来填补完成了对西域自然物象的总括。但作为亲历南疆的诗人,毓奇诗作又显示出大大超越汉唐西域边塞诗的一面,即他对于其地特异的民风民俗写得十分具体到位,其丰富与细致程度远超汉唐时期人们的认识。从宗教至性情到经济、饮食、伦理规范等无所不包,多角度地阐释了政治统一下的西域民族文化与国内其他地区间的差异,在他看来,虽然西域一统过去了将近四十年,但"风俗今仍异,衣冠尚未同",文化融合的程度远未跟上政治一统的脚步。虽然诗歌最后以近来"王化"渐知的逐渐转变与物阜年丰的祝愿作结,但仍可使人强烈地感受到许多深受一统观念影响的西域诗人在面对少数民族文化时产生的复杂心理体验。面对差异化的少数民族民俗文化形态及其多重内涵,许多西域诗人充满新奇,他们一方面认识到少数民族文化在"天下一家"的多元一体文化格局中的分支地位,同时又在一统观念的导引下对这种与自己浸润其中的主流儒家文化的差异性感受鲜明,因而,在写实性民俗类书写中,不可避免地涌动着不同文化间价值理念的冲突。

　　从身份上看,身赴西域,并留下文字记录的西域诗人,或者为官员,或者为流人,其中的大多数均为经过了科考洗礼,熟知儒家传统文化的知识分子,可谓当时的文化精英。传统文化教育在他们意识中留下了深刻的印记,当其面对天山南路有着巨大差异的少数民族文化时,受历史话语的影响,他们常常站在儒家强大而严密的传统伦理视角观照少数民族伦理观念与生存现状,往往得出其文化落后的结论。如纪昀就强调,西域为"古来声教不及者"(《乌鲁木齐杂诗·自序》),尤其在面对少数民族较为松散的伦理观念时这种认识显得最为突出:

> 天西风俗著花门,事事全凭问阿浑(回子中设掌教一人,管理回事回语,谓之阿浑)。族谱不传无姓氏,只呼哥弟辨卑尊(回人无姓氏宗谱,诸父兄舅皆谓之哥弟。侄甥婿皆谓之弟,同辈谓之亲戚)。(汪廷楷《回城竹枝词》其一)
> 为谐伉俪两情投,嫡庶无分尽等俦(一人可娶数妻,不分嫡庶)。最是不堪扬土尔(夫妇不和,随时可以离异,回语谓之扬土尔),各携儿女莫容留(所生子女亦各分认,夫得男,妇得女)。(汪廷楷《回城竹枝词》其十一)

每个民族都有自己独特的伦理文化,这种伦理文化并非凭空产生而是和这个民族所处的自然条件以及历史沿革过程中的社会形态、生产方式息息相关。这几首诗中所表露的少数民族家庭伦理,与儒家礼法所倡导的伦常观念显然不同,站在国家一统、边疆稳定的立场,许多诗人不由自主地感到将之纳入中原传统文化中的迫切性与重要性,甚至呼唤"谁能变夷俗,化外树仪型"(铁保《回部》)。

历代统治者均强调以教化来稳固统治,而风俗就是引导风尚、宣扬教化的重要手段。《毛诗序》所言:"风,风也,教也;风以动之,教以化之。……上以风化下，下以风刺上。主文而谲谏，言之者无罪，闻之者足以戒，故曰风。"①可见对风俗的引导向来就是教化的重要手段。在传统的观念中，夷夏之别从来就不是血统而是文化的差别。历代为儒者所发挥的，对中国古代民族及国家观念产生深刻影响的"内中国而外诸夏，内诸夏而外夷狄"②的观念，一向以是否懂得儒家伦理为判断标准。

清代前期，雍正皇帝抓住时机，适时以曾静案为契机主持的对"华夷"论的批判，确立了华夷之分在于是否"向化"，即是否认同并接受"中外一家"的共同文化传统的思想观念，意欲彻底颠覆"华夷之辨"的思想影响。这次论辩对于消除人们华夷之别的思想意识，强化各民族统一的思维至关重要。此后，清统治者在重要的政治场合及官方文件中，尤其注意避免对边疆少数民族使用带有轻蔑意味的"夷狄"称谓或字样。为表示对汉、满、蒙、维、藏五族一体的重视，乾隆皇帝特敕命官修《西域同文志》。这是第一部五种文字对照的辞书，乾隆帝还敕命将五种文字镌刻在许多重要建筑上，以"昭我国家一统同文之盛"。如何弥合差异，塑造共同的文化心理，是清政府面临的重要课题。乾隆中叶西域统一后，清政府也在西域多地设立私塾，宣传儒家思想。纪昀曾形容当时乌鲁木齐及周边几城开设书院教授子弟的情形："芹香新染子衿青，处处多开问字亭。玉帐人闲金柝静，衙官部曲亦横经。"（《乌鲁木齐杂诗·民俗》其三十三）但南疆维吾尔族大多进入伊斯兰经文学校学习，加之语言文字不通，行政上的民族隔离政策造成回疆各地办事大臣无权过问当地民政事务，

① （汉）郑玄笺，（唐）孔颖达疏：《毛诗正义》卷一，《十三经注疏》阮元校刻本，北京：中华书局1980年版，第269页。
② （汉）何休注，（唐）徐彦疏：《春秋公羊传注疏》隐公卷一，《十三经注疏》阮元校刻本，北京：中华书局1980年版，第2297页。

回疆的普通维吾尔人只知伯克而不知清政府,严重影响了回部国家意识的整体建构,更不用说在文化上与中央王朝的集体认同了。一些少数民族上层统治者营私舞弊,欺上瞒下,以至民怨沸腾,成为后来发生回乱的重要因素。人们已经意识到"是非被以文教,无由除彼锢习"①发生于同治年间的阿古柏入侵,使各地学堂更是毁于战乱,百无一存。左宗棠率军平叛后,痛感文化间的隔阂是造成西域局势不稳、催生外向性意识的重要原因,因此他认为:"将欲化彼殊俗,同我华风,非分建义塾,令回童读书识字,通晓语言不可。"②为促进文化的一统,新疆建省后,清政府改变了既定的"因俗而治"策略,在各地"置学塾,训缠童",试图以"华风"强制性革除旧俗,以儒家文化"潜移默化之"。③

清朝统一西域时,天山南路的回部地区文化与汉唐时期已有极大的区别。回鹘人9世纪建立的喀喇汉王朝及13、14世纪的蒙古人统治使这里逐渐伊斯兰化。其社会文化习俗以伊斯兰教为主导,伦理观、价值观及行为规范更是深受伊斯兰教思想的影响,与中原儒家文化相比,属不同的文化类型。

在华夷一家的理念支配下,清王朝很早就形成了以教化融合华夷的观点。康熙帝就曾认为,至治之世,当"以教化为先",因为"法令禁于一时,而教化维于永久"④。教化的首要手段当以"德化"为

---

① （清）朱寿朋:《光绪朝东华录》第2册,光绪十一年十二月,北京:中华书局1958年版,第2051页。
② （清）左宗棠:《左文襄公全集·奏稿》卷五六,见沈云龙主编:《近代中国史料丛刊》第六十五辑,台北:文海出版社1979年版,第2255页。
③ （清）袁大化、（清）王树枏等纂:《新疆图志》卷三八《学校一》,清宣统三年天津博爱印刷局石印本,第12册。
④ 转引自张惠芬、金忠明编著:《中国教育简史》,上海:华东师范大学出版社1995年版,第308页。

主:"善为君者,蛮夷反舌、殊俗、异习皆服之,德厚之。"①清政府实行的一系列政策无疑都是期待通过"以德厚夷"的方式达到西域的长治久安。伴随着清王朝"厚德"基础上的西域政治统治政策的实施以及强大的军事、经济力量,诗人们注意到西域少数民族在保留自身文化独特性的基础上,开始逐步认同中原文化,文化同化的状况逐步在西域展开。如:

> 绝塞人皆知孔孟,花门也解颂唐虞。莘莘孝秀联翩起,似此同文古有无。(徐步云《新疆纪胜诗》十四)
>
> 疏勒古雄国,今为没齿臣。衣冠仍异俗,耕凿等编民。寒景阴晴变,山河壁垒新。覃敷文教远,天地爱斯人。(铁保《徕宁杂诗》)
>
> 中外车书文轨同,韦韝毳幕亦醇风。羌人供馔惟膻肉,黑子娱宾尚马酮。月窟是河皆产玉,龙堆有领恰名葱。缠头久识归声教,解习华言译可通。(汪廷楷《伊江杂咏》其七)

虽然还是"衣冠仍异俗",饮食惟膻腥,但"自从即叙西戎后,一变羁縻化外风"(曹麟开《塞上竹枝词》)。随着叛乱的平定,中原文化的西传,西域的经济文化已经发生了很大变化。文化风习的差别已经不再是诗人关注的焦点,因为他们注意到,通过汉语的修习,儒家思想的传布,"车同轨,书同文"的文化一统目标已经成为可能。

文化的认知与交流是不同人类群体间沟通的基础,随着对少数民族文化了解的深入,西域诗人也开始逐渐克服对少数民族认识的偏见,出现了消除自身文化优越性的心理倾向,开始理解、尊重,用平

---

① (汉)高诱注:《吕氏春秋》,上海:上海书店1986年据《诸子集成》本影印版,第21页。

等的眼光看待其风俗。首先对于少数民族产品的欣赏,如土产白氎布以及回布回锦:

> 天生草实丝成茧,细织流黄粲若银。此是番中白氎布,赛他文锦簇麒麟。(徐步云《新疆纪胜诗》其二十六)
>
> 抱布蚩蚩集市廛,五丝织就锦纹鲜(回布回锦最佳)。穹庐妙手偏多巧,还有雕绒细罽毡。(汪廷楷《回城竹枝词》)

对其生产工艺更是叹为观止,如许乃毂曾慨叹少数民族的纺织技术:

> 喀什噶尔回童曰巴郎子,有工针黹者,如内地之拉锁子。以绢素绷架上亦如内地。惟其针尾镶以木,如锥;针尖有倒锋似钩,与内地殊。右手下针,针斜落其钩。乘隙而上,左手绕线于钩,随指起落,捷若风雨。授以人物花鸟篆隶真行,顷刻而就,女红两月,渠一二日可成,真绝技也!纪之以诗。
>
> 忽讶春蚕食叶声,花门花下试神针。愧侬诗滞邱迟锦,因尔催成击钵吟。织锦天孙力不胜,也应输与尔争能。风酸月黑机丝急,寒煞孤孀午夜灯。

在多元文化交汇的区域,如何定位自我文化,认知、接受并认同他者是该地区和谐共荣的前提条件。对少数民族文化了解的深入打破了诗人中原文化中心论的思维定式,诗人以开放的眼光、开阔的胸襟接纳少数民族的风俗文化,从而在诗歌中建构起了新的少数民族形象。

三次入疆,辗转于天山南路十多年的萧雄,对于少数民族民俗风习的理解更为深入。他的诗作,吟咏了他们美好的品性,他们耕种、纺织、养蚕、放牧,十分勤劳:"双驱骏马勤耕陇,不待天明早唤醒"(《耕种》);"手转轴轳丝乙乙,不将粗布换轻罗"(《纺织》);"彩帕蒙头手挈筐,河源两岸采柔桑"(《蚕桑》);"队队牛羊下夕晖,春风海上草初肥"(《牧养》)。他们有"聪明不亚青莲士,读尽番书读汉文"
(《才能》)的智慧;也有"本来天性即彝伦,除却君师尚爱亲。一样
纲常分厚薄,连枝惟隔异苔人"(《伦理》)的伦理观念;有"婚嫁居
然六礼周,结褵有四记从头"(《婚嫁》)的礼教意识。萧雄虽未完全
超越历史话语中的民族偏见,但他对少数民族民风民俗的吟咏却在
很大程度上颠覆了以往诗歌中的懒惰、愚昧、野蛮的少数民族形象,
还原了他们勤劳、智慧、文明、崇礼的民族品性。正是大量这类民俗书
写的出现,才促成了"已见车书尊异俗"(易寿崧《库车四首》其一)的
对少数民族文化尊敬的态势,以及"未敢诮膻腥"(国梁《吐鲁番道
中》)的平等观念,为多民族地区多元文化的和谐共生提供了条件。

　　民俗书写是诗人摒弃了历史中文学书写的时间流所建构的纠缠
着想象与真实两重意味的西域,将关注点转向了日常社会生活空间,
这一转变代表着清代西域诗人审美趣味的巨大变化。诗人抛弃了宏
大主题,将看似琐碎而庸常的民俗景观纳入审美视野,其实感性而直
观地面对西域人民的生命存在方式,抵达内在的、本真的、深度的西
域生活世界,做到了生活化、场所化和语境化,使人们对西域的认识
从抽象的精神领域回归到现实世界,扩大了历代西域诗的审美范畴。
虽然由于时代的限制,他们所记录和采摘的,更多是一些文化表象,
并不能形成系统的记录,也没能完全深入他们的文化语境当中,缺乏
与少数民族的人际互动;旁观者的身份,使这种歌咏难以摆脱表面
化的、碎片式的痕迹,但对于打破民族间的隔膜,促成不同民族异质
文化之间的交流与对话,无疑具有相当现实的意义与价值。同时,民
俗本身所具有的质朴、自然、单纯的审美品格也影响了诗人的创作,
他们在这类诗歌中不再追求圆融和谐的美感表现,而是用清新自然
的笔触表现少数民族群体的生命活力,使历史上这一群体寡淡而模
糊的面目从此渐趋清晰,因而具有独特的审美价值。

第五章　漂泊人生中的思亲恋乡情结

　　作为人类最普遍的情感之一，思乡恋亲在文学中早已成为永恒的主题。自《诗经》征戍诗中的《豳风·东山》及《小雅·采薇》对"归"的不断呼唤中，便可知这一传统在中国文学中的源远流长。它可以说是中国文人情感生活的重要组成部分之一，文人的各种难以言表的悲思愁绪均可借思乡一途淋漓宣泄，因而使思乡具有了多种感兴寄寓的文本表现功能，文化精神分析学更是将之归结为"乡土情结"。清代西域诗人或为官员，或为军人，或为遣员，身份各异，但若要说他们有共同的地方，那就是均为远离家乡远离亲人的游子。思亲恋乡是他们共通的心理感受，也是诗人创作的重要情感动力。同时，流寓于西域的诗人由于置身特殊的地理环境，身处异质文化氛围的包围之中，其感受又非"独在异乡为异客"一句所能涵盖。"异乡"与"异域"虽一字之差，程度却相差甚远。"异乡"之间的文化差异不大，带给诗人的主要是离家的烦恼和对亲人的思恋；而"异域"则从根本上剥夺了诗人的群体归属感，让诗人感受到生命根底的缺失，诗人从中体味到的孤独感和心理隔膜远较"异乡"强烈，因而产生的思乡之情也更浓烈而深沉。西域诗中的乡土情结描写正是这种"情动于中而形于言"的结果。但是可惜的是，至今为止，还没有人对西域诗中这类题材的写作做过专门的研究,这不能不说是一个遗憾。探究西域诗中思乡恋亲主题的具体内涵和情感特征,可以为我们了解西域诗提供一个新的视域,有助于我们把握西域诗美学内蕴之一角,同时也有助于我们了解诗人所遵循的文化心理传统,从而进一步体悟西域诗的价值与意义。

第一节　儒家伦理制约下的亲情抒写

中国文化的基本特征之一就是以家族为本位的人伦亲情关系,而其他的一切社会关系均以此为起点而延伸开去。在儒家看来,人之为人正因乎人伦理常,五伦之中,父子(包括母子)、夫妇、兄弟(包括姊妹)三种关系更是"无所逃于天地间"的天伦关系。"岂无父母在高堂,亦有亲情满故乡"(白居易《井底引银瓶》),伦常关系所牵涉的亲情,折射到文学作品中,就是浓郁的思乡情结。"人情重怀土,故乡安可忘"(欧阳修《送惠勤归余杭》),思乡之情,人皆有之,且自古皆然。这种眷恋的乡怀不仅是异乡游子一时的慨叹,更是出于群体伦理义务感,是血亲宗法制度积淀于内心的结果,并由此构建了中国传统文人的情感系统。思念故乡,意味着不忘故背亲,延伸上去就是不忘恩背主。思乡主题在人文精神浓厚的伦理文化系统中因此被罩上了"忠孝"的神圣光环。历代统治者均推崇孝道,而人若仅仅固守于家庭之中,"家穷亲老,不为禄仕"[①],则被视为三不孝之一。而要谋求功业,又需离乡就远,因此离乡之后不忘思乡,心中牵念故土亲

---

① (汉)赵岐注,(宋)孙奭疏:《孟子注疏》卷七,李学勤主编:《十三经注疏》,北京:北京大学出版社1999年版,第249页。

旧，即是不忘于孝亲的折中表现。因此，思念故土的情感既符合儒家伦理价值要求，符合尽孝于亲这样一个目标指向，同时也顺应了发自内心的依恋亲人、难离故土的情感需求。作为内心矛盾的自我慰藉、自我解脱、自我调适的过程，这也是古代文学中思乡主题不绝于耳的深层原因。虽然有些诗人出于报国热情投身西域，毅然抛却了家庭亲情，高唱"熟惯从军乐，浑忘儿女情"（奎林《自伊犁驰赴金川军营遥别素村》），表白"惯客忘家岂忆归"（奎林《冬夜感怀》），"车骑从教轻结束，妻孥那复惜分携"（国梁《奉调赴乌鲁木齐》），然而清代大多数诗人赴西域的行为已然不同于汉唐时期求取功名的目标欲求。他们或因事被贬，或因罪流放遣戍边地，奔赴、滞留西域大多属于事业追求失败后的无奈被迫之举。因此，他们的乡土情结书写中更多了一层天涯沦落的悲哀与岁月蹉跎的痛苦，同时缠绕着难以言表的遭遭的悲愤，纠结复杂的情感最终汇聚、凝结在对乡园亲情的无限追忆之中。

一、西域诗中的亲情书写

在清代西域诗中，抒发思乡恋归情绪的作品俯拾皆是，而其中最核心的内涵是对"家"的怀恋："东风吹我落天涯，瑟瑟秋风苦忆家"（杨廷理《漫兴》其三）、"令节重逢愁欲出，天涯万里苦思家"（蒋业晋《三月四日寒食出游感而有作》）、"月华如水漾流沙，今夜客梦谁还家"（颜检《中秋望月歌》）、"晓来唤醒家山梦，泪堕征衫痕尚存"（陈庭学《和胥园闻角感吟》）、"多情终是家山月，早向离人伴寂寥"（舒敏《夜至赤金峡》）。"家"是一个人的生命之根，亲情使"家"这一概念变得具体而有意义。西域诗人远赴西域，"家"成为他们的精神支柱和情感寄托之处。对于血缘关系的情感依赖及理性认同，也皆因远离家乡的现实凸显出来。恋家情感中最核心的部分就是思亲了。西域诗中大量恋亲题材诗歌的出现也与统治者的官僚管理制度与流放制度密切相关。自乾隆统一西域后，这块土地就成为清王朝放逐官员的流放地。西域诗人多为遣员，他们被流放西域，看似比死刑要轻，实则更显示了帝王对臣下生杀予夺的无上权威。放逐使流放者远离其所熟识的地域与社会环境，将其强行驱逐到一个完全陌生的环境之中，迫使其在空间、时间、语言、生活方式等方面产生巨大的疏离感与失落感，备尝生离死别之痛与孤寂凄凉之苦，这无疑是身体与精神的双重折磨。不仅如此，清王朝还尽量在经济上扼住遣员的脉搏，按照清朝统治西域初期的规定，赴西域效力赎罪的遣员，沿途一切费用均需自理，直至乾隆五十一年（1786），清政府才出于"念路途遥远"的客观情况，"著加恩令其驰驿"，[①]允许遣员免费使用公家的车辆驿站。为了进一步达到惩罚的目的，乾隆四十六年还明确规定遣员至流放地不得"携带家属"，且不得在当地"买妾置产"。[②]并于乾隆五十九年（1794）重申以上规定："起解新疆官犯，遵照前奏谕旨，一概不准携带眷属，如误行携带起解在途者，亦即照例截留，递回本籍。"[③]有此明文规定，虽然后期一些遣员因种种原因携带亲属至西域也时有所见，但绝大多数遣员只能只身前往，或仅带家仆或书童，自然就造成了亲人分离的社会现实，这也是西域诗中大量恋亲题材诗歌出现的原因。

　　西域诗人身处路途迢遥的西域，归家无期，生死难卜，加之交通工具落后，以至于与家人信息难通，怀乡思亲之情就显得特别深切

---

① 《大清高宗纯皇帝实录》卷一二七〇，转引自新疆社会科学院历史研究所编：《〈清实录〉新疆资料辑录》，乌鲁木齐：新疆大学出版社2009年版，第3064页。
② 《大清高宗纯皇帝实录》卷一一四二，转引自新疆社会科学院历史研究所编：《〈清实录〉新疆资料辑录》，乌鲁木齐：新疆大学出版社2009年版，第2929页。
③ （清）刘锦藻：《清朝续文献通考》卷二五〇，刑考九，徒流，军遣附，北京：商务印书馆1955年版，第11245页。

凄苦难耐。这时诗人的精神寄托常依附于家信这一小小的安慰媒介，对家信的渴望就成为他们表达对亲人思念和渴慕的方式之一。但在当时的社会条件下，顺利接到家书常常也是一个奢望，一封家书要寄到西域动辄经年，甚至有"三年空盼远鸿音"（杨廷理《介石内弟书亦述余家事，作书报谢》）的情况，让诗人不得不感叹"始信家书抵万金"。家书不至则"马前鸦噪集，日日望书来"（祁韵士《望家信》），企盼"太息欲归归不得，可能一纸慰愁余"（杨廷理《望家信不至》）；得家书则急不可耐地"停鞭和泪急开封"（《方希孟《途中得家书》），如同获得"万里书来开笑眼，也如一面晤妻儿"（毓奇《暮春静坐无事喜接家书》）般的宽慰和快乐。但是并非所有的家信都能让诗人放下思家念亲的愁怀，世事的多变常使长期与家人音信不通的诗人充满疑虑，生怕家人出于对远方亲人的惦念而报喜不报忧，隐瞒了一些不好的消息，从而让诗人反复猜测，难以释怀。如铁保《见家书作》：

> 不见家书来，旅怀为缭乱。家书到面前，疑信又参半。满纸报平安，一字无点窜。颠倒再三读，拭目自披玩。无字是真经，文从空处看。

全诗以白描的方式直抒胸臆，表现不见家书时的烦躁凌乱的心绪与既见家书后的半信半疑，以及阅读家书的颠倒再三，试图从字里行间探查实情的细心专注等。将虽然身处万里之外，无力照顾家庭但心中仍牵系家人安危的无奈感伤，以及背家离乡的游子的精神痛苦表现得淋漓尽致。

家书的往来是远戍西域的游子与家人互通消息、情感交流的重要媒介，写家信，也成为许多诗人寄托亲情、聊慰相思的主要方式，史善长《作家书》细致地表现写作家书的情景：

一从外形骸，熙熙度昏晓。何事忽长叹，家书作未了。嗟予鲜弟兄，孤舟涉浩淼。有母七十余，头白容颜槁。有男子四人，高低膝前绕。大者习诗书，尚未采芹藻。小者行扶床，但知觅梨枣。长女发垂肩，红丝幕前裹。次女发覆额，月出明珠皎。幼女六岁余，肤雪双眸瞭。老妻壬年逝，开箱剩苎缟。病妾三十三，夏月披绵袄。新妇淑且勤，持家空懊恼。有孙名阿喜，孩笑在襁褓。依亲寄羊城，未敢必温饱。寻常百里程，离别伤怀抱。倚闾日盼望，焚香夜拜祷。今远谪轮台，弱水隔蓬岛。书到动经年，何处觅青鸟。乡人为寄书，一纸千金宝。胸中千万言，提笔无一道。上请高堂安，下报残躯保。春深塞路青，泪滴成枯草。丁宁嘱行人，此去归岭表。我家问我颜，道比来时好。

诗人被遣西域，早已看空万事，一任自然，然而放不下的，就是一封家书而已。要提笔作书，家人的身影一一呈现，从发白枯槁的老母，到大大小小的稚子，从未能安葬的妻子到疾病缠身的妾妇，牵挂之念难以遏制。然远谪轮台，相隔如人间天上，即使想以家信慰藉相思，也要动辄经年才能收到。如今恰逢乡人可以为自己捎去家信的良机，对诗人来说如获千金之宝。要在家信中表达对家人情感，可胸中千言万言，却无从说起。最后只能泛泛地问候家人，自报平安。并一再叮咛乡里人，若是家人问起，就说我比来时要好。全诗不事雕饰而情深意切，将写作家书时的复杂心境表现得十分深透。

在中国人的思维里，"家"是能获得安全感与自适感的唯一场所，是具有强大的凝聚力与向心力所在，而这个凝聚力和向心力的核心就是父亲与母亲。由于儒家文化中强调"父尊而不亲，母亲而不尊"，加之男主外、女主内的传统社会性别分工的不同，因此，子女对父母感情的类型是不同的。对父亲的感情是理性的，多的是敬畏，而对母亲的感情则是感性的,常表现为依恋,恋母与思乡有着类型上的内在一致性。因此,相比而言,母亲更能给人带来家的感受。尊君孝亲的传统使得诗人对母亲的依恋以毫不掩饰的显豁的方式呈现出来,在诗中恣意呈现的是母亲的慈悲、宽容和对子女的无限爱怜。如写母亲牵念远在边隅的游子的"游子仍羁塞,慈亲倦倚门"(陈庭学);写母亲因为怕儿担忧,书信只报平安的"亲心怕惹儿心恸,除却平安一字无"(舒敏《冬日书怀》其二);也有对母亲的祝福的"有母常期如老莱"(王树枏《思母》),"征程浣尽老莱衣,绝塞荒凉到雁稀"(成书《岁暮书怀》其二)等。嘉庆十年充任哈密帮办大臣的成书,因其父哈靖阿也曾任同一职位的渊源关系而对西域感情深厚,在哈密期间深受爱戴,工作进行得十分顺利。但即使如此,仍难以抑制对亲人尤其是对母亲的思念。他的《岁暮书怀》(其一)表现了思亲念远的深情:

> 岁晚风吹游子襟,那堪穹幕对愁阴。七千里外平安信,十二时中孺慕心。有限春晖行又过,无端归梦杳难寻。遥知佳节喧儿女,白发红灯夜语深。

时至年末,又值黄昏,正是游子当归之际。然愁云惨结,身在穹庐,遥远的异域难抑对远方亲人的思念之情。慈母体谅儿子的心境,早早寄来平安信慰藉这终日不息的相思之情。然这慈母的爱意终难平复游子的思归之梦。遥想即将到来的佳节,慈母的身边还会环绕着其他儿女,并不会感到寂寞,身为人子才能稍有安慰。

在西域诗中,对于母亲养育之恩的感念,常常会因感物而兴怀,喈格的鸟语常会唤起诗人关于乌鸟反哺的情感记忆,自然而然地联想到对父母的深情。如"郁郁庭中树,乌鸟巢其枝。老乌各相失,形影分东西。遗雏独孤露,谁为慰渴饥。反哺情则殷,翼短不得飞。飞飞难自由，日夕枝上啼"（颜检《拟古》）、"底事近来归思切，输它反哺志先酬"（舒敏《闻鸟有感》）、"纵为高堂添白发，屋山啼鸟正思儿"（成书《岁暮绝句》其三），均是如此。

二、闪烁其词的夫妻之情

相比于子女对父母的眷恋深情，夫妻之情在封建时代被视为私密的个人情感。虽然今人多谈到封建礼教对女性的压制，但实际上在历史进程中女性地位并非简单的"男尊女卑"四字所能概括。儒家思想中，虽有许多歧视女性的观念存在，如"夫妇者，何谓也？夫者，扶也，以道扶接也。妇者，服也，以礼屈服也"[①]，明确表明了男性支撑门庭与女性屈从丈夫的家庭关系准则。但儒家经典中同时还有另一种声音，它还强调夫妇之义，看重夫妻之情，倡导夫妇平等相亲。如《礼记·昏义》："妇至，婿揖妇以入，共牢而食，合卺而酳，所以合体、同尊卑，以亲之也。敬慎重正而后亲之，礼之大体，而所以成男女之别，而立夫妇之义也。"[②]作为"人伦之始，王化之端"[③]，夫妻合体，相互敬重，才能做到婚姻和美长久。而在《周易·恒卦》"亨，无咎，利贞。利有攸往"的表述中，学者既看到了"男尊女卑、夫唱妇随这一家庭伦理理念之源头"，同时也"可进一步体味夫妇关系贵在长久，夫妇间天长地久、白头偕老的思想观念亦源于此"。[④]随着宋元以后理学的兴盛，男尊女卑的观念被刻意强调，以卑弱、贞顺、敬慎、专心、奉献、屈从等特质来完成对女性人格的塑造。当男性精英们辗

---

① （汉）班固等：《白虎通》卷三下，北京：中华书局1985年版，第205页。
② （汉）郑玄注，（唐）孔颖达疏：《礼记正义》卷六一，李学勤主编：《十三经注疏》，北京：北京大学出版社1999年版，第1886页。
③ （南朝宋）范晔撰，（唐）李贤等注：《后汉书》卷六二，北京：中华书局1965年版，第2052页。
④ 杨亚利：《周易与中国夫妇之道》，北京：中国文史出版社2003年版，第8页。

转于庙堂与山林之间,追求内圣外王的人格精神,体味生命的悠游空间时,女性只能以"天理"作为生活信仰并一以贯之。西域诗的作者滞留西域,对家庭无暇照顾,长期忍受夫妻分离之苦,出于人之常情,思家念亲情感中表现夫妻之情的内容当然占很大成分;而他们生活的另一半在家中勉力支撑,养亲教子,营谋生存,早已突破了"男主外女主内"的社会分工界限。若无强韧的意志力便难以为继,他们之间可谓是患难夫妻。"中国夫妇之相处,恒重其情之能天长地久,历万难而不变。而唯在离别患难之际,其怀念之深厚处乃见。"①但遍检清代西域诗,其中抒写夫妻之情的篇章不过四十余首,不能不说受制于讲求"男女大防"的正统道德观的影响,束缚了诗人正当情感的抒发。虽然夫妇之道并无违背伦常之处,但封建时代的男女之情很难作为公开题材来吟咏,它常被当作君臣之义的隐喻,只有跨过这样一条政治界限,似乎才可以为公众所接受。古代诗歌中的思妇诗常常表现为"男子而作闺音",实缘于此。

清代西域诗中吟咏夫妻之情的诗篇,往往借用牛郎织女的故事为媒介,以"闺思"的形式呈现,情思深婉,含蕴悠长:

银河脉脉露团团,五色丝飘拂玉栏。缑氏有人招白鹤,承华无信降青鸾。笙歌徐度天街冷,瓜果争陈宝篆残。欲卷珠帘凭远望,夜窗开处不胜寒。(舒敏《七夕闺思》)

天上佳期夜未阑,故园秋到井梧寒。红楼思妇天涯客,一样银河两地看。(严金清《七夕二首》其一)

把酒凭栏风露清,银河今夕倍分明。无端佳话传千古,惹起人间儿女情。(严金清《七夕二首》其二)

---

① 唐君毅:《中国文化之精神价值》,桂林:广西师范大学出版社2005年版,第230页。

> 凉云生月影,河汉又新秋。天上饶佳会,人间足别愁。年衰鸳梦减,兵急雁书浮。何日双星下,凭肩话女牛。(舒其绍《七夕》)

这几首诗均以七夕女儿节为抒情背景,以离人两地共望银河为联结情感的触发点,以佳节的热闹反衬离人之思,而将夫妻间的情愫表现得如蜻蜓点水般不着痕迹。另一类表现夫妻之情的诗歌以闺怨诗的形式出现,如国梁的《春闺》、舒敏的《元宵闺思五首》、《除夕》(其二)等,创作这类诗歌最多的是颜检,如他的《秋怨》就采用对面落笔、男子而作闺音的方式:

> 牵马饮城壕,君在陇西住。照月缝罗衣,妾向空阶步。夜色耿银河,风声度庭树。眷彼织女星,牵牛还相顾。胡宁我离居,长此别离苦。关山不可逾,心随万里去。万里何迢遥,寸心自洄溯。溯洄行复止,衣襟湿宵露。
>
> 衣湿增我悲,悲思当告谁。送君值秋日,今秋复来归。君身若系马,絷维将安之。妾心如汲绠,辘轳无已时。时去不得住,心在长相思。思妾非旧颜,怜君添鬓丝。鬓丝亦何虑,但愿成归期。归期谁能定,此愿毋相违。(颜检《秋怨》二首)

这两首诗均以女性的口吻诉说相思之苦与离别之怨,情思绵渺,意旨微茫。同样借银河、牵牛、织女等意象表达夫妻离居的怨尤。同时,借用《诗经·蒹葭》中反复追索的情事,表现对于情感的执着不悔的坚贞。颜检的《拟古》二十首中也有些属于五言体闺怨诗。兹举几首为例:

> 远道怀征夫,良时惜春暮。中闺秉刀尺,纤手理纨素。膝下呱呱儿,殷勤索乳哺。不哺忍汝饥,哺汝还汝顾。汝小不知愁,

汝父边庭住。(其一)

　　送君出门去,秋风来林端。引领白云飞,漫漫归故山。云去亦复返,君去何时还。沙漠冰雪多,边地山风寒。迢迢在远道,悠悠望长安。不怨独宿苦,惟思行路难。(其五)

　　寂寂孤夜永,绵绵思绪长。纤纤擢素手,脉脉缝衣裳。仰观天边月,清辉满兰房。愿照入关路,游子归故乡。(其十四)

　　忠厚心相知,琴瑟声相和。一弹而再鼓,遗音感人多。感人不在音,同心谅无他。奈何逞意气,独弹自高歌。歌罢不成调,怀抱竟如何?(其二十)

第一首以女性居家时辛勤劳作,哺育幼儿,但心中怀想远人开篇,点明所怀思之人远在"边庭"。第二首回想送别时的情景,正值秋风萧瑟,遥想君去程途遥远,边地苦寒,归期未定,表明对丈夫的担忧之情。第三首写独守空房时的寂寞相思,将对丈夫的脉脉深情均缝入为他准备的衣裳。月色皎洁,普照大地,茫茫入关路上,相伴游子回归故乡。第四首写思妇与游子琴瑟相和的生活愿望,然而游子远游,歌不成调,徒留感伤。诗中的女性不仅饱尝相思离别之苦,且时刻要牵挂远在塞外的丈夫的冷暖安危,承受着沉重的感情折磨,因而显得更加痴情动人。

　　闺怨诗情韵悠远、哀怨缠绵,以男子而作闺音,是在传统诗歌发展过程中形成的独特的形式。一般认为其背后往往蕴藏着男性创作者的君臣之思与怀才不遇之痛,其形成的背后有相当深邃的社会文化原因。西域诗中的闺怨诗的出现显示了传统文化在西域的延续。但与其说这类诗歌背后有什么政治意义,倒不如说诗人是巧妙地利用了这类诗歌常有的政治倾向来掩饰其难以言表的夫妻间私密性情感,表现对家人的刻骨思念,其专注的是个人情感生活,表现的是个人的内心世界。细腻温柔的思妇心理打破了仅从遣员或官员的角度单向抒情的局限,拓宽了西域诗的表现空间,加大了诗歌的情感含量,也增强了西域诗的艺术表现力。

寄内诗也是西域诗中表达夫妻相思的形式之一。如"红颜旧事卿休忆,白发新装我自知。万里月明相望处,千门春晓共吟时"(毓奇《寄内》)、"天涯有客应怜我,地僻无书可寄卿。若问襄衣别后事,又添鬓发雪千茎"(晋昌《永宁城冬夜寄内》)、"音书久隔怜儿辈,井臼亲操念老妻。手勒平安聊寄语,莫从风雨怨凄凄"(祁韵士《寄内》)等,这类诗歌就显得直抒胸臆,意蕴较为明爽了。铁保的寄内诗《内子初度日长律却寄》二首及《内子六十初度诗以寄之》,诗情畅达,感情真挚。如表现对妻子的敬重,"齐眉老友敬如宾,白首持家亦苦辛",回忆妻子初嫁时辛勤劳动及向自己学习写诗的情景,"乙夜警鸡鸣,刀尺不离手。随余学小诗,占毕俨闺友"等,虽明白如话,不事雕饰,却别有一番感人之处。

成书《岁暮绝句八首》(其五):"老年夫妇转多爱,扶病相看别泪挥。莫为征人计眠食,好留性命待余归。"在风格上与铁保寄内诗极其相近。这类诗歌中,女性不再是抽象的喻指和象征,而是有血有肉具有独立人格的人。夫妻间深厚的情感,对妻子惦念的劝慰与对共同未来的憧憬,以直白真切的形式出之,毫无掩饰,却能够在同类题材诗歌中独树一帜,脱颖而出,获得突出的艺术效果。

三、深情款款的舐犊之情

西域诗人滞留西域,恋亲思乡,而其恋亲的表现是有所区别的,如对父母是牵挂,对妻子是思恋,而对子女来说,这种思恋则更多地体现在对于"父亲"责任的坚持。西域诗人的父子亲情多表现在来往的书信之中,虽然数量不多,但足可窥见父子交往背后深藏的文化伦理观念以及父子间源于血缘关系的款款深情。

对于父子间应当遵循的伦理尊卑秩序,董仲舒以阴阳五行说进行论证:

> 天有五行,木火土金水是也。木生火,火生土,土生金,金生水。水为冬,金为秋,土为季夏,木为春。春主生,夏主长,季夏主养,秋主收,冬主藏。藏,冬之所成也。是故父之所生,其子长之;父之所长,其子养之;父之所养,其子成之。诸父所为,其子皆奉承而续行之,不敢不致如父之意,尽为人之道也。故五行者,五行也。由此观之,父授之,子受之,乃天之道也。故曰:夫孝者,天之经也。此之谓也。①

孩子的出生、养育、成长,皆父亲所为,子女对父的"孝"为天经地义,而父亲对于儿女的"授",即教育也是理所当然。父亲不仅是一个自然角色,还代表着一定的社会角色,肩负着对子女进行社会教化的责任。而西域诗人长期滞留西域,意味着母亲更多地肩负起了子女的教育,而理应承担此责的父亲则处于角色缺失的状态。但是从西域诗中可以看到,正是在与儿辈的书信往来中,西域诗人延续了父亲的角色意识。他们并没有因为空间距离而因此"放下"父亲的责任,而是以书信的形式,或者以高度的道德自觉,在家庭中承担社会教化责任;或疏离社会道德,以亲亲之爱对待子女,在诗歌中重现了那个时代合情合礼、情礼并重的父子相处关系模式。

西域诗人多为政治失意之士,在为官的职业生涯中栽过跟头。其中的大多数对未来的仕进之路已不存妄想,转而开始标榜贵在适意的人生理想,谋划未来归去田园、隐逸林泉的个人生活。但对个人

---

① (汉)董仲舒:《春秋繁露·五行对》,上海:上海古籍出版社1989年版,第63页。

今后生活的定位并不影响他们思想意识中根深蒂固的儒家思想的作用，并不意味他对社会完全失去了参与的兴趣与动机。修身齐家治国平天下仍是他们赋予下一辈的期盼与理想，或者说他们将弥补自身人生遗憾的希望寄托在下一辈身上，期望他们能够超越自己，建功立业，光耀门庭。

爱之深，责之切，在与儿辈以诗歌形式往来的家信中，表达对儿辈的期盼，成为重要的内容。如陈庭学在得知大儿中举二儿入秀才后，勉励他们"培风须厚力，稳步上青云。家声期后振，次第子衿青"（《得家信知弟举子大儿预连试首选次儿云入泮志喜三首》），培养雄厚的实力，才能稳步青云，重振家声，光耀门楣。晋昌在家信中得知三子瑞林科举得中，除了勉励之外，还有谆谆告诫："莫因一第荣，遽尔增声势。勿以贵凌人，勿以才傲世。经史须钻研，师友勤砥砺。家居尚简朴，慎毋崇华丽。念念务真诚，时时敦孝弟。莫为一言差，家庭生睚眦。愿汝听斯言，直上青云第。"意思是不要因为科举中第就以声势压人，不要因为身份尊贵就盛气凌人，也不要以个人的才学傲人。要认真钻研经史，多与师友探讨提高学问。生活简朴，切忌奢华，情感要真诚，时时孝顺父母敬爱兄长，不要因为一句话就让家庭生出不和。晋昌作为伊犁将军，仍不忘教育小辈，不仅关注下一代的个人价值实现，还关注他们的道德完善，让我们看到了作为父亲对儿子以及家庭的关切。

"谆谆儿辈勤供职，稳步同瞻玉殿峨。"（陈庭学《书怀示两儿预云复用前韵》）儿辈应当辛勤工作，事业才能稳步上升，将来供职朝廷。当诗人联想到自己的遣员身份，自己人生事业的挫折与政治上所受的打击时，下一辈的前程图景就成为作为父亲最为关注的问题。如颜检就曾以自身的不幸遭遇激励儿辈："吾身如蓬梗，随风无定所。尔身如鸿鹄，扶云自搴举。勖哉毋蹉跎，及时力须努。"勤奋努力不要蹉跎岁月，前途定能如鸿鹄高举，扶云直上。维系封建家庭的和睦也尤为重要，晋昌寄家书叮咛两个儿子"夫妻义重调琴瑟，兄弟情深念鹡鸰。他日归家一杯酒，欣看和气满门庭"（《寄示儿子瑞林祥林》）。夫妻和睦，友于兄弟，家庭一团和气，门庭才能兴旺。

作为家长的父亲的角色并不只是教诲与训诫，同时，他们在家书中表现对子女的态度除"尊尊"外有更多的"亲亲"之情。对子女的教化虽基于封建伦理要求，但绝不冰冷生硬，不求全责备。而是以父亲的宽容打量孩子，发现他的优长与个性，对儿辈发出由衷的赞誉，寄寓了父亲的爱子深情。成书《岁暮绝句》就分别历数几个子女的不同。星儿是"看书有眼力，爱寻义理轻文辞"，因而劝他"刻章琢句不足耻，钓取功名慰祖慈"。珠儿则是"程艺颇富有，博引繁征记诵优"，赞赏他"尔能读书吾所喜"。对于女儿则尽显疼爱："云鬟玉臂倚虚幌，学母应知无不为。不是老怀偏爱女，天生聪慧最怜伊。"并且极富幽默感地调侃顽皮强悍的小儿子是："生儿如狼犹恐尪，於菟虽小筋骨强。老夫他日归山宅，鸡栅牛栏仗尔防。"几个孩子的个性特点跃然纸上，而成书的慈父形象也就此奠定了。史善长《作家书》更是显示出父子之间平和圆满的天伦之乐："有男子四人，高低膝前绕。大者习诗书，尚未采芹藻。小者行扶床，但知觅梨枣。长女发垂肩，红丝幕前裛。次女发覆额，月出明珠皎。幼女六岁余，肤雪双眸瞭。"诗以左思《娇女诗》般充满慈爱的笔触，写出了孩子的可亲可爱。

"由氏族社会遗留下来，又在文明时代得到发展的宗法传统，使中国一向高度重视伦常规范和道德教化，从而形成以'求善'为旨趣的'伦理型文化'……而伦理型的中国文化，不讲或少讲脱离伦常的智慧，齐家、治国、平天下皆以'修身为本'，伦理成为出发点和归结点。以致中国文学突出强调'教化'功能，史学以'寓褒贬，别善恶'

为宗旨,教育以德育统驭智育,人生追求则以'贱利贵义'为价值取向。"[1]以父亲的身份教育下一代的西域诗人在意识上也难以摆脱伦理型文化的影响。赵钧彤《示暟儿》就鲜明地体现了作为父亲面对子女既要求其功业,复责其道德的倾向:

> 况我忠孝门,世业惟穷经。我既谪万里,进退安所凭。若不克负薪,嗟哉汝何生。……彼我皆丈夫,遗亲惟令名。所贵坚苦心,力与圣贤争。不然嵇中散,生儿如渊明。九死空罪愆,奕叶安忠贞。

诗歌是赵钧彤写给儿子的座右铭。他首先表明以忠孝传家,以读经为业的家庭传统。自己既已轮谪万里,而继承祖业、忠孝传家的希望便落在暟儿身上。堂堂丈夫应以令名传世,以坚忍之心,以圣贤为楷模,即便不能成圣成贤,也应如嵇康、陶渊明那样累世忠贞。全诗铮铮正气,至今仍能想见其神情。

"每忆家山感旧游,儿女笑啼空入梦。"(汪廷楷《六十初度口占七律四章自嘲自慰并呈诸同人》其一)在浓郁的伦理文化氛围中,西域诗人跨越万里空间承担的父亲的责任,便是其儿女亲情萦绕于心的明证。

"仕宦而致将相,富贵而归故乡"[2],在儒家思想的浸染下,传统文人一贯有着理想的人生设计,即外则存济世报国之心,以天下为己任;内则光耀门楣、扬名显亲。这种社会人生与家庭责任的结合充分显示了出仕与家的内在联系。因此,当他们在社会的舞台上展开个体生命之时,家乡、亲情便是他们的精神支撑,每一次对家中亲人

---

[1]　冯天瑜:《中国文化:生态与特质》,《中国文化研究》1994年第3期,第21页。
[2]　(宋)欧阳修著,洪本健校笺:《欧阳修诗文集校笺》(中),上海:上海古籍出版社2009年版,第1037页。

的思恋同时也是其家庭责任意识的强化。当人生事业遭受挫折时，家更成为挡风遮雨的栖身之所，是焦灼灵魂的安顿之地。西域诗人对血缘亲情的情感依赖，因远离家乡、人生失意的现实而越加凸显，成为西域诗题材中情感浓烈、久唱不衰的主题。

第二节 西域诗中的怀乡书写

西域诗人复杂的身份背景与个性特征意味着他们对异乡必然会产生千差万别的认识。但无论作为军人驻守边陲还是作为官员治理地方，或是作为流人被遣效力，远离故土都成为他们思乡情愫产生的现实性诱因。思乡因此成为清代西域诗人情感生活的重要组成，同时也是其诸般悲思愁绪抒发的出口和媒介，是在个体生命与外在现实难以调和的矛盾冲突间的自我宽慰和解脱，也是西域诗人超越现实、减轻伤痛的重要途径之一。思家恋归是清代西域诗中又一个显著的抒情重心，且已然超越了一般的诗歌情感，凝聚成难以消解的思乡情结。这一情结的内涵可以离析为两个方面，即刻入骨髓的客居意识及难以抑制的还乡欲求。它既是文学中思乡主题诗歌传统在西域诗中的延续，又体现了西域诗独具的内涵。

一、"客"——深入骨髓的自我身份体验

思乡恋亲之所以成为西域诗人反复咏叹的主题，有着深远的历史背景与现实情境。其中隐含着丰富的文化内蕴，体现了诗人的深层价值取向。其中一个重要的原因便是诗人心灵深处先天禀赋着的由农耕生活铸就的乡土意识和恋乡情感。强大的农耕文明将人们束缚在固定的空间里，土地意味着全部的生的希望，是安身立命之所。

曾经固守的土地早已超越了单纯的地名指向,凝结成一种感情符号沉淀在诗人的生命深处。另一方面,西域诗人曾经拥有的"志在四方"的事功追求,在许多人心目中已然化为泡影,被放逐到这几千里外的遥远异域。经历了一番人生的长途跋涉后恍然领悟到其真正的归宿与最终的价值就在"家"所在的地方。两股波澜汇为一体将诗人心灵深处激烈的情志推向高潮,因此西域诗中的思乡情绪表现的浓烈而又深重也就不足为奇了。

思乡情绪的一个突出表现就是诗人在西域感受到一种刻骨铭心的身份体验——"客"。翻检清代西域诗歌,会发现"客"这一词语出现的频率极高,几乎所有的诗人均选择了它作为对自我身份的指称。其中有标识身份的"迁客""戍客""逐客""荷戈客";有表达心境感受的"飘摇客""穷客""悲秋客""羁客""孤客""倦客""羁旅客""独客";有表明离家距离遥远的"万里客""边塞客""龙沙客""塞垣客""天山客""天涯客""边关客";还有表示来源的"西来客""远徙客"等,林林总总,不一而足。但无论是哪一种,其核心词都是一个"客"字。《说文解字》解"客"为"寄也。从宀,各声"[①]。"客"是寄寓的、无根的存在,与"主"相对,在表面的尊敬背后其实隐藏着内在的拒绝和距离,是不能介入这个世界的"局外人",是漂泊西域的游子。"客"这样的自我定位凸显出西域诗人身处西域而缺乏归属感的精神状态。而乡恋情结体现的就是人对于精神归属的追求,尤其当西域诗人中的大多数在其人生失意、精神追求失落、自我价值无法实现的现实中,思乡怀土便成为填补空白的方式。

西域诗人归属感的缺失首先来自他们对西域生存环境的疏离

---

① （汉）许慎撰,（宋）徐铉杨校定:《说文解字》,北京:中华书局1963年版,第151页。

感。西域对诗人来说,不仅是"异乡",更是他者生存的"异域",这一背景决定了西域诗思乡怀土情结存在的特殊性和根源。如舒其绍《雁来红》:

> 我家水云乡,飞雁鸣沉浦。带露剪园蔬,烹葵日卓午。妇孺话团圞,篱落秋光吐。一从雁塞来,日与牛羊伍。平沙杳无垠,黄云骄不雨。毳帐散明驼,白草连天补。何处有青山,苍雪自太古。反听雁嗷嗷,苦诉思中土。披图重唏嘘,人生合农圃。

"我家""带露剪园蔬,烹葵日卓午",自早至午的劳动生活意味着富于规律的生活方式,是秩序的象征,是富于人情味的地方,是亲切与温馨,它给人带来的是安全感、归属感和认同感。而今所处的"雁塞",是平沙黄云、毳帐明驼、白草连天,牛羊为伴。截然不同的地域景观,农耕文化与游牧文化的鲜明反差,怎能不使人产生陌生、疏离的感情? 推己及物,连大雁也难忍对中土的思念了,何况诗人! 诗人的关注点完全在于两种景观间的差异性对比,生动地显示了其内心深处"家"的安全感与归属感的失落,从而产生的对西域游牧文化环境的拒绝与排斥心理,即"客"居心理。这种"客"居身份体验不是来自"知识"或"观念",而是来自诗人独特的生命感受。"每一种体验都是从生命的延续性中产生的,而且同时是与其自身生命的整体相联的。"①它显示了诗人认识或接受、拒绝外部世界的方式,更是诗人自我观照、自我选择的精神基础。诗人对于西域景观的书写,是经过了主体筛选、过滤与改装的,其本质是诗人生存状态的内心体验。

　　"人情同于怀土",对故乡的思恋不是抽象的,它具体表现在思恋

---

① [德]伽达默尔著,王才勇译:《真理与方法》,沈阳:辽宁人民出版社1987年版,第99页。

故土的山水、土地、风物及人情甚至一草一木上。当身处异域，面对眼前陌生的风物景观，自然联想起故土。"流沙西域路，独客故园心"（颜检《春愁》），通过家园与异域景观的对比来突出异域客居身份体验，因此也成为西域诗中表现乡恋情结的一个重要模式。如史善长《三月二十六日雪》："到地便成水，飘空乱作花。不知春欲尽，只道律微差。冷逼寻芳客，寒催卖酒家。南方当此日，风絮扑窗纱。"庄肇奎《于五梅谷筑小亭属予为额名之曰寄亭因题四首》（其二）："晚凉小酌酿葡萄，冰水堆盘浸野桃。坐久浑忘身是客，偶抬头见雪山高。"严金清《次辟展旅馆》："千古沧桑百事休，楼兰遗迹此犹留。白杨红柳边城道，莺雨烟花故国愁。觱篥夜吹歌似哭，葡萄春压酒如油。停车无限苍凉感，一首新诗旅壁收。"这些诗作都是以这种艺术思维方式来结构诗作，成为西域诗中乡恋题材诗作的典型范式。

直接表现西域自然风物也是表达对生存环境的疏离感、突出客居身份体验的重要方式。如严金清《东盐池道中》："千里无人境，频年独往还。雪余春色冷，风外日光殷。驿远轮蹄疾，烽消鼓角闲。寥寥天地阔，何处是家山。"同样采用这种结构模式的还有严金清《暮宿柴河堡》《寄鲁别驾》、陈庭学《岁莫偶题用前韵》、舒其绍《和梦婷秋日感怀元韵》、方希孟《朔月行》《骨拐泉》等。

人生失意的现实经历也加重了身处异域的隔膜感，进一步突出了"客"居身份体验。汉唐西域诗人多为寻求建功立业的机遇远赴西域，即使是建功边陲、豪迈洒脱的慷慨高歌也未能阻挡低回深情的乡恋之音的唱响。与汉唐不同，清代西域诗人多经历了由官员而囚徒而流人的人生境遇的巨大滑坡。本来"正位乎外"的社会角色定位，可以使他们选择入仕从政实现自我人生价值，然而出将入相、扬名立功的人生期盼换来的却是"受阻遭贬，远居边荒"，是"十年游宦计，万里戍边情"（舒其绍《不寐》）。当他们脱离了原有的文化环境与人情氛围,被迫以遣员或谪戍官员的身份跋涉万里之遥来到西域,现实身份与生活境遇的巨大落差使诗人产生强烈的孤独情绪与漂泊感,转而向往故乡所标示的精神的安顿与宁静的生活,因此必然强化诗人依恋故土、眷恋亲人的情感指向。在这样的乡怀抒发中,融入了诗人复杂的人生遭遇与对个体生命的感怀,因而其客愁就显得格外浓郁而强烈。诸如"故里渺难即,平生计已非"(邱德生《客思》);"日下旧惭鸣鹤望,江乡常使季鹰思"(陈庭学《秋感》);"忽忆家园在何处,此身今已隔关西"(祁韵士《宿三道沟有感》);"池塘惊梦远,乡井但心悬"(雷以諴《乡思》)等。

被遣的经历使诗人有家难归而产生的漂泊无依的羁旅之愁,是异域客子对环境的疏离感之外的另一种重要的心理体验。如颜检《旅怀仍叠前韵》:

> 嘹唳碧天度,云排雁字痕。频年惊作客,一席几曾温。朔马嘶风碛,边沙壅塞门。无端添旅思,戍角乱黄昏。

诗歌以大自然的生命节律触发、带动内心的情感。飞鸟返林、牛羊归圈的黄昏时节,南归的大雁度过碧空,诗人的乡怀之思也油然而生。颔联既现出作客时间之长,又表明动荡频率之快。颈联则指出了主体与环境的对立,这里是边塞风沙肆虐之地,不是诗人的故乡,诗人不属于这里。尾联戍角的音声更引发了诗人漂泊无依的心理感受。漂泊无依的羁旅愁绪并非西域客子独有的心理体验,而是中国古代文人与生俱来、普遍郁结的、埋藏于心灵深处的孤独感的外现,只是在西域诗人异域为客时表现得更为强烈。如"霜叶坠寒林,孤城响暮砧。秋声非为我,羁客自警心"[王大枢《次韵和朱梅芬(梦旭)晚秋闲眺二首》其二]、"横窗花影瘦,触耳漏声酸。无限羁人恨,羞将剑铗弹"(舒敏《梦醒骤雨旋晴》)、"忧患古来多,光阴望中失。何以慰羁愁,托心散缥帙"(颜检《今朝》)、"飘摇客子身,一岁三卜居。卜居焉数数,安居难须臾"(赵钧彤《移居》)。异域的漂泊者常由于价值的失落、归依感的缺失而产生孤独的情绪。这类诗歌常将客子的形象放置在广阔的背景上,以大与小的对比,来突出客子的孤独感受。如"戍角声高塞外秋,大荒无际客空愁"(陈庭学《秋感》)、"孤客登高台,此身在万里"(颜检《即景书怀》)、"独客横羌笛,千家响暮砧"(王树枏《落叶》)。漂泊无依的客子之愁,因其离家的遥远而更显深重。为表现客子思乡心切及归家之难,诗人常用"万里"一词来突出所居之处与家园的距离之遥以及欲归难归的痛楚:"飞梦到家山,万里不盈尺"(成瑞《旅窗梦醒口占》)、"几回乘兴欲登楼,恐触天涯万里愁"(杨廷理《漫兴》)、"乡思万重家万里,关山翘首暮云低"(秀堃《见雁》)、"万里伊园月,江楼一样圆"(雷以諴《乡思》)、"万里关山成久客,一天风雪过重阳"(景廉《途中遇重九竟日大雪》)等。在西域诗人的意识中,空间与乡情的强度是成正比的,距离越远,乡情自然就越强烈。西域与故乡距离遥遥万里,难以跨越的空间距离使客子获得精神慰藉的可能变得更加渺茫,从而加深了孤独漂泊之感。

　　无论以官员还是遣员身份居留西域的诗人,常会遇到客中送客的情境。一般的遣员满三年之期即可释还。虽然材料有限,但我们从西域诗中仍然可以大致了解遣员们的社会交往情况。这些遣员与普通遣犯不同,原来就有较为广泛的社会关系,有较高的文化素养,大多能诗善画,有人还兼通音律、书法等。这使他们拥有良好的人际交往手段,同时流放同地的遣员之间往往会形成比较固定的朋友群,诗酒唱和,水榭雅集,登高望远,相同的身世遭遇使他们成为彼此的精神慰藉。然一旦有人被释还,自然就少不了客中送客。"黯然销魂者,唯别而已矣!"送客本就令人感伤,何况自身又在客中。西域诗中的客中送客，又有非同一般的意味。古代士人出行多为谋求个人发展，为某种利益不得不滞留为客，虽属无奈但求有所收获。而西域诗人除少数官员外，大多数的身份为遣员，虽然在流放地活动自由，但不能抹杀其罪臣的身份。他们滞留西域毫无所求仅为赎罪，且大多数人的回籍需要由当地官员具本上奏、朝廷批准才能实施，其实并无人身自由。这时的"客中送客"，体味的就不仅是离别的感伤，还有对人身自由的渴望。更为重要的是，它触发了诗人羁留异乡无法回归的敏感神经，其引发的身世之悲便具有了多重的叠加意义。所送之人的回归常常打破诗人内心的平衡，这样的情境恰似在提醒诗人自己是一个难以归家的羁留客：

> 我谪君先谪，君归我未归。(庄肇奎《送王翼亭东归》)
>
> 那堪留戍客，却送入关人。(庄肇奎《戊申七月送丁宝之任满回兰州十二韵》)
>
> 客中送客古今悲，况是边陲客路岐。[杨廷理《送萧易亭(文言)太守南还》]
>
> 惜君别，送君归，君归我心兴同归。(王大枢《短歌送何木庵入关》)
>
> 喜君归又妒君归，有泪非关送别挥。(庄肇奎《喜冯蓼堂放还作诗赠行》)
>
> 到此番成别，我留君独归。(舒其绍《送谢理园秀才奉亲归蜀四首》其二)

以上诗句均采用了对照的形式，虽曰送客，而落脚却在自身，以终得回归的喜悦与无法回归的失落对比，面对回归、终于能摆脱客子身份的友人，在祝福的同时，还有欣羡，却也难掩对自身处境的怨愤。比较官员与遣员的客中送客作品如：

送君立马复咨嗟,流落空悲滞海涯。岭树才看千里没,关云已觉万重遮。秋经苜蓿峰前月,春到樱桃市里花。辇下公卿如问讯,为言憔悴似京华。(方希孟《送克斋孝廉应试入都》)

大生同煦育,弃置伊谁因。自蹈罪靡极,远投浩无垠。琼野殊方域,茕独孤臣身。号空痛追悔,阅岁虚湮沦。(陈庭学《送人还京》)

方希孟以幕僚身份走入西域,其写送客之时,却也难掩满目凄凉。首联嗟叹自己流落天涯,滞留难归。颔联以岭树、关云遮蔽望眼喻指回归的重重障碍。颈联更以秋、苜蓿、月这样的荒寒冷落意象与春、樱桃、花等表示热闹明媚的意象对举,以示友人克斋与自己的两种人生处境。处于这样的际遇中,斯人憔悴也就是理所当然了。相比而言,陈庭学诗则极为沉痛,以"弃置""远投"等语汇,表达了诗人对自我身份的另一种认知,即一个被抛弃西域的弃儿。其感受到的是茕茕孑立的孤独和对往事痛彻心扉的追悔,然而一切均在岁月流逝中湮没。其作为客子的失落、孤独、悲郁在客中送客时以一种爆发的形式呈现。

总之,西域诗人无论官员还是遣员,"客"是他们对自身身份的共同认知,并在诗歌中反复强调,这一现象虽与古代文人承自传统文化而郁结于心的"思乡情结"有关,但西域环境带给诗人的文化疏离感,更强化了这种情绪感知及身份体认。

二、"还"——西域流人的内心隐痛

按照清王朝规定,流放遣员"武职一品大臣、文职二品以上大臣获罪,发往伊犁、叶尔羌等处效力自赎者,三年届满,不必具奏"可自动回籍;而"其武职二品以下、文职三品以下人员,俟三年期满之时,仍照例请旨"。①大部分诗人需朝廷批准才能获准释还,因此许多诗人滞留西域的时间远超过规定期限。如赵钧彤、舒其绍、祁韵士等均滞留6年,杨廷理7年,陈庭学13年,而陈寅在西域停留15年后终于未能生还。对"还"的期盼始终是西域诗人潜藏于心无法释怀的隐痛。

由诗人间相互的唱和可以知道诗人盼望释"还"的心情。与陈庭学同时遣戍伊犁的徐溉余"瓜期四载,戏写墨梅花五十瓣,月染一红以计瓜代"②。与杨廷理同时遣戍伊犁的归景照"以消寒图式印圆圈三十六枚,过一月则以墨涂去一圈,名曰《消灾图》"③。面对流放的生涯,不同诗人有不同的反应,以杨廷理为例,最能说明西域诗人对于释归的迫切心情。

杨廷理于嘉庆二年(1797)正月十五日抵达伊犁惠远城时,正值伊犁将军即将上报流放期满遣员名单。刚刚抵戍的杨廷理就感叹:"我得上此单便好!"④在嘉庆四年(1799)冬,遣戍还有二十几个月才能满期之时,《瓜期》一诗就兴奋不已:

> 瓜期余廿月,屈指兴飞扬。醉不须千日,游几遍四方。奚囊风雪句,归路水云乡。松菊东园茂,余年乐事长。

次年《腊月十五夜闻丝竹声有感》中,他再坦陈自己"客愁计拙难销腊,瓜代心期愿缩年",难耐客旅寂寞,期盼回归,但愿时光缩短,并在小注中特意说明:"计至壬戌春正尚有十三个月。"嘉庆六年(1801),

① 《清高宗实录》卷七二二,北京:中华书局1985年影印本,第1049页。
② (清)陈庭学:《塞垣吟草》,《次胥园赠溉余韵》诗下自注,清嘉庆间刻本,第54页。
③ (清)杨廷理:《知还书屋诗钞》卷二,《和归映藜(景照)方伯纪事诗韵》夹注,清道光二十六年金陵杨梁金局刻本,第78页。
④ (清)杨廷理:《知还书屋诗钞》卷三《册房上见明年应奏满单志感》小注,清道光二十六年金陵杨梁金局刻本,第95页。

杨廷理满怀信心地认为自己即将奉旨释还,在《辛酉生日感怀》中,他一面表白"喜闻相国容瓜代(闻于十二日奏释)",一面迫不及待地计算"严寒酷暑无须问(计折回日正届五月,从前出关日恰值隆冬)",打算"归去茆檐慰所欣"。然而事情的发展并未如杨廷理所愿,在随后《纪事》的题下小注中,说明:"兰州传谓已邀释,亲友俱无字来。"杨廷理充满疑惑地写道:"消息谁传复滞留,杳无鱼雁到遐陬。"他不知在哪里风闻自己已经获释,但亲朋好友处却毫无消息,使杨廷理也不禁怀疑消息的准确性。果然,此事在杨廷理诗文中再无下文。他并没有如愿获释,至于其中原委,我们不得而知。辛酉年(1801)《七月十五日》中,又有"瓜期余廿月,望断杜陵秋"句,可见其流放时间又延长了两年。

由于回乡的愿望多次被阻,杨廷理不得不接受既有的现实,辛酉年(1801)也是他在谪戍期间交游最广最多的一年。与朋友的诗酒相和,使他的心情放松了不少。考察其诗文,此年与之来往较多的有缪申浦、郭复庵、张梦庐、归景照、舒其绍等。

对于遣员在遣戍地的生活,曾与杨廷理有往来的洪亮吉记载道:"其贤者则种花养鱼,读书静坐,余则无事不为矣。"杨廷理大约能归到贤者一类,其在西域期间主要的排闷方式无非饮酒敲棋、读书作诗而已,以至于有人认为他"日夕诵读似小学生"。由于清廷规定遣戍人员的生活费用自理,贫困始终困扰着他。他常四处告贷,又空手而归,往往在这时,有关回归、归期问题的困扰会变得更加强烈。在《次申浦至日小饮原韵十首》(其四)中,他又一次表露了这种心情:

> 光阴驹过隙,兴屡负春前。归计余三五(计至癸春闰二月奏回日尚有十五个月),官逋积万千。冱寒饥起粟,枯坐虱生毡。有室如悬磬,何妨砚作田。

自丙辰（1796）至辛酉（1801），杨廷理谪戍边庭已达六个年头，"如我
淹留细柳城，空斋六载梦频惊"（《次申浦〈书怀诗〉韵》），释归的愿
望化为难以排遣的心事，啃噬他的内心。嘉庆七年（1802），归期渐
近，看到屋梁上的新燕，诗人又看到了回家的希望，不禁屈指计算
"计明年春燕来时可南归也"（《客舍巢燕》）。在《送萧易亭（文言）
太守南还》中，他写道：

> 客中送客古今悲，况是边陲客路岐。同作羁臣归去早（时予
> 瓜期尚有六个月），忆寻陋巷到来迟（易亭伊寓与予同巷，来日后
> 予二年）。千山柳色增惆怅，六载乡心感别离。他日重逢定何
> 处？秋风莫负隔年期（计明年秋初可相晤都门）。

对于杨廷理的羁人情结，其朋友了解得十分清楚。在谪戍期间
与杨廷理十分交好、被他引为知己的张梦庐，在被赐还之时特地送了
杨两件礼物：竹小刀和旧玉圈。杨廷理十分感激地作诗答谢：

> 殷拳愿我唱刀镮，截竹藏铦伴玉圈。珍重诗翁贻厚贶，归留
> 堂北证知还。

是年冬，杨廷理的希望再一次燃起，其想法在《十一月十三日得"岁
序半周沦谪久，春风七度得归迟"对句，申浦以为悲婉，越日续成一
律》中显然可见：

> 闲来日日计瓜期，月到团圞一快时（予丁巳正月十五日到
> 伊，故每到十五即得一月）。岁序半周沦谪久，春风七度得归迟。
> 灰心霜鬓知惟我，别绪愁肠说与谁？待看两番金镜满，定邀一纸
> 涤尘羁（癸亥正月十五日应报满请奏也）。

从杨廷理的诗歌来看，"闲来日日计瓜期"并非夸张之语，长期的谪

戍生活使他充满了羁人的孤寂落寞之感。周围朋友一一回还,又极大地刺激了他这根敏感的神经,更让他度日如年。

这一年,杨廷理与时任伊犁将军的松筠有一定的接触,这些接触对杨廷理的释还起到了积极的作用。这些情形表现在杨廷理的三首诗中:《顷蒙将军询问瓜期,并令册房检案送核,作诗志谢》《将军惠腊八粥,志谢》《以王白沙孝廉所著〈天山赋〉及〈边关览古六十四咏〉呈将军阅定》。从诗题中可见作为一个遣员,杨廷理与松筠的交往是极不平等的,满怀惴惴不安的心境。终于在嘉庆七年(1802)冬,杨廷理的名字上了应奏戍满遣员的名单,这给杨廷理带来极大的快慰,他情不自禁地写诗两首,以志感怀:

> 乍看墙壁书名字,自计当能去此邦。(予初抵伊时,见墙上名单,问其故,曰:"我得上此单便好。"今果然矣,嗟夫!)戍满人仍居第一(予明年正月十五日戍满,故为应奏首名。忆昔以朝考第一,筮仕闽南,不胜云泥之感),放归月正喜逢双(《法苑珠林》:"闰月兼本月为月双。"明年闰二月,计奏满折当回也。)。六年奔走身无恙,廿载安闲志未降。(星士谓予尚有二十年老运。予以前有将寿补蹉跎语,心犹未足也。)趁此暇时须纵饮,莫教抑郁对银釭。

> 不是黄杨厄闰年,东风定许着鞭先。万三千里看云冷,七十二回对月圆。乐少忧多聊尔耳,祸消福长想当然。从此秣马关山路,杨柳娇春漾细烟。

在同时所作的《晚岁感怀十八截,叠春新二韵》中,其诗情明显变得轻松愉快,充满信心:

> 未信长为沦落人,只今归去便逢春。青山有约应如故,丛桂双松次第新。

草香沙暖衬蒲轮，纵目郊原浩荡春。别有心情期自得，燕云秦树吐清新。

在《得乌城顾霁堂明府书，承询近况，以诗代柬，即次戊午年寄怀原韵》中，杨廷理又透露，"将军已许二月出奏"。在嘉庆七年《除夕》一诗中，他不禁开始计算归程：

岁尽仍无尽，春来尚未来（癸亥正月十四日立春）。履端明日始，除旧此时才。乡国收残泪，冰霜罄剩醅。天山百日客（计折回准释尚须百日也），好趁看花回。

松筠果然践履前言，是年二月初十日，将报满奏折呈上，这使杨廷理感慨万千：

万里春随逐客来（丁巳立春后六日，予适至伊犁），于今窃拟看春回。凄凉满纸无人觉（时缮就报满呈），会借东风一扫开。

杨廷理对于释还的渴望并不是特例，西域诗人无论为官还是遣员，都对回归家园有一份期待。西域诗中有关这类的表述比比皆是：

风烟颎洞关塞远，鸡竿驼足何时回？（黄濬《六月九日，嵩峻亭明府邀宴智珠山来青阁，长句纪事》

日下旧惭鸣鹤望，江乡常使季鹰思。（陈庭学《秋感》）

环山不断乡魂断，戍客难回野鸟回。寸草有心依万里，五云佳处望春台。（庄肇奎《薄暮登鉴远楼感赋》）

分明盼得天时转，摩弄刀环一醉吟。[王大枢《立春志喜（丁巳十二月十八日）》]

移来野卉千金价，只种当归不种花。（舒敏《春畦》）

劳人何日整归鞭，东望乡关意怅然。（严金清《和念堂道出

清水河韵》)

　　衰颜日日看归客,便是无愁鬓已苍。(成书《冬日》)

　　屈指端阳后,刀环马上吟。(铁保《旅夜》)

　　激楚不甘强弩末,悲凉空唱大刀头。(庄肇奎《闻角声有感》)

　　关月迥添羁客泪,戍烟深惹故乡愁。归心直拟随春燕,清梦先教逐浪鸥。(邱德生《岁暮枯坐成咏》)

长期以来,文人士大夫在"学而优则仕"的理念影响下,置身于正统秩序之中,常挣扎于宦海沉浮之中。遣戍西域,虽是其政治经历中的一大挫折,但并非没有被再次起用的机会。但是如何在人生低谷中安顿心灵,成为西域诗人面临的一大问题。毕竟在西域期间,他们是官场的失意者。无论他们之前有多么辉煌,志意如何高昂,因为这样或那样的原因,其中有些是个人过失,有些是道德缺失,也有些纯粹出于冤情,当他们走上西域这条遥远的征途时,内心的失意彷徨是一样的。精神的萎靡,人生价值的失落感使他们内心处于焦虑迷茫的状态;然而,长途跋涉也给予了他们充裕的时间来恢复精神的创痛。陶渊明及苏轼的人生模式再度在西域成为慰藉创伤的良药,作为古代文人中理想人格的典范,成为西域诗人追慕的对象。西域诗人感兴趣的是,他们是如何在穷愁失意的人生中获得心灵的解脱与平静,如何在逆境中做到坚持自我而不随风偃仰,同时又能保持随遇而安、苦中求乐、旷达自适的人生境界。许多诗人通过和诗和集句来表明对陶渊明与苏轼的景仰之情。如颜检有十余首诗提到苏轼,和陶诗、集陶诗有40余首。杨廷理明确提及苏轼的诗也达23首。虽然由于思想底蕴、个性气质等的不同,绝大多数诗人实际上不可能达到陶渊明和苏轼的人生境界,内心仍执着于人生的穷通得失,纠缠于人生的困境遭遇,难以获得对生活的超越性的认识,但陶渊明和苏轼的人生

范式至少培养了一些诗人开朗的胸襟与豁达的人生态度,将西域之行看作是人生难得一遇的经历与财富:

> 天阔地闲人罕到,此生游许十年还。(陈庭学《秋日漫成》)
>
> 偏爱溪山聊一笑,莫辞漂泊且殊方。(王大枢《柳中览古二首》其一)
>
> 平生壮志凭挥洒,塞外风云亦大观。(黄濬《乌垣解装,假居东关赵氏别业,次前都门僦居韵四首》其二)
>
> 得游未游景,无作异乡看。(颜检《出嘉峪关》)
>
> 也须行尽天涯路,始信人间一丈夫。(陈寅《自慰》)
>
> 世间富贵寻常事,不到天山遇不奇。(陈寅《中秋夜哈密张少府留饮口占》)

从本质上说,西域诗人对"还"的期盼追求的不仅仅是身体的回归,更重要的是精神家园的寻觅,是灵魂的归宿。"回家"还意味着对于一生奔波繁忙于纷纷扰扰的人生旅程的反思,是对生命终极价值的追寻。这也难怪在一些诗歌中,诗人想到回归家园的情景时,常会在头脑中幻化出家人团聚温馨的亲切场面:

> 日月催人下坂丸,朔风吹雪雁声寒。贫觉谋生真太拙,老知处世故应难。归心直欲乘鹏翼,清兴将思制鹖冠。矮阁低窗灯影里,好携娇女话团圞。(邱德生《有感》)
>
> 早作还朝想,行期总未真。长途疑远雁,久客妒归人。好趁西风去,都忘驿路辛。重阳风雨近,儿女笑言亲。(铁保《将归作》)

诗歌中对于"还"的渴慕,象征性地满足了人"生活于过去"的心理需求,在平常而自然的家庭生活情境中,诗人得以安顿困顿的身体和疲惫的灵魂。

与传统诗歌中诗人常常吟唱的"归去来""不如归""当归"有所不同，西域诗人不断咏叹的"还"虽然也有形而上的追求精神家园的意味，但更为重要的是这种追求的世俗性色彩。透过诗人的诗意性创造，我们不难发现，对他们来说，"还"意味着摆脱政治秩序对身体的羁绊，同时也是回归到熟识的文化环境与人群之中，回归到家庭的世俗生活之中。对他们来说，西域的生活环境过于沉重，只有回归了乡土，才足以奢望精神对现实的超越。

第三节　乡恋情结的书写模式

中国古代文学在长期的发展过程中，思乡恋亲情结的抒发经历了漫长的发展过程。在其引发契机、意象运用上均表现为文学思维的继承性，具有一定的模式化倾向。这些倾向在清代西域诗中得到了继承，又有自己的特点。

一、时间与乡恋情结的触发

文学所要表达的情感，都产生于一定的时空之中，乡恋题材也是如此。空间距离是产生乡恋情结的原因，而时间则是乡恋情结最常见的触发点。德国哲学家卡西尔曾论述人的生存状态与自我审视的关系："人被宣称为应当是不断探究他自身的存在物———一个在他生存的每时每刻都必须查问和审视他的生存状况的存在物。人类生活的真正价值，恰恰就存在于这种审视中，存在于这种对人类生活的批判态度中。"[1]虽然卡西尔说的是"每时每刻"，但实际上在一些特殊

---

[1]　［德］恩斯特·卡西尔著，甘阳译：《人论》，上海：上海译文出版社1985年版，第10—11页。

的时间节点上，这样的审视与查问会表现得更加猛烈。驻足西域的客子们背井离乡，生存于陌生的西域环境之中，春秋代序、日暮黄昏、节庆之时都成为他们审视自我生存状态的特殊节点。这些时间对于诗人有不同一般的意义，因而特别能引起诗人关于亲人与故土的思恋之情。

　　一个民族的民族心理习惯与文学传统，与其早期的生产方式之间有着密不可分的联系。中国作为古老的农业国度，遵循四时自然的季节时令的流变是农业收成的保证。各种典籍中的"不夺其时""务在四时"都意在说明季节变化对农业生产的影响。因此中国人对于四时季节有着特殊的敏感。"春秋代序，阴阳惨舒；物色之动，心亦摇焉。"[①]四季之中，春与秋是富于变化的、带有过渡性质的季节，更容易提醒人们时光的流转与消逝；而"日出而作，日落而息"又意味着中国人一天之中的生命节律。关于季节的认识因此凝聚成中国人的生命意识，逐步形成了古代文化中关于"春"与"生"、"秋"与"愁"、"日暮"与"衰老"、"夜"与"死亡"之间的隐喻关系。春秋代序、日暮黄昏，引发的就不再是关于外在自然而是内在生命的领悟，是关于年寿易逝、老之将至、壮志未酬的感慨。当面临难以掌控的生命节奏时，诗人对于人生终极价值意义的追索就会变得越发迫切，回归家园的意愿在此时也就来得格外强烈。西域诗人首先在自然的流转变化中反思与审视自身的生存状态，感受生命的短暂与还乡的愿望。其中，以"秋"作为媒介触发而生乡恋情怀的抒写最为多见：

　　　　萧瑟秋为气，凄凉怅异乡。一庭黄叶雨，满镜白头霜。拥被风敲枕，怀人月到床。家山魂梦里，辗转夜偏长。（杨廷理《秋怀》）

---

① （梁）刘勰著，陆侃如、牟世金译注：《文心雕龙译注》，济南：齐鲁书社1995年版，第548页。

　　　倦夜尘初息,深秋雨更喧。响随残梦乱,滴入壮心烦。晓烛
鸡频唤,空阶鹤不言。起吟怪寒噎,飞思触乡园。(陈庭学《夜雨
达曙睡起书怀》)

　　　霜叶坠寒林,孤城响暮砧。秋声非为我,羁客自警心。白发
还堪酒,朱弦欲碎琴。误同张博望,漂泊到于今。[王大枢《次韵
和朱梅芬(梦旭)晚秋闲眺二首》]

　　　凉云暧靆苦低垂,木叶萧森谢故枝。天且悲秋何况客,虫能
鸣夜岂无诗。笛声杨柳依依怨,泽国芙蓉渺渺思。万里中原青
一发,黄沙白草望迷离。(庄肇奎《秋感》)

　　　落叶不可扫,凉秋忽已深。繁声杂风雨,绝塞更萧森。独
客横羌笛,千家响暮砧。长亭一系马,凌乱故乡心。(王树枏
《落叶》)

传统文化中早有“悲秋”的文学母题。“秋”虽是收获的季节,却也是
自然界万物衰败凋零的季节,它又与人生的暮年具有异质同构的意
义。“何处合成愁,离人心上秋”(吴文英《唐多令》),当悲秋主题与
乡恋题材结合在一起时,乡恋情结的表达就变得更有深度,且更加强
烈。以以上这几首诗为例,它们都以“秋”为情感触媒,以秋风、秋
雨、秋叶、秋虫来进一步渲染清冷、悲凉、衰飒的环境氛围,在万木凋
零自然之秋引发人们关于生命短暂的悲剧性感受。这时,再叠加上
乡恋的情绪,漂泊无定、孤独寂寞、功业无成、流落异域,自然而然地
触发了乡思怀归的愿望。在悲剧性的氛围中,情感的表达变得更加
浓烈深切。

　　相比于秋季,春天常由于其富于生气与美好而引发人们对故土
风物的思恋。因在诗人的眼中,美好的事物常常是记忆中的,并且与
故土相关:

　　草绿还乡梦，花飞逐客心。别来多少恨，诗到短长吟。塞月高难落，边云惨易阴。怀人同寂寞，断雁有余音。(史善长《夜酬泗亭见怀韵》)

　　归心不可耐，策杖且东行。十里飞花地，千秋碎叶城。湖滩初到雁，林落欲闻莺。信是蚩氓好，家人笑语声。(舒其绍《春郊即景》)

　　薄宦到天涯，遨游处处家。校书醪罂满，击剑唾壶斜。客久无乡梦，春深有落花。戍楼边景壮，倾耳听鸣笳。(秀堃《春暮偶成》)

　　富庶甲边城，风沙四望平。溪流随雪化，村树接天清。万顷新苗长，千峰远黛横。重来经此地，偏惹故乡情。(方士淦《绥来道中》)

"杏花春雨江南"呈现的秀丽柔性之美与"铁马秋风塞北"表达的雄浑劲健之美，在西域乡恋诗中也因节候的不同而体现出不同的美学特征。春天万物萌生，花红柳绿，令人心旷神怡，却也易于让人产生青春美好却难以永驻的联想。与秋的浓愁深悲特质相比，春天引起的是令人珍视、惋惜和依恋的情绪。在春天里引发的乡思之情也只是淡淡的惆怅，其情感强度远弱于秋悲，在深细中渐渐蔓延开来，以润物细无声的方式感染读者的情绪。《毛传》释《诗经·豳风·七月》曰："春，女悲；秋，士悲，感其物化也。"[①]女易伤春而男易悲秋，后来以"春女""秋士"指称男女对于节候的不同敏感程度与情感的力度，这种指称同样适用于西域乡恋诗中由季节引发的情绪强度与特点之不同。

　　除了季节的流转，节日也常常是引发乡思情感的契机。节日是

---

① (汉)毛亨传，(汉)郑玄笺，(唐)孔颖达疏：《毛诗正义》，李学勤主编：《十三经注疏》，北京：北京大学出版社1999年版，第572页。

生产和生活节律的反映,它把人们的生活划分为"平常"和"特殊"的二元结构模式。每个民族在节日中寄托、赋予和酿就的文化象征意义各不相同。在清代西域诗中写到的节日主要有清明、寒食、重阳、端午、元日、上元、中秋等。虽然各个节日寓意、风俗不同,但都以阖家团圆为主要特征。其中又以春节元日、重阳和中秋三个时间节点的乡恋诗为最多。春节是中国人时间观念和生命意识的集中体现,是联系和升华家庭伦理情感的时刻,也是家庭精神力量内聚的时刻。在春节回家体现了人回归母体的本能,因为在春节这个空间和时间的节点上,每个人都可以在家庭中得到最温馨的关爱和情感体验。因此"每逢佳节倍思亲",而西域诗人在此佳节更易产生乡土之悲:

> 气尽春回早,今宵更怆神。天山迁客梦,梅岭倚闾人。灯火筹偏永,桃符节又新。不须吟守岁,塞酒强沾唇。(杨廷理《除夕》)

> 峥嵘新岁月,客绪绕毡庐。愁洒孤臣泪,心悬一纸书(时闻奏复三年旧例)。巡檐同磨蚁,敧枕学鲼鱼。归去当何日?萧然两鬓疏。(杨廷理《辛酉元旦》)

> 客怀原不耐,况又值今宵。愁已随年积,诗应仗酒浇。凄凄风雪急,点点鼓钟敲。厌写宜春帖,无人慰寂寥。(舒敏《除夕二首》其一)

> 高城郁春色,爆竹满西陲。人献椒盘日,身孤玉塞时。客心惊岁杪,归路望天涯。吾且安吾拙,含情不卖痴。(颜检《丁卯除夕》)

"偏于令节惹乡思,触忤离愁倍昔时。"(舒敏《端阳四首》其三)家是人们情感与灵魂的最终归宿,佳节盛满了诗人关于亲人团聚、亲情温馨的美好回忆,而当漂泊西域,欲归而不能的时刻,较之平常,佳节反而是更难度过的时间节点。这类诗歌中诗人对自身在佳节时的存在状态的描写同样萦绕着孤独、焦虑、凄冷、寂寞等情绪,年节习俗的存在起到的只是提醒诗人与亲人分离的事实的作用。因此,这类诗歌以节日为触发点,将诗人的乡恋之思表现得更为突出醒目。

以重阳糕、茱萸佩、菊花酒为节日习俗的重阳节,其最为核心的节日元素是登高。这一天登高望远、回望故土,因此也成为西域诗人抒发思乡之情的重要时间节点。以重阳节为时间节点的乡恋诗很少涉及过节时的热闹情景,它的关注点常是深秋的环境背景与诗人的孤苦之情。以颜检《重阳有感》(其一)为例:

> 荷戈乌垒蹋遐荒,萧瑟寒林早见霜。望远心情常万里,愁人风雨又重阳。声传孤戍秋笳怨,影落双城(此处有筑宁、迪化二城)木叶凉。莫向红山高处立,山头一片暮烟长。

重阳节因有亲朋好友结伴登高的习俗而有了团圆的意味,而更多的重阳诗篇却因为不能团圆的遗憾而流传下来,此诗也是如此。它渲染的是独自登高的孤苦寂寥心境。以戈、乌垒、寒林、孤戍、秋笳、落叶等意象构织了一个边远的异域环境,提示了难以团圆的现实背景;而独立于红山之上,眺望万里外乡园的诗人心中的孤苦惆怅,也被红山高处的暮烟笼罩而显得朦胧悠长。晋昌《和沧云学使排缀满城风雨近重阳原韵》、陈寅《九日过奇台县》、成瑞《重九日》、杨廷理《九日排闷》、舒其绍《庚申九日招常起斋员外任棠邨萧易亭两太守……小集即席四首》等诗篇均为重阳怀归之作,在情感表达上与颜检相类。

"月"这一意象本就是古代诗歌中常引人情思的媒介,这一媒介在中秋佳节更显突出。在中原岁时节日系统之中,中秋节以中秋月"团圆"的象征意义而凸显,团圞的中秋月与人间亲人的团圆形成对应的关系,使这个宴赏娱乐的节日具备了人伦的意义。然而"人忆乡园常异地"(陈寅《戊辰中秋即事》),西域乡恋诗中以中秋为时间节点的诗歌常着眼于两地相思,表达当团圆而难团圆的遗恨,同时常强调距离的遥远,增强思乡之情的迫切与欲归不得的无奈。如:"风月能愁人,清秋莫问价。乡关一万里,穹庐同此夜。"(黄濬《己亥中秋夕红山对月》其二)"蛩声唧唧漏声残,看月时凭卍字栏。既是忘形破岑寂,天涯何必忆长安。"(秀堃《辛巳中秋与骏亭都护竹泉方伯赏月成四截句用骏亭芍药诗韵》)另外还有严金清《塞上中秋口占》二首、颜检《中秋望月歌》、杨廷理《中秋待月》等。

　　"时间对完全没有焦虑的动物是根本不存在的。"[1]正是由于远离故土,身处异域、亲人分离引发的内在焦虑感,使诗人在生命中不同的时间节点上引发了强烈的思乡恋亲的情绪,而这些时间节点,都来自诗人过去生活形成的文化记忆。可见虽身处异域,诗人身上所秉承的传统文化影响是难以忘怀且不断左右着诗人的思维的。

二、西域诗乡恋情结的表征意象

　　"古诗之妙,专求意象"[2],意象的运用不但能提升诗歌的境界,且可强化诗歌的艺术感染力。对于意象,自刘勰《文心雕龙》提出以来,论者纷纷,表述不一,但大抵不离意与象间的相互关系,即主观情志与客观对象之间的相互感生作用。意象即是隐含着作家主观情志(意)的客观对象(象)。它含蕴了双重意义,表现在外的是"象",而其艺术本质则是寄托于内的"意"。在中国古代文学中,早在魏晋时期,就出现了许多用来表征思乡情愫的意象,如月、云、飘蓬、雁等。唐宋时期,又加入了画角、捣衣砧等意象。思乡作为特定文化环境下

---

① 转引自〔美〕诺尔曼·布朗著,冯川等译:《生与死的对抗》,贵阳:贵州人民出版社1994年版,第118页。
② (明)胡应麟:《诗薮》,上海:上海古籍出版社1958年版,第4页。

心灵化的产物,必然受到传统文化因素的影响。清代西域诗人在表现个人乡恋情结时,尤其是在审美表现上,既承袭了传统文化中表征思乡情感的意象,同时又有自己的特点。

考察西域乡恋题材作品,其中用于表达思乡情愫的意象主要有雁、砧声、画角、月等。这里选择雁、画角、砧声三个意象进行分析。

"雁"作为大型候鸟,有随季节不同而南北迁徙的特点。迁徙过程中的大雁容易让人产生漂泊无依的伤感以及离或归的印象。因而被多情而细腻的诗人看作是寄托羁旅伤感之情的物象。自《汉书·苏武传》中载汉使者诈言苏武以雁足传书的故事后,鸿雁就成为信使的象征。鸿雁是群居的生物,而一旦离群,其鸣声哀怨而凄切,如离家游子的心境悲凉而孤苦。同时,苏轼诗歌中创造的"雪泥鸿爪"一词,使雁的形象在漂泊无奈的情绪背后又掩藏着洒脱与无畏。因而"雁"成为一个具有多重复合内涵的客观对象,也是西域诗中表达离情乡恋的最常用意象之一。其中有些诗歌直接以雁为题,点明写作主旨为思乡,如:

> 少妇楼头夜,征人碛上时。干卿竟何事? 两地拨相思。(舒其绍《雁》)
> 数声嘹唳小亭西,秋色横空雁阵齐(十一日立秋)。乡思万重家万里,关山翘首暮云低。(秀堃《见雁》)

舒其绍诗题为雁,而于诗中竟无雁,暗用鸿雁传书之典,然无雁则无书可传,亲人两地分离的痛苦以及消息难通的失落最终凝结成思妇与征人心象当中对雁的一句"干卿何事"的质问,乡思之情切于此可见。秀堃则以鸿雁的南归反衬自己家山万里,阻隔重重,难以回还的人生处境,物我相印,表达人不如雁的感伤。两首诗均以雁为题,经过长期的历史进程,鸿雁早已从一个普通的自然物象化合为诗人内在乡恋情感的一部分,具有了丰富的人生意蕴。一旦见之,自然引逗出诗人心中对乡园亲人的相思。鸿雁的鸣声哀怨凄厉,也暗合了游子思乡的愁苦情绪,因此,以鸿雁的鸣声为媒介引发诗人乡思之情的诗作也不在少数,如:"瑟瑟千章木,飘飘万叶沈。声传空谷啸,人听远溪琴。既起离家感,还惊夜读心。何堪南去雁,带雨作悲音。"(晋昌《秋声》)"客舍愁多梦不成,雁声嘹唳过江城。蛩喧荒砌人偏寂,笳咽边楼月倍明。败纸鸣窗乡思碎,昏灯衔壁曙光生。怀归应有归来日,何必殷勤问子平。"(雷以諴《夜中口占》)"纸窗棋罢月濛濛,街柝宵沉万籁空。忧患经多无唤鹤,寂寥听彻有归鸿。山川险甚书谁寄,寒燠何常酒复中。愁尔孤征矰缴密,衔芦休避禹王宫。"(张荫桓《戍夜闻雁》)颜检的《旅怀仍叠前韵》在其中很有代表性:

> 嘹唳碧天度,云排雁字痕。频年惊作客,一席几曾温。朔马嘶风碛,边沙壅塞门。无端添旅思,戍角乱黄昏。

诗以鸿雁的凄厉叫声领起全篇,并合用朔风、碛、沙、塞、马、戍角等具有西北地域特色与战争寓意的物象为背景进行烘托,加之黄昏这样一个最易引动思乡之情的时间意象,诗人在遥远的边隅对身世漂泊的感慨与对家乡的思念之切化作一个"惊"字,既点明了雁声对诗人思乡情感的惊醒作用,同时也表明诗人咀嚼身世之时难以言表的复杂心境。"由于人的视分析器筛选与分辨力较强而听觉较为宽容,纷繁的音响较易唤起人某种类似的记忆表象。"①雁叫的音声唤起诗人对家乡的记忆,这是音响中传播的思乡文化信息定型化了的结果。

同样作为音声意象的"角",也是西域乡恋诗中最常用的意象之一。西域驻防清军训练时以号角为令:"六旗各统领率同队长兵丁吹

---

① 王立:《中国古代思乡文学侧议》,《文学评论》1988年第6期,第112页。

海螺齐以列阵"，"中军挥旗止海螺，鸣号炮三，击鼓"。①西域诗中常见以"闻角"为题，如杨廷理《闻角》、赵钧彤《闻吹角》、庄肇奎《闻角声有感》等。"角"多用海螺或兽角制成，早在三千多年前便成为人们传递信息的工具。其声高亢凌厉，通常用作军中发号施令或振气壮威之用。自南北朝起，"在军营中，角主要用于昏晓报时和戒严警众"②。因此思乡诗中的角声也多出现于清晨或夜间，如陈庭学《春晓闻角有感》、颜检《过李石农舍馆闻暮角而返感赋》等。因其军乐的性质，"角"在唐代诗歌中多出现于边塞题材作品中，作为征人思乡情愫的触媒与表征物象。号角音声响亮而凄切，足以引起天涯客子的悲思。如赵钧彤《闻吹角》：

> 破衾如铁惊魂促，耳畔呜呜万鬼哭。觉来乃是筚篥声，边人晓起吹春城。一声乍高一声低，睡犬不惊鸦乱飞。白头戍子乡心死，起坐听之能不悲。角声欲绝风声起，逡巡下床着双履。开门一望尘满城，尘中惨惨牛羊鸣。

赵钧彤形容角声如"呜呜万鬼哭"，严金清也描述"觱篥夜吹歌似哭"（《次辟展旅馆》），与历史上角声作为悲伤的意象一致。唐代诗歌中就有"城上画角哀"（戎昱《塞下曲六首》其五）、"楼上凄凄暮角声"（耿湋《塞上曲》），可见号角的声响极尽哀怨。当这种哀怨的声响带着丰富而微妙的思乡恋土符号意义作用于诗人的听觉神经时，对遣戍西域的诗人在情感上有极大的震撼力，使之不自觉地心驰神往，动情动容，产生回归乡里的情感冲动。角声的这种感发作用在西域诗中有多处体现，如"又听春城画角声，乡情归思两怦怦"（杨廷理《闻

---

① （清）松筠修，（清）汪廷楷、（清）祁韵士撰：《西陲总统事略》，北京：中国书店2010年版，第88—89页。
② 闫艳：《〈全唐诗〉名物词研究》，成都：巴蜀书社2004年版，第139页。

角》)、"严城吹角壮高秋,响入天风散客愁"(陈庭学《闻角次友人韵》)、"凄凉戍角咽寒天,独坐围炉意悄然"(舒敏《冬夜偶成》)、"暮笳晓角总堪哀,一夜乡关梦几回"(严金清《寄鲁别驾》)、"画角声高边月起,雕旗影乱朔风狂。倦身下马投茅店,孤枕寒灯梦故乡"(严金清《暮宿柴河堡》)等。但"角"毕竟是具有军乐性质的乐器,"角"声的出现常与边域戍守相关。当它嘹亮的声响回荡在西域空中,激起的不仅是悲凉凄楚的乡思之情,同时也鼓舞着诗人不甘沉沦、建功边陲的豪迈精神。如庄肇奎《闻角声有感》:

> 吹断春魂又唤秋,孤城落日满边愁。声随班马巡荒野,响逐征云警戍楼。激楚不甘强弩末,悲凉空唱大刀头。晓寒旆帐催残月,呜咽西风剑欲抽。

嘹亮的角声引起了无尽的边愁,声响弥漫在历史上仁人志士曾建功立业的荒野,也惊起戍楼上的诗人。角声所激起的,不仅仅是思乡的悲凉,更是未能建功立业,实现人生价值的慨叹。尾联中在呜咽的角声中,迎着瑟瑟西风将欲拔剑的诗人形象更涂写出壮志未酬、悲愤难消的抑郁之情。这里的"角声",已经不仅是一个思乡意象,它与孤城落日、戍楼荒野、西风毡帐共同组成了一幅边景图,表现出融悲壮、愁怨、思乡为一体的丰富复杂的情感意蕴。

与"角"相似的还有另一种军乐"笳"。"笳"相传原为匈奴族乐器,在唐代就已逐步演变为一个象征边塞的意象符号,在西域诗中,它与"角"一样,起着表征乡思之情的作用。如:"谁当去国能忘国,人到边乡更望乡。戍鼓边笳闻已熟,踌躇揽辔别遐荒"(颜检《自乌鲁木齐起程,留别诸同好并呈贡果斋、遇晓亭、李石农三先生》)、"噶逊营头战垒荒,白杨河北音书长。不知何处飞笳起,十万征人尽望乡"(方希孟《朔月行》)、"客久无乡梦,春深有落花。戍楼风景壮,倾耳听鸣笳"(秀堃《春暮偶成》)。明末清初诗人唐汝询认为:"边庭之悲者莫甚于笳。"[①]音乐对人情感的感发作用入微而直接,"角"与"笳"均以其哀伤的乐调使诗人顿悟异域生活的失落感,从而触发思乡怀远之情。"角"与"笳"既为触发情感的媒介,又是寄寓诗情的载体,可谓含蕴悠远,意味深长。

　　另外,"砧""砧声"或"杵"也是西域诗中表征乡恋情结的重要意象。"砧"是"捣衣"必需的器具,"捣衣"是古代制作冬衣的工序之一,因而吟咏捣衣这一日常劳作行为的诗歌多与女性相关。早期的捣衣诗多写宫怨,自庾信《夜听捣衣》由女子劳作引发成客之思,才引发以捣衣意象表征乡恋的开始。至唐代,这类诗篇的写作已蔚成大观。清代西域诗人继承了这一诗歌传统,同样以砧、杵来表达乡恋之思:"短发梳还乱,征衣补又残。那堪砧杵急,益使角声寒"(赵钧彤《和静浦闻笳韵》)、"日下旧惭鸣鹤望,江乡常使季鹰思。边城故故砧声急,不信征夫惯别离"(陈庭学《秋感》)、"野外秋草黄,庭际落叶飞。夜来重寒色,澹月余清辉。清辉照邻砧,砧上闻捣衣。捣衣毋太息,行人淹未归"(颜检《步月》)。

　　综观西域诗中表征乡恋情结的意象,应该说并未超出传统文学同类题材意象的范围,但西域诗多以这些意象结合西域特定地域环境,因而使作品表现出独有的异域特色。不独渲染离家思乡之悲,同时又多了一层豪放高亢之感,因而更多地表现为悲壮的审美情调。

　　清代西域诗中的乡恋题材诗歌是以西域为独特的审美空间,以人情、人性为审美对象而进行的创作,内容十分丰富,其中思亲题材中表现的孺慕之情、夫妻之情与舐犊之情以内涵的不同而表现方式

---

① (明)唐汝询选释,王振汉点校:《唐诗解》,保定:河北大学出版社2001年版,第328页。

各异。在乡恋题材诗歌中，深蕴着诗人边疆异域强烈的客子身份体验以及还归故乡的身体与精神渴望。看似单纯的思乡恋亲其实是西域诗人诸种悲思愁绪的集中宣泄，是诗人对个体生存状态的苦闷，对个体人生的挫折与命运的艰难，或者对民族国家社会的怨愤忧思的体现，是诗人身处西域文化氛围中对现实的超越方式。从文学表现来看，这类题材的写作还很难突破传统怀乡之作的格局，它以时间为触发点，以各种表现思乡之情的意象为媒介，基本继承了传统诗歌中乡恋题材的书写模式，但一些西域地理意象与军事意象的介入使得其中表现的思乡情绪体现出独具的强度与风格特色。在这类审美描写中，揭示了人类共同的人性要求，超越了群体与阶级的情感界限而使之获得了超乎寻常的审美感染力。

第六章　栖居大地的审美品格

从西域诗歌发展史来看,唐代西域诗成就很大,尤其是在作品风格上有着模范后世的作用。但其120题127首的数量,在唐代诗坛上可谓沧海一粟,从作家来说也几乎是岑参一枝独秀。无论是从作家人数上还是在作品数量上,都难以抗衡清代。清代西域诗不仅做到了对西域自然景观与人文景观全面立体的反映,同时在创作主体、表现内容等方面都有明显的新变与深化。历史上尤其是汉唐两代的西域诗为清代西域诗的发展奠定了深厚的历史文化底蕴,清代大一统的社会局面再次开启了诗人的爱国热情,西域一统后社会各方面的发展变化也给诗人带来了高涨的自信。西域诗人虽仍难完全摆脱贬流异域的痛苦和愤懑,但更难以抗拒时代激流的裹挟。他们或赞叹国家一统的盛世伟业,或吟咏多姿多彩的民族风情,或记述西域物产的富赡丰饶,或歌颂边疆山河的雄奇壮美,情动于中而形于言,实现了题材的多样化,使得西域诗蔚为大观,臻于鼎盛。在作品风格取向上,清代西域诗一改唐代西域诗的主观浪漫情调,常以学者的眼光来观照西域,秉承务实求真的态度,力求精准地再现西域的自然风貌、植被物产及人文景观。在表现内容上,刀光剑影的征战诗篇已经退居其次,自然景观与民俗风貌上升为表现的主体。穿行于中国文学创作漫长而灿烂的历史进程中的西域诗,始终秉持着直面现实的勇气,汇聚着时代的精神气质。虽然只为清代诗歌之一角,但在诗歌审美意识、风格特点以及意象构成方面,均独树一帜,为清代西域诗坛带来了生气与活力。

第一节　清代西域诗的风格

诗歌风格体式的形成摆脱不了禀赋、时代、地域以及个人遭际的影响。就个人而言,西域诗人的风格各不相同,有洪亮吉的奇壮、颜检的淡泊、邓廷桢的高洁、林则徐的沉雄、曹麟开的深蕴、陈庭学的豪俊、严金清的清壮、李銮宣的沉郁、舒其绍的冲和等。但就清代整个时代的西域诗而言,又表现为一定的时代特征,即以沉郁凝重为主体,兼有雄奇豪壮与自然清新的总体风格。

就创作群体而言,文学作品主导风格的形成,离不开时代与地域两种因素的影响。就地域性创作群体而言,地域的影响更要放在首位。中国很早就有地理环境决定人文气质的理论,《孔子家语》言:"坚土之人刚,弱土之人柔,墟土之人大,沙土之人细,息土之人美,垗土之人丑。"① 《皇帝内经》《汉书·地理志》《乐志》中也分别有相应的论述。人的精神特征与风土的关系早已成为人们的共识,西域诗歌的创作也离不开地理环境的影响。西域地处农业文明与草原文明交汇区域,具有与中原截然不同的地域风貌。躬践西域的诗人受地域环境的影响,其精神气质常常会发生相应的改变,这种变化也影响到了诗歌的风格特质。舒其绍《听雪集》张之万序中就具体论述了

---

① 　王国轩、王秀梅译注:《孔子家语》,北京:中华书局2011年版,第313页。

西域山川对舒其绍诗歌的影响：

> 先生以名孝廉令浙江,诖吏议,戍伊犁,历时八载,可谓时蹇而遇穷矣。于是山川之险、草木之异、风土之可记、轶事之可征、游览所经、道途所历,无不寓之于诗。即塞外风云,关山冰雪,谲诡千变,雄奇万仞之概,亦若无不助之为诗。故其峭拔磊落,则天山之峻极也;其缠绵凄楚,则沙碛之浩淼也;其泓峥萧瑟,则塞里谟淖尔之澄澈,蓬瀛方壶之仿佛也;其丰蔚疏宕,则他尔气岭之深秀,又飞来浮玉之不足言也。①

这段话具体生动地表达了作家情感、作品风格与地域环境间的关系。西域大气磅礴、丰富多样的自然景观,模塑了诗人的气质,澡雪了诗人之精神,使其作品呈现出相应的气质。西域自然景观气质形态的千变万化,直接影响到了西域诗人的情感特质与作品风格。此论虽仅就舒其绍个人创作而言,其实可以扩展为对西域诗人创作的整体认识。当然"得江山之助"受环境影响的并不止舒其绍一人,如袁枚就认为蒋业晋的西域诗因为创作于"塞草边风、金戈铁马间",因而形成了"感激豪宕,气吞五岳"之气势;②褚廷璋也认为,蒋业晋"诗格益沉雄悲壮"的原因是"出关绝域";③秀堃也自认"于役新疆七年间,寻胜昆仑,问源星宿,冰山瀚海,风壁炎城,周历七万余里。虽极人间之苦境,然亦豪士之壮游,始觉目前之实景实事,大半移我性情,遂不能已于诗矣"④。刘凤诰评铁保的诗篇:"迄乎西行万里,耳目益

① (清)舒其绍:《听雪集》,《清代诗文集汇编》第403卷,上海:上海古籍出版社2010年版,第315页。
② (清)蒋业晋:《立厓诗钞·袁枚序》,清嘉庆间刻本。
③ (清)蒋业晋:《立厓诗钞·褚廷璋序》,清嘉庆间刻本。
④ (清)秀堃:《只自怡悦诗钞》,清道光间刻本。

雄,承平驭边,旌旄壮矣!"①这些事例都说明了西域地域特征对于诗人的影响。但同时"诗之有体,成于时代,关乎性情"②,地域的影响是一方面,清代社会文化品格塑造下的诗人性情使西域诗除了模仿唐代西域诗的风格范畴外,也呈现出丰富多样的风格特点。

一、雄奇豪壮的风格创造

　　清代西域一统的政治局面鼓舞了西域诗人的士气,他们或因从军征战,或因遭贬遭戍,或因驻边为官来到西域,西域辽阔的自然空间,激发了诗人如潮的诗兴,因此写下了无数绚烂的诗章。如果说盛唐时期的西域诗歌洋溢着蓬勃的朝气与青春的旋律,清代的西域诗则是具备了壮年的成熟与沉稳,同时亦不失豪迈的激情,形成了雄奇豪壮的风格特点。

　　这一风格特点的形成,与西域诗以高、大、奇为美的审美趣味密切相关。这种审美趣味来自西域鲜明的自然地理特征,西域山川沙漠、植被、物产、气候特征等自然风貌,均具备了极端性特点:山则高峻奇伟,沙漠则广袤无垠,气候则奇寒奇热两极分化,风则狂暴,即使是一片雪花都能"大如席",以高大、粗粝、劲健、毫不拖泥带水为特征的自然环境一反内地人所熟知的秀美纤细。走上西域之路,开阔的视野、峻拔的高山冲击着诗人的视觉神经,涤荡着诗人的心灵,自然的力量与壮伟特征,即足以创造气象峥嵘、境界博大的诗境。如洪亮吉的《天山歌》:

　　　　地脉至此断,天山已包天。日月何处栖,总挂青松巅。穷冬

---

① (清)铁保:《惟清斋全集·刘凤诰序》,清道光壬午秋月镌石经堂藏本,第2页。
② (清)厉鹗:《樊榭山房集·查莲坡蔗塘未定稿序》卷三,上海:上海古籍出版社1992年版,第735页。

棱棱朔风裂，雪复包山没山骨。峰形积骨谁得窥，上有鸿蒙万年雪。天山之石绿如玉，雪与石光皆染绿。半空石堕冰忽开，对面居然落飞瀑。青松岗头鼠陆梁，一一竞欲餐天光。沿林弱雉飞不起，经月饱啖松花香。人行山口雪没踪，山腹久已藏春风。始知灵境迥然异，气候顿与三霄通。我谓长城不须筑，此险天教限沙漠。山南山北尔许长，瀚海黄河兹起伏。他时逐客倘得还，置家亦象祁连山。控弦纵逊骠骑霍，投笔或似扶风班。别家近已忘年载，日出沧溟倘家在。连峰偶一望东南，云气蒙蒙生腹背。九州我昔历险夷，五岳顶上都标题。南条北条等闲耳，太乙太室输此奇。君不见奇钟塞外天奚取，风力吹人猛飞举。一峰缺处补一云，人欲出山云不许。

雄伟阔大的天山上接苍穹，下笼地脉，日月星辰不过是它山头的点缀。山石如玉，山雪长存，虽奇寒无比，却孕藏了无数的生命。飞瀑湍流、松雉嬉戏，山腹藏春，一路行来，天山带给诗人无比的惊异与惊叹。天山绵亘千里，横绝沙漠，连接黄河，共同组成了祖国奇绝的万里山河图画。诗人诗思跳荡、诗情焕发，这里曾是发出“匈奴未灭，何以为家”誓言的霍去病建功立业之所，也是投笔从戎的班超报效国家、安定西域之地。一至此地，万山皆沦为等闲，天公钟情于此，汇聚奇异于天山灵境之中。诗人领悟了西域山川与祖国的相连，西陲塞外，同样是天公钟灵毓秀之地，峰回云绕，“人欲出山云不许”，似是天山对诗人的深情挽留。在汉唐诗人笔下，西域的自然山水只是其雄心壮志的背景衬托，清代诗人直接以高大壮伟的西域自然景观为审美对象，直接以自然之雄伟成就了诗情的雄奇豪壮。洪亮吉笔下的天山不但传神地还原了天山的实境，而且气势阔大，想象奇诡，以吞吐山河的气魄赞美了天山磅礴纵横的气势。再如其《松树塘万松歌》："千峰万峰同一峰,峰尽削立无蒙茸。千松万松同一松,干悉直上无回容。一峰云青一峰白,青尚笼烟白凝雪。……不尔地脉贡润合作天山松,松干怪底一一直透星辰宫。好奇狂客忽至此,大笑一呼忘九死。看峰前行马蹄驶,欲到青松尽头止。"诗歌以峰托松,以松衬峰,云光山色,描摹生奇。后半部更是忽生异想,直泻胸臆,活画出峰奇、松奇、云奇、人奇的奇异景象。诗情豪迈,景界壮丽,使人油然而生向往之情,同样也是自然之雄伟成就诗境之雄奇的明证。

并非只有如洪亮吉这样"奇思独造,远出常情……杰立一世"[①]的诗人能够借助自然吐写怀抱,创造诗歌中伟岸雄奇的境界,铁保的《登智珠山》同样表现了诗人的壮怀逸气。其前两联"幽栖怀抱向谁开? 联骑城东山翠隈。独客醉登危阁迥,万山气拥大河来",将自然博大的气势与诗人遗世独立的心境浑然融为一体。尤其"万山"句,将智珠山周围的博格达峰的云蒸霞蔚、南山的郁郁葱葱、红山的突兀峥嵘与乌鲁木齐河的滚滚巨浪联结在一起,山与水由此获得了灵动的色彩。全诗格调高亢,气势雄浑,充溢着西北雄风与阳刚之气。

西域险恶残酷的自然环境同样以奇伟壮观的审美特征深入诗人笔下,成为展示磅礴气势的铺垫与背景,以反衬诗人毫不屈服的精神意志。如国梁《新河道中风》:

> 渐远南山冰雪堆,飙生广陌布黄埃。何如瀚海风瑰丽,玛瑙如尘卷地来。

荒凉的沙漠戈壁在风中蒙上了一层瑰丽的色彩,卷起的飞沙走石也变成光彩夺目的玛瑙。恶劣的气候条件不但未能束缚国梁的意志,反而让他更加坚定了远赴边隅、安抚苍黎的壮志豪情,在他的诗歌中

---

① （清）张维屏编撰:《国朝诗人征略》,广州:中山大学出版社2004年版,第728页。

我们看到了一个胸襟开阔,乐观旷达,卓然挺立于大漠的弄潮儿形象。再如其《出宿席岌槽子途中遇风》诗云:

> 磨牛陈迹又匆匆,一色冰天噎气中。车隙乱飘聩面雪,山坳怒吼打头风。马如冻蚁缘笙簟,人似痴蝇堕纸筒。此去凯歌沿路听,斗寒自笑太笼东。

冰天雪地,狂风呼啸,雪花旋舞,在这样的苦寒境遇中,人与马一样难以摆脱尴尬狼狈的处境。然而在与寒冷的搏斗中,面对自己摧败披靡的狼狈之状,诗人没有心生悲苦,而是灿然自笑,自信风沙过后一路凯歌。这样的心境何等乐观超然! "自是壮怀轻道远,敢因白发恼青衫。"(国梁《奉调赴乌鲁木齐》)铁保在《澄悦堂诗集序》中谓国梁:"其宦游所至,时得山川之助,故其魄力雄厚,吐弃凡近,譬万钧之洪钟,无铮铮之细响。"①只有以高、大、奇为特征的西域雄伟的江山与清代大一统的社会氛围,才能孕育出这样乐观旷达的诗人和如此壮丽的诗篇。同类的诗篇还有和瑛《风戈壁吟》,诗歌着力表现环境的险恶,围绕"风"字落笔,狂风怒啸,暗天动地,沙石飞舞,水源缺乏,饥寒交迫……作者细致地刻画了塞外的苦寒,同时也淋漓尽致地表达了自己斗风傲雪的豪情。全诗气势豪纵,句法清奇,在真实的边疆生活体验中,抒发了为国立功的豪情。林则徐《出嘉峪关感赋》、严金清《狂风异常黄沙迷漫咫尺不见赋此志异》、颜检《雪后树》《苦水守风歌》《博格达山二首》、邱德生《塞上吟》、王大枢《次韵又泉雪后漫吟四首》、史善长《三个泉》、许乃毂《雪山》《冰山》《松山》、陈庭学《格子烟墩》、庄肇奎《天山》、赵钧彤《哈密北过山》、祁韵士《望博格达山》《黑水》、李銮宣《登库舍图岭纵笔作歌》等,也都因其

---

① (清)国梁:《澄悦堂诗集·铁保序》,清嘉庆十五年刻本,第1页。

表现自然景观的雄奇壮伟,显示了抒情主体的浪漫情怀,作品因而呈现出雄伟奇特的审美风格。

由以上诗篇可以看到,清代西域诗中呈现出雄奇奔放色彩的诗歌在内容上多与自然山水相关。与唐代西域诗相比,清代西域诗已经将自然山水作为独立自足的审美对象,诗人将自身的情感投射于山水之间。如果说南北朝时诗人们耽溺于南方秀美的自然山水,消磨了他们的现实意志,而西域诗人则在西域劲健、雄阔、伟岸的自然山水中,创作主体将自身融化于博大的山水之中时,反而激荡起了他们对社会现实政治的关切,使他们对人生终极价值的认识更加富于现实性。可以说,正是西域的自然山水,给西域诗人带来了新的文化心态和审美感觉。

雄奇豪壮的风格特点的表现之二,是诗歌中表现出的创作主体狂放不羁、舒朗劲健的个性。沈德潜曰:"有第一等襟抱,第一等学识,斯有第一等真诗。"①叶燮也云:"诗之基,其人之胸襟是也。有胸襟,然后能载其性情智慧聪明才辩以出,随遇发生,随生即盛。"②开阔的襟怀使诗人诗思畅达,意气泉涌,发而为诗,铸就了诗歌豪迈不羁的个性。嘉庆十五年(1810),铁保由叶尔羌办事大臣升任喀什噶尔参赞大臣。他遍览南疆的奇异风光,山河的奇伟,激发了他狂放不羁的豪情。其《放歌行》,以歌行体的形式,表现了蔑视一切、惊世骇俗的精神气质:

> 惊飙为轮云为旗,出门大笑穷攀跻。章亥有步不能测,凌虚飞摄昆仑西。昆仑西遇浮邱子,携我直上万仞缥缈青云梯。走

---

① (清)沈德潜:《沈德潜诗文集·说诗晬语》(四),北京:人民文学出版社2011年版,第1910页。
② (清)叶燮:《原诗》,北京:人民文学出版社1979年版,第451页。

眼尽八荒，俯首瞰四夷。八荒四夷小如粟，向误芥子为须弥。江海等勺水，泰岱如丸泥。举头天日近，侧身云雾低。吁嗟呼！古来蛮触斗蚊睫，朝为吴越暮楚齐。六经戋戋剩糟粕，二十一史全无稽。划然发长啸，巨响訇岩溪。青天高尺五，吐气成虹霓。十洲三岛罗眼底，琼楼玉阙鸣天鸡。归来为补壮游事，茫茫春梦无端倪。

诗人面对西域特有的自然风貌，想象着飞身直上昆仑之巅，俯首八荒，俾睨天下，"八荒四夷小如粟，向误芥子为须弥。江海等勺水，泰岱如丸泥"，简直豪气冲天！作者认为历史变迁无非蛮触之争，六经为糟粕，正史也不过无稽之谈，这样的议论明显具有反传统的意识，体现了诗人对传统理性和政治现实的怀疑、漠视、厌恶乃至反对的心理与情绪，表现了诗人精神的解放和无所禁忌的勇气。在忘乎所以的大胆与狂妄中，又显示了诗人何等的气魄！雄奇的自然之景与豪情万丈的主观心性融为一体，遂使诗作显现出撼人心魄的崇高之美。

　　与开放包容的唐代不同，清代集权统治的社会现实挤压了士人的生存空间，消弭了诗人建功立业的豪纵意气。然而一些诗人逆境中不甘沉沦的疏狂情态，同样成就了坚贞磊落的诗歌境界。如王大枢《塞夜》：

　　　　评罢阴符戍鼓残，千山雪拥一灯寒。干将不是埋头物，拔向空庭刮露看。

诗歌在苦寒的边塞自然氛围，在"千山"与"一灯"的大与小、无限与有限、强与弱的对比中，凸显了在广阔的自然空间中人的渺小、孤独与对命运难以驾驭的悲郁情绪。然即便如此，诗人仍不甘于埋头默默无闻度过一生。拔剑空庭，刮露看剑的形象，生动展示了诗人不甘平庸的人生渴望,苍凉境界中的沉雄豪迈的气概呼之欲出。

一个时代、一个地域风气的形成,往往是通过多种途径来实现的,有些方面甚至难以指实。但是清王朝大一统的盛世时代精神对形成西域诗豪壮雄奇风格的影响却不容忽视。徐步云遣戍伊犁三年,其诗无悲苦之音而充满豪情,不得不归因于伊犁壮美的山河和清王朝一统西域的伟大功业。其七律《壮游》即以历史人物的英雄事迹与乾隆皇帝一统西域的成就作比,表现西域与中原难以割舍的联系:

> 神禹功成贡九州,流沙西去未全收。瑶池漫说周王宴,宛马空烦汉使求。雪岭云开低华岳,玉河秋涨小沧洲。得知圣代车书远,万里伊犁是壮游。

诗歌高度赞誉乾隆皇帝一统西域的历史功绩,这一旷世伟业不仅超越历史上的周穆王、张骞,甚至超越了古代的圣人大禹。西域雪岭云开高于华岳,和阗水涨远迈沧州。在此豪迈的时代,遣戍伊犁是人生的壮游。诗歌一扫愁苦之音,以洒脱超然的心态表达了对西域土地的挚爱。史善长《玉门有怀班定远》:

> 不须凿空羡张骞,志略千秋孰比肩。万里王侯依汉节,卅年鼓角靖胡天。丹心死国原无恨,白发留边亦可怜。指点玉关生入路,幢麾想象夕阳边。

史善长也以汉代英雄定远侯班超的功业为旨归,他西出玉关,想到的不是千里流沙的恐怖与个人命运的坎坷,而是班超志在四方,坐镇西域,丹心报国。因此,在他看来,将一生三十余年献于戍守西域的班超,功绩上远远超过凿空西域的张骞。面对夕阳的余晖,诗人想象班超功成回朝,感慨万千。克罗齐曾说:"只有现在生活中的兴趣方能

使人去研究过去的事实。"①西域诗的作者,大都深受儒家伦理观念与
政治情怀的影响,具有以身为国的忧患意识和立身报国的豪气。诗
人正是在胸中报国豪情的驱使下,在历史中找到了自己精神意志产
生的原动力,因而在咏史中灌注了强烈的现实精神。

　　豪壮雄奇的风格同样来自现实的激励,来源于诗人豪迈的意气。
历次平叛战争中涌现的英雄事迹同样使诗人产生豪迈的激情。参与
平定大小和卓之乱的国柱,其诗多豪迈雄奇之句,如:"王尊叱驭心同
壮,列子乘风志所稀。虎奋鹰扬期万里,雷鸣鼍鼓促旌旗。"(《奉调
应援偶成》)"千林落叶镇萧骚,万里秋原肃旌旄。……闻说前军犹
较战,一挥何日奋铅刀。"(《驻小阳河匝尔》)"露冷冥鸿飞夜月,山
空野鼠啸秋蓬。"(《伊尔哈里克遣兴》)"雪崿千重森剑戟,河声一片
吼鲸鲵。"(《迈玛拉克道中》)皆激情昂扬,充满自信,气势雄豪,动
人心魄,表现了一个军人的虎虎生气。和瑛的《洗箔》以乾隆二十三
年(1758)平定大小和卓战役中,将军兆惠领兵进剿霍集占到叶尔羌
所获得的呼尔满大捷为背景,歌颂官兵众志成城、终获胜利的气概:

　　　　当年黯虏逞妖氛,众志坚城义薄云。欲访黑河三捷处,逢人
　　大树指将军。

当时,和卓叛军以数万兵力围困了兆惠黑水营三千官兵达三月之久。
兆惠坚守不出,敌人用大量鸟枪射击,枪弹大都打在树上。清军伐木
为薪,于是得枪弹数万,反用以攻敌。舒赫德、富德二人率军驰援兆
惠,大败和卓叛军。诗歌艺术地再现了当时的战斗场景,气韵豪壮,
余味深长。

─────────────

① ［意］贝奈戴托·克罗齐著,傅任敢译:《历史学的理论和实际》,北京:商务印书
　　馆1982年版,第2页。

诗歌是诗人独特审美心理的创造,诗人对现实的审美把握不能不受制于其个性特点、心理状态的影响。清代的社会现实已然与汉唐时期有很大不同,虽然同为大一统的盛世时代,但清人的文化人格已经发生了巨大的变化。身处封建社会发展的末期,自信、开放的襟怀毕竟很难与盛唐时期相提并论。这样的时代特征造就了诗人独特的审美心境,也使诗人对西域有着与汉唐时期不同的感受和认识。清代的边塞诗虽仍多豪迈雄奇之作,但这类作品已经很难成为西域诗的主导风格。造成这种事实并非仅诗人的心性使然,也非诗人的审美趣味发生的变化,同时还有其共同的、无可摆脱的客观原因。因此,西域诗中虽不乏雄壮之词,但无论是在占总数量的比重上,还是在情绪的激昂、气势的奔放等的强度上,已经与盛唐时期无法相提并论了。

二、清新自然的风格

地域性是西域诗最鲜明和最显著的特征,这也决定了西域诗必然具有不同凡响的艺术视野与艺术素材,使西域诗成为别开生面的抒情诗歌。高大奇伟、荒寒僻远是西域地域特征的一般显现,也是以汉唐两代为代表的西域诗主要反映的内容,并因此造就了西域诗雄奇豪壮的整体诗歌风格。但不可否认的是,雄奇豪壮是西域诗自汉代产生以来在成长中逐渐无意识化了的审美倾向,是诗人主动选择与追求的结果。随着清代大一统局面的开创,西域获得了较长时间的和平安定的社会局面,诗人在西域长期的驻足逗留也使他们对西域的社会状况及自然景观有多侧面深层次的了解。从现实经历出发,他们的笔下更倾向于描写西域普通的社会生活,这些内容是在清以前极少有人注意,或者是故意忽略了的。当西域诗人以求真写实的姿态表现西域普通的社会生活与自然景观之时,自然带来了诗歌风格的变化，其中之一就是清新自然的诗歌风格的形成。

清新自然的风格表现突出的特点在于平和、自然的审美倾向，不再刻意以高大、新奇为美。清代西域诗虽然也继承了历代边塞诗中对于边景的印象化描写，如沙漠瀚海、崔嵬雪峰等，并且也会在诗中着力渲染冰天雪地、风刀霜剑、飞沙走石的夸张性场景，但是这类描写在写景中的比例到了清代已经大大降低。其中更多呈现的是西域秀美清丽的自然之景，且追求的是自然景观的客观再现，而非抒情主体情感的主观外现。由于社会的相对安定，诗人在进入西域后有以悠游的心态欣赏西域的自然美景与风土人情，出之以诗，清丽隽永而富于情趣。如纪昀遣戍乌鲁木齐时，虽距离清政府平定准噶尔和大小和卓叛乱仅十余载，但清疆安边之业已然初具规模。正如纪昀所言："神武耆定以来，休养生聚，仅十余年，而民物之蕃衍丰膴，至于如此。"[①]纪昀西域诗语涉市镇建筑、地形气候、农事习俗、水利灌溉、典章制度、歌舞婚嫁、茶艺饮食、民族相处、瓜果花卉、矿产冶炼等西域生活的各个方面。对于西域诗中的常见题材，他的诗常有不同的表现。如写风光，不是突出其苍凉凄清、奇异雄浑，而是另辟蹊径。写水则"乱山倒影碧沉沉，十里龙湫万丈深"(《乌鲁木齐杂诗·风土》其十一)；写山则"向来只怪东峰顶，晓日明霞一片开"(《乌鲁木齐杂诗·风土》其五)；写杨柳则"只有垂杨太娇稚，纤腰长似小婵娟"(《乌鲁木齐杂诗·物产》其二十五)；写花则"红药丛生满钓矶，无人珍重自芳菲"(《乌鲁木齐杂诗·物产》其三十一)、"微风处处吹如雪，开遍深春皂荚花"(《乌鲁木齐杂诗·物产》其三十三)；写禾麦则"秋禾春麦陇相连，绿到晶河路几千"(《乌鲁木齐杂诗·风土》其

① 周轩、修仲一编注：《纪晓岚新疆诗文》，乌鲁木齐：新疆大学出版社2006年版，第1页。

二十四），都清新自然，不见新奇。相对于前人着力表现的西域苦寒奇热，纪昀则注重表现西域的温暖："万家烟火暖云蒸，销尽天山太古冰"（《乌鲁木齐杂诗·风土》其三）、"界破山光一片青，温暾流水碧泠泠"（《乌鲁木齐杂诗·风土》其十），不再是难于忍受，而是温暖可爱，如沐春风。随着清王朝对西域的建设开发，西域的人文景观也不使诗人感到隔膜和疏离。这里已成为"耕凿弦涌之乡，歌舞游冶之地"。这里的城市一如内地，有"芹香新染子衿青，处处多开问字亭。玉帐人闲金析静，衙官部曲亦横经"的学校教育；有"越曲吴靓出塞多"的艺术戏曲；有"蒲桃法酒莫重陈，小勺鹅黄一色匀"的酿酒技艺；有"吐蕃部落久相亲，卖果时时到市阛。恰似春深梁上燕，自来自去不关人"的各民族友好相处平等往来。纪昀笔下的西域一扫历史中西域书写的奇异肃杀，以亲见实感，平和自然、细腻真切地写出了西域自然人文景观的独特个性。曹麟开、林则徐、祁韵士、王曾翼、舒其绍等人以竹枝词表现西域民俗的作品，同纪昀一样，也继承了自然淳朴轻松活泼的民歌风味，艺术上崇真尚美，一派天然，与纪昀的西域诗表现了同样的风格特点。

一些反映西域农耕文化的作品突出表现了平和自然的审美倾向。与唐以前诗人多反映西域游牧文化相比，清代西域诗人更多地反映了西域的绿洲田园文化；沙漠瀚海、天山冰雪等典型的塞外景观日趋淡化，田园文化色彩逐步凸显，这是清代西域诗题材的一大转变。清代的屯垦农业开发为这类诗篇的出现提供了现实物质基础，清人西域观念的转变则为之提供了思想根基。田园文化作为中国传统农耕文化的重要表现，一向以田畴、村舍、树荫、流水、鸡鸣犬吠、袅袅炊烟、农人劳作等田园牧歌式的姿态，以宁静澹远的风格特色呈现在古代文学领域。唐代诗坛上更是与边塞诗歌一起形成双峰并峙的局面。西域诗人的社会身份多为贬官遣员，建功立业的政治人生愿望在他们身上已经褪去了理想的色彩。以田园文化形态呈现的西域屯垦诗歌的吟咏，能够和谐地串联起西域诗人"出"与"入"这两种人生价值取向，使他们既不失对社会现实的关注，又挽合起古人对个体道德价值的追求。

对于西域诗人来说，汉唐时期在西域涌现出的许多英雄人物的精神仍然感召着他们，李广、班超、张骞、马原、傅介子……但以战功名世，威震殊方的英雄业绩的成就方式已然远去，大一统的社会安定局面决定了建设西域、屯垦戍边成为成就功业的主导方式。对于任职西域的官员而言，这也是他们的职责所在。国梁是清代西域诗人中为数不多的自动请缨出关的官员，与因贬谪被迫出关的其他人自有胸怀的不同。他曾满腔热忱地表示："燕然勒石非吾事，看取周民颂柞芟。"（《奉调赴乌鲁木齐》）他为官的理想之一就是"何当野水都归垫，化作桑麻万顷云"（《过土墩子草湖》）。屯田建设的实绩就是西域田园景观的大量增加，加之西域诗人多生活于屯区附近，因而清代西域诗中对田园农耕文化的反映从数量上远远超过了游牧文化。

农耕民族的文化传统使西域诗人对于田园会产生天然的家园般的亲切感，这类诗歌中表现的情感扫除了面对游牧文化时的不适与疏离感，洋溢着自然清新、平和安宁的情感基调。如成书的《回庄子》一诗就十分具有代表性：

> 乱山去无际，砂砾为平川。渺然见村落，孤迥殊可怜。屯众三五家，茅栋八九椽。门前有老树，屋傍有流泉。泉流不出村，淳泓作方园。平畴望可尽，禾黍亦陌阡。天生一掬水，灌此百亩田。如从称量出，不过亦不愆。芳草绿满地，野花红欲燃。不意桃源境，落此戈壁天。驱车去未远，回首意再牵。依然入大漠，百里无人烟。

自陶渊明开始,加之盛唐田园诗人的不断重复性创作,人们已经在意象上接受了陶渊明所提供的田园诗咏叹模式:鸡鸣犬吠、桑麻榆柳、村墟烟火、穷巷柴扉等。此诗以村落、茅栋、老树、流泉、田畴、禾黍、芳草、野花等意象,表现坐落在沙砾戈壁包围中的绿洲村庄,俨然有着世外桃源般与世无争的恬静与安宁。内容上的和谐与宁静,艺术上的天然去雕饰,平实如口语般的语言,用环境间的类比,写出诗人与陶渊明在精神上的相通之处,表现了人与自然的和谐,体现了平和宁静的审美趣味。

自然清新的风格创造,包含了明确的情感要求,表现为抒情主体必须具备平静乐观、内敛含蓄的人格特征。清代西域诗人多经历了人生磨难的逆转,保持乐观冷静的态度和平静淡泊的心绪,韬光养晦,以内敛潜沉的人格去应对人生困境带来的伤害。由于西域远离了统治中心,反而使他们放松了心性,暂时获得了超然洒脱的自由心境。这种心态促使他们自觉选择轻快、宁静、和谐的客体去表现自我,并由此呈现出自然清新的作品风格。如洪亮吉《伊犁纪事诗》其十二:"古庙东西辟广场,雪消齐露粉红墙。风光谷雨尤奇丽,苹果花开雀舌香。"其二十七:"鹁鸪啼处却东风,宛与江南气候同。杏子乍青桑葚紫,家家树上有黄童。"诗人以欣喜的心情描绘了塞外江南伊犁的秀美风光,表现了充满生机的人生情趣。萧雄的《草木》写西陲荒滩少有青草,湖中长满茂盛的芦苇,时时看到牧童策犊出没其中的充满诗情画意的景象:"自古龙堆草不生,牧童争趁水边程。湖中芦荻供多用,风度遥吹犊背声。"萨迎阿《塞上杏叶红胜于枫,秋色已满玉关外也》写塞外经秋后的杏林红叶艳如秋花:"玉门关外树无枫,谁识边庭色不空。八月霜浓秋更艳,杏林万叶一齐红。"沈青崖《河湾野眺》写河湾鸳鸯飞度南湖的情景:"不羡江东绿正肥,也无红紫斗芳菲。惟怜鸳鸯多情甚,却与南湖一样飞。"这些诗歌都写得轻巧飘逸,富于神韵,表现手法上信口而出,不假雕饰,具有自然天成的效果,可谓开创了西域诗的另一种境界。

三、沉郁凝重的主导风格

如果说唐代西域诗最突出的风格特征是雄奇豪壮,那么清代西域诗的主体风格就变为沉郁凝重。沉郁,指其表达情感深沉复杂且充满了矛盾,其中有情感内容的深厚、深沉、沉雄,也有情感特征的忧郁和郁结,声情的悲壮;凝重指抒情的方式含蓄蕴藉,且多采用律诗的形式。对于"沉郁"的风格,清代词学家陈廷焯在《白雨斋词话》中有精当的诠释:"所谓沉郁者,意在笔先,神余言外,写怨夫思妇之怀,寓孽子孤臣之感。凡交情之冷淡,身世之飘零,皆可于一草一木发之。而发之又必若隐若见,欲露不露,反复缠绵,终不许一语道破,匪独体格之高,亦见性情之厚。"[1]陈廷焯虽在论词,但他明确指出杜甫诗歌是"沉郁"风格的范本。联系清代诗歌虽有宗唐宗宋之争,然没有变化的是对杜甫诗歌的推崇。西域诗人处在社会大环境之中,其诗风也就不能截然摆脱时代风气的影响。与前两类风格相比,沉郁凝重诗风的形成除受时代风潮影响外,更多缘于诗人个性化的色彩。虽然诗人着力表现的客观事物本身确实给抒情主体提供了多侧面、多层次的意义,但这些客体更是抒情主体个人经历所带来的情感、心理、认知的艺术性外化。西域诗的创作主体是贬官和遣员,这一身份本身就决定了他们创作精神最本质的特点。他们大多为清政府专制统治、思想文化政策的牺牲品,是被排挤出上层士大夫生活圈子,打入另类的群体,而他们的文化传统、精神气质、艺术趣味仍属于他们曾跻身过的阶层,当他们不得不面对西域艰苦的生活环境时,自

---

① 　(清)陈廷焯:《白雨斋词话》,北京:人民文学出版社1959年版,第222页。

我心理、精神结构及功能的调整转换就尤为重要而迫切。他们的作品中包含着一系列的矛盾构造：既赞美西域辽阔壮丽的山河，又对其蛮荒萧索的景象难以接受；既对自身遭遇愤愤不平，又赞颂清政府一统西域的伟业；既企望重被召用，又表达淡泊名利、遁世隐逸的人生选择；既对建设西域的精神赞颂不已，又难抑思乡怀归的情绪。精神重创、心灵伤痕使创作主体充满复杂矛盾的情感体验，诗歌的诗性思维使其对创作客体的表达总是映带着主体情感，而主体情感的复杂矛盾则决定了诗歌的沉郁凝重特质。

　　以时代而言，为了实现思想文化方面的钳制，清王朝极力遏止讽议朝政、裁量人物的社会风气。清代初中期骤然增加的文字狱，牵连获罪的多为下层知识分子。虽然这时的文字狱案大部分并无反对清王朝的政治倾向，纯属深文周纳，以求在知识分子中间造成恐怖氛围，禁锢反清思想的萌发。而其中又以诗案为多，如胡中藻《坚磨生诗钞》案、方芬《涛浣亭诗集》案等，这样的政治文化生态也使诗人对于一吐心胸心存余悸。文人才士们普遍存在着惴惴自危、惶恐不安的心态。李祖陶《与杨蓉渚明府书》曾有一段话概述了当时文人风声鹤唳的精神状态："今人之文，一涉笔惟恐触碍于天下国家……畏避太甚。见鳝而以为蛇，遇鼠而以为虎，消刚正之气，长柔媚之风，此于世道人心，实有关系。"[1]西域诗人中蒋业晋、曹麟开就是因为受湖北黄梅县监生石卓槐的《芥圃诗钞》案牵连而被发往西域效力赎罪。忧谗畏讥的心态使他们难以在诗歌中畅快地宣泄个人情绪，而采用含蓄顿挫的方式表达个人的情感体验。

　　清王朝统治后期，已到了中国封建统治的末期。内忧外患交相

---

[1]　张舜徽主编：《清人文集别录》卷一四，（清）李祖陶《迈堂文略》，北京：中华书局1963年版，第386页。

倾轧,东南沿海一带列强的不断侵扰,以及西域直接面临的沙俄虎视眈眈,加之清政府西域统治政策的失误带来的各类社会问题,使爱国的仁人志士忧心忡忡。深重的忧患意识也是诗歌呈现沉郁凝重风格的重要原因。

　　沉郁凝重的诗篇贯穿了清代西域诗创作的始终。雍正七年(1729),岳钟琪拜宁远大将军,进击准噶尔部,屯兵巴里坤。其《军中夜雨答高夫人见寄之什》融精忠报国的英雄豪气与思乡怀人感伤情绪为一炉,感情浓郁而复杂:"雨淋铃帐觉衣单,天外西风雁阵寒。蝴蝶绣衾空有梦,芙蓉锦水好谁看。三川戍客恩开府,万里新疆诏筑坛。重叠涛笺相慰藉,戎臣报主倍加餐。"诗歌怀念远在成都的妻子,又不沉溺于儿女情长,夫妻间以信函相互慰藉,既有置身塞外精神的孤寂、怀人之感伤,又有对圣主恩遇的感激、万里开疆的骄傲、努力事戎行的英雄豪气,感情复杂深沉而不失大将的沉雄气韵。其五律《天山》中两联"日寒川上雪,松冷雪中山。铁骑嘶沙碛,金戈拥玉关",于辽远空廓、寒冷凄厉的景色中抒发了必胜的信心,境界沉雄,意境浑成。李调元《雨村诗话》评曰:"公(岳钟琪)于军旅之间,辄寄啸笔墨,边塞诸作,多慷慨悲歌之气。"[①]其《军中杂咏二首》《军中感兴》《夜宴诸将席散独坐书怀》等也具有同样的风格特色。

　　曾任台湾兵备道的杨廷理于嘉庆元年(1796)被革职拿问,发往伊犁效力赎罪。其《次梦庐长至韵》典型地表现了一名遣员流放期间的思想情绪:

　　　　瓜期已似长沙傅,放逐常为泽畔吟。眼底莺花春梦幻,意中
　　山水塞云深。马嘶边草绿犹浅,雁滞南天影尚沉。却羡玉关归

---

① (清)李调元:《雨村诗话》卷上,郭绍虞编选:《清诗话续编》,上海:上海古籍出版社1983年版,第1520页。

去客,西江冀北好重寻。

诗人以屈原、贾谊自喻,以示无辜被遣的愤懑,中二联分别以南北、北南两方景色对举,在自然景观的差异对比中,表达人生事业梦幻成空,滞留塞外归梦难成,远离故土、家人远隔、音讯难通的怅惘,内涵丰富而厚重。尾联则在对释归者的羡慕中暗含怨愤。诗中有愤懑、抑郁、惆怅、悔恨、思念、期望等诸多情绪,可谓百感交集,诗情沉郁而表达含蓄。

嘉庆十四年七月因失察山阳县知县王伸汉冒赈银案被发往乌鲁木齐效力赎罪的铁保,年近六十而被遣,使其诗风由豪放转为沉郁,表达了无辜被遣的忧愤。如《叶尔羌道中》:

> 万里星轺到叶城,深林密树少人行。惊沙障日云阴黑,怒马嘶风虎气横。塞路枯槎埋故辙,燎原野烧阻前旌。长途里数无从问,止计军台不计程。

首句以“万里”的空间跨度,喻指自身命运的巨大转折,颔联以“惊沙障日”的景象暗含无辜被遣的事实,阴沉、黯淡、荒凉之景,正是诗人心境的外化。然“怒马嘶风”,虎气纵横,表现诗人不甘屈服,面对命运的抗争。颈联一转,以后退无路、前程受阻暗含人生失路的感伤与怨愤。整首诗在表达上层层转折,含蓄蕴藉。

因虎门销烟反抗英国侵略的邓廷桢,于道光二十一年(1841)被发戍伊犁。两年的流放生涯使这位爱国志士满腔忠愤,情感变化复杂而矛盾,但由于深受儒家正统思想熏陶,眷恋家邦仍是其思想的主导方面。以《伊江中秋》为其代表:

> 今年绝域看冰轮,往事追思一怆神。天半悲风波万里,杯中明月影三人。英雄竟污游魂血,枯朽空余后死身。独念高阳旧

徒侣，单车正逐玉关尘。

诗人到戍之后，面对伊江水，缅怀在粤主政期间抗击英军英勇牺牲的关天培将军，此时当年的战友林则徐也正在赴戍路上。中秋月明，澄江如练，诗人黯然伤神，百感丛生。诗歌对逝者的追思，对友人的深情，对自身命运的伤悼，对国势的担忧，以及埋藏在这些情感之后的弦外之音，都以含蓄之笔出之，情感深沉，内涵凝重。

鸦片战争以后，国家面临的内忧外患，国势的摇摇欲坠使心系天下的诗人怀有深切的感伤。曾参与左宗棠收复新疆战争的锡纶，曾长期为官西域，他的诗歌数量不多，但在艺术上达到了很高的成就。光绪九年（1883）锡缜作《九日和子猷弟寄和去年之诗依其韵》，并附锡纶原作：

> 客鬓欲随荒草白，菊花不共塞云黄。十年九日萦秋思，一片孤城冷夕阳。身似脊令飞寥廓，目穷鸿雁影微茫。诗情无托从何寄，只有刀头万里霜。

诗歌首联采用颜色对，荒草白而客鬓亦白，塞云黄而菊花却不黄，写出身处异域节候的不适与客居感伤。颔联写客居时间的漫长与空间的空廓，以重阳的秋思暗写对亲人的思恋，以孤城外的夕阳之冷衬托凄凉孤寂的心情。颈联以"脊令"一词用"脊令在原，兄弟急难"典，表明对兄长的思念。"鸿雁"又暗含"鸿雁传书"与"雪泥鸿爪"的典故。既述音信难通的痛苦，又发出人生无常的感慨。尾联以"万里霜"装饰"刀头"，暗含"大刀头"一典，表达怀恋家乡、渴望早日归还的愿望。诗歌将客居的孤寂、怀亲的感伤、人生无常的感慨与渴求回乡的渴望熔为一炉，多用典故抒情，诗风雄浑含蓄。工稳的对仗形式使诗情的表达变得十分凝重，可谓西域诗中沉郁诗风的代表。

西域诗歌作品中呈现沉郁风格的作家作品举不胜举。如志锐《赴俄经博罗胡吉尔、辉发两卡，索伦旧地也。蓝旗营城尚在，索伦未移坟墓尚累累，有感》、严金清《经一碗泉》二首、林则徐《伊江除夕书怀》、萧雄《古战场》、周先檀《奇台县》、施补华《秋感》、杨廷理《郊行》《解嘲》、颜检《由巴里坤至麟泉》《轮台初冬》、陈庭学《送人东归书感》等。张荫桓生逢清朝末造，因参与戊戌变法而被贬新疆。作为一个爱国者，人生失志的愁绪在统治者腐败无能、国家危在旦夕的现实面前显得更加沉重。和他同时为官的关学传人李岳瑞评价其诗"清苍深重，接武少陵、眉山"①。他的西域诗色彩阴郁，感情低落，充满了忧国忧民的忧虑和人生无常的感伤："孤忠无助空忧国，老病乘危怯望乡。"（《正月十三布隆吉尔夜发逾日抵安西州奉简同乡廖渔牧刺史》其二）"戈壁崎岖日复夜，百忧迸集艰难中。"（《吐鲁番城西五十里硒硒沟，古之芦沟驿也，去三角泉六十里，途遇大风》）"勿言家国事，暂免泪沾巾"（《正月晦日，常弟、垲儿赶至哈密随戍》）"已见巢痕新缀燕，倍愁禁锢独闻蝉。此生江海皆泡影，往事何当到酒边。"（《新疆省城晤刘衡甫通守》）"岁功寒燠随时变，岂独人间行路难。"（《元日》）"忧时倍触泷阡泪，去国惟期社稷安。"（《清明偕子侄乡人出郭展扫两广义冢，便道三官阁小憩，怅念故山，泫然有作》）许珏《荷戈集跋》评价张荫桓的诗"盖公之忧时如醉，匡国忘劳，悱恻缠绵，胥于诗见之矣"②，的为确论。

清代西域诗作家较多，作品的具体创作时间各异，必然使作品呈

---

① （清）李孟符：《春冰室野乘》，《民国笔记小说大观》（第一辑），太原：山西古籍出版社1995年版，第138页。

② （清）张荫桓：《铁画楼诗续钞·许珏跋》卷下，清光绪二十八年观复斋刻本，第22页。

现出丰富多样的风格特点,但能够作为清代西域诗主体风格的,非沉郁凝重莫属。这是清代继唐代之后树立的另一种西域诗美学风格的典型,代表了清代西域诗发展的最高成就。

第二节　模塑于历史与现实中的审美趣味

中原文化中关于西域的观念常常会与奇异相关,尤其是在文学作品之中。从神话传说"后羿射日"中上昆仑寻仙药,到民间故事里老子骑青牛出关寻找道的终极意义;从《穆天子传》中周穆王与西王母的深情对唱,到《离骚》中上下求索的主人公向西极求女;从《大唐西域记》中对西域书写中穿插的诸多佛教神异故事,到岑参笔下摄取的西域新奇的景观,乃至宋元明小说中塑造的颇具异能的胡僧形象,都显示了人们对西域奇异的理解。历史上最早将西域写入史书的司马迁与在文学中最终塑造了西域形象的岑参,均有"好奇"之谓,这不能说只是一个偶然的巧合。对国内其他地区的人们来说,西域始终是神秘之区,文学中的西域书写,从未摆脱探奇好异的创作倾向。清代诗人躬践斯土,也无法摆脱这种创作倾向的左右,但亲历其地的经历,又让他们对这片土地有了切实的认识。他们对于西域的描写虽然没有完全摆脱历史中形成的"好奇"趣味,但时代文化对于写实性的追求,同样影响了他们的选择,因此在清代西域诗歌中存在着写实与好奇两种倾向,两者间形成的张力,体现了清代西域诗独特的审美趣味。

一、西域诗中的好"奇"倾向

好奇心理是人们常见的心理现象,汉代人们与西域有关的行事,就常与好奇相关。张骞出使西域,是"有异乃记"①,所关注的是对他们来说感觉陌生的各种事物。汉武帝对西域诸国进贡的大鸟卵和犁靬眩人极感兴趣,占有稀奇宝物竟成为推动武帝开边的一个重要原因:"故能睹犀布、瑇瑁则建珠崖七郡,感枸酱、竹杖则开牂柯、越嶲,闻天马、蒲陶则通大宛、安息。"②东汉帝王亦好奇,"每有贡献异物,(和帝)特诏大家(班昭)作赋颂"③。西域的人物、艺术、宗教以及奇禽异兽、草木果蔬、饰品、食品都会让汉人啧啧称奇。西域的风俗、音乐带给汉人全新的感受,西域是汉人所能想象的极远的异邦,它往往就是奇异的化身。"边塞诗之所以能够使人心胸波动、耳目一新,很重要的一个因素就是它具有'异域色彩'。而在岑参笔下,这种'异域色彩'显得格外浓厚。展开他的边塞诗篇,满目摇映的都是大漠、草原、雪海、火山,与内地的曲径虹桥、柳岸残月相比,顿时四射出奇异瑰丽的光芒。"④清代西域诗在创作中,也深受传统西域观以及岑参诗歌的影响,表现出强烈的尚"奇"色彩。

在古代文论史上,一般认为钟嵘《诗品》对于"奇"的美学意义阐释得最为全面。钟嵘在《诗品》中针对诗歌的不同审美层次多次谈到"奇",它可以用于形容诗歌的精神气质,如他说刘桢"壮气爱奇,动多振绝。真骨凌霜,高风跨俗"⑤。即富于生命力及语言结构的力度;也可用于形容文辞,评谢朓诗"奇章秀句,往往警遒"⑥,评虞羲

---

① (汉)班固撰,(唐)颜师古注:《汉书》卷九六上,北京:中华书局1962年版,第3879页。
② (汉)班固撰,(唐)颜师古注:《汉书》卷九六下,北京:中华书局1962年版,第3928页。
③ (南朝宋)范晔撰,(唐)李贤等注:《后汉书》卷八四,北京:中华书局1965年版,第2785页。
④ 孔庆东:《岑参边塞诗的"奇"》,《语文建设》2010年第9期,第50页。
⑤ 吕德申:《钟嵘〈诗品〉校释》,北京:北京大学出版社1986年版,第35页。
⑥ 吕德申:《钟嵘〈诗品〉校释》,北京:北京大学出版社1986年版,第102页。

诗"奇句清拔"①；评任昉、王元长等人"辞不贵奇，竞须新事"②等。综合他对于不同诗人的品评，可以知道，钟嵘所谓的"奇"要求的是内容和形式的统一，诗歌要给人审美的震撼力，不是单靠陌生化的生僻辞藻。只有当词句由情感自由生发，才能造就"奇章""奇句"，才能获得令人"警遒"的力度。唐宋诗学沿着钟嵘开掘出的"奇"的美学意义，将"奇"从关于风格的评价转到诗法的讲求。主要将"奇"与"常""凡""俗""平"对举，追求生新、反常、不凡，甚至走向险怪僻涩一路，反映了唐宋审美趣味与诗学追求的变化。

　　清代西域诗人对"奇"的追求也有险怪一路，其中最有代表性的是方希孟和李銮宣。方希孟眼中的西域自然风光，充溢着复杂多变和险怪恐怖的特点，与刻意营造恐怖的氛围，用来表达来自内心对异域的陌生和疏离感。如《古牧地行》：

> 城头老木啼鬼车，海虫烈烈吹黄沙。荆棘缠天白草死，髑髅十万多于瓜。漫山蝎蟹飞如雨，斗大青磷作人舞。烧蓬刮地旋风急，怪马跑泉四蹄立。

　　这里简直是鬼蜮的世界，树木发出魔鬼的啼叫，黄沙伴着海虫飞扬，荆棘缠天、飞虫如雨，鬼火粼粼，旋风飞舞，怪马腾空，给人造成强烈的心理紧张感。方希孟一生不幸，"方逾弱冠猝遭家难"，虽"初不屑屑于章句间也。既屡踬于场屋"③，"忧时感事，握管涕零，耗毕生之精力，仅得胜国诗人之名"，难免"穷愁抑郁"④。光绪二年（1876）他

---

① 吕德申：《钟嵘〈诗品〉校释》，北京：北京大学出版社1986年版，第171页
② 吕德申：《钟嵘〈诗品〉校释》，北京：北京大学出版社1986年版，第57页。
③ （清）方希孟：《息园诗存·洪人纪序》，民国二十一年安庆皖江印刷所铅印本，第5页。
④ （清）方希孟：《息园诗存·靳裕昆序》，民国二十一年安庆皖江印刷所铅印本，第4页。

入"卓胜军"金运昌幕,参与平定阿古柏之乱。当时匪帮未定,战乱未息,如此恐怖的环境氛围不能不说是方希孟对自身处境及当时陷入侵略者阿古柏统治的西域心理感受的外化。他作于光绪三年(1877)的西域诗多有险怪的表现,如《白石头》:"怒马奔涸泉,尘焦四蹄热。毒雾螫人衣,飞沙浊如血。"《朔月行》:"胭脂塞上澄霞紫,万点梨花浸秋水。大旗吹折霜中声,太白闪闪红生棱。"《戈壁行》:"大风吹空车轮走,蝎虎如人蟒如狗。老鸦呜呜鬼车哭,掠地飞鹰啄人肉。前山火飞后山雪,寸草不生石骨热。马蹄陷沙沙入穴,驼骨支冰冰桥裂。"以及《抵乌鲁木齐寄家人七首》《塞上杂感十八首》等。

与方希孟相似,李銮宣西域诗作中也有不少的追求险怪的作品,如他的《瀚海歌》《下库舍图岭入巴里坤界二首》等。他的《大风作》同样以黑风、饿鸥、蚩尤、黄雾、斿鬼、青磷、鬼伯、鬼族、骷髅等一系列怪奇恐怖的意象来描绘戈壁风沙的狂暴与给人带来的内心恐惧,竭力避免诗人普遍追求的玲珑剔透的圆融诗境,获得悚人视听的效果。庄肇奎《初秋微凉》《即事杂咏》《孟冬雪后苦寒积阴浃月闷极成诗》《即景有感》《杂赋》、张荫桓《齐克达坂》《哈密三堡白骨塔过而哀之》《车毂泉驿四面皆山竟日阻风不果行》《吐鲁番城西五十里硴硴沟,古之芦沟驿也,去三角泉六十里,途遇大风》等,也表现出同样的审美倾向。另类的审美趋尚使他们的诗歌在清代西域诗中获得了令人惊"奇"的效果。上承韩孟诗派"骨重神寒"的美学追求,盘空硬语,戛戛独造,骨力奇峭,但却难免堕入艰涩。

更多诗人对"奇"景的追求表现的不是怪奇,而是新奇,如史善长《火焰山》:

> 昔闻南路火焰山,居人习火作火颜。日藏地窖夜出作,三伏暍死常百个。初疑谰语故惊人,天心何处不和平。我长炎方鹑

火次,春露秋霜无别致。火井温泉或有之,几见空山烈焰炽。今
来吐鲁番,三九北风寒。漫漫雪海夜曾渡,惨惨荒郊午生怖。急
访土人火焰名,为指山头昼夜明。罡风磨石芒千尺,赤日烘云火
一城。羿弓未落扶桑翮,吴兵正破连环舶。冬无堕指与皲肤,夏
不焦头也烂额。我闻此语长太息,大漠元冰积百尺。何不离坎
交融化,甘液和风万里皆帝泽。

诗人对火焰山的炽热早有耳闻,特殊的机缘路过这里当然不会掩饰
自己的好奇,即使当时正逢寒冬腊月,急访土人后,得知以往所闻的
确非虚。"日藏地窖夜出作,三伏喝死常百个"并非故作惊人之语,不
禁感慨西域气候的极寒与极热。如能相互交融中和,则"和风万里"
算得上气候宜人了。

　　"云满山腹雪满巅,奇观还结域外缘。"(颜检《由长流水至黄芦
岗》)西域独特的地容地貌,构成了奇特的自然景观,对于从未踏足
西域的人来说,都是新奇的,这些景观就成为诗人着力表现的对象:
如写雪崩:"震开三界聩,惊起九天雷。"(杨廷理《颡山雪》)写河水
西流:"中间一道西流水,谁遣常年送落晖"(国梁《胜金道中口
占》);"野色苍茫塞上多,江流西去卷长波"(陈庭学《次韵元戎野望
一首》)。写独特的西域地貌:"顽山乱石全无碧,碎草零花也自红"
(庄肇奎《出嘉峪关纪行二十首》);"赤地不毛沙索莫,青天无际月高
寒"(秀堃《苦水道中夜行》)。

　　与内地差异很大的气候,也成为诗人眼中新奇的事物而成为表
现的对象。如写西域春天迟迟不至:"行到伊吾三月暮,落花时节未
开花"(李銮宣《即目二首》其一);"落花时节无花发,只有天花落砌
新"(国梁《雨后春雪》);"三春花鸟天南梦,八月冰霜塞北愁"(杨廷理
《春怀》);"边城初赋鹅黄色,已是江南落絮时"(蒋业晋《新柳》);"二

月仍风雪,春阴几暮朝"(赵钧彤《春朝用韵》)。写天山南北两坡气候迥异:"郎披狐貉妾披缣,隔岭相看两不嫌。一样地形天气异,庭州多雪火州炎。"(曹麟开《塞上竹枝词》其十五)写气温变化的急遽:"雪岭千年常冰玉,炎天一雨即披裘。"(王曾翼《巴里坤》)等等。

至于西域的少数民族风情,对许多中原人士来说也闻所未闻,对这些内容的描绘,不能不说也是好奇的表现。如写维吾尔族的村庄:"家家院落有深沟,一道山泉到处流"(庄肇奎《伊犁纪事二十首》其五);"杏花深处隐回村,遍引清流绕四邻"(毓奇《特尔格起克至特比斯道上口占》);"平沙微有路,独树自成村"(成书《即事四首》其一)。写西域经济贸易:"布卢特马行求至,安集延人贸易来"(萨迎阿《乌什》);"北蕃远贸逐羊来,西旅依山氆帐开"(陈庭学《头台》)。写少数民族饮食:"羊肝下酒沙壶暖,牛乳烹茶木钵温。"(祁韵士《无题》)写劳动:"播种不愁牛力尽,骆驼身负夕阳耕。"(成书《伊吾绝句》)写达瓦孜娱乐:"百尺竿头步可登,分棚云际絚长绳。捷儿逞技凌空舞,不数寻橦度索能。"(曹麟开《塞上竹枝词》其十)这些在西域很平常的事物,在内地人看来却很陌生,充满了新奇的新鲜感,因而不断在诗歌中加以描绘。

好奇的审美倾向,也使西域诗在诗意上呈现奇美的特色。诗人在西域之奇的基础上感受到旺盛的生命力和来自生命的自由感。这种生命体验熔铸到诗歌中,形成了诗歌特有的逸气与神韵,使诗歌获得了一种"奇趣"。正如刘大櫆所说:"有奇在字句者,有奇在意思者,有奇在笔者,有奇在丘壑者,有奇在气者,有奇在神者。字句之奇,不足为奇;气奇则真奇矣;神奇者古来亦不多见。"[1]西域诗中所获得的神奇之美,多为表现西域壮丽奇伟的风景,古人所谓"得江山

---

[1] (清)刘大櫆:《论文偶记》,北京:人民文学出版社1959年版,第142页。

之助",大概也是此意。张维屏评洪亮吉:"未达以前,名山胜游,诗多
奇警。及登上第,持节使,所为诗转逊前,至万里荷戈,身历奇险,又
复奇气喷溢,倍乎山川能助人也。"①洪亮吉认为:"诗奇而入理,乃谓
之奇。若奇而不入理者,非奇也。"讲究在现实的基础上,以艺术的
手段表现诗人的精神意旨。而最能代表"诗之奇而入理者,其惟岑
嘉州乎?"岑诗"一川碎石大如斗,随风满地石乱走"之奇诚非虚言
也。"大抵读古人之诗,又必身亲其地,身历其险,而后知心惊魄动
者,实由于耳闻目见得之,非妄语也。"②他的西域诗,就做到了"奇"
而入理,颇具奇气。他一路西行,一路记述沿途所见的奇松、奇山、奇
峰、奇寒以及奇特的民俗,达到了"奇气喷溢"的状态。如:

> 一峰西来塞官路,峰头一峰复回互。(《进南山口》)
> 北风排南山,山足亦微动。寒光亘千尺,壁立雪若衔。(《肋
> 巴泉夜起冒雪行》)
> 忽然破屋晴光出,涌得天山一轮日。(《自白山至噶顺》)
> 马蹄斜上雪飞尽,衣袂飘入云当中。(《发大石头汛》)
> 千峰万峰迷所向,意外公然欲相抗。云头直下马亦惊,白玉
> 阑干八千丈。(《下天山口大雪》)
> 天山雪花大如席,一朵雪铺牛背白。(《行至头台雪甚益》)
> 凿得冰梯向北开,阴厓白昼鬼徘徊。万丛磷火思偷渡,尽附
> 牛羊角上来。(《伊犁纪事诗四十二首》其十一)

在《鹰攫羝行》中,我们看到了老鹰叼公羊与牧人射鹰的奇特景象:

---

① (清)张维屏编撰:《国朝诗人征略》,广州:中山大学出版社2004年版,第
　728页。
② (清)洪亮吉:《洪亮吉集》,北京:中华书局2001年版,第2298页。

> 　　一山巉岩忽裂口，千羊万牛出其窦，羊群居前牛在后。鹰忽飞来攫羝走，群羊哀鸣牛亦吼。北巷南村集群狗，鹰攫羝飞势偏陡。云中健儿弓已拓，一箭穿云觉云薄。羊毛洒空鹰爪缩，天半红云尚凝镞。

诗歌仿佛是牧区生活的剪影，抓住老鹰叼着羊斜飞，羊鸣牛吼狗狂叫，牧人弯弓箭出弦的惊心动魄的瞬间，鹰之矫健、牧人之勇武，栩栩如生，读后使人历久难忘。

　　洪亮吉运用夸张、拟人、想象的手法，将眼中的奇景，心中的奇情与奇思妙想生动地表现出来。赵翼精辟地评价洪亮吉的诗："人间第一最奇景，必待第一奇才领。"①奇景、奇情、奇气，代表了西域诗人重要的审美追求。

二、清代学术风气下的客观写实

　　清代作为中国古代诗史中不可或缺的一环，也是中国古代诗歌集大成的总结。无论从诗歌的认知功能，还是艺术的审美多样性来说，都具有无法替代的价值。清代特定的政治与文化背景，导致了清诗迥异于前代的风貌。清代西域诗作为清诗的组成部分，也同样受到当时社会文化思潮的影响，从而在特征与面貌上具有与清代诗歌的一致性。

　　就诗歌传统而言，中国传统诗歌本就有"体物"一途。文学创作本身作为一种创造性的感知思维活动，除因个性解放、思想解放因素引发的"缘情"创作倾向外，对于主客观事物的认识而呈现的"体物"的理性精神，与缘情在很大程度上具有相同的意义和价值。这

---

① （清）洪亮吉：《洪亮吉集》，北京：中华书局2001年版，第1248页。

一 "体物" 传统可上溯到先秦孔子的诗学体系, 孔子强调学诗的内容包括 "多识于鸟兽草木之名", 这同时也是学诗的目的之一, 而学诗的最终归宿在于 "事父" "事君"。孔子强调学诗的必要, 在于 "事" 与 "识", 也就是明确了学诗与社会、与自然的关系。

　　清代自康熙起对西北用兵, 乾隆朝底定西域, 西部的疆域大大拓展, 但西域虽然总体上保持了与祖国内地统一的局势, 其实并不十分平静: 对内不断有军事行动, 对外则频频有外交交涉。这种局面刺激了对西北地理、民族和历史的关注。而此时正是汉学兴起之时, 梁启超形容汉学: "发源于顺康之交, 直至光宣, 而流风遗韵, 虽替未沫, 直可谓与前清朝运期相始终。"[①] 范文澜也说: "自明清之际起, 考据学曾是一种很发达的学问。顾炎武启其先行, 戴震为其中坚, 王国维集其大成。"[②] 作为汉学的自然延续, 同时又适应了当时经世致用社会思潮的要求, 西北史地学应时而起, 成为跨越内地十八省的一股学术潮流。许多西域诗人也曾参与这股学术潮流, 如祁韵士作为西北史地学的开创者之一, "善属文。自幼喜治史, 于疆域山川形胜、古人爵里姓氏, 靡不记览"[③]。乾隆四十六年(1781), 曾任《蒙古回部王公表传》总纂官, 其间 "以西北一带山川疆域, 必先明其地界方向。恭阅《皇舆全图》译出山水地名, 以为提纲。其王公等源流支派则核以理藩院所存世谱, 订正无讹"[④], 因此开始接触西北民族与舆地方面的资料, "于新疆旧事知之最详, 颇堪自信"[⑤]。遣戍西域后, 奉伊犁将军松筠之命, 增纂了《西陲总统事略》十二卷。《西陲总统事略》是祁韵士

① 梁启超:《清代学术概论》, 上海: 上海古籍出版社1998年版, 第67页。
② 范文澜:《范文澜历史论文选集》, 北京: 中国社会科学出版社1979年版, 第244页。
③ 王钟翰点校:《清史列传》卷七二, 北京: 中华书局1987年版, 第5943页。
④ (清) 祁韵士:《鹤皋年谱》, 山右丛书初编, 民国年间排印本。
⑤ (清) 祁韵士:《西陲要略·自序》, 台北: 成文出版社1968年版, 第1页。

涉历万里、博访周咨的结晶，是清代新疆地方志中除乾隆年间官修《西域图志》外，最早也最有参考价值的著作。后又根据其亲历西北考察所得，撰写了《西陲要略》《西域释地》等著作，成为西北史地学的奠基人。而《西陲总统事略》最初的撰稿者是嘉庆七年因科场冒考案被流放伊犁的山东金乡知县、西域诗人汪廷楷。诗人和瑛也于嘉庆七年（1802）任喀什噶尔参赞大臣期间编纂了《回疆通志》，嘉庆十一年（1806）调任乌鲁木齐都统后，又历时两年编纂了《三州辑略》。1909年，新疆布政使王树枏主持编纂了《新疆图志》，在他的邀请下，本欲赴时任伊犁将军长庚幕的宋伯鲁，主持新疆通志局，写成了《新疆建置志》和《新疆山脉志》各四卷。其他虽未参与西域史地研究但同为学者身份的有纪昀，他作为《四库全书》总纂官，学问之高自不待言。而洪亮吉亦秉承家学，诗学、经史、音韵、训诂、地理之学无书不窥，尤其对舆地、方志之学颇多研究，著有《西夏国志》十六卷、《补三国疆域志》十六卷、《东晋疆域志》四卷、《十六国疆域志》十六卷等。

在考据之学流及诗坛，文人染其风气而追求征信的同时，清初经世致用的社会思潮又强化了人们的诗史意识。钱谦益强调"以诗续史"，黄宗羲也认为诗歌应该主动去记录历史，做到"以诗补史"。宋人"以学问为诗"的风气本就对清人的诗歌创作观念大有影响，汉学的兴盛又更加推动了"以学问为诗"的风尚，而在诗歌中展现学问更是"以诗续史"与"以诗补史"的方式，弥补了诗歌空谈性情的不足，强化了诗歌的实用性。以至于清人普遍认为"人无学问根底不能为诗"，而清代西域诗就成为诗人展示西域地方性学问的一大舞台。他们以诗人兼学者的身份走入西域，一边以诗人的眼光观照西域，获得诗情；一边又以学者的视角研究西域，这使他们的诗歌在抒情写景中融汇了学者的偏好，在诗篇中梳理自然地理沿革，记录朝廷典章制度,记述边地风俗民情、风物特产等。因此他们的西域诗不仅具有诗的审美价值,还具有了史学意义和认识价值。

清代西域大多数诗人对于诗歌的历史价值是非常期待的,褚廷璋在编纂《西域图志》《西域同文志》时,曾作诗八首,自云"志天山南北都会城郭之大略,以补史乘所未备"。不仅诗人作诗有此意图,就是读者也有通过诗歌了解西域的阅读期待。如著名学者钱大昕在纪昀《乌鲁木齐杂诗》跋文中称它:"叙次风土人物,历历可见……它日采风谣、志舆地者,将于斯乎征信。"①黄运藩评价萧雄的《西疆杂述诗》是"夫以骚人之韵事,补史氏之地理,例不嫌创,注不厌详"②。这些都是从征信、诗史的角度去评价诗歌的。

从"以诗证史"的角度来论,清代西域诗的重要价值之一在于侧重西域舆地。《四库全书》中史部包括正史类、编年类、纪事本末类、别史类、杂史类、诏令奏议类、传记类、史钞类、载记类、时令类、地理类、职官类、政书类、目录类、史评类15个大类。地理为史部中的一类,又分总志、都会郡县、河渠、边防、山川、古迹、杂记、游记、外记9属。人们注意最多的当是诗中所反映的重大事件和时代特征,较少注意到史部地理类的内容,而清代西域诗恰恰在这方面有突出的表现。清代西域诗题中对于西域地理的吟咏除山岳河流之外,对其城郭都会也多有吟咏,且不再仅限于带有西域符号标志的庭州、乌垒、高昌、轮台、交河等,而是哈密、巴里坤、古城、木垒、乌鲁木齐、伊犁、慧远、奇台等具体的地点。诗人的思绪,也不再"青海长门暗雪山,孤城遥望玉门关"似的不顾实际距离,动辄跨越几万里,而是强调叙事及纪实功能。仅看一些诗人的诗题,便可知其相当于记录行程的

① (清)纪昀:《纪文达公遗集·乌鲁木齐杂诗·跋》卷一四,《清代诗文集汇编》第354册,上海:上海古籍出版社2010年版,第23页。
② (清)萧雄:《西疆杂述诗·叙》,1924年陕西通志馆《关中丛书》刻印本,第2页。

纪行文。陈庭学、史善长、赵钧彤、方希孟、颜检、汪廷楷、杨廷理、李銮宣等人的诗歌中均有这种体现。以颜检为例，自出嘉峪关开始，有《嘉峪关》《出嘉峪关》《由双井至惠回堡》《由惠回堡过赤金湖至赤金峡》《至玉门县》《玉门县》《由玉门县至三道沟》《宿三道沟》《由三道沟至七道沟》《宿布隆吉是日大风》《由布隆吉过双塔堡》《由双塔堡至小湾》《安西州》《由安西至白墩》《由白墩至红柳园》《出红柳园》《是日过小泉宿大泉》《由大泉至马莲井》《由马莲井晓发》《宿星星峡》《出星星峡》《由沙泉至苦水》《由苦水过天生墩红山至格子烟墩》《长流水》《由长流水至黄芦冈》《黄芦冈》《黄芦冈》《由哈密至南山口》《由南山口至松树塘》《由松树塘至奎素》《由奎素至巴里坤》《由巴里坤至麟泉》《由麟泉过肋巴泉至乌兔水》《由麟泉过肋巴泉至乌兔水》《色壁口》《由色壁口至大石头》《由大石头至阿克他斯》《由阿克他斯至一碗泉》《由一碗水至木垒河》《由木垒河至东城口》《奇台县》《至古城》《至古城》《自大泉至济木萨》《由济木萨至三台》《四十里井晓发》《由四十里井至紫泥泉》《由紫泥泉至大泉子》《至阜康县》《至乌鲁木齐》等。颜检的这些诗歌记录了由嘉峪关出发到乌鲁木齐的完整行程，完全就是一部以诗歌形式呈现的行程记，地点明确而系统，完整地勾勒出了由嘉峪关至乌鲁木齐的行走路线。

这些诗歌不仅在行程路线上具有纪实性，在内容上也同样具有纪实性，如表现自己途中经历的《由三道沟至七道沟》：

> 苍茫大野朝烟昏，徐徐东白初升暾。草枯雪尽一无有，但见沙阜如云屯。远者高卧近或仰，高者卓立低还蹲。闻说沟分共十道，春冰融泻留春痕。我马驾车截流渡，乱蹄与水相争奔。卅里卌里或有屋，三户五户难成村。树头时忽鸣鸦鹊，墙角亦复喧

鸡豚。笑我痴情甘寂寞,至此殊觉清心魂。策马到村复下马,欲乞勺水无司阍。主人顾我与我语,携我同入田园门。一童提筐拾柴草,一童汲水倾罍盆。以薪爇火炉已炽,以罂就火茶为温。班荆促膝更问讯,已往情事聊具论。不为从军学壮士,亦非行戍来边垣。自楚远游糊口食,荒滨寂处忘寒暄。约计四十有余载,妻孥相与锄瓜园。连年不闻秦楚事,两目未见烽烟燉。我闻其语三太息,处得其地无烦冤。寒风飒飒吹空原,忧心悄悄难与言。试向武陵一回首,此间何若桃花源。

诗歌记述了出发时以及沿途景观,一望无际惟见沙阜,春冰融化,乱流倾泻。沿途偶遇人家,仅三户五户,却也鸦鹊鸣噪,鸡豚喧嚣,一派祥和之景。途中由于乞水于沿途人家,感受了他们的热情好客,闲谈之中,他们追诉往事,自言祖居楚地,来此地定居已四十余年,携妻将孥,以农为业,俨然世外桃源。诗歌以叙事的形式,叙述途中所见所感,抛弃了意象写意的手法,纯以平实的语言叙事,而情景逼真如同目见。

　　具有史部地理类内容的还有西域诗中大量留存的有关"天山南北都会城郭之大略"的诗篇。除一些诗人在诗集中零星的吟咏外,集中表现这一内容的就有如祁韵士(吟咏哈密等十六城)、萨迎阿(乌什等八城),曹麟开《新疆纪事诗十六首》吟咏(伊犁等十二城)。不仅哈密、巴里坤、伊犁、喀喇沙尔、库车、阿克苏、乌什、叶尔羌、和阗、喀什噶尔、乌鲁木齐、吐鲁番等西域重要城邑多次进入诗人的吟咏范围,一些名不见经传的边站小邑,也一一入诗,如图古里、安吉海、普尔哈济、托合鼐、博罗齐、阿尔楚尔、霍斯库鲁克等,显示了诗歌地理类内容写实的精细化。

　　除从舆地知识的视角来看外,大多数西域诗歌在写法上也具有明显的写实风格。"从创作情景和创作方法切入，则边塞诗创作大致可分为两种状态：一种是作者在边地，写作的边塞诗是周边环境的反映，可以说是写实的边塞诗；一种是作者不在边地，写作的边塞诗是想象的产物，反映的是想象中的边地生活，可以说是想象中的边塞诗。因此，边塞诗作者由于其生活的情况不同，便分别沿着写实和想象两个方向发展，也就形成了边塞诗写作的两个传统。"①以这个标准来划分，清代西域诗当然均属于遵守写实传统的西域诗。这一点从西域诗诗题上就有所表现。以古代西域诗的发展来看，其体式是一个逐渐脱离乐府体的过程。魏晋南北朝时的边塞诗，其诗题基本全为乐府，这种状况的形成较为复杂，因其吟咏的多为汉代边事，且作者多无边塞亲历的经历，全赖想象虚构篇章。到唐代，边塞诗开始摆脱乐府体的桎梏，多数诗作开始自拟诗题，虽然仍有许多乐府旧题如《塞上曲》《塞下曲》《从军行》《凉州词》《关山月》《边笳曲》等不时出现，但大部分诗人均已开始自拟题目。特别是从唐代西域代表诗人岑参的西域题材作品来看，均即事命题，无一首采用乐府旧题的诗作。清代西域诗人所作更是几乎与乐府旧题绝缘，不仅即事命题，且注重结合诗作内容，甚至许多诗题本身就是一篇小序，指向性明确，便于读者的阅读理解。如陈庭学《胥园迟家信未至病不欲食造问谈余小饮尽欢归用前韵慰之》、王大枢《奉陪润堂德公及晴嵝高观察自怡赵同乡泛舟绥园池应德公教》、杨廷理《王白沙（大枢）孝廉出所著〈天山赋〉〈西征记〉见示，漫赋四律，并以志别》、赵钧彤《次答莼涘先生正月十四日夜大雪见寄先生补管粮主事将置酒饮贺者》、金德荣《出黑泉驿里许尘沙障目人

---

① 戴伟华：《从两个传统中确认岑参边塞诗的写实特质》，《西北师大学报》2013年第2期，第1页。

迹罕到慨然有作》等。自拟诗题内容情感皆缘事而发，表现个人独特的见闻感受，与使用旧题者相比，想象的成分大为减少，因而更加具有现实性。

西域诗的写实还体现在表现手法上。清诗与唐诗相比，偏重事实的叙述和义理的探究，更加富于理性色彩和务实的人生态度。这一特点体现在西域诗中，表现得最为显著的就是竹枝词对于西域名物的细致刻画，对于实事实物实景之精确摹写。如纪昀写西域名物"罂粟花团六寸围，雪泥渍出胜浇肥"（《物产》其二十八），写炼铁"只怪红炉三度炼，十分才剩一分零"（《物产》其十九）；林则徐写南疆维吾尔族饮食："桑葚才肥杏又黄，甜瓜沙枣亦糇粮。村村绝少炊烟起，冷饼盈怀唤作馕。"（《回疆竹枝词三十首》其十九）这些写法力求精确，绝少夸张与想象，力求精确再现客观事物。

西域诗中的抒情之作，也因在有清时代风气影响之下，呈现出个性内敛、态度务实的特色，与唐代诗人勇于为理想而发唱的气概相比，表现为沉着冷静的叙述，惯于工笔摹写，少用夸张及大开大合的笔墨，更具理性思考和精确考据，趋于世俗化和现实性。即使在传统的征戍题材中，也表现为理想志意的消减和内敛的情绪。如岳钟琪《夜宴诸将席散独坐书怀》：

> 老去家何处，空闻醉有乡。十年三出塞，百战九征场。瘦犬窥邻灶，饥鼠啮客床。寸心空恋阙，辛苦事戎行。

与唐诗中为了建功立业毫无顾忌，纵横捭阖，放声高歌的理想主义精神对比，这里表达的情绪经过了现实的消磨显然更加理性。作为主帅，虽不乏对国家的衷心热肠，但与乡恋的客居情绪、与久战不归的厌战情绪以及辛苦从事的疲惫心态结合而出时，一个边将英豪的理想层面由此被剖开，露出了复杂的现实情绪，而不仅只有高亢之一途。至于一些写景诗作,清代西域诗更是精雕细琢,追求形似,刻画逼真。如写戈壁"天荒地不毛,碎石平如扫。行行沙碛中,千里无寸草"(铁保《戈壁》),"日光惨淡阴风号,千里平沙闲弃置"(史善长《过瀚海》);写寒冷则"愁凝砚滴冻欲冰,一卷难注流沙说"(杨廷理《苦冻行》),"煮水坚冰凝冷露,烘床粪火剩残灰"(晋昌《由古城之乌里雅苏台道上口占四首》其四);写风则"一吹天地皆昏黄,千钧之车翻道旁。人如著翅中仓皇,满空雨砾愁行商"(萨迎阿《三泉大风歌》),"绝顶山寒停白雪,荒原风吼暗黄沙"(颜检《轮台初冬》)。与唐诗相比,少了理想化浪漫的色彩,多了平实冷静的精细刻画,没有给予读者多少想象的空间,却带来了更加真切的感受。

过于追求写实也许带来了抒情上事实的黏着,在一定程度上损害了诗歌的审美效果,但这种倾向是地域与主流文化间互动的结果。写实性也是清代西域诗区别于汉唐两代的重要特征,体现的是清人独特的审美与艺术价值追求。

第三节 西域诗歌的意象凝造

中国古代意象理论的形成过程由来已久,从《易传》的"言不尽意,立象以尽意"[1],到魏晋南北朝刘勰的"独照之匠,窥意象而运斤"[2],都注意到"象"对于达意的重要性。诗歌的创作是诗人在情感的激发和驱动下进行的创造性活动,从心理学的角度来说,就是

---

[1] (魏)王弼注,(唐)孔颖达疏:《周易正义》卷七,李学勤主编:《十三经注疏》,北京:北京大学出版社1999年版,第306页。

[2] (梁)刘勰著,陆侃如、牟世金译注:《文心雕龙译注》,济南:齐鲁书社1995年版,第359页。

寻找自己情感的对应物,也即"象"。所谓"神用象通,情变所孕",通过心与物、意与象之间的契合,达到言、意、象之间的妙合无垠,从而完美地表达诗人的情感与心志。明王廷相在《与郭价夫学士论诗书》中云:"夫诗贵意象透莹,不喜事实黏着……言征实则寡余味也,情直致而难动物也,故示以意象。"①诗歌应当创造出蕴藉含蓄、旨远寄深、耐人寻味的审美意象来达到传情达意的目的。以象达意,象本身具有意义的不确定性、多重性与宽泛性等特点,自然会造成诗歌本身情感指向的模糊性。这种模糊性被苏珊·朗格看作是意象的一个最重要的性质,即意象的"符号性质"②。一首诗歌又常常采用两个或多个意象,其相互间的有序化组合,形成巨大的艺术张力,为诗歌带来深远而微妙的意义与美感效应。西域诗在发展的历史进程中,形成了独特的意象系统,这些意象表征着诗人对西域的认识与理解,进而获得了符号化的意义,同时也构成了西域文化的符号系统。

一、西域意象系统的历史熔铸

经过近千年的诗学发展,对于意象的研究已经获得了丰硕的成果,而对于意象的定义则言人人殊,各有侧重。较为平稳的说法是:"意象是融入了主观情意的客观物象,或者是借助客观物象表现出来的主观情意。"③国内学界较早对诗歌意象进行深入研究的学者陈植锷先生认为意象是"体现了早期诗歌创作中侧重具体、个别物象的

---

① 王廷相:《与郭价夫学士论诗书》,陈良运主编:《中国历代诗学论著选》,南昌:百花洲文艺出版社1995年版,第652页。
② [美]苏珊·朗格著,滕守尧等译:《艺术问题》,北京:中国社会科学出版社1983年版,第126—127页。
③ 袁行霈:《中国古典诗歌的意象》,《中国诗歌艺术研究》,北京:北京大学出版社1996年版,第53页。

思维特征"①。就西域诗来说,其发展早期诗人注意摄取的物象,无不与地域密切相关,这也就是吴蔼宸先生在编辑《历代西域诗钞》时所说的:"推至篇中凡有'天马'、'天山'、'塞庭'、'瀚海'、'沙碛'、'玉关'、'河源'等字者,皆认为西域之诗。"②吴蔼宸先生的取舍标准恰好从一个侧面说明了这些语词正是西域诗创作主体所惯用的情感对应物,也即是通常用来表达其对西域认知的具体物象。

　　当一个外在事物从未被赋予某种意义时,它只能是一个物象。意象的形成是在长期的历史延续中完成的。每一个意象的背后都有一个漫长的历史可供追寻。西域诗人笔下的西域意象,既与西域的地域特征相关,同时也与西域和中原之间自有记载以来形成的历史关系特点密切相关,并因此形成了从自然意象到社会意象中的征战、民俗、人物等意象系统。

　　秦汉时期,虽然中原与匈奴之间的民族斗争异常激烈,但西域诗中反映较少,影响较大的是汉武帝《西极天马歌》与乌孙公主的《歌一首》。"天马"西来昭示着异族的臣服,无论是"涉流沙兮四夷服",还是"涉流沙,九夷服",都以天马昂扬的气势和脱俗的神采衬托汉王朝的大国自信。站在大汉王朝强盛的立场上歌颂武帝开疆拓土的宏伟功绩,与中原截然有异的"流沙"自然景观一再被强调,已然显示当时的中原人士面对异域自然景观感到的不适与惶惑。乌孙公主穹庐毡墙、肉食酪浆的异域生活感受,也开启了异域文化习俗的书写模式。然而仅就意象而言,汉代对于西域诗发展的贡献远不止此:"凿空西域"的张骞,"饮马翰海、封狼居胥"的霍去病,"马革裹尸"而无悔的马援,"投笔从戎"毅然深入虎穴的班超,"不破楼兰终不

---

① 　陈植锷:《诗歌意象论》,北京:中国社会科学出版社1990年版,第39页。
② 　吴蔼宸选辑:《历代西域诗钞·序》,乌鲁木齐:新疆人民出版社2001年版,第1页。

还"的傅介子,"拜井出飞泉"的耿恭,"画图麒麟阁"的赵充国等,他们的事迹虽仅存于《汉书》《后汉书》之中,却在后世边塞诗乃至西域诗中一再被唤醒,成为后世景仰的楷模,也成为后世西域诗人激昂蹈厉、奋起追模的人物意象原型。就地名意象而言,"玉门关"作为异域文化的边界,更是因为班超一句"但愿生入玉门关"而凝结了无数失意、彷徨或者亢奋、激昂的诗人情绪。

魏晋南北朝时期几无西域诗,但这一时期的边塞诗意象的发展为唐代西域诗奠定了基础。魏晋时与汉代一样,正处于古诗创作的核心时代,取象自然,叙事写景并不刻意于意象的使用。其边塞诗的意象群发生了新变,即军事意象开始减少,边地自然意象的使用逐渐增多。朝暮等时间意象,秋冬等季节意象,同时侧重于表现个人情怀的动植物意象逐渐增加。如表现思乡情感的鸿雁、飘蓬、明月、关山等;表现自然环境险恶的白雪、寒冰、悲风;表现戎马征战内容的瀚海、玉门、交河、绝漠、鼙鼓,以及表现人文意象的笳、羌笛等。由于这时的边塞诗多不为诗人亲身经历的写实之作,模拟、炫才是这个时期边塞诗繁荣的主要原因。诗人为了营造边塞氛围,常刻意选取多个代表边塞的意象组合使用,意象的密集度高,明显具有写意的特点。另外,南北朝边塞诗中频繁出现的少数民族乐器意象,为后来的西域诗增添了悲壮而苍凉的氛围。

唐代之所以能够成为西域诗发展的高峰期,与其西域意象的扩大和丰富密不可分。意象作为诗歌创作的语言材料,也是营造诗歌意境的材料与情感载体。不同的意象类型更是构成诗歌不同类别与主题的主要因素。唐代西域诗的主要意象分为五个类别:自然意象、地名意象、征战意象、民族意象、人文意象等。第一类是自然意象,包括春、夏、秋、冬等季节意象,风、云、雪、日、月、星等天气意象,沙漠、热海、瀚海、雪山、冰川、黄沙等地理意象,以及葡萄、鸿雁、飞蓬、马、白草、苜蓿等动植物意象。自然意象的组合最能体现地域特征。如"胡地苜蓿美,轮台征马肥"(岑参《北庭西郊候封大夫受降回军献上》)、"轮台九月风夜吼,一川碎石大如斗,随风满地石乱走"(岑参《走马川行奉送出师西征》)、"汉月垂乡泪,胡沙费马蹄"(岑参《碛西头送李判官入京》)等。

　　第二类是地名意象,它是西域地域特征的最突出体现,包括火山、铁关、热海、玉门、安西、楼兰、北庭、轮台、天山等。一些泛指的地名也包括在内,如关山、大漠、绝漠、胡天、边城等。由于岑参的功绩,唐代西域诗的地名意象大大拓展,许多地名首次进入西域诗范畴,如走马川、盐泽、铁关、热海、莫贺延碛等。一般说来,没有出塞经历的诗人只能凭借想象,借助泛指地名意象营造不同于内地的诗境;只有亲历其地的诗人,才会多用实指地名意象。岑参诗歌中仅见的一些地名意象建构了一个新的西域空间,开阔了人们的视野,成为一道充满内蕴和艺术魅力的文化景观。

　　第三类是民族意象。西域作为草原游牧文化与农耕文化交汇之区,尤其是一些游牧民族意象多作为军事防范的对象呈现在诗歌中,包括一些周边附属国名如匈奴、楼兰、吐谷浑、月氏等。

　　第四类是征战意象。如旌旗、刀剑、烽火、鼙鼓、铁甲、征衣、营帐、白骨、战血等。这类意象主要表现征戍活动,在渲染征战氛围和表现战争的残酷激烈等方面具有不可替代的作用。

　　第五类是人文意象,为历代西域积淀下来,如战斗典故、历代名将、胡笳羌笛等具有文化传统内涵的人文意象符号。唐与汉俱为中国历史上的兴盛王朝,故唐人常以汉自代。汉王朝涌现出的名将是唐代西域诗人景仰与歌咏的对象,胡笳羌笛又是历代诗歌积淀而来的抒发思亲恋乡情绪的媒介式意象。这些意象均包含着经由历代军事政治文化积淀起来的丰富内蕴,在表现征战以及乡恋主题时颇具效用。

唐代西域诗取象范围扩大，无论是自然意象还是地名意象，都远超前代，这是西域与中原联系加强的象征。同时，唐代西域诗中的意象运用丰富而密集，因之唐代西域诗普遍具有言约而意丰、画面生动、文句警策的效果。但就意象与意象群的性质而言，唐代西域诗与前代相比并没有本质的变化与突破。

唐代西域诗主要出现在盛唐时期。与时代精神相一致，盛唐诗歌兴象玲珑、情韵境界相兼的特点，在西域诗中也有所表现。以岑参诗歌为例来说明唐代西域诗的意象运用。岑参西域诗注重突出自然意象，尤其注重表现自然意象给人带来的真切感受，尤其注重突出奇寒奇热、风沙等作用于人的各种感觉器官时的真切鲜活体验。如写寒则"将军角弓不得控，都护铁衣冷难着"(《白雪歌送武判官归京》)；"将军狐裘卧不暖，都护宝刀冻欲断"(《天山雪歌送萧治归京》)；"剑河风急雪片阔，沙口石冻马蹄脱"(《轮台歌奉送封大夫出师西征》)。写热则"火云满山凝未开，飞鸟千里不敢来"(《火山云歌送别》)；"九月尚流汗，炎风吹沙埃"(《使交河郡，郡在火山脚，其地苦热无雨雪，献封大夫》)。写沙则"平沙莽莽黄入天"(《走马川行奉送出师西征》)；"双双愁泪沾马毛，飒飒胡沙迸人面"(《银山碛西馆》)；"沙上见日出，沙上见日没"(《日没贺延碛作》)；"今夜不知何处宿，平沙万里绝人烟"(《碛中作》)。写风则"九月天山风似刀，城南猎马缩寒毛"(《赵将军歌》)；"轮台九月风夜吼，一川碎石大如斗，随风满地石乱走"(《走马川行奉送出师西征》)；"北风卷地白草折"(《白雪歌送武判官归京》)；"风头如刀面如割"(《走马川行奉送出师西征》)等。岑参对自然意象的运用注重强化真切的感官体验，不顾忌意象本身的典重与雅化特点，将人身放置于西域自然环境之中，调动各种感觉器官来获得鲜活的体验，因而增强了诗歌感发的力量。

诗的意义与整体审美效应由具体可感的意象生发而来,意象的这种建构能力,又来自其独具的性质与功能。岑参西域诗表现在选用意象时,倾向于充满力量,具有风骨美的自然意象,且尤其注重高大、厚重、苦寒、粗粝具有壮美特征的自然意象。西域虽处欧亚大陆腹地,但不乏清丽秀美的山川美景,而岑参却有意忽略了具有优美特征的自然景观,着力刻画壮伟崇高的边景。如"天山雪云常不开,千峰万岭雪崔嵬"(《天山雪歌送萧治归京》)的皑皑雪山,"蒸沙烁石燃虏云,沸浪炎波煎汉月"的茫茫热海,"白草磨天涯,湖沙莽茫茫"(《武威送刘单判官安西行营,便呈高开府》)的无垠沙漠,"一川碎石大如斗,随风满地石乱走"(《走马川行奉送封大夫出师西征》)的飞沙走石,"瀚海阑干百丈冰,愁云惨淡万里凝"的阴云苦雾等。通过这些意象集中刻画奇寒奇热奇险奇苦的极端自然景象,在酷烈的环境中,表现人与自然的战斗,展示建功立业的决心与报效国家的宏伟志向,在苦寒中显乐观,在压抑中寓开朗,于峥嵘气象与磅礴的力量中显阳刚之美。

岑参西域诗具有强烈的现实情怀,同时注重表现主体精神。他的诗歌总是选用最能体现主体精神的意象构筑诗境,是为情造境,以诗境表现心境,以体现人的自我价值,并不以写实为目的。他通过组合西域地名来突出地域性特征,同时结合边塞自然景观、民族意象以及人文意象构建诗境,使诗歌富于真实性,构成身临其境的艺术境界。

以岑参西域诗为代表,唐代营造的边塞意象系统在诗歌中的运用,大大加强了诗歌语言的表意功能。借助这些意象,也传达出了诗人们的英雄情怀。如以敦煌、玉门、瀚海、交河、祁连、楼兰等西部地名构织的意象来勾勒西域地域的辽远雄阔;以边亭、烽火、胡沙、朔

风、胡霜、塞云等景物构成的意象来渲染塞外的荒凉和苦寒；以胡
笳、箫鼓、战车、角弓、旗鼓等征战意象，表现军容的声势和威猛；以
卫将军、霍嫖姚、飞将军、班定远、张博望、窦车骑、赵充国等英雄人物
抒发诗人对英雄的景仰与壮志豪情。这些意象经过不断的丰富和发
展，逐渐地带有了符号的性质，成为西域诗歌特有的精神、理想、气质
的代称，直接推动了西域诗的成熟。

二、清西域诗对西域意象系统的继承、改造与拓展

诗歌的创作总是有着割不断的传统，唐人借古言今，借汉言唐，
而清人以汉唐两代来言清。一千多年的历史、文化、心理、情感等诸
种因素的不断积淀，使得发生于历史中的相关事件、人物以及西域相
关的事物逐渐升华为具有丰富内涵的意象。自唐代便已形成的西域
意象符号系统，不但被清人作为文学遗产继承下来，且用自身的创作
对其进行不断的丰富。作为西域诗人的情感媒介，清人在西域诗创
作中仍沿用了这些意象。在意象的拼接组合中，既表现了诗人的情
感，又突出了诗歌的地域色彩。如：

> 地在乾坤内，人居朔漠间。日寒川上草，松冷雪中山。铁骑
> 嘶沙碛，金戈拥玉关。楼兰诚狡黠，不灭不生还。(岳钟琪《军中
> 杂咏》其二)
> 一片天山月，寒光照铁衣。火风时夜吼，阴雪每晴飞。榆色
> 连千里，松声合四围。古来征战骨，此地几人归。(方希孟《松
> 树塘》)
> 天马来西极，骁腾汉将名。人传骠骑垒，草没贰师城。战士
> 秋风骨，飞鸮夜有声。平戎资庙略，旷野试春耕。(舒其绍《塔尔
> 奇城》)

刁斗声残夜寂寥，龙沙极目雪花飘。守边一一皆飞将，生手何人敢射雕。（祁韵士《卡伦》）

飒飒边风静戍楼，总戎云鸟阵横秋。控弦骑士皆猿臂，投笔书生是虎头。沙碛无风堪纵目，乡关有信莫常愁。太平真见从军乐，叠鼓鸣笳唱未休。

这几首诗均以自然意象如朔漠、沙碛、寒草、雪松、秋风、飞鸦等构筑了西域荒凉、苦寒的环境氛围，以铁骑、金戈、铁衣、战骨、刁斗、飞将、骑士等征战意象点染社会背景，以玉关、天山、骠骑垒、贰师城、龙沙等说明具体地点，这些都是典型的具有符号意义的西域意象。虽然分属不同的类别，但却具有深层意义上的勾连，代表了西域自然环境的苦寒与荒凉。历史上常常发生的战争，以及曾在此地建功的历史人物，这些意象通过空间上的排列并置与时间上的拼接组合，构成了粗犷、阔大的边塞环境。这些意象极具写意特征，极大地调动了读者的联想与想象空间，与诗人建功立业以及报国思想融合在一起，给人留下涵泳不尽的意味。这种创作方法，可谓自魏晋六朝以来形成的典型的边塞诗的创作模式，表现了清代西域诗人对文学传统的继承与借鉴。

在清代西域诗人继承自汉魏六朝以来形成的西域意象符号系统的同时，要注意的是，诗人捕捉意象总是与当时的心境、情绪、情感息息相关。意象作为艺术符号，在表达情感时具有朦胧含蓄的模糊性，以及一定的随机性。传统的西域意象符号系统只是给这些符号规定了一定的指向性，但并不意味着其内涵已经全然固定。在事物表象下所表示的情感和意义总是有丰富与创新的可能，这也为清代西域诗人打开了诗歌创新的天地。对某些西域意象的内涵进行丰富与拓展，成为西域诗人西域诗创作的一大贡献。以天山意象为例，天山高

峻挺拔，坐落于西域之中，天然地将西域划分为南北两路，这是天山
这一意象所具有的自我表现性质，是这一事物本身所固有的特征。
这些性质与诗人的情感相互作用，获得了"异质同构"的效果。在唐
代诗人笔下，天山意象所表现出的符号性意义与它本身的特质具有
相当的对应性。如写其高峻："明月出天山，苍茫云海间。长风几万
里，吹度玉门关。"（李白《关山月》）"天山有雪常不开，千峰万岭雪
崔嵬。"（岑参《天山雪歌送萧治归京》）写其寒冷："雪暗天山道，冰
塞交河源。"（虞世南《出塞》）"天山雪后海风寒，横笛偏吹行路难。"
（李益《从军北征》）"天山一丈雪，杂雨夜霏霏。"（李瑞《雨雪曲》）
写天山的异域特征："旄竿瀚海扫云出，毡骑天山踏雪归。"（皎然《塞
下曲》）写对天山的征服："横笛闻声不见人，红旗直上天山雪。"（陈
羽《从军行》）"汉家神箭定天山，烟火相望万里间。"（胡宿《塞上》）
天山在唐代诗人笔下是雄峻寒冷，充满异域格调的形象，其高峻挺拔
足以成为代表西域的意象符号，因此对它的征服显示了诗人超迈的
英雄主义精神。随着清代诗人走近天山，天山意象内涵获得了极大
的丰富，它纤尘不染，晶莹剔透："博达神皋拥翠鬟，行人四望白云
间。"（和瑛《巩宁城望博克达山》）"夕阳红上琉璃屏，一片晶莹射寒
碧。"（方希孟《达板行》）它云蒸霞蔚，奇丽多姿："向来只怪东峰顶，
晓日明霞一片开。"（纪昀《乌鲁木齐杂诗》）"初阳射其巅，云与雪争
烂。"（李銮宣《由奇台县至东城口》）"日华初透西峰顶，一点雪尖逗
虚影。……蓬莱初气飞满山，是岚非岚烟非烟。"（方希孟《南达板
行》）它镇守西域："嶻嶭凌空起，崔嵬镇大荒。"（颜检《博克达山二
首》之一）它胸怀开阔，包容日月："地脉至此断，天山已包天。日月
何处栖，总挂青松巅。"（洪亮吉《天山歌》）它善解人意，充满灵性：
"天山万笏耸琼瑶，导我西行伴寂寥。我与山灵相对笑，满头晴雪共
难消。"（林则徐《塞外杂咏》）它滋养万物，抚育人民："左右两山千

古雪,纵横四水五城田。"(国梁《兼摄宁边》)"真阳融尽阴山雪,顷刻飞来百道泉。"(成书《伊吾绝句》)每一个意象符号,其结构都是多侧面、多层次的,它远远大于思想,总是包含着许多语言难以描述的成分,不可能解释穷尽。"一个符号可以引起深层无意识反应,它会调动或激起大量前逻辑的、原始的感受,还会引起许多完全属于个人的感觉上的、感情上的或想像的经验。"①清人基于个人体验、感受和想象的天山抒写,使这一意象更加丰富多义,极大地扩展了它的表意功能。

　　清人还善于将单个意象置于有序化合的系统之中,通过意象间的组合和转接,来获得意象内涵的改造。如:"白雪山头红日近,黄沙谷口绿杨横。"(毓奇《暮春望后旋署,小集寅斋将军且园》)"霏霏小雨浥平沙,山径依稀认晚霞。千树野烟浮远月,一池秋草吠官蛙。"(邱德生《秋郊晚步》)这里的黄沙不再是漫天而来,给人带来视觉与心理的压迫感。它点缀在富于生气的意象当中,既提示了地域特征,又改造了西域黄沙漫漫的认识。同样通过意象系统的组合运用达到这种效果的还有:"石堠烟墩接大荒,泥垣土屋阅新庄。四围峻岭寒霁白,一片平芜野草黄。"(颜检《由一碗泉至木垒河》)"绝顶山寒停白雪,荒原风吼暗黄沙。几家土屋成村舍,百尺城墙噪鹊鸦。"(颜检《轮台初冬》)"富庶甲边城,风沙四望平。溪流随雪化,村树接天清。"(方士淦《绥来道中》)"但泉甘处便成家,马粪烟中一径斜。不信此间留画本,绿杨几树护桃花。"(史善长《三道沟》)单个意象难以表现复杂、微妙的情感,而意象的组合却能够获得整体性的情感指向,使诗歌的意义获得新的飞跃。清人注重将传统西域符号中荒寒、落后、恐怖的意象与中原所熟知的清新明丽意象组接,从而获得了一

---

① 　滕守尧:《审美心理描述》,北京:中国社会科学出版社1985年版,第230—231页。

个新的关于西域的认识。

　　随着清人对西域了解的深入，一些新的意象也进入了西域诗的意象系统。这主要表现在地名意象及民族意象方面。随着了解西域的现实需求以及西北舆地学的兴盛，进入西域诗中的地名越来越多。当然，其中大多数对于内地的读者来说，由于缺乏历史的积淀而十分陌生，难以与诗人产生情感的共鸣，还不能称之为意象，而哈密、乌鲁木齐、伊犁由于获得了多位诗人的反复吟咏，其表象背后获得了一定的符号性意义，因而能够称之为意象。以哈密为例，"哈密乃古匈奴国属域……伊吾自昔在域外地，不在九州之限。……汉明帝始取其地位屯田镇戍之所，后魏置伊吾郡……唐贞观四年内附，置西伊州，六年改为伊州。天宝初曰伊吾郡，五代时号胡庐碛。……明永乐元年遣使入贡，明年设哈密卫。……哈密为诸卫最西，西域襟喉"[①]。哈密在元时才称哈密力，明延续此称谓。清康熙三十五年（1696），哈密地方的维吾尔首领额贝都拉·伯克归附，被封为一等札萨克，是为哈密回王之始。哈密在历次平定西域的叛乱中均起到了重要的保障作用，有"中华拱卫""新疆门户"之称，成为诗人热衷吟咏的西域城市之一：

　　　　横扼新疆万里途，城门高榜古伊吾。雪撑天北羊头坂，泉注山南牛尾湖。野圃逢年瓜当饭，旗亭饷客茗炊酥。缠头王子台宫迥，牖户东开望上都。（赵钧彤《哈密》）

　　　　玉门碛远度伊州，无数瓜畦望里收。天作雪山隔南北，西陲锁钥镇咽喉。（祁韵士《哈密》）

　　　　古郡重伊州，孤城据上游。山河争扼要，南北控襟喉。岁转军

——————————

① （清）钟方：《哈密志》卷三，台北：成文出版社1969年版，第17页。

储裕,廛通贾货稠。天威知远播,回部总低头。(汪廷楷《过哈密》)

雄镇天山第一城,久储粮饷设屯营。路从此地分南北,官出斯途合送迎。车马军台时转运,商民戈壁日长征。瓜田万顷期瓜代,好向伊吾咏太平。(萨迎阿《哈密》)

东接敦煌郡,南连吐鲁番。咽喉通月鼬,衣带俯河源。日影春城暗,风声戍角喧。太平无绝徼,中外一屏藩。(李銮宣《哈密四首》其二)

这些诗歌均着眼于哈密举足轻重的地理位置,然角度各有不同。赵钧彤注意到了哈密作为西域门户的形势及其与内地的关系;祁韵士作为史地学家,看重的是哈密为西域锁钥的战略地位;汪廷楷和萨迎阿还着重强调了哈密作为交通枢纽,在西域军事及经济方面所起到的重要作用;李銮宣则看重哈密连接内地的门户作用。作为西域门户,哈密又是历来中原王朝与西域地方割据势力的争夺之地,诗人行至此地,常会引起历史与现实的感慨。如邱德生《哈密》:"北风吹雪大如掌,无那情怀故国遥。战地雨腥闻啸虎,山城晴影过盘雕。愁□易觉歌声咽,寒重难凭浊酒消。明发荷戈前路去,当年曾此破天骄。"血雨腥风的战斗造就的英雄人物,成为诗人倾慕的对象,不禁产生建功立业的感慨:"岂知杰士成大功,半在龙沙绝域中。卫霍奇勋书竹帛,韩范高功争华嵩。历尽冰霜神骨清,不经忧患何由生。"(许乃毂《哈密回城九龙树行》)

哈密主要居民为信奉伊斯兰教的维吾尔族。维吾尔族本为农业民族,加之清政府自康熙五十五年(1716)起,即"开巴里坤、哈密等处屯田,凡发往军前效力人等,有愿种地者,许其耕种"①。经过多年

---

① 《清朝通典》卷四《食货志》,转引自新疆社会科学院历史研究所编:《新疆地方历史资料选辑》,北京:人民出版社1987年版,第238页。

的经营,哈密农业获得了极大的发展,成为西域富庶、繁荣的象征:

> 村落如棋布,炊烟屋上斜。耕田多服马,屌水不悬车。错壤平宜稌,衡门半种瓜。停骖揖老叟,暂与话桑麻。(李銮宣《哈密四首》其四)
>
> ……行行千余里,忽见草木繁。伊州距不远,落落回民村。此间高梧谷,在昔流溇漫。又闻柳谷水,源出天山根。是以名宜禾,屯卒治饔飧。至今缠头夷,与兵区田园。黍稷麻菽麦,碧浪东风痕。秋瓜在隰野,葡萄艺平原。……(庄肇奎《十七日过黄芦冈距哈密七十里草木繁衍已别有一境是日即抵哈密》)

"玉门关路通西域,回纥台墩傍碧流"(杨泉山《哈密》)。哈密又是极具地域风情的城市之一,成书的《伊吾绝句》三十首,分别从哈密地理形势、地域沿革、气候、物产、维吾尔族风俗民情、屯种等方面全方位地表现了哈密的自然景观与社会生活。诗歌的意义和整体审美效果是由具体可感的意象生发而成的。清代哈密诗作对哈密这一城市意象的建构具有不可忽视的作用,正是通过他们对哈密多角度的表现,使哈密这一城市意象内涵更为丰富多义,逐渐由一个普通的物象转变为内涵丰富的意象。

意象的生成有赖于诗人与读者心灵的双重构造,要通过意象获得期待的审美效果需要诗人与读者对于物象所寓之丰富意蕴有共同的心理体认。这种体认来源于共同的文化背景,或者来源于对某种特定文化背景的相当深入的了解。否则意象也只能表现为普通的物象而已,难以上升到审美的范畴。清代西域诗中出现了许多新鲜的物象,由于缺乏历史的积淀,这些物象还难以上升到意象的层面。比如许多少数民族民俗意象、屯垦意象,以及一些产于西域的植物如芨芨草、湿死干活、红柳、胡桐,或如西域诗中大量出现的地名,如喀喇沙尔、和阗、辟展等。这些事物对内地欣赏者来说都是一些陌生的语汇，很难体味其中所蕴含的"意"，因而只能算是物象。清代西域诗中大量新鲜物象的引入，带来了诗歌题材的丰富性，同时也是西域丰富多彩的社会生活的艺术体现。

在运用意象方面，清西域诗不追求意象使用的密度，尤其是一些写实的篇章，一反古典诗歌重含蓄、重象征、重精约的要求，甚至尽量稀释意象的密度。虽然这种写法使诗歌在意蕴的丰富性上有所降低，信息量有所减少，但意脉流畅，诗歌联想与想象的色彩减少，使诗歌更富于写实性。

清代西域诗在风格方面与唐代西域诗有所不同，表现为沉郁凝重的主导风格，同时雄奇豪壮与清新自然两种风格呈现也较为显著。在审美取向方面，受历史上的西域观以及清代汉学、经世致用思想的影响，西域诗表现为好奇与写实两种倾向。好奇表现在奇意、奇情与奇气；写实表现为内容上的写实与手法上的写实。在意象运用方面，清代西域诗继承了两汉魏晋以来形成的边塞诗的意象系统，同时对其中的意象内涵又有自己的改造与充实。由于清代西域诗人对西域了解的深入性，通过他们的不断书写，形成了一些新的与西域相关的意象，充实了西域诗歌的意象系统。同时，一些纷繁复杂的西域物象也被引入诗中，从而进一步带来了西域诗歌内容的丰富性。

结　语

　　通过审美文化视角的观照，清代西域诗呈现了丰富的思想文化内涵与独特的审美价值。诗歌多方位地展现了清代躬践西域的诗人对西域的认知以及他们独特的人生体验，诗化地记录了诗人对西域文化从排斥走向接纳的历史过程，表现了中华民族文化内部不同地域不同文化间的碰撞、对话以及交融。在经历了有明一代西域与中原王朝的割据之后，这些诗人带着从书本知识中获得的西域观念以及形成的对西域的审美惯性进入西域，开启了一个重新认识、理解、接纳西域的过程。这样特殊的历史发展阶段深刻地影响了西域诗人的审美意识与审美表达，使他们的审美价值观带上了更多的政治的、伦理的色彩。他们这一时期的诗歌创作既体现了西域特有的地域文化风情的影响，同时又有来源于中原的母体文化对诗人审美情趣的形塑。清代西域诗对西域反映的广度与深度超越了历史上的任何一个朝代。它的审美对象跨度十分广泛，且显示了与汉唐西域诗不同的审美情趣。从诗中对西域自然景观的描写来看，它不仅承继了自汉唐以来的对西域寒冷、荒芜、辽远的抒写，并且拓展了清新明丽的自然与田园两类景观特征的书写，表现了对于西域复杂地理与社会面貌的审美体验的深入。

在爱国精神表现方面，清代西域诗一方面延续了汉唐边塞诗中的爱国精神，在表现反分裂的战争诗篇中高扬将士们坚定的爱国意志，同时，其爱国精神又更多地体现在对和平安定社会局面的歌颂、对边疆治理政策的反映与反思之中，特别是通过对西域屯垦政策的执行与效果的反映中表达自己的爱国思想，显示了对这一边塞诗传统审美主题的丰富与超越。在对西域民俗的抒写方面，清代西域诗更是做出了重要的贡献，诗中不仅反映了生活于西域的各民族民风习俗，包括宗教、伦理、饮食、衣着、日常生活等，十分丰富，且与这一审美对象本身所具有的单纯、质朴、自然的审美品格相应，不追求和谐圆融的美感表现，而是以清新自然的风格，以写实的笔法突出少数民族群体的生命活力，可看作是诗化了的生动的西域地方志资料，使其既具有审美价值，又具有深刻的认识价值。乡恋是西域诗的传统吟咏题材，这一题材为诗人复杂多变难以明言的情绪找到了一个出口，其在内涵上远远超出了乡恋一词本身的含义。其中表现了诗人对亲人的思恋与对家园的渴望，凸显了沉重的客居身份体验，与强烈的回归欲求，其以亲情人性为审美对象，使这一题材具有浓厚的审美感染力。

审美对象的丰富性体现了诗人多样化的审美情趣，从清代西域诗的创作来看，它的审美情趣实现了几个方面的转变：

首先是由单调向丰富的转变。以往诗歌反映的西域是较为单调的，在自汉代以后长期的历史与文学书写中建构了一个符号化的西域，符号化一方面抽象出了西域最突出的特征，但另一方面也遮蔽了西域的丰富性与多样性，由于清代诗人对西域的深入，他们笔下的西域，在一定程度上突破了对西域片面单调的认识，在诗歌中收获了西域丰富多样的本来面目，不仅表现阔大的、荒寒的、蛮野的西域，也表现玲珑的、清新的、充满人情味的西域。

其次是由雅到俗的转变。清以前的西域诗写作更多地表现了文人士大夫的审美趣味，它对恶劣环境的渲染反衬出不畏困难的精神意志，显示了诗人对于悲壮美的审美追求。而清代西域诗人的审美对象中多了琐碎繁杂的，交织于民众日常生活的风俗的抒写，这种世俗化题材创作本身就代表了诗人的审美情趣由雅到俗的一大转变。

再次是由好"奇"到求同的转变。以往的诗歌抒写多着眼于西域与中原文化之间的"异"，其对诗料的选取标准往往在于引起人们的陌生感与新奇感，以获得诗歌的传播效果。清代西域诗人虽然并未完全摆脱这一审美倾向，但相比于汉唐两代，他们更加注重表现西域与内地之同，比如自然书写中的清新自然的风光、散播于各处绿洲中的田园生活美景等。这一审美情趣的变化有着深刻的历史原因。从国力上来说，处于封建末世的清王朝已远不能与唐代相比，唐人可以由超强的国力而在诗歌中超越政治话语，纯以意象感人，他们对于分裂的焦虑远没有清人强烈，因而在诗歌中强化的是西域的"异"，欣赏的也是西域的"异"。唐代西域诗努力造成陌生化的美感，通过新奇引起人们心灵中愉快的惊奇，从而引领人们进入审美心理层次。而清人在面对西域时，诗人所属的人群、集团乃至阶级都提醒他们这是在一段较长时期的割据之后刚刚回归的土地，他们心中有着更多的关于统治的担心与焦虑，因而他们的审美意识也会不自觉地更多指向西域与内地之"同"的一面，他们所做的，是努力消除隔阂，试图将某些陌生的事物"熟识化"，这也是清代西域诗从情感的震撼力上较唐人为弱的原因之一。作为大清王朝的边疆诗歌，西域诗天然地有着政治的、伦理的意味，这种审美情趣的转变其实也是西域诗审美意识形态的具体表现。

清代西域诗在空间上勾连起西域文化与中原文化的血脉，在时间上联结起汉唐以来人们对于西域的认识抒写，在继承传统的同时有了新的突破。它以沉郁凝重的审美风格，侧重写实的艺术手法，在唐代西域诗的审美范式之外，另立一途，表现了清人独特的审美意识，同时也在西域诗中建构了诗人自身的整体形象。

参 考 文 献

一、古籍

《十三经注疏》,阮元校刻本,中华书局1980年版。

李学勤主编:《十三经注疏》,北京大学出版社1999年版。

(汉)司马迁:《史记》,中华书局1982年版。

(汉)班固撰,(唐)颜师古注:《汉书》,中华书局1962年版。

(南朝宋)范晔撰,(唐)李贤等注:《后汉书》,中华书局1982年版。

(北齐)魏收:《魏书》,中华书局1974年版。

(唐)令狐德棻等:《周书》,中华书局1971年版。

(唐)李延寿:《北史》,中华书局1974年版。

(唐)魏徵等:《隋史》,中华书局1973年版。

(后晋)刘昫等:《旧唐书》,中华书局1997年版。

(宋)欧阳修、(宋)宋祁:《新唐书》,中华书局1975年版。

(清)张廷玉等:《明史》,中华书局2003年版。

赵尔巽等:《清史稿》,中华书局1976年版。

(汉)董仲舒:《春秋繁露》,上海古籍出版社1989年版。

(汉)班固等:《白虎通》,中华书局1985年版。

(汉)许慎撰,(宋)徐铉杨校定:《说文解字》,中华书局1963年版。

(汉)高诱注:《吕氏春秋》,上海书店1986年影印本。

（晋）郭璞注，（清）毕沅校：《山海经》，上海古籍出版社1989年版。

（唐）玄奘：《大唐西域记》，中华书局1985年版。

（宋）黄庭坚著，屠友祥校注：《山谷题跋》，上海远东出版社1999年版。

（宋）朱熹集注：《诗集传》，上海古籍出版社1980年版。

（明）胡应麟：《诗薮》，上海古籍出版社1958年版。

（清）王夫之评选：《古诗评选》，文化艺术出版社1997年版。

（清）袁枚：《随园诗话》，吉林摄影出版社2003年版。

（清）叶燮：《原诗》，人民文学出版社1979年版。

（清）厉鹗：《樊榭山房集》，上海古籍出版社1992年版。

（清）刘大櫆：《论文偶记》，人民文学出版社1959年版。

（清）沈德潜：《沈德潜诗文集》，人民文学出版社2011年版。

（清）陈廷焯：《白雨斋词话》，人民文学出版社1959年版。

（清）刘锦藻：《清朝续文献通考》，商务印书馆1955年版。

（清）松筠修，（清）汪廷楷、（清）祁韵士撰：《西陲总统事略》，中国书店2010年版。

（清）和宁：《三州辑略》，《中国方志丛书》，成文出版社1969年版。

（清）钟方：《哈密志》，成文出版社1969年版。

（清）永贵、（清）固世衡原撰，（清）苏尔德增撰：《回疆志》，文海出版社1966年版。

（清）七十一：《西域总志》，《中国边疆丛书》第二辑第21册，文海出版社1966年版。

（清）魏源：《圣武记》，中华书局1984年版。

（清）永保：《塔尔巴哈台事宜》，成文出版社据嘉庆十年晒旧本影印。

（清）保恒：《孚化志略》，成文出版社据咸丰七年抄本影印。

（清）袁大化修，（清）王树枏等纂：《新疆图志》，清宣统三年天津博爱印刷局石印本。

（清）左宗棠：《左文襄公全集》，文海出版社1964年版。

（清）钟广生：《新疆志稿》，成文出版社1968年版。

（清）朱寿朋：《光绪朝东华录》，中华书局1958年版。

（清）岳钟琪：《岳容斋诗集》，鹅溪孙氏刻本。

（清）阿克敦：《德荫堂集》，清嘉庆二十一年那彦成刻本。

（清）国梁:《澄悦堂诗集》,清嘉庆十五年玉麟刻本。

（清）徐步云:《馫余诗钞》,清嘉庆间刻本。

（清）纪昀:《纪文达公遗集》,清嘉庆十七年刻本。

（清）蒋业晋:《立厓诗钞》,清嘉庆间刻本。

（清）庄肇奎:《胥园诗钞》,清嘉庆二十年刻本。

（清）陈庭学:《塞垣吟草》,清嘉庆间刻本。

（清）赵钧彤:《止止轩诗稿》,清嘉庆间刻本。

（清）王曾翼:《居易堂诗集》,清乾隆间王祖武刻本。

（清）王大枢:《天山集》,民国间抄本。

（清）毓奇:《静怡轩诗草》,清道光五年刻本。

（清）福庆:《异域竹枝词》,清吴省兰辑刻本。

（清）舒敏:《适斋居士集》,清道光二十二年吴门皋署刻本。

（清）舒其绍:《听雪集》,清抄本。

（清）杨廷理:《知还书屋诗钞》,清道光十六年金陵杨梁金局刻本。

（清）韦佩金:《经遗堂全集》,清道光二十一年江都丁光熙刻本。

（清）陈寅:《向日堂诗集》,清道光二年海宁陈氏刻本。

（清）邱德生:《葆光书屋诗集剩稿》,清道光二十八年郴州直隶州署刻本。

（清）和瑛:《易简斋诗钞》,清道光三年刻本。

（清）汪廷楷:《西行草》,清道光间刻本。

（清）晋昌:《戎旃遣兴草》,清嘉庆二十五年刻本。

（清）成书:《多岁堂诗集》,清道光间刻本。

（清）颜检:《衍庆堂诗稿》,清光绪间刻本。

（清）李銮宣:《坚白石斋诗集》,民国间抄本。

（清）铁保:《惟清斋全集》,清道光二年秋月镌石经堂藏本。

（清）史善长:《味根山房诗钞》,清光绪间刻本。

（清）秀堃:《只自怡悦诗钞》,清道光刻本。

（清）金德荣:《桐轩诗钞》,清道光十三年阮氏刻本。

（清）方士淦:《啖蔗轩诗存》,清同治十一年两淮运署刻本。

（清）许乃毅:《瑞芍轩诗钞》,清同治七年刻本。

（清）萨迎阿:《心太平室诗钞》,清道光十三年刻本。

（清）邓廷桢:《双砚斋诗钞》,清刻本。

（清）林则徐:《云左山房诗钞》,清光绪十二年福州本宅刻本。

（清）杨炳堃:《中议公自订年谱》附《吹芦小草》,清光绪十一年刻本。

（清）雷以諴:《雨香书屋诗续钞》,清同治五年武汉江汉书院刊本。

（清）景廉:《冰岭纪程》,民国间抄本。

（清）萧雄:《西疆杂述诗》,清时用斋丛刻本。

（清）方希孟:《息园诗存》,民国二十一年安庆皖江印刷所铅印本。

（清）严金清:《严廉访遗稿》,民国十二年铅印本。

（清）施补华:《泽雅堂诗二集》,清光绪十六年雨研斋刻本。

（清）张荫桓:《铁画楼诗续钞》,清光绪二十八年观复斋刻本。

（清）宋伯鲁:《海棠仙馆诗集》,民国二十五年刻本。

（清）王树枏:《陶庐诗续集》,民国六年刻本。

（清）洪亮吉:《洪亮吉集》,中华书局2001年版。

（清）薛国琮:《伊江杂咏》,（清）史梦兰:《永平诗存》,清同治十年刻本。

（清）徐世昌:《晚晴簃诗汇》,中华书局1990年版。

（清）铁保辑:《熙朝雅颂集》,辽宁大学出版社1992年版。

（清）张维屏编撰:《国朝诗人征略》,中山大学出版社2004年版。

《清圣祖实录》,中华书局1985年影印本。

《清太宗实录》,中华书局1985年影印本。

《清高宗实录》,中华书局1985年影印本。

《清仁宗实录》,中华书局1986年影印本。

（清）朱寿朋:《光绪朝东华录》,中华书局1958年版。

二、古籍整理

顾颉刚、刘起釪:《尚书校释译论》,中华书局2005年版。

（汉）王充著,陈蒲清点校:《论衡》,岳麓书社1991年版。

（北魏）郦道元原注，陈桥驿注释：《水经注》，浙江古籍出版社2001年版。

（南朝梁）刘勰著，陆侃如、牟世金译注：《文心雕龙译注》，齐鲁书社1995年版。

（南朝梁）陶弘景著，王京州校注：《陶弘景集校注》，上海古籍出版社2009年版。

吕德申：《钟嵘〈诗品〉校释》，北京大学出版社1986年版。

余太山：《两汉魏晋南北朝正史西域传要注》，中华书局2005年版。

（宋）欧阳修著，洪本健校笺：《欧阳修诗文集校笺》，上海古籍出版社2009年版。

（元）辛文房撰，周本淳校正：《唐才子传校正》，江苏古籍出版社1987年版。

（明）唐汝询选释，王振汉点校：《唐诗解》，河北大学出版社2001年版。

（清）王夫之：《姜斋诗话》，郭绍虞主编：《四溟诗话 姜斋诗话》，人民文学出版
　　社1961年版。

丁福保：《历代诗话续编》，中华书局2006年版。

新疆社会科学院历史研究所编：《〈清实录〉新疆资料辑录》，新疆大学出版社
　　2009年版。

新疆社会科学院历史研究所编：《新疆地方历史资料选辑》，人民出版社1987
　　年版。

钟兴麒、王豪、韩慧校注：《西域图志校注》，新疆人民出版社2002年版。

马大正、黄国政、苏凤兰整理：《新疆乡土志稿》，新疆人民出版社2010年版。

（清）魏源著，韩锡铎、孙文良点校：《圣武记》，中华书局1984年版。

（清）黄文炜撰，吴生贵、王世雄等校注：《重修肃州新志校注》，中华书局2008
　　年版。

（清）徐松著，朱玉麒整理：《西域水道记》，中华书局2005年版。

（清）裴景福：《河海昆仑录》，甘肃人民出版社2002年版。

（清）陶保廉：《辛卯侍行记》，甘肃人民出版社2002年版。

（清）方希孟：《西征续录》，甘肃人民出版社2002年版。

（清）袁大化：《抚新记程》，甘肃人民出版社2002年版。

陈之任等编选：《历代西域诗选注》，新疆人民出版社1981年版。

杨建新：《古西行记选注》，宁夏人民出版社1987年版。

浩明：《乌鲁木齐史话》，新疆人民出版社1990年版。

郝浚、华桂金、陈效简注：《乌鲁木齐杂诗注》，新疆人民出版社1991年版。

星汉、栾睿、雪维选注：《西域风景诗一百首》，新疆人民出版社1992年版。

钟兴麒、王有德选注：《历代西域散文选注》，新疆人民出版社1995年版。

星汉编著：《清代西域诗辑注》，新疆人民出版社1996年版。

吴蔼宸选辑：《历代西域诗钞》，新疆人民出版社2001年版。

星汉、王瀚林：《历代西域屯垦戍边诗词选注》，新疆人民出版社2001年版。

周轩、修仲一编注：《纪晓岚新疆诗文》，新疆大学出版社2006年版。

周轩、刘长明注：《林则徐新疆诗文》，新疆大学出版社2006年版。

修仲一、周轩编注：《祁韵士新疆诗文》，新疆大学出版社2006年版。

修仲一、周轩编注：《洪亮吉新疆诗文》，新疆大学出版社2006年版。

周绍良、赵超主编：《唐代墓志汇编续集》，上海古籍出版社2001年版。

张舜徽主编：《清人文集别录》，中华书局1963年版。

三、今人著作

朱光潜：《谈美》，开明书店1946年版。

鲁迅：《鲁迅全集》第一卷，人民文学出版社1971年版。

范文澜：《范文澜历史论文选集》，中国社会科学出版社1979年版。

朱光潜：《西方美学史》，人民文学出版社1979年版。

陈寅恪：《金明馆丛稿二编》，上海古籍出版社1980年版。

冯承钧原编，陆峻岭增订：《西域地名》，中华书局1980年版。

方诗铭、王修龄：《古本竹书纪年辑证》，上海古籍出版社1981年版。

王朝闻主编：《美学概论》，人民出版社1981年版。

程千帆：《古诗考索》，上海古籍出版社1984年版。

钱锺书：《谈艺录》，中华书局1984年版。

滕守尧：《审美心理描述》，中国社会科学出版社1985年版。

于维诚：《新疆建置沿革与地名研究》，新疆人民出版社1986年版。

向达：《唐代长安与西域文明》，三联书店1987年版。

宗白华：《美学与意境》，人民出版社1987年版。

王向峰主编:《文艺美学辞典》,辽宁大学出版社1988年版。

敏泽:《中国美学思想史》,齐鲁书社1989年版。

曾问吾:《中国经营西域史》,上海书店1989年版。

陈植锷:《诗歌意象论》,中国社会科学出版社1990年版。

吴晓:《意象符号与情感空间》,中国社会科学出版社1990年版。

于建文:《西北地名》,甘肃人民出版社1990年版。

赵毅衡:《文学符号学》,中国文联出版公司1990年版。

童庆炳:《中国古代心理诗学与美学》,中华书局1992年版。

王会昌:《中国文化地理》,华中师范大学出版社1992年版。

严迪昌:《清诗史》,江苏古籍出版社1992年版。

蒋孔阳:《美学新论》,人民文学出版社1993年版。

夏之放:《文学意象论》,汕头大学出版社1993年版。

薛宗正:《历代西陲边塞诗研究》,敦煌文艺出版社1993年版。

赵敏俐:《文学传统与中国文化》,东北师范大学出版社1993年版。

周轩:《清宫流放人物》,紫禁城出版社1993年版。

周轩、高力:《清代新疆流放名人》,新疆人民出版社1994年版。

陈良运主编:《中国历代诗学论著选》,百花洲文艺出版社1995年版。

黄新亚:《丝路文化》(沙漠卷),浙江人民出版社1995年版。

刘迎胜:《丝路文化》(草原卷),浙江人民出版社1995年版。

邵敬敏主编:《文化语言学中国潮》,语文出版社1995年版。

李兴盛:《中国流人史》,黑龙江人民出版社1996年版。

汪裕雄:《意象探源》,安徽教育出版社1996年版。

余太山主编:《西域通史》,中州古籍出版社1996年版。

余太山主编:《西域文化史》,中国友谊出版公司1996年版。

袁行霈:《中国诗歌艺术研究》,北京大学出版社1996年版。

霍有明:《论唐诗繁荣与清诗演变》,中国社会科学出版社1997年版。

薛宗正:《中国新疆古代社会生活史》,新疆人民出版社1997年版。

宗白华:《中国艺术意境之诞生》,北京大学出版社1997年版。

陈金川主编:《地缘中国:区域文化精神与国民地域性格》,中国档案出版社
　　1998年版。

葛剑雄:《看得见的沧桑》,上海教育出版社1998年版。

华立:《清代新疆农业开发史》,黑龙江教育出版社1998年版。

梁启超:《清代学术概论》,上海古籍出版社1998年版。

尚衍斌:《西域文化》,辽宁教育出版社1998年版。

俞建章、叶舒宪:《符号:语言与艺术》,上海人民出版社1998年版。

钟敬文主编:《民俗学概论》,上海文艺出版社1998年版。

叶朗:《现代美学体系》,北京大学出版社1999年版。

赵园:《明清之际士大夫研究》,北京大学出版社1999年版。

陈居渊:《清代朴学与中国文学》,百花洲文艺出版社2000年版。

陈炎:《中国审美文化史》,山东画报出版社2000年版。

陈垣:《陈垣集》,中国社会科学出版社2000年版。

李兴盛:《中国流人史与流人文化论集》,黑龙江人民出版社2000年版。

阙维民:《历史地理学的观念:叙述、复原、构想》,浙江大学出版社2000年版。

王恩涌:《人文地理学》,高等教育出版社2000年版。

朱则杰:《清诗史》,江苏古籍出版社2000年版。

韩进廉:《无奈的追寻——清代文人心理透视》,河北大学出版社2001年版。

胡兆量等编著:《中国文化地理概述》,北京大学出版社2001年版。

李泽厚:《美的历程》,社会科学出版社2001年版。

程国赋:《唐五代小说的文化阐释》,人民文学出版社2002年版。

管守新:《清代新疆军府制度研究》,新疆大学出版社2002年版。

马积高:《清代学术思想的变迁与文学》,湖南人民出版社2002年版。

吴风:《艺术符号美学》,北京广播学院出版社2002年版。

张世英:《哲学导论》,北京大学出版社2002年版。

杜道明:《中国古代审美文化考论》,学苑出版社2003年版。

户晓辉:《中国人审美心理的发生学研究》,中国社会科学出版社2003年版。

杨亚利:《周易与中国夫妇之道》,中国文史出版社2003年版。

余太山:《两汉魏晋南北朝正史西域传研究》,中华书局2003年版。

余英时:《士与中国文化》,上海人民出版社2003年版。

闫艳:《〈全唐诗〉名物词研究》,巴蜀书社2004年版。

仲高:《西域艺术通论》,新疆人民出版社2004年版。

周轩:《清代新疆流放研究》,新疆大学出版社2004年版。

唐君毅:《中国文化之精神价值》,广西师范大学出版社2005年版。

唐晓峰:《人文地理随笔》,三联书店2005年版。

薛天纬、朱玉麒:《中国文学与地域风情》,学苑出版社2005年版。

薛宗正:《中亚内陆——大唐帝国》,新疆人民出版社2005年版。

郭丽萍:《绝域与绝学——清代中叶西北史地学研究》,三联书店2007年版。

田卫疆主编:《新疆历史与文化》,新疆人民出版社2007年版。

程金城:《原型批判与重释》,甘肃人民美术出版社2008年版。

吴冶平:《空间理论与文学的再现》,甘肃人民出版社2008年版。

李清凌、钱国权:《中国西北政治史》,人民出版社2009年版。

星汉:《清代西域诗研究》,上海古籍出版社2009年版。

周晓琳、刘玉平:《空间与审美》,人民出版社2009年版。

葛兆光:《宅兹中国——重建有关"中国"的历史论述》,中华书局2011年版。

潘向明:《清代新疆和卓叛乱研究》,中国人民大学出版社2011年版。

王力:《清代治理回疆政策研究》,民族出版社2011年版。

杨义:《文学地图与文化还原》,北京师范大学出版社2011年版。

陈伯海:《生命体验与审美超越》,三联书店2012年版。

王希隆:《清代西北屯田研究》,新疆人民出版社2012年版。

戴良佐编著:《西域碑铭录》,新疆人民出版社2013年版。

四、期刊论文

黄文弼:《新疆考古的发现》,《考古》1959年第2期。

周寅宾:《春风已度玉门关——从纪昀的〈乌鲁木齐杂诗〉谈起》,《社会科学战线》1984年第1期。

王希隆：《清代实边新疆述略》，《西北史地》1985年第4期。

凌笙：《试析萧雄的西疆杂述诗》，《新疆社会科学》1986年第1期。

金克木：《文艺的地域学研究设想》，《读书》1986年第4期。

许荣生：《洪亮吉西域诗琐议》，《青海师范大学学报》1986年第4期。

张修龄：《洪亮吉和乾嘉诗坛》，《苏州大学学报》1987年第2期。

华立：《乾隆年间移民出关与清前期天山北路农业的发展》，《西北史地》1987年第4期。

苗普生：《清代维吾尔族人口考述》，《新疆社会科学》1988年第1期。

王立：《中国古代思乡文学侧议》，《文学评论》1988年第6期。

陈良运：《接受美学与〈凉州词〉》，《名作欣赏》1989年第3期。

仲高：《祖国统一的主题 西域风情的画卷——西域边塞诗揽胜》，《新疆社会科学》1990年第6期。

薛宗正：《诗人曹麟开的西戍杂咏》，《喀什师范学院学报》1992年第1期。

冯天瑜：《中国文化：生态与特质》，《中国文化研究》1994年第3期。

赵世杰：《林则徐〈回疆竹枝词〉中的维吾尔语词》，《语言与翻译》1994年第4期。

王希隆：《纪昀关于新疆的诗作笔记及其识史价值》，《中国边疆史地研究》1995年第2期。

叶哈雅：《林则徐〈竹枝词〉中的新疆穆斯林生活》，《文史知识》1995年第10期。

黄刚：《论清代西域边塞诗之特色》，《上海师范大学学报》1996年第1期。

张晶：《论文化地理学的基本理论与主要内容》，《人文地理》1997年第1期。

杨丽：《清代天山诗赏析》，《新疆大学学报》1997年第2期。

李金希：《清代满族诗人铁保》，《民族文学研究》1998年第3期。

栾睿：《清人乌鲁木齐诗作评析》，《新疆大学学报》1998年第3期。

田卫疆：《"西域"的概念及其内涵》，《西域研究》1998年第4期。

石晓奇：《略论历代西域游记的整理与出版》，《新疆大学学报》1999年第2期。

星汉：《清代新疆屯垦诗论》，《西域研究》1999年第2期。

星汉:《试论国梁西域诗及其在新疆的贡献》,《民族文学研究》1999年第2期。

李中耀:《洪亮吉对西域壮美山河的吟唱》,《新疆大学学报》2000年第2期。

杨丽:《黄濬流放新疆期间的诗作》,《新疆大学学报》2000年第2期。

杨镰:《流放的诗人》,《文学遗产》2000年第5期。

星汉:《清政府统一天山南北西域诗论略》,《西域研究》2002年第2期。

吴波:《纪昀的晚年心态与〈阅微草堂笔记〉的创作》,《明清小说研究》2003年
　　第1期。

周轩:《林则徐〈回疆竹枝词三十首〉新解》,《西域研究》2003年第2期。

杨义、汤晓青:《北方民族文化与中国古代文学》,《社会科学战线》2003年第
　　3期。

钱仲联、涂晓马:《犹有壮心歌伏枥——钱仲联先生访谈录》,《文艺研究》2003
　　年第5期。

孙之梅:《明清人对"诗史"观念的检讨》,《文艺研究》2003年第5期。

魏长洪、管守新:《西域界说史评》,《新疆大学学报》2004年第1期。

廖冬梅:《林则徐〈回疆竹枝词〉中的维吾尔语考释》,《中央民族大学学报》
　　2006年第2期。

张兵、王小恒:《清代新疆竹枝词的认识价值与艺术特征》,《西北师大学报》
　　2006年第5期。

张建春:《论清代西域诗中维护国家统一情怀的展抒》,《新疆大学学报》2007年
　　第3期。

张建春:《清代西域竹枝词的历史文化价值》,《西域研究》2007年第3期。

周振鹤:《从方言认同、民族语言认同到共通语言认同》,《文汇报》2008年5月5
　　日,第12版。

孔庆东:《岑参边塞诗的"奇"》,《语文建设》2010年第9期。

杨丽:《论施补华西域诗的历史文化价值》,《西域研究》2011年第2期。

史国强、崔凤霞:《徐步云生平及其西域诗作研究》,《西域研究》2011年第3期。

张建春:《徐步云和他的伊犁诗作》,《西域研究》2012年第3期。

刘坎龙:《清代西域屯垦戍边诗的纪实性手法》,《西域研究》2013年第1期。

戴伟华:《从两个传统中确认岑参边塞诗的写实特质》,《西北师大学报》2013年第2期。

五、学位论文

（一）博士论文

阎福玲:《汉唐边塞诗主题研究》,南京师范大学2004年。

佘正松:《中国边塞诗史论（先秦至隋唐）》,四川大学2005年。

黄达远:《隔离下的融合》,四川大学2006年。

海滨:《唐诗与西域文化》,华东师范大学2007年。

王永莉:《意象、景观与环境感知》,陕西师范大学2010年。

赵海霞:《清代新疆民族关系研究》,西北大学2011年。

郭小转:《多元文化背景中元代边塞诗的发展》,中央民族大学2012年。

（二）硕士论文

姚春梅:《唐代西域诗研究》,华中师范大学2006年。

李宁:《萧雄〈西疆杂述诗〉研究》,新疆大学2012年。

胥丽娟:《乾嘉时期新疆流人及文学研究》,西南大学2012年。

马男:《〈经遗堂全集〉中西域诗研究》,新疆师范大学2013年。

武姗姗:《舒其绍〈听雪集〉整理与研究》,新疆师范大学2014年。

六、翻译文献

［美］拉铁摩尔夫妇著,陈芳芝等译:《中国简明史》,商务印书馆1962年版。

［德］黑格尔著,朱光潜译:《美学》,商务印书馆1981年版。

［日］羽田亨著,耿世民译:《西域文化史》,新疆人民出版社1981年版。

［意］贝奈戴托·克罗齐著,傅任敢译:《历史学的理论和实际》,商务印书馆1982年版。

［美］苏珊·格朗著,滕守尧等译:《艺术问题》,中国社会科学出版社1983年版。

[德] 恩斯特·卡西尔著,甘阳译:《人论》,上海译文出版社1985年版。

[美] 苏珊·朗格著,刘大勇等译:《感情与形式》,中国社会科学出版社1986年版。

[德] 伽达默尔著,王才勇译:《真理与方法》,辽宁人民出版社1987年版。

[日] 松田寿男著,陈俊谋译:《古代天山历史地理学研究》,中央民族学院出版社1987年版。

[法] 罗兰·巴尔特著,李幼燕译:《符号学原理》,三联书店1988年版。

[日] 小尾郊一著,邵毅平译:《中国文学中所表现的自然与自然观》,上海古籍出版社1989年版。

[美] 诺尔曼·布朗著,冯川等译:《生与死的对抗》,贵州人民出版社1994年版。

[法] 马克·第亚尼著,滕守尧译:《非物质社会》,四川人民出版社1998年版。

[美] 姜斐德著,张歆梅、吴海涛译:《宋代景观艺术中的政治隐情》,《九州》第二辑,商务印书馆1999年版。

[美] 爱德华·W·萨义德著,李琨译:《文化与帝国主义》,三联书店2003年版。

[英] 迈克·克朗著,杨淑华等译:《文化地理学》,南京大学出版社2003年版。

[美] 米华健著,贾建飞译:《嘉峪关外:1759—1864年新疆的经济、民族和清帝国》,国家清史编纂委员会编译组2008年版。

[美] 狄宇宙著,贺严等译:《古代中国与其强邻》,中国社会科学出版社2010年版。

[美] 拉铁摩尔著,唐晓峰译:《中国的亚洲内陆边疆》,江苏人民出版社2010年版。

后　记

　　书稿即将付梓，我感受到的不是如释重负，而是忐忑不安，深觉自己水平有限，整体的阐析与描述都还很粗疏，很多地方未能尽意，粗头乱服，管窥蠡测，一得之功，恐怕会见笑于大方之家，因而有不能免于见讥的遗憾。

　　清代西域诗的研究，起步于边塞诗研究的兴盛，最初主要是一些新疆本土的学者耕耘于这一领域，近年来逐渐引起学人瞩目，从材料的钩沉，到个案的研究，随着地域文学研究之风盛，果实渐丰而成累累之势，前贤时彦，灼见辈出，而我只是记录了一些自己阅读过程中产生的思想的花火，期待它今后能够生发出更多崭新的命题，引导我今后的学术研究。

　　当初选题时，仅仅凭借一个颇为模糊的构想，对于如何开始、如何进行毫无头绪，颇有无知无畏的感觉。真正开始写作，才发觉资料如山，思路如麻，幸有业师杜道明先生的悉心指导与不断鼓励，才一直坚持下来。先生治学严谨，又平易近人，每每三言两语，便使我获益匪浅，可惜各种主客观原因，未能完全按照老师的要求进行，因而留下了许多遗憾！

　　感谢我的硕士导师星汉先生，正是他多年孜孜不倦，潜心耕耘，在西域诗研究领域做出了杰出的贡献，为我的研究提供了很大方便,在我遇到问题与困惑时,先生的只言片语常能指点迷津,帮我走出困境。

感谢本书的责任编辑黄芬老师的辛勤工作,让本书避免了很多舛误。

最后还要感谢我的家人,他们的支持、关怀和帮助是我此生最大的幸福!

唐彦临

2023年7月于乌鲁木齐

图书在版编目（CIP）数据

审美文化背景下的清代西域诗研究 / 唐彦临著. —
上海：上海古籍出版社，2023.8
ISBN 978-7-5732-0760-9

Ⅰ.①审…　Ⅱ.①唐…　Ⅲ.①古典诗歌–文学研究–
中国–清代　Ⅳ.①I207.22

中国国家版本馆CIP数据核字（2023）第131073号

审美文化背景下的清代西域诗研究

唐彦临　著

上海古籍出版社出版发行

（上海市闵行区号景路 159 弄 1-5 号 A 座 5F　邮政编码 201101）

（1）网址：www. guji. com. cn

（2）E-mail：guji1 @ guji. com. cn

（3）易文网网址：www. ewen. co

上海惠敦印务科技有限公司印刷

开本 890×1240　1/32　印张 10.25　插页 3　字数 248,000

2023 年 8 月第 1 版　2023 年 8 月第 1 次印刷

ISBN 978-7-5732-0760-9

I·3741　定价：58.00 元

如有质量问题，请与承印公司联系